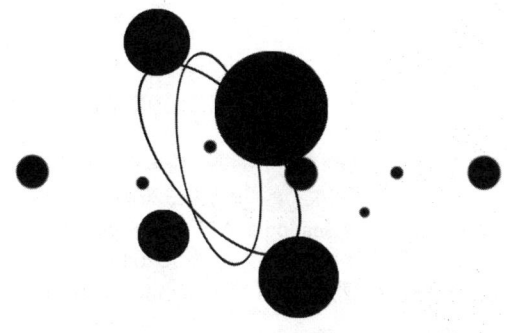

Shades of Magic
A Gathering of Shadows

伦敦魔法师（卷二）
暗影重重

[美]维多利亚·舒瓦/著

露可小溪/译

A GATHERING OF SHADOWS
Copyright ©2016 by Victoria Schwab
Published by agreement with Baror International,Inc., Armonk , New York, U.S.A.
through The Grayhawk Agency
Simplified Chinese translation copyright © 2020 by Chongqing Publishing House Co., Ltd.
All rights reserved.
版贸核渝字（2015）第216号

图书在版编目(CIP)数据

伦敦魔法师（卷二）：暗影重重／（美）维多利亚·舒瓦著；露可小溪译.
—重庆：重庆出版社，2020.10
书名原文：A Gathering of Shadows：A Novel（Shades of Magic Book 2）
ISBN 978-7-229-15204-8

Ⅰ.①伦… Ⅱ.①维… ②露… Ⅲ.①长篇小说—美国—现代 Ⅳ.①I712.45

中国版本图书馆CIP数据核字（2020）第146061号

伦敦魔法师（卷二）：暗影重重
LUNDUN MOFASHI（JUAN ER）：ANYING CHONGCHONG
［美］维多利亚·舒瓦 著 露可小溪 译

责任编辑：邹 禾 唐 凌 王靓婷
装帧设计：抹 茶
责任校对：朱彦谚

重庆出版集团 出版
重庆出版社

重庆市南岸区南滨路162号1幢 邮政编码：400061 http://www.cqph.com
重庆出版社艺术设计有限公司 制版
重庆鹏程印务有限公司 印刷
重庆出版集团图书发行有限责任公司 发行
E-mail:fxchu@cqph.com
全国新华书店经销

开本：890mm×1230mm 1/32 印张：16 字数：396千
2020年10月第1版 2020年10月第1次印刷
ISBN 978-7-229-15204-8
定价：72.80元

如有印装问题，请向本集团图书发行有限公司调换：023-61520678

版权所有 侵权必究

献给一往无前的勇者

魔法与魔法师必须彼此制衡。
魔法混沌。魔法师必须镇定。
破裂的自我乃魔力容器之下品，魔力逢隙必漏，损耗无可度量。

——提伦·西伦斯
伦敦圣堂首席牧师

Part one

Shades of Magic

海上贼

I

阿恩海

迪莱拉·巴德总有办法自找麻烦。

一直以来,她认为这样好过麻烦找她,然而,当她坐在茫茫大海上的一条双人木船里,既没有船桨,也望不见陆地,除了捆着手腕的绳子,身无一物,她开始重新思考这个问题。

无月的夜晚,海天相映,犹如一整块缀满繁星的黑色幕布——唯有船底晃荡的水波将其区分开来。星空的倒影无边无际,莱拉有种身处宇宙中心的错觉。

在这个飘零海上的夜晚,她直想放声尖叫。

但她终究没有叫出声来,而是眯着眼睛,观察远处闪烁的光芒,和星星不一样的是,船上的灯光微微泛红。与此同时,小船——她所在的小船——缓慢而又决然地越漂越远。

恐惧爬上喉头,但她稳住心神。

我是迪莱拉·巴德，她心想。绳子勒破了她的皮肉。我是窃贼，是海盗，是旅者。我已经踏足三个不同的世界，而且活了下来。我放过王公贵族的血，而且掌握魔力。即使满满一船人也比不上我的能耐。我不需要你们任何人。

该死的，我可是独一无二的啊。

等到心里舒畅了，她便躺了下去，望着无边无际的夜幕。

情况还不到最糟糕的地步，她心想，忽然感觉靴子被冷水浸没，低头一看，船底有一个洞。虽说洞口不大，但也不能安心——小洞同样能导致一条船沉没，只有快慢之分。

莱拉呻吟着，瞧了瞧紧缚手腕的麻绳，庆幸那帮混蛋没有捆绑她的双腿，不过，她身上还裹着一条讨厌的裙子。碧绿的大摆裙，质地轻薄，设计繁复，飘纱多得数不清，腰部收得叫人难以呼吸，**究竟为什么女人非得折磨自己？**

船里的积水逐渐增多，莱拉强迫自己集中精神。她小口小口地吸着气，检查本就所剩无几、迅速被海水浸湿的存货：一桶麦酒（分别时的礼物），三把小刀（全都藏了起来），半打燃烧棒（送她上船的人留下来的），前面提到的裙子（见鬼去吧），以及裙摆和口袋里的东西（确保她获胜的必需品）。

莱拉拿起一根燃烧棒——这玩意就像烟火，随便在哪儿擦一下，就能发出耀眼的光芒。不是转瞬即逝的，而是持续的、强烈的，犹如一把匕首刺破黑暗。每根燃烧棒可以燃烧一刻钟，而在开阔的水面上，每种颜色都有其独特的含义：黄色代表船快沉了，绿色代表疾病肆虐，白色代表难以描述的灾难，红色代表海盗来袭。

她每种燃烧棒都有一根，手指轮番在它们的末端晃悠，不知作何选择。她望着船里的积水，选了黄色的燃烧棒，双手将其拿起，在船舷上擦了一下。

光芒喷薄而出，突如其来又耀眼夺目。世界被一分为二，剧烈燃烧的白金色火焰和周遭别无他物的浓稠黑暗。莱拉赶紧把燃烧棒拿得远远的，眨掉眼里的泪水，破口大骂了足足半分钟。然后，她开始计时。等她恢复了正常视力，火光渐弱，闪了闪，随即熄灭。她扫视着海平面，寻找船只的踪影，可惜一无所获，积水仍在缓慢而持续地上升，没至小腿。她拿起第二根燃烧棒——代表灾难的白色——捂着眼睛擦燃了。她算计着有限的时间，在夜色中搜寻生命活动的迹象。

"快来，"她低语道，"快来，快来……"随着火焰逐渐熄灭的嗞嗞声，她再次陷入沉默与黑暗之中。

莱拉紧咬牙关。

根据小船里的水位判断，她只剩一刻钟了——区区一根燃烧棒持续的时间——然后她就真的要面对沉船的危险了。

这时，有影子在船舷外游荡。某种尖牙利齿的生物。

如果真的有神，她心想，天神也好，伟力也罢，抑或任何一种超自然的存在——无论在上还是在下——谁能大发慈悲，甚至找点乐子，愿意让我多活一天，那么现在正是出手的好机会。

想到这里，她拿起红色燃烧棒——代表海盗——将其擦燃，周围的夜色立刻被染上一抹诡异的猩红。她随即想起了伦敦的艾尔河。不是*她*的伦敦——假设那个乏味的地方可以算作她的家园——也不是阿索斯、阿斯特丽德和霍兰德的恐怖而苍白的伦敦，而是*他*的伦敦。凯尔的伦敦。

他的面孔在眼前闪过，犹如燃烧棒的光芒，红棕色头发、永远微皱的眉头和眼睛：一只蓝色，一只黑色。安塔芮。魔法小子。王子。

莱拉直勾勾地盯着红光，直到他的模样消失不见。此时有更紧要

A Gathering of Shadows

的事情需要她处理。积水越来越多。光芒逐渐暗淡。黑影在船边游弋。

就在代表海盗的红色燃烧棒慢慢熄灭时,她看到了。

一开始什么都没有——唯有海面上的一团雾气——很快,雾气退缩,化作一艘船的轮廓。光滑的黑色船体和闪亮的黑色船帆与夜色相融,甲板上的灯火惨白而微弱,在漫天星光中几近鱼目混珠。而当距离够近,即将熄灭的红光在船身上跳跃,它才现了形。此时此刻,大船已在眼前。

借着燃烧棒放射的光芒,莱拉看见船名闪闪发亮地漆在船身上。Is RanesGast。

铜盗贼号。

莱拉惊讶地瞪大眼睛,如释重负。她微微一笑,继而掩藏了笑容,换上一副恰到好处的表情——介于感激和哀求之间,夹杂着少许谨慎和希望。

光芒熄灭了,不过大船已经驶到她身边,那些在船舷处探头张望的人,她都看得一清二楚。

"Tosa!"她用阿恩语大喊,然后小心翼翼地爬起来,避免晃动正在下沉的小船。

救命。示弱一向不大容易,但她尽力而为,蜷缩在漏水的小船上,双手被缚,一身湿淋淋的绿裙子,接受船上那群人的审视。她自觉荒唐可笑。

"Kers la?"有人发问,似是对身边的人说话,而非对莱拉。这是什么?

"礼物?"另一人说。

"见者有份。"第三个人咕哝道。

还有一些人的话就更下流了,莱拉如坠冰窖,内心庆幸他们口音含混,加上海浪翻滚,她不是每个字都听懂了,但大概的意思能明白。

"你在这里做什么?"有人问,他肤色太深,在夜色中轮廓模糊。

她的阿恩语远远谈不上流利,不过,在海上生活了四个月,周围的人都不说英语,她的进步也不小。

"Sensan。"莱拉回答——*沉船*——引得众人一阵哄笑。但他们似乎不急着拉她上去。莱拉举起手来,让他们看清绳子。

"我需要帮忙。"她语速平缓,措辞早就练习过。

"看得出来。"有人说。

"这么漂亮的小家伙,还有人不要?"另一个人插嘴。

"也许是玩腻了。"

"不是吧。"

"嘿,小妞!你身上的零件还齐全吗?"

"让我们看看吧!"

"吵吵闹闹的干什么?"一个洪亮的声音响起,须臾,船舷处来了一个瘦如麻秆、双眼凹陷、黑发稀疏的男人。他抓着木头船舷俯视莱拉时,其他人乖乖地让开了。凌厉的目光将她全身仔细打量了一遭,裙子、麻绳、木桶、小船,样样不放过。

是船长,她敢打赌。

"你遇到麻烦了。"他喊道。嗓门不大,但字字铿锵,听得清清楚楚。

"观察力真敏锐啊。"莱拉来不及思考,脱口而出。傲慢的态度有赌博的意味,但无论身在何处,她都知道如何察言观色。果然,瘦子笑了。

A Gathering of Shadows

"我的船被抢了,"她接着说,"现在的船坚持不了太久,你也看见了——"

他打断了莱拉的话。"也许你上来说话方便点儿?"

莱拉点点头,松了口气。她有些担心他们不管不顾,任她淹死。从船员们猥琐的口气和淫荡的表情判断,也许他们走了更好,可她留在底下无计可施,上去了才有机会。

一根绳子越过船舷,加重的尾端落进她脚边的积水。她抓着绳子,小船靠向大船,那边的绳梯已经准备妥当;然而不等她攀上绳梯,两个男人就爬了下来,导致小船沉没的速度大大加快。他俩似乎不以为意。其中一人搬起麦酒桶,另一人作势抱起她,吓得莱拉惊慌失措。她被那人一下子扛在肩上,拼命克制内心的冲动——她向来缺乏自控力——才没有在他背上插刀子,尤其是当他摸进裙子里的时候。

莱拉的指甲掐进了手掌,等到那人终于把她放到甲板上的木桶边("比看起来沉啊,"他咕哝道,"也不够软……"),她的掌心已经有了八个月牙状的印痕。

"混蛋。"莱拉在心里怒吼,用的是英语。对方冲她使了个眼色,咕哝着说什么关键部位还是挺软的,莱拉默默发誓要杀了他。千刀万剐。

等她直起身子,发现周围全是水手。

不,绝对不是水手。

是海盗。

因为长期遭受海水浸染和阳光暴晒,他们皮肤黝黑,污秽不堪的衣衫严重褪色,喉咙处都文着小刀图案。那是*铜盗贼号*上的海盗标记。周围有七个人,另有五个人在操作索具和船帆,甲板底下可能还有五六个人。十八人。将近二十人。

瘦如麻秆的男人挤进来，踏步上前。

"Solase，"他张开双臂，"我的弟兄们有胆子，没礼貌。"他双手按着莱拉的肩膀，指甲缝里有血迹。"你在发抖。"

"今晚太糟糕了。"莱拉扫视着如狼似虎的船员，唯恐事情变得更糟。

瘦子笑了，居然有一口完整的好牙。"Anesh，"他说，"不过好在你得救了。"

莱拉对铜盗贼号上的货色再清楚不过，知道对方信口雌黄，但她假装糊涂。"不知道救命恩人是何方神圣？"她问道。船长枯瘦的手拉起她的手，贴在干裂的嘴唇上，全然不顾她的手腕依然缚着绳子。"巴利兹·卡斯诺夫，"他说，"大名鼎鼎的铜盗贼号船长。"

很好。卡斯诺夫是阿恩海上的传说。他的船员个头小，但身手敏捷，喜欢在黎明前最黑暗的时刻登船、割喉，搬走货物，任凭死尸腐烂。他虽然天生一副饥肠辘辘的外表，但尽人皆知的是他对财货的贪婪，尤其是那些消耗品，莱拉知道铜盗贼号正朝着北海岸的一个名为索尔的城市航行，企图劫掠那里的一大船好酒。"巴利兹·卡斯诺夫。"她的口气仿佛是第一次听说这个名字。

"你呢？"他反问。

"迪莱拉·巴德，"她说，"以前在金鱼号上。"

"以前？"卡斯诺夫来了兴趣，海盗们见她还穿着裙子，百无聊赖地打起了麦酒桶的主意。"那么，巴德小姐，"他居心不良地挽上莱拉的胳膊，"不如告诉我，你是怎么上的小船？大海可不适合你这样年轻漂亮的小姐。"

"Vaskens，"她说——海盗——似乎并不清楚这个词也适用于眼前的人，"他们抢了我的船。那是父亲送我的礼物，我的嫁妆。我们打算把船开到法罗去——两天前出发——但他们不知道从哪里冒出来，袭击了金鱼号……"这段说辞是她精心准备的，除了台词，还包括停顿的节奏。"他们……他们杀了我丈夫、我的船长、我的大多数船员。"说到这里，莱拉换回英语。"事情发生得太快了——"她立刻闭嘴，仿佛切换语言纯属失误。

但船长注意到了，鱼儿咬了钩。"你是哪里人？"

"伦敦。"莱拉故意暴露了口音。海盗们窃窃私语。她接着说下去，打算讲完刚才的故事。"金鱼号不大，"她说，"但很有价值。上面载了一个月的补给。食物、酒水……钱。我说过，是嫁妆。现在它不见了。"

但事实上还没有到那个地步。她回头望向船舷外。遥远的海平线上，那艘船成了一个光斑。船停在那里，似在等待。海盗们顺着她的视线看去，眼神饥渴。

"多少人？"卡斯诺夫问。

"不少，"她说，"七个？八个？"

海盗们贪婪地笑了，莱拉清楚他们的想法。他们的人数是对方的两倍，而且这艘船能隐身于黑暗。如果他们追上那笔正在逃逸的财富……她能感觉到巴利兹·卡斯诺夫凹陷的双眼端详着她。她与之对视，心不在焉地估量着对方会不会魔法。很多船只都有咒语加持——保护他们的生命安全，避免麻烦事儿——但出乎意料的是，她发现在海上遇见的人，大多数对操纵元素的技艺毫无兴趣。阿鲁卡德曾说，精通魔法大有好处，在陆地上确实能赚到不菲的佣金。而海上的魔法师常常专注于相互关联的元素——水和风——但极少有人能够逆转潮汐，所以最后多半仍钟情于传统而又好用的铁器。莱拉深感庆幸，她身上就藏了好几件铁器。

"他们为什么放过了你?"卡斯诺夫问。

"有吗?"莱拉反问。

船长舔着嘴唇。他已经打定主意要如何处置那艘船,莱拉看得出来;此时他正在考虑如何处置她。铜盗贼号绝无仁慈的名声。

"巴利兹……"一个海盗招呼船长,他的肤色比其他人更深。他按着船长的肩头,在耳边低语。莱拉依稀听见只言片语。**伦敦人**。**富有**。**赎金**。

一抹微笑缓缓浮现在船长的嘴角。"Anesh,"他点点头,然后命令聚拢过来的船员们,"起航!正南偏西!我们去抓一条金鱼。"

人们低声附和。

"小姐,"卡斯诺夫领着莱拉走向楼梯,说道,"你今晚过得太糟心了。我带你去我的舱房,在那里你就舒服多了。"

她身后传来木桶被打开、麦酒泼溅的响声,她微笑着跟随船长下了甲板。

★ ★ ★

巴利兹没有留下来,谢天谢地。

他把莱拉安置在自己的舱房里,绳子也不解开,就锁上门,消失不见。令她颇为安慰的是,刚才在甲板底下只看到了三个人。也就是说,**铜盗贼号**上共有十五人。

莱拉坐在船长的床边,从一数到十、二十,然后三十,上面响起纷乱的脚步声,船身朝着那艘正在逃逸的船倾斜。他们甚至没有费心搜身,真有点儿托大,莱拉想着,同时她从靴子里抽出一把刀,动作娴熟地挥了一下,绳索应声而断,落在地上。她揉着手腕,自顾自地哼起了小曲儿。那是一首水手小调，讲的是幽灵萨罗斯夜里在船上游荡的故事。

你知道萨罗斯何时来吗？
（何时来何时来何时上船来？）

莱拉扯着两侧的裙腰，用力撕开；裙子破了，露出一条紧身黑裤——两边膝盖上的皮套里各插着一把刀——裤腿塞在靴子里。她把刀插进束腰胸衣的后部，割开带子，呼吸顿时顺畅了。

当风已平息而风声还是钻进你的耳朵，
（你的耳朵你的脑子你的骨头）

她把绿裙子扔在床上，用刀从裙摆划到破烂的裙腰。飘纱里藏有六根细棍充作裙撑，形似燃烧棒，其实不是。她把刀插回靴子，抽出细棍。

当浪已静止而船还在漂移，
（漂啊漂啊独自漂远。）

头顶上方传来一声轰鸣，似有沉重的死物坠落在甲板上。继而，一声又一声，接踵而至，麦酒起效了。她拿起一块黑布系在头上，遮掩口鼻，外面擦了一层炭屑。

当月亮和星星都躲进了黑暗，

（黑暗并非空无一物。）

（黑暗并非空无一物。）

莱拉的最后一件事就是从绿裙子的夹层深处取出面具。那是一张黑皮面具，式样简单，额头处有一对弯曲的角，既怪异又邪魅。莱拉把面具架在鼻子上系好。

你知道萨罗斯何时来吗？

（何时来何时来何时来船上？）

一架望远镜靠在船长舱房的角落里，有些年头了，镀银剥落了大半，莱拉照见了自己的模样。这时，楼梯上传来脚步声。

为何啊为何啊你看不见它到来，

（你根本看不见它到来。）

面具下，莱拉笑了。然后她转身，背靠着墙。她拿着一根细棍，在木头上擦了一下，就像使用燃烧棒一样——但不一样的是，棍子不发光，只有一团苍白的烟雾冒了出来。

不一会儿，船长的舱门突然被打开，然而，海盗们终究来得太晚了。她扔出冒烟的棍子，听见脚步声杂乱无章，咳嗽声此起彼伏，麻醉的烟雾很快放倒了他们。

两个，莱拉想着，从他们身上跨过。

还剩十三个。

II

船上无人掌舵。

之前船头掉转,船身贴着海浪,此刻侧面遭受冲击,整条船都在莱拉的脚底剧烈晃动。

她顺着楼梯走到半路,迎面撞见一个海盗。他身材魁梧,但步伐缓慢,下在麦酒里的药导致他行动笨拙。他伸手来抓,莱拉闪身躲开,一脚踹中前胸,他重重撞在木板墙上,折了骨头。他呻吟着瘫软下去,叫骂声刚刚出口,莱拉的靴子尖就踢上了他的下巴。他的脑袋"咔嚓"一声歪到一边,然后耷拉在胸前。

十二。

脚步声在头顶回荡。她又擦燃一根棍子,顺着楼梯扔上去,正好有三个人从甲板上冲下来。打头的海盗看见烟雾,企图退回去,却因后面两人刹不住脚,堵成一团,三个人很快就咳嗽起来,喘不上气,先后倒在木制楼梯上。

九。

莱拉踢了踢最近的一个海盗,然后跨过去,爬上楼梯。她在甲板边沿停留片刻,躲在楼梯的阴影里观察动静。既然一个人影都没有,她便拽下遮掩口鼻的炭布,深吸一口冬日的新鲜空气,闯进夜色之中。

海盗们横七竖八地躺在甲板上。她边走边数,数到一个人头就减去一个数字。

八。

七。

六。

五。

四。

三。

二。

莱拉停下脚步,低头打量那些海盗。这时,船舷边有什么动静。她从贴着大腿的刀鞘里拔出一把刀——她最喜欢的宝贝之一,刀刃厚实,护手是拳环的形状——大步流星地逼近那个蠕动的身影,一路上还在哼着小曲儿。

你知道萨罗斯何时来吗?

(何时来何时来何时来船上?)

那人手脚并用地在甲板上爬行,麦酒里的毒药导致他面部肿胀。乍一看,莱拉没能认出他来。等他抬头,她发现对方正是扛着她上船的人。当时他的手很不老实。他说要摸她身上柔软的部位。

A Gathering of Shadows

"蠢婊子。"他用阿恩语哼哼着。他喘得厉害,很难听懂究竟在说什么。毒药并不致命,至少低剂量不致命(她对剂量的把握确实不是特别上心),但能导致血管和气管膨胀,使人严重缺氧,最后晕厥。

此时再看那个海盗,面部肿胀,嘴唇发紫,呼吸声犹如破风箱,她怀疑药下得太多了。那人试图爬起来,但没能成功。莱拉一把揪着他的衣领,把他拽了起来。

"你刚才喊我什么?"她问。

"我说,"他呼哧带喘,"蠢……婊子。你将……付出代价。我要——"

他没能说完。莱拉猛地一推,他头朝下翻过船舷,掉进海里。

"对萨罗斯放尊重点。"她喃喃自语,海盗扑腾了片刻,消失在海浪中。

一、

她听见背后的甲板嘎吱作响,急忙举刀,绳索几乎在同时套上她的喉咙。粗糙的麻绳在脖子上摩擦,她很快割开绳子,重获自由。然后她踉跄着冲向前去,猛地转身,看见了铜盗贼号的船长,他目光锐利,步履稳健。

巴利兹·卡斯诺夫没有与船员们共饮麦酒。

他扔掉了断成两截的绳子,莱拉握紧刀柄,摆开架势,却不见对方亮出兵器。船长伸展双手,掌心朝上。

莱拉一低头,让面具上的角冲着他。"你投降吗?"她问。

船长乌黑的眸子闪着精光,嘴角一抽。灯光下,他喉咙处的匕首文身似在闪闪发亮。

"谁也抢不走铜盗贼号。"他说。

他嘴唇翕动,手指轻弹,火焰跳跃其间。莱拉看见他脚边受损的标记，就知道他打算做什么了。船上大多加持了防火咒语，但他已经将其破坏。他冲向最近的船帆，莱拉立刻调转刀柄，脱手掷出。加装铁护手的缘故，匕首的平衡性不好，没能命中脑袋，而是扎进了脖子。他向前栽去，下意识地伸手撑地，魔法火焰扑上一卷缆绳，船帆则幸免于难。

火烧了起来，但卡斯诺夫趴在地上时，扑灭了其中的大部分。从他脖子里喷涌的鲜血也帮上了忙。只有几缕火苗未受影响，顺着缆绳延烧。莱拉的掌心对着火苗，握手成拳的瞬间，火苗熄灭了。

莱拉莞尔一笑，从船长的尸体上收回心爱的匕首，在他衣服上擦去鲜血。她收刀回鞘时听见了一声口哨，抬头一看，她的*夜峰号*停靠在*铜盗贼号*边上。

人们聚集在船舷处，于是她迎上前去，推开面具，问候他们。大多数人都皱着眉头，有个高大的身影站在他们当中，系着黑色腰带，一脸愉快的笑容。他的黄褐色头发梳到脑后，额头上戴着一块蓝宝石。阿鲁卡德·埃默里。她的船长。

"Mas aven。"大副斯特罗斯以难以置信的口气吼道。

"真他妈活见鬼。"厨子欧罗一边说，一边环视着躺在甲板上的众多船员。

英俊的瓦瑟瑞和塔维斯特纳斯克（昵称塔维）都在鼓掌，科比斯抱着胳膊，冷眼旁观，莱诺斯张着嘴巴，活像一条鱼。

莱拉来到船舷处，张开双臂，众人的惊愕与喝彩令她颇为受用。"船长，"她欢快地说，"瞧，我有艘船送给你。"

阿鲁卡德微微一笑。"我看见了。"

一块踏板架在两船之间，莱拉目不斜视，步履轻盈地走了过去。她登上*夜峰号*的甲板，转身面对一个瘦高的年轻人，此人的黑眼圈尤其醒目，似乎从未睡过觉。"付钱，莱诺斯。"

他眉头紧蹙。"船长。"他面带紧张兮兮的笑容，恳求道。

阿鲁卡德耸耸肩。"你们打过赌，"他说，"你，还有斯特罗斯。"他点头示意大副，那家伙蓄着胡须，满脸横肉。"赌上了你们自个儿的钱，愿赌服输。"

他们的确赌了。没错，莱拉夸下海口说她可以单枪匹马夺取铜盗贼号，而他们赌她做不到。船每次靠岸的时间极其有限，她日积月累才买到了棍子和麦酒所需的药物。一切都是值得的。

"可这是耍诈！"莱诺斯不服气。

"蠢货。"欧罗嗓音低沉，声如雷鸣。

"她显然早就计划好了。"斯特罗斯嘟囔着。

"是啊，"莱诺斯说，"我们怎么知道她一直在暗中计划呢？"

"你们从一开始就不该跟巴德赌，"阿鲁卡德迎上她的目光，眨了眨眼，"规矩就是规矩，除非你们希望等我们干完了活，跟那些家伙留在对面的船上，否则我建议你们，欠这个小贼的赌金，该怎么付就怎么付。"

斯特罗斯从兜里掏出钱袋子。"你怎么做到的？"他把钱袋子塞进莱拉手里，问道。

"这不重要，"莱拉接过钱币说，"唯一重要的是我做到了。"

莱诺斯交出钱袋子，可她摇摇头。"我赌的不是这个，你很清楚。"莱诺斯本就一副没精打采的样子，闻言只好解下绑在前臂上的刀，愈加垂头丧气。

"你的刀还不够多吗？"他噘着嘴，不满地说。

莱拉笑得更得意了。"刀是永远不嫌多的。"她说着，接过了刀。*再说*，她心想，*这一把太特别了。*她第一次目睹莱诺斯使刀就惦记上了,当时他们还在科尔马。

"我要从你手里赢回来。"他咕哝道。

莱拉拍拍他的肩膀。"你可以试试。"

"Anesh!"阿鲁卡德一掌拍在踏板上,口中高呼,"不要傻站着,夜峰号的弟兄们,面前有艘船等着我们洗劫呢。啥也别剩。我要那帮混蛋醒过来的时候除了命根子一无所有。"

人们欢呼起来,莱拉情不自禁地笑了。

在她眼里,阿鲁卡德·埃默里对职业的热爱无人能比。他对待这份职业就像孩子对待游戏,人们对待表演,充满喜悦和狂热,全身心地演出一幕幕场景。阿鲁卡德所做的一切真有戏剧的味道。不知道他还能扮演多少种角色。不知道哪一个不是角色,而是角色背后的演员。

他们的目光在夜色中相遇。他的眸子是灰蓝色的,有时明亮,有时暗淡。他默不作声地一歪脑袋,示意自己的舱房,莱拉会意。

阿鲁卡德的舱房闻起来一如既往,有夏天的葡萄酒香、干净的丝绸和将熄的炭火味儿。毫无疑问,他很有品位。但不同于收藏家和那些爱慕虚荣的货色——他们追求的是张扬炫耀和招人嫉妒,而阿鲁卡德的奢侈品都带有他强烈的个人喜好。

"好了,巴德,"等两人独处一室,他便换成了英语,"你愿意告诉我是怎么做到的吗?"

"说了还有什么乐趣呢?"她坐进壁炉前的高背椅,反问道。壁炉里的火焰一如既往地苍白,桌上有两只空的矮玻璃杯。"神秘感可比事实更刺激。"

阿鲁卡德走到桌前,拿起一瓶酒,白猫埃萨不知从哪里冒出来,蹭了蹭莱拉的靴子。"你浑身上下除了神秘就没有别的了吗?"

"他们下注了吗?"她不作回答,也不理会那只猫。

"当然,"阿鲁卡德说着,拔出瓶塞,"赌什么的都有。你是否淹死,盗贼是否救你上船,如果他们救了,我们能否找到你的残骸……"他在玻璃杯里斟满琥珀色的液体,递给莱拉一杯。她接过酒杯时,阿鲁卡德摘下她头上的有角面具,扔到两人之间的桌上。"今晚的表演精彩绝伦,"他说着,坐到对面的椅子上,"船上那些不怕你的,今晚也得怕了。"

莱拉盯着玻璃杯,仿佛盯着一团火焰。"船上还有人不怕我?"她的淘气劲儿上来了。

"有人还喊你萨罗斯,你知道,"他接着说,"背地里。他们喊的时候压低了声音,似乎怕你听见。"

"也许我听得见。"她转动手中的酒杯。

等不来对方的揶揄,她抬起头,发现阿鲁卡德盯着自己。他经常观察莱拉的脸,就像窥探口袋的毛贼,试图将其翻个底朝天。

"那么,"他举起酒杯,终于打破沉默,"我们敬什么呢?敬萨罗斯?敬巴利兹·卡斯诺夫和他的铜傻瓜们?敬英俊的船长和漂亮的船?"

然而莱拉摇了摇头。"不,"她也举起玻璃杯,笑容灿烂,"敬最厉害的贼。"

阿鲁卡德笑了,沉静而温柔。"敬最厉害的贼。"他说。

然后他们碰杯,一同畅饮。

III

四个月前。

红伦敦。

转身离开容易。

拒不回头太难。

莱拉离开时察觉到凯尔的目光如影随形，于是走到对方视线之外才止步。她再次孤身一人，无所牵挂，四海为家，随心所欲。但当天光暗淡，意志也随之动摇。城中暮色四合，她逐渐丧失了雄心壮志，孤苦伶仃流落异乡的寂寥涌上心头。她语言不通，没有财富，只有凯尔临别赠送的礼物（一套元素游戏）、银怀表，以及一把钱币，那是她走之前从一名王宫卫兵身上顺来的。

老实说，她有过更拮据的时候，但也有过无忧无虑的时候。

而且她很清楚，要想混得长久，非得上船不可。

她打开怀表又合上，望着那些在河上摇荡的船只剪影，夜色渐浓，艾尔河的红光愈加醒目。她看中了一艘船，观望已久，垂涎欲滴。它漂亮极了，船身和桅杆以深色木头制成，镶着银边，船帆的颜色介于深蓝和乌黑之间，取决于光线的变化。船身上写着船名——Saren Noche——后来她才知道翻译过来就是夜峰。此时此刻，她一心想要这艘船。但她不可能直接夺取一艘齐装满员的船只，将其据为己有。她很厉害，但也没有那么厉害。而且存在一个残酷的事实，那就是严格来说莱拉不会驾船。于是她靠着一堵光滑的石墙，任一袭黑衣融进阴影里，暗中观察。船儿轻轻摇荡，岸边夜市的喧闹从远处传来，她一时恍惚，如在梦中。

恍惚的时间不长，几个人脚蹬重靴下了甲板，踩得木头咚咚作响，硬币在他们兜里碰撞，喉咙里发出嘶哑的笑声。这艘船一整天都在做出海的准备，他们对在陆地上的最后一晚有种歇斯底里的狂热。他们渴望好好享受一把。有人起了一首歌的头，众人立刻接上，唱着水手号子走向酒馆。

莱拉合上怀表，离开石墙，跟了上去。

她没有蒙面，只不过身着男装，黑发搭在眼前，五官也描得棱角分明。通过压低嗓门，她希望能扮成一个瘦弱的小伙子。出没黑黢黢的小巷和参加化装舞会时可以佩戴面具，但不能在酒馆里使用。那样只会弄巧成拙。

那群人进了一家店铺。店名无迹可寻，不过门上的招牌是铁打的，微微闪亮的铜条被扭曲为波浪状，环绕着一块银质罗盘。莱拉捋平外衣，竖起领子，走了进去。

那股气味立刻征服了她。

不是她所熟悉的码头酒馆的污秽和陈腐的气息，也不是红王宫里的馥郁花香，而是温暖、简单、充实的，是新鲜炖菜的香气，混着烟草燃烧的轻烟,以及淡淡的海盐味儿。

角落的壁炉里燃着火,吧台不在墙边,而位于酒馆正中央,呈圆环状,仿佛招牌上的罗盘翻版。它是一块完整的白银,以不可思议的工艺所造就,其指针指向四座壁炉。

这家水手酒馆是她前所未见的,地板上不见血迹,也不存在可能殃及池鱼的斗殴。在莱拉的伦敦——不,不是她的,再也不是了——荒潮酒馆接待的客人粗野多了,而在这里,半数客人身着王家服色,显然为王室效力。另外半数则各有各的风格,但也见不到蛮横的嘴脸和饥渴的目光。很多人——正如她跟踪的那群人——都有着饱经风霜的黝黑肤色,但靴子锃亮,武器包在鞘中。

莱拉任头发遮住盲眼,摆出一副目中无人的架势,优哉游哉地来到吧台前。

"Avan。"酒保招呼道,此人体形干瘦,眼神友善。回忆立刻袭来——比邻酒馆的巴伦,还有他略带严厉的温存和冷峻如冰的淡然——但她有所防备,将其驱散。她坐到凳子上,酒保问了一句话,虽然她听不懂,但猜得出意思。她敲了敲边上的玻璃杯,杯中饮料所剩无几,于是酒保转身取酒。不过眨眼的工夫,一杯泡沫满满的沙色麦酒送到面前,莱拉咕噜咕噜地灌了一大口。

吧台一侧,有人正在随手把玩硬币,莱拉发现他和物体间没有实际的接触。硬币在他指间和掌底来回绕圈,似有魔法,当然,那就是魔法。吧台另一侧,有人打了个响指,拇指尖火焰萦绕,点燃了烟斗。这个动作居然没能令她大惊小怪,实在引人深思——她只不过在红伦敦生活了一周之久,却已经比在灰伦敦更习惯、更自然了。

她坐在凳子上张望,找到了来自*夜峰号*的那群人,他们分散在酒馆各处。两人在壁炉边聊天,一人被一个丰乳肥臀的女人引到了暗处，另外三人和两个身着红金色衣服的水手打牌。其中一人吸引了莱拉的目光，并不是因为他长得好看——事实上，从那张被茂盛毛发遮掩的面孔判断，他的长相不敢恭维——而是莱拉发现他在作弊。

至少，莱拉**认为**他在作弊。她不能确定，因为他们玩的牌局似乎没什么规则。但是，她确实看见那人塞了一张牌到兜里，然后掏出了另一张。他手速奇快，但瞒不过莱拉的眼睛。好奇心撩拨着她的神经，她的目光从对方的手指移到矮凳上，钱袋就躺在那里。钱袋似乎沉甸甸的，装满了硬币，被一根皮绳拴在腰带上。莱拉的手悄悄地滑向臀部，一把锋利的短刀插在鞘中。她抽了出来。

鲁莽，脑中的低语令她深感不安，因为以前她听见的酷似巴伦的口音，而今很像凯尔在说话。她将之驱散，兴奋得血脉偾张，然而，一切都在那人扭头盯着她的瞬间戛然而止——不，不是盯着她，是她后面的酒保。他做了个世界通用的手势，意思是**再上点喝的**。

莱拉喝干杯子，在吧台上丢了几枚硬币，看着酒保斟好几杯酒，搁在托盘上，一个男招待将其送去点单的桌子。

机会来了，她起身离座。

酒劲儿上头，她一时发晕，这种酒比以前喝的厉害些，不过很快就清醒了。她尾随端着托盘的人，双眼紧盯前方的大门，故意使了个绊子。他脚步踉跄，好容易恢复平衡，但托盘就没那么幸运了——酒水和杯子向前翻倒，泼溅的麦酒冲散了半数纸牌。围在桌边的人立刻爆发，叫骂着纷纷起身，抢救硬币和衣服，等那个可怜的招待回头寻找罪魁祸首时，莱拉的黑色衣角已经飘然消失在门外。

★ ★ ★

莱拉在街上漫步，一手拎着从赌徒身上偷来的钱袋。作为技艺高超的小贼，仅仅手快还不够，更要善于审时度势，创造机会。她掂了掂钱袋，不禁面露微笑。她浑身散发着胜利的喜悦。

这时，她身后有人大喊。

她一转身，发现那正是被偷了钱袋的胡子男。她懒得否认——她的阿恩语说得太烂，况且钱袋还拎在手上。于是，她收起财物，准备迎战。对方的块头是她的两倍，高了足足一英尺，两次跨步，手中就多了一把弯刀，形似缩小的钐刀。他说了句话，嗓音低沉，带着命令的语气。也许是给莱拉一个机会，乖乖交出钱袋，就可以毫发无伤地离开。但她怀疑对方自尊心受损，不大可能轻易放过自己，即使那人说话算话，钱对莱拉太重要了，值得冒险。俗话说小心驶得万年船，但也有说撑死胆大的，饿死胆小的。

"谁拿到就归谁。"她话音未落，那人脸上掠过讶异之色。**见鬼**。凯尔告诫过她，英语在这个世界有特别的用途和地位。贵族之间使用英语，海盗则从来不说。如果她希望在海上讨生活，就必须管住嘴，直到学会新的语言。

胡子男咕哝着什么，指头摸过刀刃。弯刀貌似极其锋利。

莱拉叹息着，也亮出了兵器，那是一把锯齿匕首，刀柄处正好握拳，而铁护手形似拳环。然后，她又打量了一番对手，抽出第二把刀。她通常用这把锋利的短刀对付钱袋。

"听我说，"既然周围没什么人，她仍旧使用英语，"你现在走还来得及。"

胡子男狠狠地说了一句话，末尾的词是 pilse。莱拉能听懂的阿恩语不多，正巧知道那个词的意思。不是什么好词。她兀自生着气，对方突然冲了过来。莱拉向后一跃，挥起双刀，挡住了凌空劈下的钐刀，刺耳的金铁交鸣声响彻整条街道。虽说海浪汹涌、酒馆喧闹，但难免会吸引人群围观。

她推开钐刀，极力恢复平衡，堪堪躲开对方的再次挥砍，刀刃以毫厘之差掠过她的喉咙。

莱拉低头，旋身而起，用主战匕首接住了三度砍来的钐刀，两把武器顺势滑动，直到他的刀刃架在匕首的护手上。她一抖腕子，匕首脱离纠缠，凌驾于钐刀上方，刀柄处的铁拳环猛击对方的下巴。不等他缓过劲儿来，莱拉攻其下盘，第二把刀插进他的肋骨之间。他咳了几声，鲜血顺着胡子流淌，随即使出浑身的力气挥起钐刀，然而莱拉用劲一推，刀刃刺透脏器，直抵骨骼。终于，他的钐刀掉落在地，身子绵软无力。

一瞬间，另一幕死亡的场景在她眼前浮现，那个荒凉而苍白的世界里，死在她刀下的少年。那不是她第一次杀人，却是她第一次受到震撼。第一次感受到痛苦。回忆闪过，消失无踪，她仍在码头上，内心的愧疚和死者的灵魂一同出窍。一切都发生在转眼之间。

她拔出刀子，任尸体瘫在街上，刚才刀剑相击、激烈搏斗的余波尚未散尽，导致她的耳鸣依然严重。她做了几次深呼吸，准备转身跑开，忽然发现船上的另外五个人就在对面。

那群人低声地交头接耳。

兵刃纷纷亮出。

莱拉暗自咒骂，视线飘向他们身后那座凌驾于河上的王宫，脑子里隐隐闪过一个念头——她应该留下，也可以留下，那样就不会惹麻烦了——但莱拉狠狠地将其甩开，握紧刀柄。

她是迪莱拉·巴德，无论死活都靠自己——

她的肚子上挨了一记重拳，思绪突然中断。第二拳打中了她的下巴。莱拉重重地倒地,眼冒金星,一把刀子脱手。她挣扎着企图爬起来,攥紧另一把短刀,然而一只靴子狠狠地踩在她的手腕上。随即她的肋部被踢了一脚,脑门也被牢牢地抓住。一时间天旋地转,她分不清东南西北,好不容易等视野恢复了正常,一双强有力的手把她拽了起来。剑刃抵着她的下颚,她做好了赴死的准备,然而迎接她的不是铁器的致命一击。

而是一根皮带,与被她割断的、钱袋上那种皮带不一样,牢牢地捆在她的手腕上。她被拖向前去。

人们的交谈声在她脑袋里嗡嗡作响,其中有个词来回跳跃,反复出现。

Casero。她不懂这个词的意思。

她尝到了血味,但不清楚血来自鼻子、嘴巴还是喉咙里。事到如今无所谓了,反正他们要把她的尸体抛进艾尔河(除非这种做法属于亵渎,莱拉不禁好奇当地人如何处理死人)。经过一番激烈的争论,她被带上踏板,对面就是她整个下午都在观察的那艘船。她听见一声闷响,回头看见有人把胡子男的尸体扔在踏板上。有趣,她昏昏沉沉地想,*他们不带尸体上船。*

自始至终,莱拉一言不发,她的沉默似乎令他们不知所措。他们互相叫嚷,也冲她叫嚷。人越来越多。提到 casero 的次数也越来越多。莱拉真心希望自己掌握阿恩语。Casero 的意思是审判吗?死亡?谋杀?

须臾,甲板上出现了一个男人,系着黑腰带,头戴一顶式样讲究的帽子,佩剑寒光闪闪,笑容令人不寒而栗。叫喊声忽然平息,莱拉明白了。

Casero 的意思是船长。

A Gathering of Shadows

★ ★ ★

*夜峰号*的船长相当惹眼。他非常年轻,皮肤黝黑,却也光滑;他的头发呈深棕色,夹杂着黄铜色,用造型优雅的发卡别在脑后。他的眼睛蓝得发黑,从踏板上的尸体,望向聚拢的船员,最后盯着莱拉。他左侧的眉头上有一颗蓝宝石闪闪发亮。

"Kers la?"他问。

拖着莱拉上船的五个人吵闹起来。他们围在莱拉身边七嘴八舌,而她充耳不闻,也不再挑拣他们的字词,而是盯着船长。虽然这位船长确实在听他们解释,目光却始终落在她身上。等他们发泄完了,船长开始审问她——反正对着她说了一通话。他似乎不太生气,只是陈述而已。他捏揉着鼻梁,语速奇快,看来并不知道她对阿恩语几乎一窍不通。莱拉静观其变,终于等到船长发现她眼神空洞,一个字也没听懂。因为他停止了自说自话。

"Shast,"他低声咕哝着,重新开始,放慢语速,试了其他几种语言,相比阿恩语,有的喉音深重,有的柔滑悦耳。他等着莱拉露出恍然大悟的表情,然而她只是一味地摇头。她略懂法语,但在这个世界怕是派不上用场。这里*没有*法国。

"Anesh,"船长说,据莱拉所知,这个词一般用来表达肯定的语气,"Ta……"他指着莱拉,"……vasar……"他比画着割喉的动作,"……mas……"他指着自己,"……eran gast。"他一边说,一边指向被她捅死的人。

Gast。她知道这个词的意思。贼。

"Ta vasar mas eran gast。"

你杀了我最厉害的贼。

莱拉暗暗一笑，把新学的词汇收进贫瘠的词库。

"Vasar es。"有人指着莱拉说。*杀了她*。或者是，*杀了他*，因为莱拉确信他们还没有发现她是女的。她也无意暴露身份。虽说离家很远，但有些事情是不会改变的，她最好是女扮男装，尽管有可能送命。船员们似乎都支持判她死刑，赞同声此起彼伏，vasar 一词反复出现。

船长捋着头发，若有所思。他冲着莱拉挑起眉毛，似乎在说，*怎样？你希望我怎么做？*

莱拉有主意了。很蠢的主意。虽然很蠢，但强过坐以待毙，至少值得一试。于是她搜肠刮肚地组织语句，奉上自己最犀利的笑容。"Nas，"她一字一顿地说，"An to eran gast。"

不。我才是你最厉害的贼。

她说话时攥住船长的目光，骄傲地扬起下巴。其他人大吼大叫，但在她看来，他们都不重要，甚至当他们不存在。在莱拉眼里，全世界只有这位船长。

他的微笑难以觉察。他的嘴唇以极其细微的幅度抖动了一下。

莱拉的表演没有征服其他人。两个人逼上前来，她一步一步地后退，刀子随即握在手中。考虑到她双手被缚，这种身手堪称不凡。船长打了声呼哨，不知道是在命令他们，还是为莱拉喝彩。无所谓了。她的背部挨了一拳，整个人脚步踉跄地跌向船长，船长抓着她的手腕，用力按压骨头之间的某处穴位。她的手臂突然一阵剧痛，刀子落在甲板上。她抬头瞪着船长。两人的脸相距不过咫尺，四目相对时，她感到对方在自己的眼睛里探寻着什么。

"Eran gast？"他说，"Anesh……"出乎意料的是，船长竟然松手了。他拍了拍外衣。"Casero 阿鲁卡德·埃默里。"他拖长音调说，然后指着莱拉，配以询问的目光。

"巴德。"她说。

他略一点头，思考片刻，转身面对那群船员。他发表了一通演讲，语速太快，没有停顿，莱拉完全理解不了。他指了指踏板上的尸体，又指向她。船员们似乎不大情愿，但船长毕竟是船长，他们不能造次。等他说完，他们一动不动地站在那里，面色阴沉。埃默里船长离开了，走向一截通向甲板下层的楼梯。

踏上第一级台阶时，他止步回头，面带笑容，有着此前不曾见过的凌厉。

"Nas vasar!"他命令道。不准杀人。

他对莱拉使了个眼色，仿佛在说，*祝你好运*，然后消失在甲板下。

★ ★ ★

船员们用帆布裹好尸体，搬回了码头。

迷信，她猜测，不能带死者上船。一枚金币贴在那人的额头上，可能是作为处理尸体的费用。据莱拉所知，红伦敦这个地方不存在宗教信仰。非要说当地人崇拜什么，那便是魔法了，在灰伦敦恐怕属于异端邪说。不过，基督徒崇拜天上的老者，如果让莱拉说哪种信仰更可靠，她愿意站在魔法那一边。

幸运的是，她从来不是信徒。从来不相信所谓的伟力，从来不去教堂，睡前也不做祈祷。事实上，莱拉唯一祈祷过的对象是她自己。

她考虑着要不要顺走那枚金币，但不管有无神明，这样做都不对，于是她在甲板上束手旁观。杀死那人谈不上有何愧疚——当时他可能杀了莱拉——而且那些水手对于失去同伴也表现得不是特别难过……不过话说回来，莱拉认为不能以生者的怀念评断死者的价值。尤其在那个待她如兄长的人死在另一个世界之后。谁发现了巴伦？谁埋葬了他？莱拉驱散了心头的疑云。无论如何，人死不能复生。

　　船员们慢慢悠悠地离开了。其中一人迎向莱拉，手里握着她的拳环匕首。他沉声咕哝着什么，扬起匕首，插进莱拉脑袋一侧的板条箱。好在那不是她的脑袋，而她也丝毫没有畏缩。她抬起被缚的双手，贴在刀刃上，猛地一拉，重获自由。

　　这艘船即将扬帆启航，莱拉显然在船上赢得了一席之地，但她不太确定自己是囚犯、货物，还是船员。天空飘落细雨，而她依然留在甲板上，避开*夜峰号*起锚时的忙乱。船驶向艾尔河中央，离开灯火辉煌的城市，一路上她的心脏都在狂跳不止。莱拉抓着*夜峰号*的船舷，目送红伦敦越来越远。她站在原地，直到双手被冻僵了，直到今夜的疯狂透彻骨髓。

　　忽然，船长大喊她的名字——"巴德！"然后指着正在搬运板条箱的一群船员，于是她过去帮忙。就这样——当然不只这样，还有无数个不眠之夜，无数次战而胜之，一开始针尖对麦芒，而后并肩携手、杀人见血、单骑夺船——莱拉·巴德终成*夜峰号*的一员。

IV

自从登上*夜峰号*，莱拉几乎一言不发（凯尔肯定很高兴）。她无时无刻不在学习阿恩语，增加词汇量——不过即便以她的领悟速度，单纯地听仍然比交流简单很多。

船员们频繁找她说话，希望搞清楚她的母语，但只有阿鲁卡德·埃默里做到了。

莱拉上船一周之后的某天晚上，船长正巧撞见她在骂卡斯特——她的燧发枪——是水货，因为一颗子弹卡在枪膛里了。

"啊，真是意外啊。"

莱拉抬头看到阿鲁卡德。一开始她以为自己的阿恩语进步了，因为她不过脑子就听懂了他的话，然后才意识到他说的不是阿恩语。他说的是**英语**。不仅如此，他说得清晰流利，显然能熟练使用王室用语。而且不是那种阿谀奉承之辈，说得磕磕巴巴，就像现学现卖的魔术。他和凯尔或者莱一样，从小就使用这种语言。

在另一个世界，莱拉老家的灰色街道上，英语流利不算什么，但在这里，意味他们两人都不是普通水手。

莱拉企图做最后的抵抗，假装没有听懂。"噢，别在我面前装傻，巴德，"他说，"你刚才可来了兴趣。"

他们位于上层甲板的边沿底下，附近没有第三个人。莱拉正要摸向别在腰间的刀子，阿鲁卡德举起手来。

"不如去我舱房里谈谈？"他眼睛发亮，"除非你想在这儿大闹一场。"

莱拉觉得最好不要在光天化日之下割开船长的喉咙。

不行，这种事最好干得神不知鬼不觉。

★ ★ ★

等到了僻静的地方，莱拉面对船长。"你竟然说英——"她立刻改口，"皇家语言。"那是英语在红伦敦的名称。

"显而易见，"阿鲁卡德回答，然后轻松换回阿恩语，"但那不是我的母语。"

"Tac，"莱拉用阿恩语反击，"谁说那就是我的母语了呢？"

阿鲁卡德狡黠地笑了笑，又换回英语。"第一，因为你的阿恩语说得很糟糕，"他毫不客气地指出，"第二，有个放之四海而皆准的真理，无论谁在骂人时都会使用母语。而且我得说，你的用法相当有趣。"

莱拉紧咬牙关，悔不当初，这时候，阿鲁卡德带她进了自己的舱房。里面的布置既讲究又舒适，墙边有张床，壁炉则在对面，两把高背椅摆在苍白的炉火前。一只白猫蜷缩着趴在一张乌木书桌上，活像压地图的镇纸。对于他们的到来，它摇了摇尾巴，睁开一只淡紫色眼

A Gathering of Shadows

睛，望着来到桌前翻了翻文件的阿鲁卡德。他心不在焉地挠着猫的耳背。

"埃萨，"他以介绍的口吻说，"我船上的女主人。"

见他背对自己，莱拉再次摸向腰间的匕首。但不等她碰到武器，阿鲁卡德忽然动了动手指，匕首脱鞘而出，落在他手里，刀柄撞进掌心。他甚至没有抬头。莱拉眯起眼睛。她登船一周以来，从未见人施展魔法。阿鲁卡德转身面对她，笑得轻松自在，仿佛刚才的一幕不曾发生过。他随手把刀子扔到桌上（惊得埃萨再次摇了摇尾巴）。

"你可以晚些杀我，"他示意壁炉前的两把椅子，"我们先谈谈。"

两把椅子之间的桌上搁着一个醒酒瓶，以及两个玻璃杯，阿鲁卡德斟了一杯浆果色的酒水递给莱拉。她无动于衷。

"为什么？"她问。

"因为我喜欢皇家语言，"他说，"而且我很想找人说说话。"莱拉理解他的感受。长久沉默后开口说话的畅快感觉，就像熬夜后得以伸个懒腰，缓解困乏。"我不希望在出海的时候生疏了。"

他坐到椅子上，一口气喝干了酒水，额头上的宝石反射着壁炉里的火光。他冲着另一把椅子倾斜酒杯，莱拉端详着他，权衡一番之后，落座了。盛有紫色酒水的醒酒瓶就在两人之间。她斟满了一杯，靠着椅背，模仿阿鲁卡德的姿势，酒杯放在椅子的扶手上，两腿伸长，双脚交叠，一副漠不关心的样子。他心不在焉地转动一枚羽毛形状的银戒指。

好一会儿，他们都在默不作声地注视对方，犹如对弈的棋手迟迟不放棋子。莱拉向来讨厌下棋。她缺少耐心。

阿鲁卡德终于落下棋子，开口问道："你是谁？"

"我说过了，"她话不多说，"我姓巴德。"

"巴德,"他说,"不是贵族姓氏。你到底来自哪个家族?罗赛克?卡辛?洛伦尼?"

莱拉嗤之以鼻,但没有做声,也不回答。阿鲁卡德有他的推测,阿恩人只可能这样推测:因为她说英语,或者说皇家语言,所以她必然是贵族。身在宫廷,学习如何天花乱坠地炫耀英语,一心讨好王室,追求荣华富贵、高官厚禄。她回想着莱王子与生俱来的轻浮魅力和惑人气质。如果莱拉愿意,也许可以得到他的关注。然后她的思绪飘向了凯尔,王储光彩夺目,而他藏身其后,犹如影子。凯尔的头发微微泛红,一只眼睛乌黑,眉头永远深锁。

"好吧,"阿鲁卡德又说,"换个简单的问题。你叫什么名字,巴德小姐?"莱拉扬起眉毛。"是的,是的,我知道你是女人。你也许可以在宫里假扮成帅小伙,但在船上讨生活的人通常都……"

"肌肉发达?"她猜测。

"我想说胡子拉碴。"

莱拉暗笑。"你知道多久了?"

"从你上船就知道。"

"可你还是留下了我。"

"我对你很好奇,"阿鲁卡德又斟满了玻璃杯,"说说,是什么风把你吹到我船上来的?"

"你的船员。"

"那天我看到你了。你想上船。"

莱拉注视他片刻,然后说:"我喜欢你的船。它看起来很值钱。"

"噢,确实。"

"我打算等船员上岸,然后杀了你,*夜峰号*就是我的了。"

"真坦率啊。"他慢吞吞地说着,抿了一口酒。

A Gathering of Shadows

莱拉耸耸肩。"我一直想要一艘海盗船。"

阿鲁卡德闻言笑了。"你凭什么认为我是海盗，巴德小姐？"

莱拉脸色一沉。她不能理解。一天前，她亲眼目睹他们抢了一艘船，虽然她被要求留在*夜峰号*作壁上观，看着他们战斗、劫掠、满载而归。"你不是海盗是什么？"

"我是私掠者，"他扬起下巴，解释道，"为尊贵的阿恩王室效力。我有马雷什颁发的许可证。我在他们的领海上巡航，替他们解决麻烦。不然你以为我的皇家语言为何如此流利？"

莱拉暗自咒骂。怪不得那家有罗盘的酒馆欢迎他们。他们是正经的水手。想到这里，她略感失望。

"可你们没有挂上国王的旗子。"她说。

"挂上也无妨……"

"那为什么不挂呢？"她不依不饶。

他耸耸肩。"那就没意思了。"他换上古灵精怪的笑容，"如我所说，我*可以*挂上国王的旗子，*如果*我希望到处遇敌，或者吓跑猎物的话。虽说我相当中意这艘船，但我既不在乎它是否会被击沉，也不在乎因为没挂什么旗子而丢了职位。跟以上原因无关，夜峰号就是来去无踪、神鬼莫测的风格。但我们确实不是海盗。"看来他注意到了莱拉的脸色，因为他接着说，"好了，别那么沮丧，巴德小姐。你管它叫什么不重要，不论是*海盗*还是*私掠者*，称呼不同而已。唯一重要的在于，我是这艘船的*船长*。而我希望保住我的职位，我的性命。所以如何处置*你*成了一个问题。

"头一晚你捅死的那个人，贝尔斯……你之所以逃过一劫，唯一的原因就是你杀他是在陆地上而非海上。船上自有规矩，巴德。如果你在我的船上放他的血，我除了放你的血，别无选择。"

"你现在也可以,"她试探着说,"你的船员一定不会反对。所以为什么放过我?"这个问题从第一天晚上就折磨得她心神不宁。

"我很好奇。"他凝视着壁炉里静静燃烧的白色火焰。"此外,"他接着说,乌黑的眸子闪着光芒,"我希望摆脱贝尔斯已经不是一两天了——那个可恶的家伙老是偷我的东西。所以我觉得你帮了我的忙,我决定还你人情。算你走运,大多数船员都讨厌那个混蛋。"

埃萨出现在他椅子边,紫色的大眼睛盯着——或者说瞪着——莱拉。它不眨眼。莱拉相信猫都应该眨眼才对。

"这么说,"阿鲁卡德挺起胸膛,"你计划上船杀了我,抢了我的船。一周过去了,你怎么还不动手?"

莱拉耸耸肩。"我们还没有靠岸。"

阿鲁卡德吃吃一笑。"你一向这么可爱吗?"

"只在说母语的时候。我的阿恩语,正如你所说,有待加强。"

"怪了,我从未见过一个人能说皇家语言,却不懂通用语的……"他止住话头,希望得到答案。莱拉抿了一口酒,任沉默滋长。

"这样吧,"发现莱拉不按套路出牌,他又说,"晚上来陪我,我教你说阿恩语。"

莱拉差点被酒呛到,继而抬头瞪着阿鲁卡德。他放声大笑——笑声真切自然,猫儿却惊得炸了毛。"我不是那个意思。"他恢复了正常。莱拉感到脸颊发烧,恐怕面色和酒水一样。她直想揍对方一拳。

"过来陪我,"他又说,"我保证不泄露你的秘密。"

"让船员们以为你睡了我?"

"噢,我怀疑他们会这么想。"他不以为意地摆摆手。莱拉强压受辱的感觉。"但我保证,我只希望跟你聊天而已。我还会帮助你学习阿恩语。"

莱拉沉吟片刻，指头敲打着扶手。"好。"她起身来到桌边，那把刀还搁在地图上。她回想着对方将其夺走的过程。"但我希望有所回报。"

"有趣，我以为回报就是允许你留在我的船上，考虑到你是骗子、小贼和杀人犯。不过算了，你接着说。"

"魔法。"她收刀回鞘。

他挑起眉毛，蓝宝石也随之上移。"魔法怎么了？"

她迟疑片刻，字斟句酌地说："你会用。"

"所以呢？"

莱拉从口袋里掏出凯尔的礼物，放在桌上。"所以我想学。"如果她希望在新的天地有所作为，她就必须学习这里真正的语言。

"我不太会教。"阿鲁卡德说。

"我学得很快。"

阿鲁卡德歪着脑袋沉思。然后他拿起凯尔的盒子，拨动扣子，任其在掌中摊开。"你想知道什么？"

莱拉重新落座，胳膊肘撑着膝盖，俯身倾听。"什么都想知道。"

V

阿恩海

莱拉哼着歌儿在船舱里漫步。她单手插在兜里,握着一块白色的碎石头。那是纪念品。

夜已深,夜峰号驶离了被洗劫一空的铜盗贼号。因为莱拉手下留情,十三个海盗很快就会醒来,然后发现他们的船长死了,船上空空荡荡。他们的下场本该惨不忍睹——顺着匕首文身的图案被割喉。但阿鲁卡德更愿意留着海盗们的性命,一擒一纵,海上生活才谈得上趣味横生。

因为喝过酒、聊过天,她浑身暖洋洋的,船儿轻轻摇晃,咸咸的气息拥抱着她,海浪呢喃着歌谣,那是她渴望已久的摇篮曲。莱拉开心极了。

有个声音在她耳际低语。

走啊。

莱拉听过这个声音,不在海上,而在灰伦敦的街上——她自己的声音,属于她扮演多年的女孩。充满绝望,怀疑一切都不属于她,唯独不属于她。

走啊,声音急切。但莱拉不想走。

而这是最令她害怕的。

她摇摇头,哼着萨罗斯之歌,回到自己的舱房。歌声仿佛能保她平安无事,虽说几个月来她在自己的船上没有遇上麻烦。严格地说,到目前为止,船还不是她的。

她的舱房相当狭小——刚好放置一张床和一个箱子——但也是她在船上得以真正独处的一方天地,关门的刹那,伪装犹如外衣从肩头卸下。

对面的墙板上开了一扇窗,起伏的海面映着月光。她拿起箱子上的提灯,灯火和阿鲁卡德壁炉里的火焰一样有魔法加持(咒语不是她的,魔法也不是)。她把提灯挂在墙钩上,脱了靴子,取下武器,整整齐齐地搁在箱子上,除了那把拳环匕首从不离身。虽说如今拥有独立的舱房,她睡觉时一如既往地背靠墙板,匕首藏在膝盖处。她早就习惯了,并不介意。多年以来她没睡过几次好觉。灰伦敦的街头教她如何半梦半醒、枕戈待旦。

在一排武器的旁边,搁着凯尔那天送她的小盒子。盒子带着他的气味,也可以说是红伦敦的气味,就像鲜花和刚刚犁过的土地。她每次打开盒子,闻到那种气味,多少有些安慰。那是连接她与红伦敦的纽带,与凯尔的纽带。她把盒子拿上床,盘腿坐下,又将其放在硬实的毯子上。莱拉感到困倦,但每晚的仪式必须完成,否则她睡不好觉——甚至彻夜难眠。

盒子以乌木制成,盒盖与盒身相互咬合,一个小小的银搭扣将其锁闭，整体造型考究，应该可以卖不少钱，但莱拉始终贴身携带。她告诉自己：她的银怀表是唯一不能卖掉的。不是因为多愁善感，而是因为实用。

她打开银搭扣，游戏盘在面前展开，凹槽里的元素——土、气、火、水和骨头——等待着被移动。莱拉活动着手指。她知道大多数人只能操控一种元素，或者两种，而她，来自另一个伦敦的人，本该应付不了任何一种。

但莱拉从不认输。

而且，那位老牧师——提伦大师——说她骨子里有力量。只是需要培养。

此时，她的双手悬在凹槽里的油滴两边，掌心相对，仿佛在烤火。她不懂召唤魔法的语言。阿鲁卡德非说她不用多学一种语言，具象的字句所针对的不是施法目标，而是施法者，但莱拉觉得不念几句像样的咒语就很蠢。就像一个疯丫头在黑暗中自言自语。不行，她需要说点什么，而一首诗歌，她心想，就类似于咒语。至少，诗歌有超越语句的内涵。

"老虎，老虎，火一样辉煌……"她喃喃诵道。[①]

她记得的诗歌不多——偷窃这种活计和文学风牛马不相及——但因为母亲的缘故，她知道布莱克的作品。母亲已经离世十几年，莱拉对她印象不深，有一幕场景却记忆犹新——夜夜听着《天真与经验之歌》入睡。母亲温柔的吟诵轻轻摇晃着她，犹如海浪摇晃着船儿。

一如从前，诗句平复了莱拉的情绪，止息了脑海里翻滚的风暴，解开了身为盗贼的心结。

[①] 编者注：此处背诵的诗歌为英国诗人威廉·布莱克的著名抒情诗《考虎》，收录于诗集《天真与经验之歌》中。书中所用译文出自翻译家卞之琳之手。

"烧穿了黑夜的森林和草莽……"

随着诗句荡漾,莱拉掌心发热。她不清楚自己正在做的正确与否,以及有无正确一说——如果凯尔在,他可能会说有,而且会唠叨个不停,直到她做对为止。然而凯尔不在,莱拉觉得达成目标不止一种方法。

"什么样遥远的海底、天边……"

也许力量需要培育,正如提伦所言,但并非所有花儿都生长在温室。

生长在野外的不可计数。

莱拉一向自比野草,而非玫瑰。

"烧出了做你眼睛的火焰?"

凹槽里的油滴着火了——不是阿鲁卡德壁炉里的白色,而是金色。莱拉得意扬扬地笑了,火焰从凹槽里跃至双掌之间,犹如熔化的铁水翩翩起舞,令她想起第一天来到红伦敦时所见的游行,各种元素在街头巷尾跳跃,火、水和气如同飘飞的绸带。

诗歌仍在脑海里念诵,掌心热得发痒。凯尔会说不可能。在魔法的世界里,"不可能"三个字最没用了。

你是什么人啊?凯尔问过她。

我是什么人啊?此时此刻她也好奇,火焰犹如一枚硬币,在她指间流转。

她任由火焰熄灭,油滴落回凹槽。火焰虽不复存在,莱拉仍能感到魔法如烟,游荡在空气中,于是她拿起匕首,从莱诺斯手里赢来的那把。它不是寻常的匕首。一个月前,他们在科尔马沿海堵截一艘来自法罗的、名为毒蛇的海盗船时,她目睹莱诺斯使过。此时她摸着刀刃,找到了隐蔽的凹槽,就在刀柄与刀刃相接处。她一推暗扣,匕首就像变魔术一样，在她手中一分为二，一把匕首变成了两把一模一样的，刃部薄如剃刀。莱拉用指头沾上油滴，顺着刀背涂抹。然后她双手各持一把匕首，刀身相贴——老虎，老虎，火一样辉煌——猛地一拉。

火舌舔过刀刃，莱拉笑了。

她从未见过莱诺斯这样做。

火焰不断蔓延，从头到尾地裹满刀身，流光溢彩。

她从未见过任何人这样做。

我是什么人？独一无二的人。

他们也如是形容凯尔。

红信使。

黑眼王子。

最后的*安塔芮*。

但当她转动手中冒火的双刀时，不禁想到……

他们真的是独一无二的吗？或许，他们是一样的独一无二？

她在半空中画出一道炽烈燃烧的弧线，形似彗星之尾，让她大为惊叹，令她想起离开时凯尔的注目，以及等待。莱拉不自觉地笑了。她相信他们必有重逢的那天。

等到那时，莱拉将在他面前*展现*今非昔比的能力。

Part two

Shades of Magic

逃跑的王子

I

红伦敦

凯尔跪在盆厅中央。

这间环形大厅位于中空的桥墩之中,其上便是王宫。因为淹没于艾尔河里,河中隐隐的红光透过形同玻璃的石壁,闪着诡异的光芒。石板地上刻有一组同心圆的图案,旨在导引力量。周围的一切,无论墙壁还是空气,都发出充满能量的嗡鸣,犹如大钟内部所发现的低沉共鸣。

凯尔感到力量在他体内聚集,蠢蠢欲动——所有的能量,包括紧张、愤怒和恐惧,全都渴望逃离——但他强迫自己专注于呼吸,寻找自我的中心,将那些本能反应转换为有意识的行动。他拨动记忆的时针,回到十岁那年,他坐在伦敦大圣堂修道间的地板上,提伦大师沉稳的嗓音在他耳边响起。

魔法缠乱,你必须平顺。

魔法桀骜，你必须温从。

魔法混沌，你必须镇定。

你镇定吗，凯尔？

凯尔缓缓起身，抬头张望。同心圆之外，黑暗扭曲，阴影浮现。闪烁的火光中，练习用的靶子似乎换上了敌人的面孔。

提伦抚慰人心的声音消失了，霍兰德冰冷的语调取而代之。

你知道你为什么软弱无能吗？

安塔芮的声音在他脑海中回荡。

凯尔凝视着圆环之外的阴影，想象出飘动的斗篷和剑上的寒光。

因为你从来不需要变得强大。

火光摇曳，凯尔吸气，呼气，出招。

他击中第一个靶子，将其打翻。阴影坠落的同时，凯尔已经转向背后的第二个。

你从来不需要奋起抗争。

凯尔伸出手来——水流环绕其外，随着他的手势，射向阴影，在击中了靶子头部的瞬间凝结为冰。

你从来不需要拼死而战。

凯尔猛地转身，发现对面有一团霍兰德模样的阴影。

当然，你也从来不需要苦苦搏命。

以前他会犹豫——他确实犹豫过——但这次没有。他一抖手，铁钉从腕部的皮鞘里落进掌心。它们飞上半空，向前疾射，插进幽灵的喉咙、心脏和头颅。

然而阴影不断出现，没完没了。

凯尔背靠盆厅的环形墙壁，抬起手来。一小块三角形的锋利铁片在他的腕部闪着寒光，手掌翻转，刀尖立现，凯尔将其划过掌心，顿时鲜血横流。他双手合十,然后分开。

"As Osoro。"他命令鲜血。

黑暗。

号令既出,在大厅里回荡,他双掌之间的空气不断旋转,逐渐浓稠,形似烟雾。烟雾滚滚向前,不一会儿大厅就被黑暗吞没。

凯尔重重地靠回冰冷的石壁,魔法消耗太大,他喘不过气,头晕眼花。汗水流进眼睛——一只蓝色,一只纯黑——他任由寂静笼罩在周围。

"你全都杀死了吗?"

身后某处有人发问,不是幽灵,是有血有肉的人,带着调侃的语气。

"不知道。"凯尔说。他双掌合拢,黑暗旋即消散,石制的大厅恢复了本来面目:空无一物,为冥想设计,而非战斗。靶子七零八落,一个熊熊燃烧,另一个插满了长钉。其余的靶子在重击之下破损严重,已经不成形状。他握手成拳,靶子上的火焰随即熄灭。

"卖弄。"莱咕哝道。王子倚在拱门处,琥珀色的眸子映着火光,好似猫眼。凯尔伸出血迹斑斑的手,捋着红铜色的头发,他的兄弟则踏步上前,靴子踩在盆厅的石地板上,咚咚作响。

莱和凯尔不是亲兄弟,没有血缘关系。凯尔比莱大一岁,五岁时被带到阿恩的王室,举目无亲,也不记得生身父母。事实上,除了一把匕首和一只纯黑的眼睛——**安塔芮**魔法师的标志——他真的一无所有。但莱对凯尔而言与亲兄弟一般无二。他愿意为王子付出生命。而且——就在最近——他也做到了。

看到凯尔训练后的遍地狼藉,莱扬起眉毛。"我一直以为,身为**安塔芮**意味着你不需要练习了,一切都是——"他随便做了个手势,

"天生的。"

"能力是天生的，"凯尔应道，"勤加练习才能精通。我在每次教你的时候都说过。"

王子耸耸肩。"你这么厉害，我还学什么魔法呢？"

凯尔翻了个白眼。壁龛前的桌子上堆放着一些容器——有的盛着土，有的盛着沙子和油——还有一大碗水；他掬起一捧水，泼在脸上，鲜血很快染红了碗里的水。

莱递来一条毛巾。"好些了？"

"好些了。"

他们说的都与洗脸无关。实际上，凯尔的脉搏跳得厉害，流淌其中的某种能量躁动不安。他体内有什么东西苏醒了，而且似乎无意继续沉睡。凯尔越来越频繁地造访盆厅，次数和时长都在增加。训练能缓解他的紧张情绪，平复在血液里勃发的能量，但效用不够持久。就像暂时退烧，很快又发起烧来。

莱有些不耐烦，不断变换脚底重心，凯尔瞥了他一眼，发现王子把常穿的红色和金色换成了翠绿和灰色，上好的丝绸换成了羊毛和旧棉布，饰有金纽扣的靴子也换成了黑皮鞋。

"你这是什么打扮？"他问。

莱夸张地鞠了一躬，神色顽皮。"平民打扮，这还用问。"

凯尔摇摇头。太肤浅了。虽然换了身衣服，莱的一头黑发仍旧梳理得整齐而光滑，手上戴满戒指，翠绿色外衣的纽扣闪着珍珠光泽。他从头到脚都洋溢着贵族气息。"你看起来还是王子。"

"那当然了，"莱回答，"虽说我乔装打扮了，但不代表我不想暴露身份。"

凯尔叹了口气。"说实话，"他说，"乔装打扮就代表不想暴露身份。或者说，理应如此，对任何人都是，除了你。"莱笑而不语，似乎视其为赞美。"能说说你*为什么*穿成这样吗？"

"啊，"王子说，"因为我们要出去。"

凯尔又摇了摇头。"别带上我。"他现在就想洗个澡，喝上一杯，只要回房就能安安静静地实现这些愿望。

"好吧，"莱说，"*我*要出去了。等我在背街小巷里惨遭抢劫，你可以告诉我父母发生了什么事，别忘了说你留在家里，没能尽到保护我的责任。"

凯尔呻吟着。"莱，上次——"

但王子摆摆手，终止了关于**上次**的话题，仿佛上次没有人被打断鼻梁，也不曾托人摆平事端、赔偿上千令币。

"这次不一样，"他斩钉截铁地说，"不捣蛋。也不搞破坏。找个咱们能去的地方喝一杯就行。凯尔，就当是为了我，好吗？我被关起来策划比赛，母亲对我做的每一个选择都要说三道四，父亲成天操心法罗和威斯克，我真的一分钟都待不下去了。"

凯尔不相信他的兄弟真能逃过一劫，但看见莱的腮帮子和眼神，便知道他打定了主意要出去。也就是说，*他们*要出去。凯尔叹了口气，冲着楼梯的方向点头示意。"至少让我顺路回房换身衣服吧？"

"没必要，"莱高兴地说，"我给你带了件干净的上衣。"他拿出一件浅黄色的柔软衬衫。显然他打算直接带凯尔离开王宫，连改变主意的机会都没有。

"真周到。"凯尔咕哝着，脱掉身上的衬衫。王子的目光落在他胸口的疤痕上。莱的心脏处也有同样的图案。一种不可逆转的禁忌魔法。

我的生命即他的生命。他的生命即我的生命。带他回来。

A Gathering of Shadows

凯尔吞了吞口水。他依然不习惯这个图案——曾经是黑色，如今是银色——将他们联结在一起。他们的痛苦，他们的欢乐。他们的生命。

他换上衣服，在印记被掩盖的同时呼了口气，然后他撩起散乱的头发，转而面对莱。"高兴了？"

王子作势点头，又顿住了。"差点忘了，"他说着在兜里翻找，"我买了帽子。"他掏出一顶浅灰色帽子，仔细地戴在黑色的卷发上，还故意偏了一点点，好让绿宝石在帽子底下放射光芒。

"好得很。"凯尔嘟囔着，王子将一顶巧克力色的帽子盖在凯尔的红发上。壁龛里的衣钩上挂着他的外套，他取了下来，披上肩头。

莱连连咂舌。"你这副打扮可是融不进平民百姓的。"他说。凯尔强忍反唇相讥的冲动，因为有着白皙的肤色、红头发和黑眼睛——更不提*安塔芮*这个词如影随形，半是恳求，半是咒骂——无论他到哪里都融不进去。

他说："你也一样。你要的就是这种效果。"

"我是说外套，"莱不依不饶，"今冬不流行黑色。你这里面有靛蓝色或者天蓝色的吗？"

你觉得这里面有多少件？

回忆蓦然袭来。是莱拉。

"我喜欢这件。"他想起偷偷伸进外套的那只手，随即驱散了关于莱拉的回忆。

"好吧，好吧。"莱又变换了重心。王子确实不擅长安安静静地站着不动，但凯尔觉得他今天格外沉不住气。他的举止前所未有的不安，与凯尔体内勃发的能量如出一辙。不过，莱的情况还是不大一样。狂躁。危险。他的情绪越来越不可捉摸，波动极其剧烈，阴晴变化不过眨眼之间。凯尔只能随时奉陪。"怎样，准备好了吗？"

凯尔瞟了一眼楼梯处。"侍卫呢？"

"你的还是我的？"王子问，"你的侍卫守在楼上。幸运的是他们不知道还有别的出路。至于我的侍卫，十有八九还在我的房门外。我今天做到了神不知鬼不觉。可以走了吗？"

盆厅自有一条出宫的道路，狭窄的楼梯蜿蜒通向岸边。一路上陪伴他们的，只有微红的黑暗和间或遇见的苍白壁灯，其中跳动着不灭的火焰。

"我们不该做这种事。"凯尔不指望改变莱的想法，但责任所在，非说不可，到时候在国王和王后面前也好交代。

"太不该了。"莱勾搭着凯尔的肩膀说。

两人就这样离开王宫，消失在夜色中。

II

别的城市都会冬眠，而红伦敦毫无收敛的意思。兄弟俩在街上漫步，炉膛里无不跳跃着元素之火，烟囱口冒着蒸汽。透过口中呼出的白雾，凯尔看到河边夜市的光晕，蒸汽中飘荡着加料葡萄酒和炖菜的香味，街上行人熙熙攘攘，裹着围巾，披着各色斗篷。

莱说得没错：只有凯尔身着黑衣。他把帽子压到了眉头，与其说是抵御寒冷，不如说是遮掩与众不同的容貌。

两个年轻姑娘挽着手经过，其中一人对莱眉目传情时，差点踩着自己的裙子绊倒，莱立刻扶住她的胳膊。

"An, solase, res naster。"她道歉。

"Mas marist。"莱流利地使用阿恩语回答。

这个姑娘似乎没有注意到落后一步、半边身子隐在岸边阴影中的凯尔。但她的朋友发现了。凯尔感到她的目光停留在自己身上，当他们四目相对，对方吸了一口凉气，他内心有种残酷的愉悦。

"Avan。"凯尔的声音含混不清。

"Avan。"她生硬地回应，同时低头致意。

莱的嘴唇贴上另一个姑娘戴着手套的手指，而凯尔的目光始终落在注视他的姑娘身上。曾几何时，阿恩人崇拜他，视他为天选之人，鞠躬时恨不得趴到地上——那种高高在上的感觉对他来说并非享受，但如今情况更不妙。姑娘的眼里有敬意，但也有恐惧，更糟糕的是，还有怀疑。她仿佛面对一头危险的野兽，不敢轻举妄动，担心惹祸上身。毕竟，据她所知，黑化之夜荼毒全城的罪魁祸首就是凯尔，魔法由内而外地吞食众人，受害者的眼珠和他的一样乌黑。无论国王和王后如何澄清事实，无论莱如何辟谣，所有人都相信那是凯尔所为，是他的错。

当然，从某个角度说，确实是他的错。

他感到莱的手搭在肩上，于是眨了眨眼。

两个姑娘挽着手走开，一路上低声交谈，语气激烈。

凯尔叹息着回望跨于河上的王宫。"我们不该来的。"他说，然而莱已经迈开脚步，朝着夜市和艾尔河的反方向走去。

"我们去哪儿？"凯尔亦步亦趋地跟上王子。

"给你一个惊喜。"

"莱。"凯尔沉声说道，他越来越讨厌所谓的惊喜了。

"别担心，兄弟。我既然答应你这次出门要讲究体面，我就说到做到。"

★★★

凯尔第一眼就讨厌这个地方。

它的名字是 Rachenast。

富丽堂。

富丽堂以噪声鼎沸、色彩绚烂著称，是城里那些奥斯特拉——上层精英——的休闲圣地，他们在最冷的几个月里躲着窝冬，拒不抛头露面。镀银大门之内永无冬夜。那里四季如夏，高悬的灯笼将日光铺洒于人造乔木上，顾客们栖息在光斑点点的碧绿华盖底下。

从雾气弥漫的寒冷黑夜走进宽敞明亮的室内，凯尔突然感到——非常强烈——暴露无遗。令人难以置信的是，他和莱的衣着实在过于朴素了。不知道莱是否有意为他的出场制造话题或是引起轰动。门口的侍者要么认出了王子殿下，要么认出了凯尔（从而联想到莱，圣徒在上，能把安塔芮拖到这种地方的不作第二人想），两人都被请了进去。

热闹的场景扑面而来，凯尔眯起眼睛。餐桌上堆满了水果、奶酪和盛着冰镇夏酒的罐子，人们成双成对地在一块碧蓝如水的石台上旋转起舞，魔法加持的树荫底下，人们懒洋洋地躺在软垫上。风铃叮咚作响，欢声笑语不断——属于贵族们的、高亢而快活的笑声——他们举着水晶杯相互祝酒，好一幅纸醉金迷的画面。

若不是此地的氛围过于轻浮和艳俗，凯尔甚至怀疑有魔法作祟。他打心眼里感到厌恶。作为阿恩帝国的明珠，红伦敦依然有穷人在苦海中挣扎，而在富丽堂，奥斯特拉可以躲在金钱和魔法堆砌的空中楼阁里纵情声色。

最重要的是，莱说得对：没有人穿黑衣，凯尔觉得自己就像一块干净桌布上的污渍（他在考虑换一件外套，换成更明亮的颜色，但又不能忍受自己大冬天里追求时髦，穿得花里胡哨）。王子搭着他的肩膀，带他前行。他们经过一张餐桌，莱拿起两只细长香槟杯，杯中盛满夏酒。凯尔依然戴着帽子，目光从帽檐和莱塞到手上的杯子之间穿过,四处逡巡。

"你觉得他们有没有识破我的伪装,"王子低着头,若有所思地说,"是不是他们都忙着招摇显摆?"

话中暗藏锋芒,凯尔吃了一惊。"别着急,"他说,"我们刚进来。"但当莱带着他走向树荫底下的一张沙发时,他能感觉到周围一阵骚动。

王子陷进软垫里,摘了帽子,一头乌黑卷发格外惹眼,虽然少了惯常戴在头上的金圈,但他的一切——他的姿态,他完美无瑕的微笑,他的悠然自得——颇有王室风范。凯尔自知模仿不来——他试过。莱把帽子扔到桌上。凯尔迟疑片刻,指头拨弄着帽檐,最终还是放弃了,帽子是他抵挡外界窥探的唯一铠甲。

他抿了一口酒水,对富丽堂的一切兴味索然,自顾自地揣摩兄弟此行的用意。他仍然不理解莱的半吊子伪装。富丽堂是名流出入之地,他们比一般人更熟悉王子的同伴。他们苦心学习皇家语言,只求凭一张嘴赢得王室青睐(但据凯尔对莱的了解,这种做法并不讨人喜欢,而且毫无必要)。不过,令他担忧的不仅仅在于着装。王子一切正常,但是……

"我真有那么好看吗?"莱头也不抬,清澈的笑声在屋子里荡漾。

"你心里清楚。"凯尔回答,目光投向脚下草丛似的地毯。

接近他们的只有一位侍者,一个白裙飘飘的年轻女孩问他们需要来点什么助兴。莱微笑以对,吩咐她去找更有劲儿的酒水,再送一朵花来。

凯尔看见王子双臂张开,搭在沙发背上,淡金色的眼睛扫视周围,闪闪发亮。莱已经足够低调,但依然光彩照人。

侍者送来一个盛有红宝石色酒水的斟酒瓶,还有一朵深蓝色的花；莱接过饮料，微笑着把花戴在她耳后。凯尔翻了个白眼。本性难移。

莱斟满了自己的杯子，与此同时，凯尔听到一阵低语，飘向他们的视线越来越多。当众人的目光移到王子同伴的身上，他感到如芒在背。众目睽睽之下，凯尔浑身起了鸡皮疙瘩，但他拒不低头，强行与他们对视。

"如果你不去瞪他们，"莱说，"事情会更有趣。"

凯尔一脸讽刺的表情。"他们害怕我。"

"他们崇拜你，"莱摆了摆手，"城里大多数人都当你是神。"

听到"神"字，凯尔心惊肉跳。安塔芮魔法师少之又少——以至于有些人视其为神明和天选之人。"其他人则当我是魔鬼。"

莱身子前倾。"你知道吗，在威斯克，他们相信你能改变四季、操纵潮汐、护佑帝国。"

"如果你是想吹捧我——"

"我只是提醒你，你永远不同凡响。"

凯尔一时愣怔，想到了霍兰德。他告诉自己，总有一天，一个新的安塔芮将诞生，或是被人发现，但这种说法连他自己都不敢相信。他和霍兰德同属一个濒临灭绝的种族，是最后的血脉。安塔芮本就数量稀少，还在加速灭绝。假如真的只剩他最后一人怎么办？

凯尔皱着眉头。"我宁愿做一个普通人。"

轮到莱一脸讽刺的表情了。"可怜的家伙。我真想知道受人顶礼膜拜是什么滋味。"

"我们的不同之处在于，"凯尔说，"民众爱戴你。"

"有十个爱戴我的人，"莱打了个手势，"就有一个希望我死。"

一段关于阴影社的往事涌上心头，六年前企图杀害莱的那些人写了一封信，指责王室在鸡毛蒜皮的事情上浪费了太多宝贵资源，罔顾民生疾苦。想到富丽堂，凯尔甚至有几分赞同他们的说法。

"我的意思是，"莱接着说，"有十个崇拜你的人，就有一个希望你被烧死。对我们这种人而言只是概率问题。"

凯尔斟上一杯酒。"这地方真讨厌。"他若有所思地说。

"是吗……"莱一口气喝干了杯中的酒，哐的一声搁在桌上，"我们随时可以离开。"

莱的眼里闪过一道光，凯尔忽然明白了王子这身行头的用意。莱的衣着不为富丽堂准备，这里不是他真正的目的地。"你故意带我来这里。"

他报以疲倦的笑容。"我不知道你在说什么。"

"你选择这个地方，是因为你清楚我在这里会很痛苦，等你提出带我去其他地方，我多半会投降。"

"然而呢？"

"然而你大大低估了我的忍耐力。"

"你随意，"王子以惯常的慵懒姿态站起身来，"我要去转一圈。"

凯尔怒目而视，坐着没动。他目送莱离开，手端酒杯靠着沙发背，试图模仿王子漠然处之的老练姿态。

他的兄弟在人群中穿梭，笑逐颜开地与人握手、亲吻脸颊，时不时指着身上的行头，发出自嘲的笑声——不管刚才是怎么说的，莱在这里毫不费力就能混得风生水起。他理应如此，凯尔心想。

然而，凯尔讨厌奥斯特拉打量王子的贪婪模样。女人们扑闪的睫毛热情不足，狡猾有余。男人们算计的表情友善不足，饥渴有余。也有一两个人望向凯尔，眼神同样饥渴，但都不敢靠近。很好。随他们说，随他们看。他内心忽然产生了一种异样的冲动，恨不得大闹一场，看看他们在真正的力量面前如何笑得出来。

凯尔捏紧杯子，正欲起身，附近的只言片语飘进了耳中。

他无意偷听——一切都是自然而然的。也许是血管里流淌的魔力使他的听力更敏锐，或者多年以来他无师自通地学会了什么时候该听、什么时候不听。当你经常成为低声议论的话题时，这种习惯便成了自然。

"……我也可以参加。"一个贵族倚着堆积如山的靠垫说。

"得了吧，"他身边的一个女人嗤之以鼻，"就算你有那个能耐——可惜你没有——你也来不及了。名单已经确定。"

"确定了吗？"

他们谈论的话题和城里大多数人一样，是 Essen Tasch——元素大赛——凯尔一开始没有在意，因为奥斯特拉通常关心的是舞会和筵席，而非比赛。他们谈及魔法师的口吻，近似于谈论异域的野兽。

"当然了，名单还没有公示，"女人神秘兮兮地说，"但我兄弟有的是路子。"

"有我们熟悉的人吗？"另一个男人淡淡地说，似乎并不关心。

"我听说卫冕冠军克什米尔又参赛了。"

"埃默里呢？"

听到这个名字，凯尔打了个激灵，捏着玻璃杯的指头泛白。一定是听错了，他这样想的同时，有个女人问："阿鲁卡德·埃默里吗？"

"是的。我已经听说他要回来参赛。"

凯尔的心脏跳得厉害，杯子里的酒水开始打旋。

"胡说八道。"一个男人拒不相信。

"你听过传闻吧。埃默里有三年没有踏足伦敦了。"

"也许吧，"女人毫不松口，"可名单上有他的名字。我兄弟的朋友有个姐妹,是 Aven Essen 的信使,她说——"

突如其来的痛感在凯尔的肩头炸开,他差点扔了手里的杯子。他猛地抬头,寻找袭击者,与此同时摸向肩胛骨。须臾,他发现痛感的源头不在自身。而是回响。

莱。

莱在哪里?

凯尔迅速起身,桌上的杯瓶晃得叮当作响,他四处搜寻王子黑玛瑙色的头发及其蓝色外套。视野之内不见王子的踪影。凯尔的心脏在胸腔里狂跳,他恨不得高喊莱的名字。他察觉到众人的目光都聚集在他身上,但他不在乎。其他人他都不在乎。这个地方——这座城市——他唯一在乎的人不知身处何方,而且承受着痛苦。

凯尔眯着眼睛,搜寻光芒太盛的富丽堂。太阳灯笼在头顶闪耀,不远处是昏暗的林间廊道,照射大厅的午后阳光在那里威力骤减。凯尔咒骂着一路狂奔,毫不理会客人们异样的目光。

痛感再度来袭,这次是下背,凯尔拔刀出鞘,冲向树荫底下。树林里枝繁叶茂,透进来的唯有星星点点的光芒。除此之外,就是一对对耳鬓厮磨的情侣。

该死,他暗暗咒骂,折回去时心率飙升。

他早有经验,随身带着莱的一样信物,以备万一。他正准备放血施展搜寻咒,身上疤痕的异动告诉他王子就在附近。他一转身,听见旁边的灌木丛里传来某种含混不清的声音,很可能是莱发出的。凯尔钻了进去,以为即将看到打斗的场景,结果大吃一惊。

在一处青苔覆盖的斜坡上,衣冠不整的莱伏在一袭白裙的女孩身上,那朵蓝色的花还插在她发间。他的脸埋在女孩的肩头,凯尔发现他赤裸的后背上有一道深深的抓痕,鲜血淋漓,当女孩的指甲掐进莱的皮肉，又有一波痛感从凯尔的臀部传来。

凯尔长出一口气，心烦意乱，同时也如释重负，而当女孩发现他在旁边，吓得倒吸一口气。莱呼哧带喘地抬起头，竟然没羞没臊地报以微笑。

"你这个混蛋。"凯尔低声说。

"亲爱的？"女孩不明所以。

莱跪坐下来，慵懒地转了个身，倚着坡上的苔藓。"我的兄弟。"他解释道。

"走开。"凯尔喝令女孩。她窘迫不安地抓起裙子照做了，莱晃晃悠悠地爬起来，四处找自己的衣服。"我以为你遇上危险了！"

"怎么说呢……"莱轻轻地套上衣服，"从某种意义上来说，的确如此。"

凯尔看见莱的外套挂在一根低矮的树枝上，于是将其塞到他怀里。然后他们从林中返回，越过草坪，出了镀银大门，来到夜色中。一路上两人默不作声，等他们离开富丽堂，凯尔立刻转身面对兄弟。

"你刚才在想什么呢？"

"一定要问吗？"

凯尔难以置信地摇头。"你真是个举世无双的混蛋。"

莱吃吃一笑。"我怎知道她对我那么粗暴？"

"我要杀了你。"

"你做不到，"莱张开双臂，断然否认，"那是你亲自保证过的。"

话音未落的一瞬间，透过口中喷吐的白雾，凯尔发现王子似乎不太高兴。不过眨眼之间，笑容又回来了。"走吧，"他揽上凯尔的肩膀，"反正我受够了富丽堂。我们找个舒心的地方喝酒。"

他们周围开始飘雪，莱叹道："你好像忘了拿上我的帽子吧？"

Ⅲ

"圣徒啊,"莱骂道,"是不是所有的伦敦都这般冷?"

"一样冷。"凯尔跟随王子离开既活跃又亮堂的市中心,穿行在七弯八拐的街巷中。"而且更冷。"

他们一边走,凯尔一边想象着其他伦敦对应的地点。这里是威斯敏斯特。那里是孪生戴恩的石像曾经伫立的庭院。

前面的莱停下脚步,凯尔一抬头,看见王子拉开了一家酒馆的门。头顶的一块木制招牌上写着 IS AVEN STRAS。

福水。

凯尔暗自咒骂。他熟悉这里,知道他们不该来。莱不该来。虽说福水的糟糕程度不及夏尔中心地带的三把刀,在那儿每个人的腕上都闪着乌黑的缚印,也不及杰克大家庭,他们上次出门就在那里惹了一堆麻烦,但福水也是出了名的乱。

"Tac。"凯尔用阿恩语责备道,因为这里不是说皇家语言的地方。

"怎么了?"莱一脸无辜地抓下凯尔头上的帽子,"这又不是富丽堂。而且我来这里有事。"

"什么事？"凯尔问，莱把帽子戴在头上，眨了眨眼，进了酒馆。凯尔别无选择，要么待在原地，要么跟上去。

酒馆里充斥着海水和麦酒的气味。富丽堂空间开阔，色彩绚烂，光线明亮，福水则只有黑暗的角落和将熄的壁炉，桌椅散乱，活像七零八落的尸体。空中浓烟弥漫，笑声粗犷刺耳，醉醺醺的骂声此起彼伏。

至少这个地方诚实，凯尔心想。不虚伪。不掩饰。他想到了比邻酒馆、落日酒馆，以及焦骨酒馆。它们是世界上的几个定点，凯尔在这些地方做过不那么光明正大的生意。他从除了他谁也不能企及的远方带些小玩意过来贩卖。

莱进了酒馆，顺势拉下帽檐，遮挡那对浅色的眸子。他对着酒保背后的一条黑影做了个手势，递去一张纸片和一枚银币。"Essen Tasch。"王子悄声说道。

"押哪个？"黑影不动声色。

"凯梅拉夫·洛斯特。"

"买赢？"

莱摇摇头。"不。买全胜。"黑影警惕地看了他一眼，指头叩了叩木板，收下赌注，然后退回到吧台角落。

凯尔难以置信地摇头。"你跑到这儿下注。赌你自己负责的比赛。"

莱的眼里闪过狡黠的光。"正是。"

"不合规矩。"凯尔说。

"所以我们来这里。"

"告诉我，为什么一开始不来这里呢？"

"因为,"莱一边说,一边招呼酒保,"我拉你从王宫出来时你脾气正臭——虽说平常也一样臭——照说你必然瞧不上第一个地方。我只是有备而来。"

酒保擦着杯子过来了,始终低着头,举止似乎并无异常,不知道他有没有注意到凯尔的红发黑眼。

"两杯黑萨莉。"莱用阿恩语说,然后聪明地付了小面额令币,而不是贵族常带在身上的银币或金币。酒保点点头,送上两杯既浓又黑的酒水。

凯尔端起玻璃杯——里面的酒浓得不透光——小心翼翼地喝了一口。他差点呕吐,吧台另一头有几个人轻声窃笑。这种酒水未经加工,浓度高,劲儿大,沾在凯尔的喉咙里,冲得脑袋疼。

"太恶心了,"他咳嗽着说,"这是什么?"

"相信我,兄弟,你不知道为好。"莱扭头吩咐酒保,"再来两杯冬季麦酒。"

"谁爱喝这玩意儿?"凯尔还在咳嗽。

"但求一醉的人。"莱说完,龇牙咧嘴地猛灌起来。

凯尔推开杯子时,感到一阵晕眩。"慢点喝,"他说,但王子毫无罢休的意思,直到把空杯子"咚"的一声搁在吧台上,浑身打了个激灵。吧台另一头的汉子们纷纷敲响自己的杯子,以示敬意,莱也晃晃悠悠地冲他们鞠了一躬。

"厉害。"凯尔喃喃道。与此同时,他们身后有人啐了一口,"要我说,王子就是温室里的一坨狗屎。"

凯尔和莱闻言一怔。说话的男人和另外两人围坐在桌边,背对吧台。

"说话注意点,"有人告诫他,"你小子辱骂的可是王室成员。"凯尔还来不及松口气，他们哄堂大笑。

莱抓着吧台，指关节发白，凯尔死死地捏着兄弟的肩头，连他自己都感到疼痛。他最不愿意看见王子被卷进福水酒馆的斗殴。"你之前怎么说的来着，"他凑到莱的耳边低语，"那些希望我们烧死的人？"

"他们说他一丁点魔法都没有。"第一个开骂的人接着说。他显然喝醉了，清醒的人不可能大声说这种话。

"权贵嘛。"另一个人咕哝道。

"不公平，"第三个人说，"谁不知道，如果他不是生在那个漂亮宫殿里，他就是一条摇尾乞怜的狗。"

最令人恼火的是，那人说得不算错。这个世界由魔法**统治**，但魔力的承继无迹可寻，与血统家系的关联也不大——有人生来深厚，有人生来稀薄。但是，如果魔法拒不赋予某人以力量，众人就会相信其中必有原因。弱者应当被遗弃，自生自灭。有时候他们被带到海上——在那里元素之力还不如肌肉有用——但大多数时候他们留在城里，以偷窃为生，穷困潦倒，下场凄惨。莱的确凭借高贵的出身改变了命运。

"他有什么资格坐上王位？"第二个人咕哝道。

"没有，这就是……"

凯尔听不下去了。他正要转身，莱伸手制止，姿态轻松，不以为意。"不用放在心上。"他说着端起麦酒，走向酒馆的另一头。其中一人靠着椅背，两条椅腿离开地面，凯尔经过时使了个小动作。他没有回头，但听见那人摔在地上的响声，心中暗爽。

"坏狗。"莱轻声说，言语之间带着笑意。王子绕过桌椅，走向另一头的卡座，凯尔正要跟上去，对面的什么东西吸引了他的视线。准确地说，是人。她格外醒目，不仅因为酒馆里的女性不多，而且凯尔认识她。他们只见过两次，但凯尔一眼就认出了她，笑靥如猫，乌黑的辫子盘在脑后，金线夹杂其间。在暴徒和盗贼出没之地佩戴贵重金属，胆量着实不小。

话说回来，克什米尔·瓦斯林比大多数人胆大。

同时，她是 Essen Tasch 的卫冕冠军，比赛在伦敦举办也与其有关。距离比赛开幕还有两周时间，她就出现了，坐镇福水酒馆的一角，围在身边的扈从依然个个俊美非凡。这位女斗士每年大部分时间都在四处旅行，巡回表演，指导那些年轻且富有的魔法师。她头一次登上梦寐以求的花名册时年仅十六岁，而在过去十二年间的四次比赛中，她一步一步登上冠军宝座。

以二十八岁的年纪，她再夺冠军亦非难事。

克什米尔慵懒地扯着一只石制耳环——左右耳朵上各戴三只——脸上挂着残酷的笑容。然后她的视线移开了，越过桌椅，落在凯尔身上。她的眸子色彩绚丽，据说能窥见人的灵魂。她的注目确实令人不安，凯尔怀疑那层独特的虹膜赋予了她非凡的力量（不过，他哪有资格评判呢？他的眼睛里也画上了墨水似的魔法印记）。

他扬起下巴，让酒馆的灯光照亮乌黑的右眼。克什米尔的表情波澜不惊。她以难以察觉的幅度举杯向凯尔致意，将一杯墨黑的饮料送到唇边。

"你是要坐下来呢，"莱问，"还是站岗？"

凯尔移开视线，望向兄弟。莱舒展地坐在长椅上，跷起双脚，摸索着凯尔的帽子，嘴里嘀嘀咕咕，说还是自己那顶讨人喜欢。凯尔把王子的靴子拍到一边，坐了下来。

他很想问问参赛名单里有没有阿鲁卡德·埃默里——但尚未开

口，这个名字就已经在嘴里泛酸了。他灌了一大口麦酒，仍不能抵消那股味道。

"我们应该出一趟远门，"莱坐直了，"等比赛结束之后。"

凯尔笑了。

"我说真的。"王子斩钉截铁，口齿却有些含混。

他知道莱不是开玩笑，但也知道实现的可能性为零。王室绝不允许凯尔离开伦敦，即使他到别的世界也一样。他们宣称是为他的人身安全起见——也许是的——但他和莱都清楚，那不是唯一的理由。

"我去跟父亲说……"莱闭嘴不言，仿佛这个话题已被抛到九霄云外。他又站起身来，出了卡座。

"你去哪儿？"凯尔问。

"再去拿两杯喝的。"

凯尔低头看看莱的空杯，又看看自己的，还剩半杯。

"我们喝得够多了。"凯尔说。王子猛地转身，抓着椅背。

"所以你要替我们两个人做主了？"他眸子发亮，语气严厉，"管了身体，还得管想法？"

这话太伤人，凯尔顿时失去了耐心。"那行，"他吼道，"毒死我们好了。"

他揉揉眼睛，目送兄弟离开。莱一向嗜酒，但不至于非要醉得一塌糊涂，醉到不省人事。圣徒在上，凯尔也有心魔，却也明白借酒浇愁愁更愁的道理。喝酒起不了什么作用。至于他为何纵容莱一次次喝酒，他也不知道。

他摸了摸外套的口袋，找到一个铜夹子和三根细雪茄。

他不怎么抽烟——也不怎么喝酒——不过，相比喝酒，抽烟至少是他今晚主动选择的，于是他打了个响指，用拇指尖上跳跃的火苗点燃雪茄。

凯尔深吸一口——它不是灰伦敦的香烟,也不是白伦敦那种可怕的炭烟,而是添加了香料的烟叶子,能提神醒脑,舒缓紧张的情绪。凯尔吐了口气,双眼在烟雾中失神。

听见脚步声,他抬起头,以为莱回来了,结果发现是一个年轻女人。她乌黑的头发盘了起来,饰有金色的流苏,喉咙处挂着猫眼吊坠,一看便是与克什米尔同行的人。

"Avan。"她的嗓音如绸缎般柔滑。

"Avan。"凯尔说。

女人踏步上前,膝盖处的裙子扫过长椅边缘。"瓦斯林小姐问候您,委托我传达口信。"

"什么口信呢?"他又吸了一口,问道。

她莞尔一笑,凯尔来不及反应——甚至来不及呼气——她忽然伸手,捧着凯尔的脸庞,亲了下来。凯尔胸中憋闷,浑身燥热,等女孩抽身——距离不远,刚好能与他对视——她吐了一口烟。他差点放声大笑。女孩嘴角弯弯,露出娇俏的笑容,盯着他的眼睛,既不害怕也不吃惊,似乎有几分兴奋。是敬畏。凯尔知道,通常来说他这时候应该产生一种欺世盗名的挫败感……但他没有。

他的目光越过女孩,投向王子,莱依然站在吧台前。

"她就说了这个?"凯尔问。

她撇了撇嘴。"她的指示不明确,mas avenvares。"

我神佑的王子。

"不,"他皱起眉头,说,"不是王子。"

"那是什么呢?"

他吞了吞口水。"叫我凯尔就好。"

女孩脸颊绯红。这样称呼太过亲密了——按规矩，即使他不愿意提及贵族身份，也应该被唤作凯尔大师。但他不想那样。他只想做自己。

"凯尔。"她品咂着这个名字。

"你叫什么？"他问。

"阿萨娜。"她轻轻念出这个名字，好似一声愉悦的喘息。她指引凯尔靠在椅背上，姿态既主动又有几分羞涩。然后她的嘴唇贴了上来。她身着时尚的束腰，凯尔的指头拨弄着她后腰处的花边。

"凯尔。"有人在他耳边低语。

说话的不是阿萨娜，而是迪莱拉·巴德。这种事她干过，潜入他的脑海，偷走他的心神，就像一个贼。她就是贼。她曾经是贼，在凯尔带她离开她的世界、来到这个世界之前。圣徒才知道她最近在干什么——以及在哪里——但在凯尔看来，她永远是贼，在最不适宜的关头偷偷溜进来。滚开，他心里想着，揪紧了女孩的裙子。阿萨娜再次亲吻他，然而他走神了，思绪飘到了某条小路上，时值十月，夜凉如水，另一个女孩吻上他的嘴唇，转眼又挪开，恍若幻梦。

"这是为什么？"

她报以凌厉的微笑。"为好运。"

他绝望地呻吟了一声，当阿萨娜的嘴唇扫过他的喉咙，他一把将其搂在怀里，深深地吻了下去，吻得歇斯底里，企图驱散莱拉的幽灵。

"Mas vares。"她吐气如兰。

"我不……"不等他说完，阿萨娜的嘴唇再次贴上来，堵住他的呼吸和言语。凯尔的手掌没入她浓密的发间，继而又出现在她的颈后。她张开五指，按着凯尔的胸膛，然后向下滑落，掠过腹部，接着——

痛感。

痛感在下颚处掠过,突如其来,极为剧烈。

"怎么了?"阿萨娜问,"出什么事了?"

凯尔紧咬牙关。"没什么。"*我要杀了我兄弟。*

他的思绪从莱回到阿萨娜身上,可正当他准备吻上去时,痛感卷土重来,从臀部横扫而过。

一时间,凯尔以为莱又到手了一个头脑发热的猎物,然而痛感三度袭来,这次在肋部,剧烈到令他难以呼吸,于是这个可能性消失了。

"圣徒啊。"他大骂一声,挣脱阿萨娜的怀抱,一边低声道歉,一边离开了卡座。他起身太快,只觉得天旋地转,于是靠着卡座四处张望,推测莱到底惹上了什么麻烦。

然后他看到了吧台附近的桌子,之前有三个人坐在那儿说风凉话。他们不见了。福水酒馆有两扇门:前门和后门。他凭着直觉选了后者,疾步冲进夜色,快得连他自己都不敢相信,毕竟他——还有莱——刚刚喝了不少酒。不过,痛感和寒冷都是醒酒利器,当他在积雪的巷子里刹住脚步时,魔法已经在血管里激涌,随时准备战斗。

凯尔第一眼看到的是血。

然后是王子的佩刀,搁在鹅卵石地面上。

三个人将莱逼到了巷子尽头。其中一人的前臂被割伤了。还有一个脸上挂彩。莱在佩刀脱手之前攻击过对方,此时痛苦地弯着腰,捂着肋部,鼻子流血。看来那帮家伙不知道凯尔的身份。辱骂王室成员是一码事,动手可就……

"敢割伤我的脸,这是给你的教训!"有人大吼。

"帮你整容呢。"莱咬牙切齿地说。凯尔简直不敢相信自己的耳朵：莱在挑衅他们。

"……找不自在。"

"可找到了。"

"别……那么肯定嘛……"王子咳嗽着说。

他抬起头，目光越过他们，投向凯尔。他淡淡一笑，从血迹斑斑的牙缝里挤出几个字来："哈，你好啊。"仿佛两人不期而遇，仿佛在福水酒馆的背街小巷里挨揍的不是他，仿佛此时此刻，凯尔不急着教训那些人，因为是莱愚蠢透顶，自找麻烦（凯尔毫不怀疑是王子挑的事儿）。这帮暴徒并不知道，凯尔不急是有原因的，他们不可能杀死他。原因在于烙印在他们皮肤上的咒语。什么都杀不死莱。决定生死的不是莱本人。而是凯尔。只要凯尔活着，王子就活着。

不过，他们可以伤害他，凯尔虽然恼火，但还不至于置之不理。

"你好啊，兄弟。"他抄着胳膊说。

两个人转而面对凯尔。

"Kers la?"一人嘲讽道，"一条宠物狗跟过来啦?"

"看不出他多能咬。"另一人说。

第三个人甚至懒得回头。莱辱骂了他——凯尔听不清骂的是什么——于是他抬起脚，准备踢向王子的腹部。然而没能如愿。凯尔一咬牙关，那人的靴子顿在半空中，腿骨动弹不得。

"怎么——"

凯尔一转念，那人飞到一边，撞上墙壁。他瘫在地上不断呻吟，另外两人满脸惊恐。

"你不能——"有人嚷嚷，实际上，凯尔能不能施法远远不如他成功施法那么震撼。骨魔法是罕见且危险的魔法，禁止它是因为有违国法：任何人不得使用魔法控制他人的精神或肉体。那些有潜力施展骨魔法的人，无不得到将其遗忘的严重警告。而任何胆敢施展骨魔法的人，都将获得从头到脚的全副缚印。

普通魔法师绝对不愿意以身试法。

凯尔不是普通魔法师。

他扬起下巴，让对方看到他的眼睛，苍白的面孔带来一丝残酷的满足感。纷乱的脚步声忽然响起，凯尔回头一看，发现不少人冲进了巷子。醉醺醺，气冲冲，抄着家伙。他有了反应。

他心跳加速，魔法在血管里汹涌澎湃。他感觉脸上有异样，随后才意识到自己在笑。

他从贴在手臂上的刀鞘里拔出匕首，一刀割破手掌。鲜血大滴大滴地落了下来。

"As Isera。"他说，命令在他的血和空气中同时发生作用，响彻整条小巷。

然后，地面结冰了。

冰从血滴开始迅速蔓延，犹如一层霜，铺满了鹅卵石和脚下的地面。不一会儿，巷子里所有的人都站在一整块结实的冰面上。有人迈了一步，脚底打滑，然后张牙舞爪地摔了下去。另一个人的靴子踩得稳当，顺利地前进了一步。不过，凯尔已经采取行动。他蹲下身来，血淋淋的手掌按在鹅卵石上，嘴里念道："As steno。"

破裂。

"咔嚓"一声划过夜空，打破了寂静，以及光滑如镜的冰面。裂纹从凯尔的掌底辐射开来，向四面八方延伸，而当他起身，碎冰也随之上升。凯尔周围的碎冰全都悬在半空中，刀刃似的冰锋以他为中心一致对外，犹如某种诡异的光线。

突然,巷子里所有的人都停止了动作,不是因为他们的骨头被凯尔操纵,而是因为他们害怕了。那是理所当然的。他毫无醉意,也感觉不到寒冷。

"喂,"说话的人举起双手,"用不着这样吧。"

"这不公平。"有人低声吼道,喉咙处抵着冰刃。

"公平?"凯尔的语气之淡定,连他自己都不敢相信,"三打一就公平了?"

"他先动的手!"

"八打二公平吗?"凯尔接着说,"在我看来你们可是人多势众。"

碎冰在空中缓缓移动。凯尔听见惊恐的喘息声。

"我们只是自卫而已。"

"谁知道呢?"

莱靠着墙,直起身子。"好了,凯尔……"

"别动,莱,"凯尔警告他,"你惹的麻烦够多了。"

参差不齐的碎冰凌空飘移,缓慢而精准地调整方向,最后每个人都面对着两三块碎冰,受到威胁的部位是喉咙、心脏和腹部。人们瞪大眼睛,屏住呼吸,等待碎冰的下一步行动。

凯尔的下一步行动。

他一抖腕子,就能杀了巷子里所有的人。

住手,一个声音说,轻不可闻。

住手。

声音突然变大,那是莱的声音,他在扯着嗓子喊叫。"凯尔,住手。"

夜色恢复了原状,他这才意识到手里攥着八条人命,差点就结果了他们。不是因为他们打了莱(很有可能是王子挑衅在先),也不是因为他们是坏人（虽说有几个应该是），仅仅因为他有这个能耐，因为一切尽在掌握、实力凌驾全场、确信无论事态如何发展都能获胜的那种滋味，太美妙了。

凯尔吁了口气，放下手，碎冰纷纷砸在石头上，化为齑粉。人们无不剧烈喘息，嘴里骂骂咧咧，在咒语解除的瞬间，不约而同地踉跄后退。

有人瘫坐在地上发抖。

有人眼看就要呕吐。

"都给我滚。"凯尔轻声说。

他们照做了，在凯尔的注视下一哄而散。

他们本来就当他是怪物，现在他主动出手，证实他们的恐惧并非捕风捉影，情况必然更加糟糕。但也无所谓——他无论做什么似乎都不会改善。

他踩着冰碴，一步一个脚印地走向靠墙而坐的莱。莱仍然晕晕乎乎的，凯尔认为罪魁祸首是酒，而不是挨了一顿打的缘故。鼻子和嘴唇已经停止流血，除此之外，脸上不见伤痕——凯尔在自己身上寻找痛感的共鸣，只有一两根肋骨隐隐作痛。

凯尔伸手拉起了莱。王子迈了一步，摇摇欲倒，好在有凯尔搀扶。

"你又来了，"莱的脑袋靠在凯尔的肩头，喃喃道，"你从不忍心看我遭罪。"

"然后被你连累，咱俩一起遭罪吗？"凯尔反唇相讥，同时架起王子的胳膊。"走吧，兄弟。我们今晚的乐子算是找够了。"

"抱歉。"莱低声说。

"我知道。"

事实上，凯尔忘不了他在战斗时的感受，内心骄傲的那一部分满足得很。他忘不了那个笑容，属于他，却又全然陌生。

凯尔颤抖着，搀扶兄弟回家。

IV

侍卫们在走廊里等他们。

凯尔带着王子一路返回王宫，登上盆厅的台阶时遇到了他们：莱和凯尔各有两名侍卫，个个脸色阴沉。

"维斯，托纳斯，"凯尔故作轻松，"愿意搭把手吗？"

仿佛他不是搀扶着阿恩王子，而是在搬运一袋小麦。

莱的侍卫面无血色，既恼怒又担忧，但两人都不愿上前。

"斯塔夫，哈斯特拉？"他转而求助自己的人。回应他的只有沉默。"好吧，让让路。我自己对付。"

他从侍卫当中挤了过去。

"那是王子的血吗？"维斯指着凯尔的袖子问，不久前他用袖子擦净了莱的脸。

"不是，"他撒谎，"全是我的。"

莱的侍卫听了如释重负，凯尔深感不安。维斯敏感过头，时刻紧张着，托纳斯则毫无幽默感，面容冷峻。他们在为年轻的王子效力之前，负责保卫马克西姆国王，相比莱以前的侍卫，他们对王子的桀骜不驯表现得漠不关心。至于凯尔自己的侍卫，哈斯特拉年纪轻轻，生性热情，而斯塔夫几乎不说话，不对凯尔说，凯尔在场的时候也不对任何人说。斯塔夫报到的第一个月，凯尔不知道对方是恨他还是怕他，或者既恨又怕。后来莱告诉他，斯塔夫的姐妹死在黑化之夜；所以凯尔认为很可能两者皆有。

"他是一名好侍卫。"当凯尔问起为何这样安排，莱解释道，然后面色严肃地加了一句，"是父亲的决定。"

此刻，一行人抵达他们房间所在的走廊，托纳斯掏出一张纸条，递给凯尔。"这不好笑。"看样子，莱早就在自己的门板上贴了纸条，以免王宫里的人担心。

不是绑架。
跟凯尔出去喝一杯。
等着就好。

莱的房间位于走廊尽头，有着装饰华丽的对开门。凯尔一脚将其踹开。

"吵死了。"莱咕哝道。

"凯尔大师，"维斯跟着进了门，声色俱厉地指责，"我必须请您停止——"

"不是我逼他出去的。"

"但您允许——"

"我是他的兄弟，不是侍卫，"凯尔厉声说。他知道自己的身份，既是莱的同伴，也是保护者，但事实证明保护王子绝非易事，再说，难道他做得还不够吗？托纳斯脸色一沉。"国王和王后——"

"出去，"莱醒了，"吵得我头疼。"

"殿下。"维斯伸手触碰莱的胳膊。

"滚。"王子突然爆发。侍卫们退开了，犹豫地望着凯尔。

"你们听见王子的话了，"他沉声说道，"出去。"他看着自己的侍卫。"全都出去。"

等房门在背后关上了，凯尔连拉带拽地把莱弄上床。"真是受不了他们。"他喃喃道。

莱无力地翻身躺平，抬手盖在眼睛上。

"对不起……对不起……"他轻声念叨，凯尔听了浑身发抖。在那个可怕的夜晚，王子血流不止，濒临死亡，凯尔和莱拉把他救回来，有气无力的"对不起"渐渐归于无声，归于死一般的寂静——

"……都是我的错……"莱的声音唤回了他的思绪。

"嘘。"凯尔坐到床边的椅子上。

"我只是希望……跟从前一样。"

"我知道，"凯尔揉揉眼睛，"我知道。"

等到莱安稳地进入梦乡，凯尔撑着扶手，一起身就犯晕，于是他倚着雕花床柱休息了片刻，回到自己的房间。他选择的不是侍卫环伺的走廊，而是连接两人房间的密道。凯尔进门的瞬间，灯火燃亮，这种魔法非常简单，毫不费力，但也不能带来家的感觉。这里始终弥漫着陌生、异样的气氛，就像一件不合身的衣服，难受。

这间寝宫是为王室成员配备的。屋顶帷幔飘飘，犹如夜空，一张式样简朴的书桌抵在墙边。银质茶几周围摆放着沙发和椅子，对开的玻璃门通向薄雪覆盖的阳台。凯尔脱下外套，从内向外翻了几次，将其还原为皇家专用的红色，然后搭在凳子上。

凯尔怀念红宝石地顶楼的小房间,那里墙壁粗糙,床板坚硬,噪声不断,但那个房间和酒馆以及开店的老板娘在几个月前被霍兰德烧成了灰烬,凯尔没有勇气另找一间代替。小房间的存在曾经是个秘密,而凯尔答应过国王——还有莱——他不再保有秘密。

他怀念那里,以及随之而来的私密感,但怀念之中夹杂着另一种情愫。他自认活该。因为他,别人失去得更多。

于是,凯尔留在了寝宫里。

高台上的大床虚位以待,床垫柔软,枕头堆成小山,但凯尔坐进了最喜欢的一把椅子。相比之下,唯有这件家具显得老旧,是从王宫里的一间书房搬来的,面对阳台的门。门外,艾尔河水闪耀着温暖的红光。他打了个响指,灯光渐暗,最终熄灭。

坐在椅子里,与水光相伴,他疲倦的大脑思绪纷飞,一如既往地飞向了迪莱拉·巴德。每当凯尔想到她,她就不是一个女孩的形象了,而是三个:在小巷子里偷他东西的、瘦巴巴的街头小贼,浑身浴血、与他并肩作战的伙伴,离开时头也不回、犹如幻梦中的女孩。

你在哪里,莱拉,他心想。你又惹了什么麻烦呢?

凯尔从裤兜里掏出一块手帕——小小的一方黑布。那是在一条伸手不见五指的小巷里,一个女扮男装的小贼给他的,实际上是为了偷他东西而使的障眼法。凯尔不止一次地利用这块手帕找到她,不知道再来一次能否成功,也许现在手帕已经换了主人。如果还能成功,不知道手帕将带他去往何方。

他打心眼里相信她还活着——必须活着——同时嫉妒她,嫉妒这个来自灰伦敦的女孩在某处流浪,亲眼见识大千世界,经历着凯尔——作为红伦敦的居民,作为**安塔芮**——不曾经历的生活。

他扔开手帕,闭上眼睛,等待睡意降临。

睡梦中，她来了。他梦见她就在阳台上，怂恿他出去玩耍。他梦见他们手拉手，魔力的脉动纠缠其间。他梦见他们在陌生的街道上奔跑，不是伦敦的街道，而是弯弯曲曲的，对他而言前所未见，或许永远都见不到的地方。但她就在那里，在他身边，拉着他奔向自由。

V

白伦敦

欧什卡一向优雅。

她跳舞优雅。杀人也优雅。

阳光洒在石板上,她一拧身,刀锋破空而过,画过一道弧线,双刀之间的一根黑绳攥在她手中。

她的头发曾经苍白,如今红得耀眼,浓烈如血,与白瓷似的肌肤形成巨大反差。闪转腾挪之间,红发扫过她的肩头,在死亡之圆的中央留下鲜亮的一笔。随着欧什卡的舞步,双刀上下翻飞,完美配合着流畅的动作,而她由始至终双目不睁。她早就对舞步熟稔于心,孩提时代,她在寇西克街头——伦敦城内最恶劣的地方——学到了这种舞蹈。她已经练得炉火纯青。在这座城市,仅凭运气难以生存。尤其是你拥有潜在的魔力。那些拾荒者闻得出来,他们割开你的喉咙,榨干你的鲜血。他们不关心你的年龄。小孩子更容易被猎杀。

但不包括欧什卡。她在寇西克杀出了一条活路。这座城市似乎容不得活人，甚至活物。而她终究长大成人，没有死于非命。

那已经是往事了。过去是过去。现在是现在。

欧什卡舞动时，血管在皮肤上呈现为一道道蜿蜒流动的黑线。她能感觉到魔力的躁动，另一种形式的脉搏。魔力炽烈燃烧，一开始她担心反遭吞噬，就像其他人那样。不过她很快放松下来。她的身体不再抗拒，力量也一样。她拥抱魔力，与此同时，魔力也拥抱了她，他们一同起舞，一同燃烧，熔炼为强韧的钢铁。

刀刃呼啸，掠过她伸手不可及之处。舞蹈即将谢幕。

继而，召唤降临，犹如在头骨中迸发的一股热流。

她停下舞步——当然不是戛然而止，而是悠然从容地——黑绳一圈一圈地缠在手上，最后刀刃拍在掌心。这时候，她才睁开双眼。

一只是黄色。

另一只是黑色。

被选中的证据。

她不是第一个被选中的，但也没关系。那不重要。重要的是其他人太软弱无能。第一个坚持了几天而已。第二个勉强熬过一周。而欧什卡不一样。欧什卡足够坚强。她活了下来。只要价值还在，她将继续活下去。

那是国王的诺言，在选中她时许下的。

欧什卡把绳子绕在刀上，然后收进腰间的皮套里。

汗水从深红色的发尾滴落，她将其拧干，穿上外套，扣好斗篷。她的指头顺着伤疤，从喉咙摸到下巴，再到脸颊，最后停止在国王御赐的标记底下。

当魔力充实了她的肌肉，温暖了她的血液，为她的面容增色时，她担心伤疤消失不见。发现伤疤如故，她松了口气。每一道伤疤都是她赢来的勋章。

召唤再次浮现于眼前，她跨步出门。天气寒冷但不刺骨，头顶的云层，宛如一条条蓝色飘带。**蓝色**。不是她从小所见的淡漠灰白，而是真正的蓝色。仿佛冰冻的天空融化了。希尔特河也在化冻，一天又一天，冰块化作灰绿色的河水。

目光所及之处，世界正在苏醒。

正在复苏。

此情此景令欧什卡心潮澎湃。她曾经在一家商店见过一个落满灰尘的柜子。当时，她擦掉了一层灰，黑色的木头赫然显露。就像这样，她心想。国王驾到，拂过城市，灰尘尽去。

需要时间，他说过，但没关系。改变正在发生。

她的住处与城堡的城墙仅仅相隔一条街，她过了街，目光投向河水，以及对岸的半边城区。从寇西克的心脏地带到城堡门前的阶梯，对她而言是一段漫长的路程。

大门敞开着，新生的藤蔓爬上石壁的两面，她进了庭院，抚摸一簇紫色的嫩芽。

此地曾经坐落着 Krös Mejkt，城堡脚下的一座石像墓园，如今徒剩野草，在寒冷的冬天依然缓慢生长。按照新国王的交代，只有两尊雕像分立于城堡台阶的两侧，不为恐吓，只是作为黑暗年代和昔日暴君的纪念碑。

雕像的材质为白色大理石，属于曾经的统治者，阿斯特丽德·戴恩和阿索斯·戴恩。两尊雕像都呈跪姿。阿索斯·戴恩垂头盯着缠在手腕处、形态酷似毒蛇的鞭子，面容痛苦，五官扭曲，阿斯特丽德则握着一把匕首，刀刃插进胸口，她大张着嘴，发出永恒且无声的惨叫。

两尊雕像的模样堪称粗俗骇人。新国王可就不一样了。

新国王十全十美。

新国王绝代无双。

新国王是神。

欧什卡呢？她留意过新国王观察她的样子，透过那对漂亮的眼睛，她知道对方也欣赏她，而且一天比一天更甚。

她拾级而上，进了城堡。

欧什卡听说过，那些眼神空洞的卫兵曾经效力于孪生戴恩，他们被剥夺了思想和灵魂，只剩行尸走肉。但此时他们不在了，城堡空空荡荡，反而有几分诡异。孪生戴恩垮台之后的一段时间，城堡曾被劫掠、攻夺和盘踞，如今丝毫不见屠杀的痕迹。一派安宁祥和。

有不少侍从低着头来来往往，还有十几名卫兵，但他们的眼神谈不上空洞。而且，他们的举止带有目的性，带有欧什卡感同身受的热情。这便是复兴，活生生的传奇，而他们参与其中。

她在城堡中行进，无人阻拦。

非但无人阻拦，还有人向她下跪，有人低声祈福，鞠躬致意。等她抵达王座厅，门户大开，国王等着她的到来。拱顶不见了，厚实的墙壁和立柱与天空相接。

欧什卡的脚步声在大理石地板上回荡。

曾经的地板真是用白骨铺就的吗，她心生好奇，或者只是传说？（欧什卡所知道的全都来源于道听途说——她聪明地躲在寇西克，不惜一切代价避开孪生戴恩的恐怖统治。关于双胞胎的故事不计其数，无不血腥残酷。）

国王站在王座前，低头凝视台下的圆形占卜池，池中黑水如镜。

A Gathering of Shadows

欧什卡发现波澜不惊的池水与倒影的主人一样有催眠的效果。

但也并非全然相同。

他的某种特征是黑水池不具备的。在他平静的外表之下，隐藏着暗流汹涌的能量。她远远地就能感觉到，那种能量犹如涟漪，以他为中心向外扩散。那是力量之源。

复苏的生机在城里落地扎根，而在国王身上，它已经开花结果。

他人高马大，体格健壮，肌肉发达，身形犹如雕塑一般，力量感透过华服散发出来。一头黑发梳在脑后，露出高高的颧骨和刚毅的下巴。他唇弓微抿，眉头轻皱，若有所思地盯着池水，双手交握于背后。他的手。她想起那天，他伸手触碰了她的肌肤，一手按着她的颈背，一手五指张开，遮盖她的眼睛。她立刻感到了他的力量，然后力量在他们之间传递，在他的皮肤底下搏动，而她充满渴望，正如对空气的需求。

他说话时，嘴唇凑到了她耳边。"你接受这份力量吗？"

"我接受。"她说。然后便是撕心裂肺的灼热、黑暗和痛苦。燃烧。直到他的声音再次响起，近在耳畔。他说："不要抗拒，欧什卡。放它进去。"

她服从了。

他选择了她，而她必不辜负他。正如预言所说，他们的救世主降临了。她将伴随左右。

"欧什卡。"他头也不抬地说。她的名字是他唇边的咒语。

"陛下。"她说着，跪在池边。

他抬眼张望。"你知道我不喜欢被冠上头衔，"他一边说，一边绕过水池。她直起身子，与他四目相对：他的眼睛一只是绿色，另一只是黑色。"叫我霍兰德就好。"

Part three

Shades of Magic

潮起潮落

I

红伦敦

噩梦如约而至,凯尔身处某地——有时是比邻酒馆,有时是孪生戴恩所在城堡前面的石雕墓园,有时是伦敦圣堂——热闹与孤独共存。

今晚,他在夜市里。

人潮汹涌,凯尔从未见过那么多人,在河岸上摩肩接踵。他似乎瞥见莱的身影,但等他呼唤兄弟的名字时,王子已经消失在人群中。

他发现身边有个女孩,一头乌黑的短发,于是他大喊:"莱拉?"当他抬脚向前迈了一步,人流涌动,再次吞没了她。周围的每一张面孔都似曾相识,同时也全然陌生。

这时,一头蓬乱的白发吸引了他的视线,苍白的阿索斯·戴恩犹如毒蛇在人群中游走。凯尔低吼一声,伸手摸刀,却被冰冷的手指扣得死死的。

A Gathering of Shadows

"鲜花小子。"有人在他耳边柔声说道。他猛地回头，看见阿斯特丽德浑身裂纹，不知谁将她破碎的身体拼在一起。凯尔踉跄后退，但此刻人群更为拥挤，背后有人推他。等他站稳脚跟，孪生戴恩都不见了。

莱的身影出现在不远处。他四处张望，好像在找什么人，张嘴说了个名字，凯尔听不清。

又一个陌生人重重地撞上凯尔。"抱歉，"他喃喃道，"抱歉……"言犹在耳，人们仍在推挤他，似乎看不见他，或者当他不存在。就在他生出这个想法的瞬间，所有人停下脚步，扭头看他，每一张面孔都写满愤怒、恐惧和厌恶，令人毛骨悚然。

"抱歉。"他说着，举起双手，发现自己的血管逐渐黑化。

"不，"他低声说，与此同时，魔法顺着他的双臂向上游移，"不要，拜托了，不要。"他能感觉到黑暗在血管里扩散的嗡鸣。人群又开始移动，但不是离他而去，而是向他围拢。"走开。"他说。发现无人理会，他试图逃离，结果双腿像灌了铅似的。

"太迟了，"霍兰德的声音不知从哪里传来，似乎无处不在，"一旦你放它进来，就完了。"

随着他的每一次心跳，魔法步步紧逼。凯尔奋力抵抗，但它已经钻进脑袋，用维塔芮的声音低语。

让我进去。

黑暗袭击了凯尔的心脏，一阵剧痛在胸口爆发，不远处的莱倒在地上。

"不！"凯尔绝望地大喊，徒劳地把手伸向兄弟。他的手碰到身边的人，黑暗如同火焰从他的指尖迸射，扑向对方的胸膛。那人抖如筛糠，瘫软在地，一瞬间灰飞烟灭。在他接触到地面之前，周围的人也接二连三地栽倒，死亡犹如涟漪，在人群中荡开，无声地噬食了每一个人。不仅如此，房屋、桥梁和宫殿也接连垮塌，最后，凯尔的世界空无一物。

寂静之中，他听到了一个声音：不是啜泣，也不是惨叫，而是**大笑**。

他过了好一会儿才明白。

那是他自己的笑声。

* * *

凯尔猛地坐起来，气喘吁吁。

门缝处透着光，照在薄薄的一层积雪上。细碎的阳光晃得他眼花缭乱，他只好扭头避开，按着胸口，等待心跳平缓。

他在椅子上和衣而眠，兄弟的嗜好害他的脑袋隐隐作痛。

"该死的莱。"他咕哝道，强撑着起身。他脑袋里轰轰作响，窗外也传来闹哄哄的声音。他——准确地说，是莱——昨晚挨的那顿打已经不碍事了，但饮酒带来的影响相当严重，凯尔笃信长痛不如短痛，伤口再疼，也好过挥之不去的宿醉。洗脸、漱口和更衣的时候，他有种生不如死的感觉，唯愿王子受的罪不比自己少。

门外，一个神色冷峻、鬓角泛白的人正在站岗。凯尔皱了皱眉头。他希望站岗的人是哈斯特拉，然而等待他的总是斯塔夫。此人恨他入骨。

"早上好。"凯尔招呼一声，与他擦肩而过。

"**下午好，先生。**"斯塔夫——莱为这位上了年纪的皇家卫兵起了个绰号叫白头翁——回答，同时跟了过来。黑化之夜过后，对于斯塔夫或者哈斯特拉的出现，凯尔既不恼火，也不惊讶。马克西姆国王不信任他的安塔芮，不是侍卫的错。侍卫们做不到形影不离，也不是凯尔的错。

他在四面玻璃墙壁的日光房找到了莱，王子、国王和王后正在共进午餐。王子以超乎想象的定力对抗着宿醉，不过凯尔能感觉到两人的头痛保持了同步，而且王子背对着玻璃墙和耀眼的阳光。

"凯尔，"莱快活地说，"我还以为你要睡上一整天。"

"抱歉，"凯尔反唇相讥，"我昨晚有点放纵过头了。"

"下午好，凯尔。"艾迈娜王后说。她举止优雅，肤色犹如抛光的木头，一顶金冠戴在乌黑的头发上。王后说话和善但又冷淡，上次抚摸他的脸颊似乎就在数周之前。但实际上已有很久了。从黑化之夜算起，将近四个月。凯尔把黑石带到城里，维塔芮在街上大肆破坏，阿斯特丽德·戴恩一刀插进莱的胸膛，而凯尔付出了一部分生命将他救了回来。

我们的儿子在哪里？王后当时问道，言下之意，她只有一个儿子。

"但愿你休息好了。"马克西姆国王手握文件，抬头说道。

"休息好了，先生。"水果和面包在桌上堆积成山，凯尔坐进椅子，侍者端来银水壶，为他斟上一杯热茶。茶水滚烫，他一口就灌进了喉咙。侍者端详他片刻，体贴地放下水壶，凯尔不禁心生感激。

桌边还坐着两个人：一男一女，身着红衣，肩上佩有马雷什家族的金质纹章——圣杯和旭日——代表他们是国王的朋友，拥有造访王宫的资格，甚至有权差遣侍从和卫兵协助他们办事，而不仅仅是接受列队欢迎。

"帕罗，利思安。"凯尔招呼道。他们都是协助组织赛事的奥斯特拉，凯尔觉得最近见到他们的次数比见到国王和王后还多。

"凯尔大师。"两人颔首致意，异口同声地回应。他们笑容老练，礼节拿捏得恰如其分。

一张王宫及周边的地图铺在桌上，一边压着一盘馅饼，另一边压着一把茶壶。利思安指着王宫南翼说："我们准备安排柯尔王子和柯拉公主住进那里的绿宝石套房。在他们抵达的前一日种上鲜花。"

莱隔着桌子对凯尔扮了个鬼脸。凯尔累得不想计较。

"同时，索尔因阿尔殿下，"利思安接着说，"安排在西边的暖房。依照您的指示，我们把咖啡豆存放在那里，还有……"

"威斯克的女王呢？"马克西姆抱怨道，"还有法罗国王呢？他们为何不赏脸出席？他们不信任我们吗？还是手头有更重要的事情？"

艾迈娜眉头一皱。"他们派来的代表够格。"

莱嗤笑一声。"威斯克的拉斯特拉女王有七个孩子，母亲。我觉得她借我们两个也不算什么。至于法罗人，索尔因阿尔可不是省油的灯，二十年来他到处煽风点火，寄希望于天下大乱，好废黜他的兄弟，独占法罗。"

"你何时投身帝国政治了？"凯尔说话时已经在喝第三杯茶。

令他惊讶的是，莱瞪了他一眼。"我投身我的王国，兄弟，"他厉声说，"你也应该这样。"

"我又不是王子。"凯尔说。他没有心情照顾莱的情绪。"我只是不得不替他擦屁股的人。"

"哦，所以你的屁股从来都很干净咯？"

他们四目相对。凯尔恨不得将叉子扎进自己的大腿，看他的兄弟疼得咬牙切齿。

他们之间到底怎么了？他们从不曾恶语相向。其实，通过魔法纽带传递的，不仅仅是疼痛和欢愉，还有恐惧、烦恼和愤怒——它们在束缚咒语上此起彼伏，在两人之间反复共鸣、不断增强。莱一向心浮气躁，但如今凯尔能**感到**兄弟的脾气变化莫测，难以捉摸，令人抓狂。与距离无关。无论咫尺之遥，还是远隔不同世界的伦敦，都没有影响。他们避无可避。

魔法纽带越来越像锁链。

艾迈娜清了清嗓子。"我觉得**东边**的暖房更适合索尔因阿尔殿下。那里采光更好。不过侍从怎么办？威斯克人出门的阵仗很大……"

王后及时救场，巧妙地把话题从兄弟俩对峙的局面上引开，然而，欲说还休的感觉令人胸闷。凯尔起身离座，准备离开。

"你去哪里？"马克西姆一边问，一边把文件交给身边的侍从。

凯尔回头应道："我去看看漂浮竞技场的建造进度，陛下。"

"莱可以处理，"国王说，"我需要你跑腿。"他说着递来一个信封。直到此时此刻，凯尔才意识到自己多么渴望离开——逃离王宫，逃离这座城市、这个世界。

信封上没有写明地址，但他非常清楚需要送到哪里。因为白伦敦王位空虚，全城陷入七年来第一次王权争夺战，通信随之中断。在孪生戴恩垮台之后的一段时间里，凯尔仅仅去过一次，差点在暴力冲突中丧命——于是凯尔决定暂时不操心白伦敦的事情，等局势稳定再说。

所以只可能是灰伦敦。那个朴素的、没有魔法的国度，弥漫着煤烟，到处都是年深日久的坚硬石头。

"我这就去。"凯尔来到国王面前。

"提醒摄政王，"国王告诫道，"信函往来是惯例，但他提的问题越来越离谱了。"

凯尔点点头。他时常好奇马克西姆国王如何看待灰伦敦的统治者，更好奇信中写了什么，摄政王是不是像对凯尔那样，每次提一大堆问题。

"他经常问到魔法,"他对国王说,"我劝他不要多想。"

马克西姆哼了一声。"他蠢得要命。你得当心。"

凯尔扬起眉毛。马克西姆真的担心他的安全吗?当他接过信件,发现国王眼中掠过一丝疑虑,心情也随之低落。马克西姆容易记仇。仇怨犹如伤疤,虽然慢慢结痂,但永远留痕。

凯尔知道那是他自作自受。好些年来,他利用担任王室信使的便利,在不同的世界之间交易物品。如果走私贩的帽子没有扣在他头上,黑石绝不可能落到他手里,也就不会害死么多人,为红伦敦带来一场浩劫了。也许孪生戴恩还有别的办法得逞,但他们利用不了凯尔。他成了棋子,任人摆布,如今他仍在还债——莱也得还债,因为阿斯特丽德·戴恩使用附体咒符占据了他的身体。无论如何,他们都有过失。但国王依然爱着儿子。王后依然关注着他。

艾迈娜也递来一封信,信封小一些。收信者为乔治王。虽说通信只是礼尚往来,但年老体弱的国王非常重视,凯尔也一样。国王病入膏肓,不知道信文有多短,凯尔也不想让他知道。他每每口述信文,添油加醋地讲述阿恩国王和王后的逸闻、王子的壮举,还有凯尔在王宫的生活。也许这次他可以对乔治讲讲比赛的事情。国王会喜欢的。

该说的话在脑袋里逐渐成形,他接过信件,正要离开,马克西姆忽然叫住了他。"你从哪里回来?"

凯尔微微一怔。国王刚才发问,仿佛扯了一下拴在他脖子上的锁链。"传送门开在纳莱什卡斯,夜市最南端。"

国王瞟了门边的斯塔夫一眼,看他听见没有,侍卫略一点头。

"别太晚了。"马克西姆命令。

凯尔离开时,他们接着讨论参加赛事的宾客和床上用品,以及谁喜欢咖啡、谁喜欢酒、谁又喜欢浓茶。

来到日光房门口，凯尔回头一看，发现莱盯着自己，脸上的表情似乎在说"对不起"，但也有可能是"滚蛋吧"，或者是"我们到时候再谈谈"。凯尔置之不理，把信件装进外套口袋。他快步穿过王宫，回到自己的寝宫，进了第二间小房，关上房门。换作莱，可能会把这里专门用来收纳靴子或者胸针，而凯尔将其布置成书房，面积不大，藏品不少，存放了他收集来的魔法典籍。这些资料既有理论的，也有实用的，大多来自提伦大师所赠，还有从皇家图书馆借来的，包括他自己的日记，里面潦草地记录了他对安塔芮血魔法的思考，而世人对其知之甚少。其中一本薄薄的黑色手册以维塔芮为主角，那是他去年一度掌握、唤醒并摧毁的黑魔法。手册里问题远多于答案。

书房内部的门板上有几个手绘的符号，线条简单，式样独特，是用鲜血仔细描绘的，借以方便地去城中各处。有些血痕因为长期不用已经褪色，有些色泽新鲜。其中一个符号——双线交叉于圆圈中——通向提伦在河对岸的圣堂。凯尔的指头在符号上抚摸，想起了当时帮着莱拉把半死不活的莱拖进门的场景。另一个符号曾经通向凯尔在红宝石地酒馆的秘密房间，那是伦敦城内真正属于他的地方。如今符号变成了一团污渍。

凯尔找到了需要的符号：三条线相交，组成星形。

这个符号自带回忆，那是独居在单间里的一位老国王，粗糙的手抓着一枚红色钱币，嘴里念叨着消失的魔法。

凯尔从袖口处拔出匕首，割破手腕。鲜血涌出，浓艳刺目，他在伤口处蘸了蘸，重新勾勒符号。等画完了，他将掌心贴在符号上，说："As Tascen。"转移。

然后他迈步上前。

手边的世界逐渐软化、扭曲，他从阴暗的小房跨进灿烂的阳光里，已经好转的头痛又开始作祟。凯尔不在简陋的书房里了，而在一座应有尽有的院子里。他也不在灰伦敦，而在某位**奥斯特拉**的花园里，位于名为迪杉的漂亮小镇上。这里之所以重要，与院中生长繁茂的果树和玻璃雕像无关，仅仅是因为红伦敦的这个地点对应着灰伦敦的温莎城堡。

完全相同的地点。

旅行魔法的施展只有两种形式。要么在同一个世界的两个不同地点移动，要么在不同世界的同一个地点穿梭。因为英国国王被安置在温莎城堡，位于伦敦城外，他只能先去**奥斯特拉帕佛荣**的花园。对凯尔而言，如此转道有点耍小聪明……然而，熟悉**安塔芮魔法**的人不一定赞同。霍兰德也许会，但他死了，而且他应该有一套极为复杂的转移和穿梭路线，相形之下，凯尔的小聪明犹如儿戏。冬日的空气寒冷刺骨，他伸出那只干净的手，抖抖索索地从外套口袋里掏出信来，然后把外套从里到外地翻转，最后选定了需要的那一面：一件齐膝的黑色大衣，有兜帽和天鹅绒内衬。这身行头适合灰伦敦，那里的寒意永远更冷酷、更锥心，而且潮湿，渗透衣物，侵彻肌肤。

凯尔换上大衣，把信塞进口袋里（里子是柔软的羊毛而非丝绸），然后吐了一口热乎乎的白气，用掌心的鲜血在冰冷的墙壁上勾勒符号。不过，他摸索吊在脖子上的硬币时，注意力忽然转移了。他停止动作，东张西望，观察着这座花园。这里确确实实只有他一人，他甚至享受这种独处的感觉。除了他和莱年幼时的一趟北上旅行，凯尔到过最远的地方就是这里了。他一向被管得很严，但他觉得最近四个月所受的限制，更甚于他为国王效力的近二十年。凯尔曾经认为自己像王室的家产。如今他认为是囚犯。

也许他应该跑掉，趁着还有机会。

"你可以跑掉。"一个声音在他耳边说。似是莱拉。

她最终逃离了。他能吗？他不用躲到另一个世界去。如果他直接……走掉呢？离开花园和小镇，离开城市。他可以找一辆马车，或者一艘出海的船，然后……怎么办？他几乎身无分文，一只眼睛还有安塔芮的记号，他能走多远呢？

"你需要什么只管去要。"那个声音说。

这个世界太大了。他从未见过真正的世面。

如果他留在阿恩，难免被找到。如果他逃到法罗，或者威斯克呢？法罗人认为他的眼睛是力量的标志，仅此而已，但凯尔听说他的名字被加上了一个威斯克词语——crat'a——支柱。意指他独力支撑阿恩帝国。不管他落入哪个帝国的手里……

凯尔低头看着血迹斑斑的手掌。圣徒啊，他竟然在思考如何逃跑？

他可以——他想要——抛弃养育他的城市，这个念头简直疯了。抛弃他的国王和王后。抛弃他的兄弟。他背叛过他们一次——好吧，那是一桩屡教不改的罪行——为此付出了沉重的代价。他不愿意再次抛弃他们，无论内心有多么蠢蠢欲动。

"你可以获得自由。"那个声音不肯罢休。

可问题在于，凯尔永远都不可能自由。哪怕逃到天涯海角。他早已放弃自由，连同自己的生命，都交给了莱。

"够了。"他大喝一声，驱散了疑虑，然后从衣领处掏出绳子，取了下来。皮绳上拴着一枚铜币，因为常年使用，表面已经磨得平滑光亮。*到此为止*，他心想，继而把淌血的手掌贴在花园的墙壁上。他还有任务在身。

"As travar。"

旅行。

在命令、鲜血和魔法的共同作用之下，周遭的世界开始扭曲，凯尔向前迈步，希望把所有烦心事留在他的伦敦，换来与国王相处的几分钟时间。

但当他踏上城堡里的地毯时，他意识到那些烦心事不过是开胃菜而已。凯尔立刻察觉到事态异常。

温莎城堡太安静了。太黑暗了。

以往在候见室里迎接他的水盆空着，两边的蜡烛也没有点燃。他聆听着脚步声，有是有，但距离遥远，在身后的厅堂里，而面前唯有死一般的寂静。

恐惧油然而生，当凯尔进入国王的起居室时，他一心盼着见到老人坐在高背椅上打盹的憔悴身影，或是听见他虚弱无力、抑扬顿挫的声音。然而，里面空无一人。雪花在紧闭的窗户外飘落，壁炉也没有生火。屋子里既冷又黑，似乎与世隔绝。

凯尔来到壁炉前，伸出双手作取暖状，很快，空荡荡的炉膛里火苗跳跃。但只有空气和魔法，火势持续不了太久，凯尔借着火光四处走动，搜寻老人最近的生活痕迹。一杯冷茶。一条弃置的围巾。然而屋子里冷冷清清，不像有人居住。

这时候，他发现了那封信。

其实算不上一封信。

一张崭新的乳白色纸片，折叠着立在壁炉前的托盘里，朝外的一面写有他的名字，是摄政王稳健而自信的字迹。

凯尔拿起纸片，不等打开就知道其中的内容，但当那一行字在魔法催生的火光中颤动时，他依然心如刀绞。

国王驾崩。

II

纸上的四个字犹如当头棒喝。

国王驾崩。

凯尔头晕目眩——他不习惯失去。他害怕死亡，始终害怕，如今尤甚，因为他和王子的生命相互牵绊，不过在黑化之夜发生前，凯尔从未失去过认识的人。从未失去过喜欢的人。一直以来，他喜欢那位体弱多病的国王，即使在弥留之际，疯癫与失明夺走了老人大部分的尊严和所有的威权。

如今国王已不在人世。尘归尘，土归土，提伦会说。

信的末尾，摄政王还附言一句。

到走廊里来。有人会带你来我这里。

凯尔迟疑片刻，环顾空空如也的房间。然后，他无可奈何地握手成拳，炉膛里的火焰猝然熄灭，黑暗复又降临。他离开候见室，踏进外面的走廊。

仿佛踏进另一个世界。

温莎城堡不如圣詹姆斯宫那般奢华，但也绝对没有老国王的寝宫那般阴森。织锦和地毯温暖了走廊和厅堂。镶金镀银的烛台和托盘闪闪发光。墙上壁灯煌煌，音乐和人声如春风拂面。

有人清了清嗓子，凯尔扭头一看，发现一个衣着光鲜的侍者候在那里。

"啊，先生，好极了，这边请。"那人说着鞠了一躬，毫不停顿地朝走廊深处迈步。

凯尔边走边看。他从未去过国王寝宫之外的地方，但他敢说，此前绝非这般光景。

一路上，所有壁炉都烧得很旺，导致王宫里热得难受。处处宾客满堂，凯尔经过一群又一群窃窃私语的淑女和兴味盎然的绅士，游街示众的羞耻感油然而生。他双手攥拳，目光低垂。等到了宽敞的迎宾厅，在高温和烦躁的双重影响下，他早已面红耳赤。

"啊。凯尔大师。"

摄政王——是国王，凯尔纠正自己的想法——坐在沙发上，几个举止拘谨的男人和咯咯傻笑的女人围在他身边。相比上次见面，他发福得厉害，态度也更倨傲，纽扣几近绷脱，鼻孔和下巴朝天。他的同伴们看到一袭黑衣的凯尔，立刻安静下来。

"陛下。"他说着微微颔首，以示尊敬。头发随着他的动作耷拉下来，遮挡了他纯黑的眸子。他知道接下来应该致以哀悼，但看到新国王的表情，凯尔觉得自己才是伤心欲绝的那个人。"我应当拜访圣詹姆斯宫——"

乔治傲慢地摆摆手。"我不是为你而来的，"他笨拙地起身，"我要在温莎待上半个月，处理杂务。也可以说，平息事态。"他发现凯尔表情异常，立刻补了一句："怎么了？"

"令尊去世，您似乎并不悲伤。"凯尔说。

乔治神色愠怒。"我父亲去世已有三周，多年前他第一次发病时，就应该体面地离开。为他好，也为我好。"新国王冷冷一笑，犹如涟漪在脸上荡漾开来。"但我理解，死讯对你而言太过突然。"他来到吧台前，斟上一杯酒。"我常常忘记，"他说话的同时，琥珀色的酒水在玻璃杯中泼溅，"只要你还在那个世界，就对我们这边的消息一无所知。"

凯尔打了个激灵，目光投向大厅中三三两两的贵族。他们举着酒杯交头接耳，好奇地张望凯尔。

凯尔恨不得一把扯住国王的袖子。"他们知道多少？"他尽可能压低嗓门，"关于我的事情？"

乔治挥挥手。"噢，你放心吧。我记得我对他们说的是，你是异邦的权贵。严格地说，此话不假。可问题就在于，他们越是一无所知，越容易说长道短。也许我们应该直接介绍你——"

"我要表达我的心意，"凯尔打断了对方的话，"对老国王。"他知道这个世界有土葬的风俗。在他看来，把遗体装进一个盒子里的行为甚是奇怪，但也意味着国王——他残存的一部分——将留在某个地方。

乔治叹了口气，似乎早有预料，同时又嫌麻烦。"我就知道，"他说着，一口喝完了杯中的酒水，"他在礼拜堂。不过你得……"他伸出戴满戒指的手，"先送信。"凯尔从外套口袋里掏出信。"还有给我父亲的那封。"

凯尔不情不愿地掏出了第二封信。老国王一向珍视他收到的信件，叮嘱凯尔不要破坏封蜡。新国王从吧台上拿起一把短刀，划开信封，抽出信纸。凯尔真不希望让乔治看到那寥寥几行信文。

"你大老远跑来就为他读这个？"他语气里透着不屑。

"我喜欢国王。"

"那么,你现在只能将就一下我了。"

凯尔默不作声。

另一封信显然写得长多了,新国王坐进沙发里读了起来。凯尔候在一边,同时接受国王那帮随从的审视,要多难受有多难受。国王读了三四遍,自顾自地点点头,折好信纸,站起身来。

"好,"他说,"我们来做个了结。"

凯尔跟着乔治出去,远离众人的目光令他如释重负。

"外头真冷啊,"国王说着,裹紧了带毛领的奢华大衣,"你应该无能为力吧?"

凯尔眯起眼睛。"改变天气?不行。"

国王耸耸肩。他们在宫殿的庭院中前行,一大帮侍从如影随形。凯尔扯了扯身上的外套——二月份尤其寒冷,风如刀割,空气潮湿,透彻骨髓。雪花在他们周围飘落,严格地说那不叫飘落。风卷着雪花飞旋,结冰的地面几乎没有积雪。凯尔戴上兜帽。

尽管天寒地冻,他的双手仍赤裸裸地插在兜里,指尖逐渐麻木,但安塔芮仰仗双手和鲜血施放魔法,手套使人行动不便,难以迅速反应。他不担心在灰伦敦遭受攻击,不过,未雨绸缪总是没错的……

再者,面对乔治,即使是日常交谈都充满了刀光剑影,两人之间无甚好感,信任就更是少得可怜。此外,新国王对魔法越来越痴迷。乔治什么时候会袭击凯尔,只为看看他能否自保,以及如何自保?不过,这样一来,将导致两个世界中断通信,凯尔认为国王不至于那般愚蠢。至少,他希望如此——虽然凯尔讨厌乔治,但也不想失去旅行的借口。

凯尔摸到了口袋里的硬币,于是心不在焉地把玩,活动冻僵的手指。他以为他们目的地是墓园,结果国王带他来到了一座教堂。

"圣乔治礼拜堂。"他解释一句,走了进去。

教堂高耸入云,塔尖刺破苍穹,令人叹为观止。教堂内部,拱顶之下铺的是方格石板。乔治目不斜视,把大衣递到一边——他料定有人接过去,事实也正如他所料。凯尔抬头看着阳光透进彩色玻璃,觉得这里作为埋骨之地还算不错。很快,他发现乔治三世并没有沐浴着阳光在此处长眠。

老国王在地窖里。

低矮的天花板,微弱的光线,以及落满灰尘的石头气息,令凯尔浑身鸡皮疙瘩。

乔治从架子上取下一个尚未点燃的烛台。"劳烦?"他问道。凯尔皱眉。乔治的语气夹杂着一种饥渴、贪婪。

"当然。"凯尔说。他把手伸向烛台,却不作停留,继续向前,抓到一个装有长柄火柴的罐子。他取出一根火柴,在一个小小的、仪式用的装饰物上擦燃,点亮了蜡烛。乔治抿着嘴唇,难掩失望。"你以前为我父亲表演可是不遗余力。"

"令尊与众不同。"凯尔甩了甩,火柴熄灭了。

乔治深锁眉头。他显然不习惯被拒绝的滋味,但凯尔不清楚他的失望仅仅是因为被拒绝,还是因为被拒绝进行魔法表演。他为何执着于让凯尔露一手?渴望眼见为实?纯属消遣?还是另有深意?

凯尔跟着乔治在皇家地窖里穿行,一想到埋葬于此,他就不寒而栗。躺在地下的盒子里已经够惨了,还要深埋在这种地方,与现实世界隔着重重石壁?凯尔永远理解不了灰世界的居民为何要封存死者,将其废弃的肉身收敛于金子、木头和石头里,仿佛他们还残留了一部分生命。如若果真如此呢?那是多么残酷的惩罚啊。

乔治来到父亲的墓前,放下烛台,撩开衣角,低头跪拜。他的嘴唇无声地翕动着,须臾,又从领口内掏出一个金十字架,贴在嘴唇上。最后,他站了起来,皱着眉头,掸去膝盖处的灰尘。

凯尔若有所思地扶着棺材,希望能有所感应——随便什么都行。然而,只有寂静和冰冷。

"祷告几句是惯例。"国王说。

凯尔闻言一怔,皱起眉头。"为什么祷告?"

"当然是为他的灵魂。"很显然凯尔满脸困惑。"你们的世界没有上帝吗?"他摇摇头。乔治似乎吃了一惊。"没有至高的伟力?"

"那倒不是,"凯尔回答,"您可以说我们崇拜魔法。魔法即为凌驾一切的力量。"

"那是异端邪说。"

凯尔扬起眉毛,从棺盖上收回手。"陛下,你们崇拜一种看不见摸不着的事物,而我所崇拜的力量,我每时每刻都在接触。哪种更合乎逻辑呢?"

乔治脸色一沉。"不是逻辑的问题。是信仰的问题。"

信仰。那不过是一种肤浅的替代品,但凯尔觉得不能责怪灰世界的居民。任何人都需要相信**某种东西**,因为没有魔法,他们退而求其次,选择了所谓的神。神秘兮兮,充满胡编乱造,不能自圆其说。讽刺的是,早在魔法抛弃他们之前,他们就抛弃了魔法,让那位全知全能的上帝扼杀了它。

"你们如何对待死者?"国王追问。

"烧了。"

"异端仪式。"他轻蔑地说。

"好过把尸体放在盒子里。"

"那他们的灵魂呢?"乔治不依不饶,看样子真的动怒了,"既然你不相信天堂和地狱的存在,那么你觉得他们去了哪里?"

"他们回到了源头,"凯尔说,"魔法无处不在,陛下。魔法是生命的河流。我们相信当一个人死亡,他的灵魂回归河流,而肉身则化解为元素。"

"本我呢?"

"本我不复存在。"

"那生死有何意义?"国王喃喃道,"生前荣华富贵,身后一无所有?一切都是徒劳的?"

凯尔时常好奇同样的问题,但在乎的并非来世。他仅仅不希望归于虚无,仿佛他从未存在过。然而,无论何种说法,他都不愿意当面赞同新国王。"我认为意义就在于好好生活。"

乔治的脸涨得通红。"如果世人没了后顾之忧,如何制止他们犯罪呢?"

凯尔耸耸肩。"我见过有人以神的名义犯罪,甚至以魔法的名义。总有人滥用至高伟力,无非形式不同。"

"可是,没有来世,"国王咕哝道,"没有不灭的灵魂?这不合乎自然之道。"

"正好相反,"凯尔说,"世界上最合乎自然的莫过于此。各种循环构成了自然,自然又构成了我们。相信一个全知全能的人和天上的好去处,那才叫不合乎自然之道。"

乔治的脸色愈加阴沉。"当心了,凯尔大师。你在亵渎神明。"

凯尔皱着眉头。"您在我心目中并非特别虔诚的人,陛下。"

国王比了个十字。"谨言慎行,稳妥为上。此外,"他环顾四周,又说,"我乃英格兰国王。君权神授。蒙你所嘲讽的上帝恩泽,我统治这片土地。我是祂的仆人，因有祂的恩典，这个王国属于我。"他似乎早已熟记于胸。国王把十字架从衣领处塞回去。"也许，"他扮了个怪相，"我会崇拜你们的神，只要我能像你一样，看得到，也摸得到。"

又来了。老国王以敬畏的姿态审视魔法，有着孩童般的好奇。而这位新国王看待魔法的目光与看待其他事物并无不同。充满欲望。

"我告诫过您，陛下，"凯尔说，"您的世界没有魔法，以后也不会再有。"

乔治面露微笑，一时间，他不像养尊处优的贵族，而像一匹狼。"你亲口说过，凯尔大师，世界处处都是循环。也许我们的时代将再次到来。"然后他收敛笑意，换上一副惯常的、玩世不恭的表情。他的转变令人不安，凯尔不知道他是否真如民众所以为的那么愚钝且自恋，在他昏庸浅薄的外表之下，是否潜藏着不为人知的秘密。

阿斯特丽德·戴恩是怎么说的？

我不相信那些不属于我的事物。

一阵风吹过地窖，烛火摇曳。"走吧。"乔治说着，转身背对凯尔和老国王的墓。

凯尔犹豫片刻，从兜里掏出一枚红伦敦的令币，正中央的星星闪闪发光。他每个月都为国王带来一枚——老人总是说自己那枚令币上的魔法消退了，就像烧尽的煤炭失去了热度，所以凯尔总是带一枚新的换给他，带着体温和玫瑰的芬芳。此时此刻，凯尔注视着在指间翻转的令币。

"新的来了，陛下。"他将其贴在唇上，随后把温暖的令币放在冰冷的石棺顶部。

"Sores nast。"他低语。安息。

然后，凯尔跟随新国王拾级而上，回到寒冷的户外。

★ ★ ★

凯尔耐着性子，等待英格兰国王写完信。

国王始终不慌不忙，寂静的氛围笼罩着凯尔，令他深感不安。他恨不得开口说话，只为打破沉默。考虑到可能正中国王的下怀，他依旧闷不做声，望着窗外的落雪，天色逐渐昏暗。

等写完了信，乔治靠着椅背，端起酒杯，一边喝酒一边看信。"跟我说说，"他说，"魔法的事情。"凯尔神色一凛，国王接着说："在你的世界，人人都拥有这种能力吗？"

凯尔迟疑片刻。"也不尽然，"他说，"而且各不相同。"

乔治摇晃着酒杯。"那么就可以说，强者都是天选之人。"

"有人相信这种说法，"凯尔说，"还有人认为纯属运气。抽到一手好牌。"

"如果是这样，那么你抽到了一手特别好的牌。"

凯尔不动声色地端详着他。"既然您的信写完了，我最好——"

"你所做的事情，有多少人能做到？"国王打断他的话，"穿梭于各个世界？我敢打赌，没多少人，不然我应该能见到他们。说真的，"他起身离座，"你的国王愿意放你出来，真叫人吃惊。"

透过乔治的眼睛，他看到对方在思考，大脑快速运转犹如齿轮。不过，凯尔可不愿意成为此人的收藏品。

"陛下，"凯尔尽量避免声音颤抖，"如果您迫切地希望把我留下来，以为对您有什么好处的话，我必将**强烈地劝阻您**，还要提醒您，采取这种做法会导致通信中断。"*请不要这样*，他很想说。*试都别试*。

失去最后一处避难所对他来说不啻于沉重打击。"还有,"他不紧不慢地加上一句,"您会发现留下我可没那么容易。"

万幸的是,国王举起戴满戒指的双手作投降状。"你误会我了,"他笑道,尽管凯尔不觉得全是误会,"我只是不明白,两个*伟大*的王国何不联系得更为紧密。"

他折好信纸,浇上封蜡。凯尔接过来时,从信纸的厚度和重量判断,信写得很长——比以前多了好几页。

"多少年了,往来的信件无不充斥着各种客套话,只谈趣闻轶事,不谈历史,只有告诫,不作解释,明明可以交流*真正*的知识,却在鸡毛蒜皮的事情上浪费笔墨。"国王话中带刺。

凯尔把信塞进外套口袋。"如果没有别的……"

"还真有,"乔治说,"我有一样东西送你。"

他在桌上放了一个小盒子,凯尔脸色尴尬。他无动于衷。"您太客气了,陛下,可我只能拒绝。"

乔治收敛了浅浅的笑意。"你拒绝*英格兰国王*的礼物?"

"我拒绝任何人的礼物,"凯尔说,"而且我敢说礼物不是白送的。虽然我不知道您所为何事。"

"非常简单,"乔治说,"下次你来的时候,为*我*带点东西。"

凯尔暗暗扮了个鬼脸。"夹带私货是叛国重罪。"他背诵着违反了无数次的那条规定。

"你将得到丰厚的奖赏。"

凯尔捏了捏鼻梁。"陛下,曾几何时,我有可能考虑您的请求。"*说实话,你的不行*,他心想,*但是别人的可以*。"可惜那段时光一去不复返了。如果您有需要,请告知我的国王。请他送您一件礼物,只要他首肯,我带给您便是。但我不能做主。"最后一句话字字诛心,伤口尚未痊愈，新生的皮肤依旧敏感。他鞠了一躬，转身离开，不等国王命他退下。

"很好，"乔治满脸通红地起身，"我送你出去。"

"不，"凯尔转身应道，"不劳烦您了，"他又说，"您还有客人要陪。"言辞诚恳，语气冷淡。"我顺着来路返回就好。"

你不要跟来。

凯尔离开面红耳赤的乔治，返回老国王的寝宫。他希望能锁上身后的门。然而，锁在门外，再一次提醒他，本质上这里是一间牢房。

凯尔闭上眼睛，回忆他们上次会面的场景。老国王的气色不大好。应该说他的身体状况相当糟糕，但他认出了凯尔，而且兴致高昂，微笑着把那封信举到鼻子底下，贪婪地嗅了嗅。

"玫瑰，"他柔声低语，"永远是玫瑰味。"

凯尔睁开眼睛。他有那么几分——因为疲惫和哀伤——回家的渴望。但他更想离开这座可恶的城堡，到别处去，不做国王的信使，不做*安塔芮*，不做囚犯，也不做王子，就在灰伦敦的街头流浪，最后成为一道影子，融进茫茫人海。

他来到对面的墙壁，那里挂着厚重的窗帘。气温很低，玻璃上没有结霜。他拉开窗帘，露出带有花纹的墙纸，以及一个褪色的记号，在昏暗的光线中几近于一团污渍。一条直线横穿一个圆圈，那是从温莎城堡去圣詹姆斯宫的传送图案。他把厚重的窗帘拉得更开，出现了一个更为古老的记号，要不是与日光和岁月隔离，它早该消失不见了。

它是六角星形状，凯尔早年画下的记号之一，就在国王刚被送到温莎城堡的时候。他在威斯敏斯特附近的石墙上也画下了同样的记号。第二个记号早已被雨水洗去，或被青苔掩埋，但没有关系。只要画过就行，即使线条模糊难辨，肉眼看不真切，血印记是不会迅速消退的。

凯尔拉起袖子，抽出匕首。他在手臂外侧浅浅地划了一刀，指头蘸血，勾勒记号。他把手掌按在上面，最后看了一眼空荡荡的房间、溜进门缝的光线，笑声远远地传来。

可恶的国王们。凯尔想着，永远地离开了温莎城堡。

III

阿恩边缘

几个月来，莱拉头一次踏上陆地。

上次他们在科尔马靠岸是在三周前，莱拉抽到了下签，不得不待在船上。更早的时候，在索尔和芮纳尔也靠过岸，但那两次埃默里非要她留在*夜峰号*上。虽然她未必听话，但船长的语气有些反常，最终说服了她。她去过埃隆的港口小镇，可惜只有半个晚上，而且已经过去两个多月了。

此时她趿拉着靴子，惊讶于大地的平稳。海上的一切都在晃动。哪怕是风平浪静的日子，你终究还是漂在水上。整个世界颠簸摇摆。水手们称之为海腿子，第一次上船和后来上岸都是海腿子抛弃你的时候。

不过莱拉下船之后，不觉得失去平衡，反而感到安安稳稳、踏踏实实。仿佛有一块秤砣吊在她腰上，谁也推不动她。

一股寻衅滋事的冲动油然而生。

阿鲁卡德的大副斯特罗斯常说她性子刚烈——莱拉相信这是恭维话——不过老实说，打斗是最有效的试金石，看你变强了还是变弱了。没错，她整个冬天都在海上打斗，但陆地是另一回事。如同在沙地上驯马，换到结实的地面，马儿能跑得更快。

莱拉捏响指关节，身子左摇右晃。

自找麻烦，一个声音在脑海里说。*你不找到不肯罢休。*

莱拉不敢回应幽灵巴伦的话，回忆有刺，一碰就疼。

她环顾四周，*夜峰号*已经泊进了一个名叫沙森罗什的地方，这里位于阿恩帝国的边缘地带，除了木头就是石头。*太边缘了。*

整点的钟声敲响，在海崖和雾气中震荡。只要她眯起眼睛，就能看到另外三艘船，一艘来自阿恩，两艘来自异国：其中一艘（她根据旗子判断）是威斯克商船，船身为一整块结实的乌木；另一艘是法罗快船，纤细狭长，造型酷似羽毛。出海时，船帆在长钩的拉扯下，可以更换几十种不同的方向，最大限度地利用风力。

莱拉望着威斯克商船上来往的人影。在*夜峰号*生活了四个月，她从未进入异国的海域，从未近距离接触邻国的人。她当然听过故事——水手们离不开故事，就像离不开咸腥的空气和廉价的烈酒——知道法罗人肤色很深，打扮得珠光宝气；还有高大的威斯克人，他们的头发泛着金属的光泽。

不过，百闻不如一见。

她所闯入的这个世界太广阔了，充斥着全然陌生的规则、见所未见的种族，以及闻所未闻的语言。还有*魔法*。莱拉发现，最难的伪装就是面对全新的事物，要表现得习以为常，不以为意，似乎早已司空见惯，一切都是理所当然。莱拉学得很快，也擅长装模作样。在波澜不惊的面具之下，她学习一切。她就像海绵，不断吸纳着词语和习俗，同时要求自己见过一次，就得有见过几十次乃至上百次的样子。

阿鲁卡德的脚步声在铺着木板的码头上响荡。她的注意力离开了异国船只。船长在她身边停步，深吸一口气，搭上她的肩膀。突如其来的身体接触依然令莱拉神经紧绷，她怀疑这种条件反射永远不会消失，但无论如何，她没有抽身而去。

阿鲁卡德一如既往地打扮时髦，银蓝色外套配黑色腰带，黄褐色头发上别着黑色发卡，头戴式样优雅的帽子。他对帽子的钟爱不亚于莱拉对刀子。唯一出格的是他挎在肩上的背包。

"你闻到了吗，巴德？"他用阿恩语问。

莱拉嗅了嗅。"盐、汗和麦酒？"她猜测。

"钱。"他爽朗地回答。

莱拉四处张望，观察这座港口小镇。冬季的雾霭遮没了几栋低矮建筑的顶部，时值黄昏，景色貌似平平无奇。看不出它和钱有什么关系。事实上，什么都看不出来。沙森罗什低调到了尘埃里。显然是有意为之。

因为按照公开的说法，沙森罗什根本不存在。

它不在任何一张地图上——据莱拉的了解，有地图和海图之分，正如伦敦和另一个伦敦的区别。地图常见得很，但海图颇为特殊，标示了远海及其秘密地点，包括隐藏的海岛与城镇，哪里不可去，哪里可去，抵达之后应该找谁。海图是永远不能离船的，更不得出售和交换。只要被一个船员听到了风声，当事者就将受到极其严厉的惩罚；圈子太小，不值得铤而走险。如果海上的任何人——任何一个不希望掉脑袋的人——在陆地上见到了一张海图，他必会将其烧掉，否则被烧死的就是他自己。

所以，在陆地上，沙森罗什是一个被精心呵护的秘密，在海上，它是一个传说。而在某些地图上（只有某些水手知道），它被简单地标记为"角落"，是三大帝国的唯一交界地。位于南方和东方的法罗，位于北方的威斯克，都在这个小而无名的港口城镇与阿恩接壤。它因此成为一个完美的场所，阿鲁卡德曾对她解释，在这里，你不用航行到异国的海域，就能得到异国的物品，处理掉不能带回家的东西。

"黑市？"当时莱拉盯着船长桌上的**夜峰号**专属海图，好奇地问道。

"陆地上最黑的黑市。"阿鲁卡德高兴地说。

"请告诉我，我们来这里做什么？"

"每一艘优秀的私掠船，"他解释，"都能获得两种东西：一种可以上缴国王，另一种则不行。种种原因，某些物品不能在国内交易，但是在这种地方能卖个好价钱。"

莱拉故意倒吸一口凉气。"听起来不合法啊。"

阿鲁卡德微微一笑，迷死人的那种。"我们以国王的名义办事，有时候国王也不知道。"

"比如我们赚钱的时候？"莱拉挖苦道。

阿鲁卡德佯装委屈。"我们不容易啊，维护了国王的清白名声，为国泰民安作出贡献，却不为人知，也没有回报。我们时不时也得补偿一下自己。"

"据我所知……"

"这是一份危险的工作，巴德。"他伸出戴着戒指的手放在自己的胸膛，"无论对我们的身体还是灵魂来说。"

此时，两人并肩站在码头上，阿鲁卡德再次露出腼腆的微笑，而莱拉的笑意正在浮现之时，被轰隆隆的响声打断了。听上去有一袋石头被丢了下来,其实是夜峰号的船员们正在下船。他们都对莱拉视若无睹,一帮人闹得震天响。阿鲁卡德从莱拉的肩头抽回手,转身面对船员们。

"你们都知道规矩,"他吼道,"你们可以自由行动,但不要做任何不光彩的事。说到底,你们是阿恩人,是来为国王效力的。"

一阵窃笑传来。

"我们傍晚在强袭酒馆见面,我要去谈生意,所以在那之前不要喝得太多。"

莱拉依然只能十个字听清六个——阿恩语发音流畅,字字相连,弯弯绕绕——但可以猜个八九不离十。

一位骨干船员留在夜峰号上,其他人解散了。大多数船员走的都是同一条路,朝着码头附近的店铺和酒馆而去,阿鲁卡德选择了另一条路,独自走向一条窄街的路口,很快消失在雾气之中。

有一条不曾明说的规律,阿鲁卡德走到哪里,莱拉就跟到哪里,不论有无邀约。她成了他的影子。"你闭过眼睛吗?"在埃隆的时候,阿鲁卡德注意到她聚精会神地观望着街上的情况,于是问她。

"我发现观察是最快的学习方法,也是最安全的保命术。"

阿鲁卡德摇摇头,语气颇为不快。"王室的口音,贼的悟性。"

莱拉笑而不语。她曾对凯尔说过类似的话。当时她还不知道凯尔是王室成员。也不知道他是贼。

此时,船员们散去了,她尾随着船长,七弯八拐地进了沙森罗什。一路上,沙森罗什逐渐发生了变化。从海上眺望,小镇背靠岩石峭壁,貌似一览无余,实则不然,那些街道蜿蜒通向深处。小镇建于峭壁之间,无处不在的岩石——某种布满白色纹理的黑色大理石——以各种形态和角度包围了镇上的房屋,甚至成为镇子的一部分,只有在近距离才能发现其中的巷道和阶梯。道路迂回曲折,雾气又漂移不定,尾随船长并非易事。莱拉跟丢了好几次,好在很快就瞥见他的燕尾,或者听见铿锵利落的脚步声,于是找到了他。她经过了一群人,然而他们戴着兜帽以抵挡寒冷,面孔模糊难辨。

她随即拐了一个弯,雾气弥漫的暮色被抛到身后。眼前闪闪发光,带有魔法的气息。

沙森罗什的黑市到了。

IV

忽然之间，黑市扑面而来，耸立在莱拉眼前。她仿佛一头钻进中空的崖壁。店铺层层相叠，不可计数，最上方是岩石形成的拱顶，石头表面有种……活生生的异样感觉。她不能断定石头的纹理是否真的在闪光，或是反射着各家店铺的灯光，无论如何，效果十分惊人。

阿鲁卡德迈着从容不迫的步伐走在前头，显然有明确的目的地。莱拉紧随其后，但注意力不断地被摊位所吸引，很难集中在船长身上。大多数货物是她从未见过的，这件事本身不奇怪——在这个世界，她称得上孤陋寡闻——不过，她逐渐理解了基本规则，而此时看到的似乎统统打破了规则。魔法自有其脉搏，但在沙森罗什的黑市上，脉搏不大正常。

不过，一眼望去，陈列的大多数货品似乎都人畜无害。她不禁好奇，真正危险的宝贝藏在沙森罗什的什么地方？莱拉亲身体验过禁忌魔法的厉害，虽然她祈祷永远别再遇到类似黑石那样的东西，但好奇心依旧旺盛。从大惊小怪到司空见惯的转变快得令人难以置信——几个月前她还不知道魔法真实存在，如今她满脑子都是对奇珍异宝的想象。

集市上熙熙攘攘，同时安静得可怕，各种轻言细语的方言在岩石间汇成嗡鸣声的海洋。前头的阿鲁卡德终于在一处无名的摊位前停下脚步。摊位支着帐篷，装有深蓝色的丝绸门帘，他低头钻了进去。如果莱拉跟着进去就暴露无遗了，于是她止步不前，逗留在一处售卖刀剑的摊位附近，从锋利的匕首到巨大的弯刀，应有尽有。

但她发现没有枪。

她那把心爱的燧发枪——卡斯特——被冷落在床边的箱子里。子弹已经耗尽，偏偏这个世界的人不使枪，至少在阿恩没见到。她也许可以带上枪直接找铁匠，但问题在于，那玩意儿不属于这里，夹带私货是重罪（凯尔就干过走私的勾当，瞧瞧他的遭遇；她和黑石一样，都是凯尔的走私品），所以莱拉只能另换武器，尽管她心有不甘。况且，万一它引发了某种连锁反应呢？万一改变了魔法的使用方式呢？万一导致这个世界变得更像她以前所在的世界了呢？

不，不值得冒险。

闲置的卡斯特代表了她离开的那个世界。她再也回不去的世界。

莱拉直起身子，目光在集市上逡巡，掠过千奇百怪的武器和各种小玩意儿，最后落在自己身上。

左边的摊位摆满了镜子——形状和尺寸各异，有的配了镜框，有的仅仅是镀膜玻璃。

四周不见摊主的影子，于是莱拉走上前照镜子。她身着一件内衬羊毛的短斗篷以抵御寒冷，头戴阿鲁卡德的帽子（他多的是帽子），那是一顶三角帽，插着一根用白银和玻璃制成的羽毛。帽子底下是一对棕色的眸子，其中一只颜色略浅，而且不中用，但旁人很难注意到。乌黑的头发已经长过肩膀,在她看来更像女孩了(留长头发是为了夺取铜盗贼号做准备),她默记于心,找时间把头发剪短,恢复以前齐下巴的长度。

她的目光向下移动。

谢天谢地,她的胸部依然不值一提,不过在*夜峰号*上生活的四个月里,还是发生了微妙的变化。莱拉一向瘦弱——她也不知道是天生如此,还是因为常年吃得太少、跑得太多——但阿鲁卡德的船员干活辛苦、伙食丰盛,她逐渐从过去的骨瘦如柴变成了如今的精瘦结实。区别不大,但终究不一样。

一股寒意刺痛了手指,她低头一看,自己的指头贴在冰冷的镜面上。怪了,她什么时候伸的手?

她抬眼一瞧,与镜中的自己对视。镜中人端详着她。然后,她的形象慢慢地发生变化。她的面孔老了好几岁,镜中的衣服泛着涟漪,颜色加深,变成了凯尔的外套,有很多口袋、很多面的那件。一张怪异的面具戴在头上,犹如张着血盆大口的猛兽,火焰舔舐着镜中人与镜面接触的手指,但并无烧伤。水如长蛇,缠绕在她的另一只手上,逐渐凝结成冰。镜中人脚底的地面皲裂破碎,似乎受到重压,周围的空气随之震颤。莱拉试图收手,结果动弹不得,她的目光也不能从镜中人身上移开,她的眼睛——*两只眼睛*——都变成了黑色,瞳孔深处含着神秘的旋涡。

画面突然消失,莱拉猛退一步,气喘吁吁。手指疼痛难忍,她低头一看,有细小的割伤,每根指头都在冒血。

割伤干净利落,凶器属于某种尖锐的东西。比如玻璃。

她抽手收回胸前,镜中人——此时变回了一个头戴三角帽的女孩——做着同样的动作。

"标牌说了'请勿触碰'。"背后传来一个声音,莱拉转身看见了摊主。他是法罗人,肤色与岩壁相仿,衣服是一整块雪白绸缎。与大多数法罗人一样,他的脸刮得挺干净,不过仅仅镶嵌了两块宝石,左右眼底各有一块。莱拉之所以知道他是摊主,是因为他鼻梁上架着的那副眼镜,镜片不是普通玻璃,而是镜子,映着她苍白的面孔。

"抱歉。"她说着,扭头望向镜子,发现刚才触碰的地方,也就是**割伤她**的地方,血迹已经消失不见。

"你知道这些镜子有什么用吗?"他问道。莱拉半天才反应过来,对方虽然口音浓重,说的却是**英语**。不过,严格来说,他说的不是英语。他的语音与莱拉听见的并不同步,喉头处的护符闪闪发光。她原以为那是某种绣章,但见护符微微颤动,心里便明白了。

那人摸了摸饰物。"啊,没错,这玩意儿挺方便,尤其对于在角落做生意的商人。当然算不上合法,比如关于欺诈罪的法律,可是……"他耸耸肩,似乎在说,**有什么办法呢?**他陶醉于刚才使用的语言,也知道它的意义所在。

莱拉转身面对镜子。"它们有什么用?"

小贩望向镜子,影像在他的眼镜和镜子之间来回反射。"嗯,"他说,"一面展示你的希望。"

莱拉想起黑眼女孩,差点打了个冷战。"那可不是我希望的。"她说。

他歪着头。"真的?形式上可能不是,但本质上有可能是吧?"

她所见的那一幕,本质上是什么呢?镜中的莱拉变得……**强大**。就像凯尔一样强大。但又不完全一样。莱拉更加黑暗。

"理想是好的,"商人接着说,"但实现之后可能……没那么讨人喜欢。"

"另一面呢?"她问。

"嗯?"他那副镜面眼镜令人不安。

"你说一面展示你希望的。那另一面呢?"

"嗯,如果你希望实现你所见到的场景,另一面就将展示你如何得到。"

莱拉闻言一怔。这就是镜子被禁止售卖的原因?法罗商人盯着她,似乎可以洞悉她的想法,就像镜中影像一样清晰。他接着说:"看透一个人的想法,可能不算罕见。梦石和占卜板,诸如此类的东西都能帮助我们认清自己。镜子的第一面并不特别,甚至可以说稀松平常……"莱拉不敢想象这种魔法也能说是稀松平常。"看清世界的脉络是一回事,拨动则是另一回事。知道如何演奏一首曲子,怎么说呢……绝非易事。"

"没错,当然不容易,"她揉着受伤的指头,轻声说道,"我照了镜子,需要付你多少钱?"

商人耸耸肩。"人人都能看见自己,"他说,"镜子自取酬劳。现在的问题在于,迪莱拉,你想不想看第二面?"

莱拉已经退了几步,离开镜子和神秘的小贩。"谢谢,"她发现对方尚未报价,"还是算了。"

她在前往武器铺的半路上才回过神来,她没有对商人提及自己的名字。

好吧,莱拉想着,扯了扯斗篷,*真叫人不安*。她双手插进兜里——既是为了掩饰它们在颤抖的事实,也是为了确保不要再碰到什么东西——走回武器铺。很快,她感到有人靠近,带着熟悉的蜂蜜、加料葡萄酒和银子的气味。

"船长。"她说。

"不管你信不信，巴德，"他说，"我有能力捍卫自己的荣誉。"

她瞥了一眼，发现背包没了。"我关心的不是你的荣誉。"

"那就是我的生命？目前为止还没人杀我。"

莱拉耸耸肩。"人在死前都是不死的。"

阿鲁卡德直摇头。"巴德，你这个说法真是既乐观又恐怖。"

"再说了，"莱拉又说，"我不太操心你的荣誉或是性命，船长。我只是提防有人害我。"

阿鲁卡德叹了口气，勾着她的肩膀。"既然如此，我觉得你还是关心我的。"他转而望着面前摊位上的刀剑，咯咯一笑。

"大多数姑娘都爱裙子。"

"我不是大多数姑娘。"

"毫无疑问，"他做了个手势，"有喜欢的吗？"

霎时间，镜中的画面在莱拉眼前浮现，邪恶的气势，乌黑的眼睛，力量的嗡鸣。莱拉将其驱散，扫视着摊位，点头示意一把锯齿刀刃的匕首。

"你的刀还不够多吗？"

"刀是永远不嫌多的。"

他摇摇头。"没见过你这种怪人，"话音未落，他带着莱拉迈步离开，"但还是留着你兜里的钱吧。我们在沙森罗什的黑市上只卖，巴德，不买。买就大错特错了。"

"你的道德观念被扭曲了，阿鲁卡德。"

"你不是第一个这么说的。"

"如果我偷呢？"她漫不经心地说，"在一个非法集市上偷东西应该不算错吧？"

阿鲁卡德扑哧一笑。"你可以试试，但你做不到。而且你的代价很可能是失去一只手。"

"你太不相信我了。"

"不是相不相信你的问题。你发现没有，摊主对他们的货物都不太上心？那是因为整个集市都有魔法守护。"此时，他们来到了洞口，莱拉扭过头，眯着眼睛观察那些摊位。"那是一种强大的魔法，"他接着说，"如果在未经他们允许的情况下，货物脱离了摊位，后果将会……相当不愉快。"

"怎么，你偷过什么东西吗？"

"我可没那么蠢。"

"那就可能只是传闻，吓唬人的。"

"不是。"阿鲁卡德离开洞穴，来到夜色中。雾气愈加浓厚，夜幕犹如一张冰凉的毯子裹在身上。

"你怎么知道？"莱拉在斗篷里抱紧了胳膊，追问道。

船长耸耸肩。"我自认为……"他犹豫不决，"我自认为有这方面的本事。"

"什么本事？"

蓝宝石在他眉间闪烁。"看见魔法。"

莱拉眉头一皱。人们说感知魔法，闻到魔法，从来不说看见魔法。当然，你能看见魔法对事物的影响，魔法操控的元素，但并非看见魔法本身。魔法好比附着于肉身的灵魂，她觉得。你可以看见血肉，但看不见它们内在的生命力。

话说回来，莱拉唯一一次看见魔法就是在红伦敦的河边，水中的力量闪耀着恒久不变的红光。凯尔称之为源头。人们相信那种力量在他们体内和万事万物之中流淌。她从未想过世界上有人能看见魔法。

"哦。"她说。

"嗯。"他说。别无多言。

两人默不作声地在岩石迷宫中穿梭，集市很快被浓雾彻底吞没。随着他们离开沙森罗什的心脏地带，乌黑的石头甬道也逐渐被木制的房屋所取代。

"那我呢？"等到了码头，她问道。

阿鲁卡德闻言回头："你怎么了？"

"你看我的时候，"她问，"你看见了什么？"

她希望知道真相。迪莱拉·巴德是谁？她到底是**什么**？她自以为知道第一个问题的答案，但第二个……她尽量不去思考，凯尔却无数次指出，她不应该在这里。甚至，她不应该活着。她的存在扭曲了绝大部分规则，剩余的规则也被打破了。她想知道原因，还有道理。她究竟是茫茫宇宙中的一次异变、一个例外，还是**另有**玄机。

"说啊？"她不依不饶。

她暗自期待阿鲁卡德充耳不闻，没想到他转过身来，直面莱拉。

有那么一会儿，他额头上皱纹丛生。阿鲁卡德鲜少皱眉，所以看起来相当不协调。沉默长时间地笼罩着二人，只有莱拉的脉搏在跳动，船长的深色眸子注视着她。

"秘密，"他说完，眨了眨眼睛，"你觉得我为什么留下你？"

莱拉知道，如果她想要真相，就得据实相告，而她现在尚未做好准备。于是她强作笑容，耸了耸肩。"你迷恋自己的声音。我觉得你需要有人陪你说说话。"

他放声大笑，搂着莱拉的肩膀。"也对，巴德。也对。"

V

灰伦敦

城里荒凉而阴冷，笼罩着将尽的天光，周遭的景物似乎都以黑白之笔描绘，调色板上尽是深浅不一的灰。林立的烟囱喷云吐雾，人们在寒风中缩着脑袋，行色匆匆。

此次造访灰伦敦，凯尔感到前所未有的高兴。

因为谁也没有注意到他。

在威斯敏斯特附近的狭窄街道上，他做了一次深呼吸，尽管空气不好，烟雾蒙蒙，寒意彻骨，但他依然享受这种感觉。寒风吹过，他双手插进兜里，向前走去。他不知去往何方。那不重要。

在红伦敦，他已经无处可躲，但在这里，他还能找到个人空间。他在街上与不少人擦肩而过，但谁也不认识他。没有人止步不前或绕道而行。当然，这里也有过流言，在某些圈子里传得沸沸扬扬，但对于大多数路人而言，他不过是陌生人。一个影子，一个幽灵，而城里到处都是——

"是你。"

听到那个声音，凯尔微微一怔。他放慢脚步，但没有驻足，默认对方不是对他说话，就算是的，那也是认错人了。

"先生!"那人又喊了一声，凯尔左右张望——不是张望声音的主人，而是寻找可能的说话对象。附近一个人都没有，而且那个声音的语气肯定，显然认识说话对象。

当他扭头看到一个瘦高的男人，抱着一堆卷轴，双眼瞪得像铜铃，直勾勾地盯着他时，高涨的情绪立刻七零八落地跌到谷底。对方戴着一条黑色围巾，衣着并不寒酸，但不合身——他整个人像是被拉长了一样，衣服小得可怜。他的手腕裸露在外，其中一边文着某种图案。

一个力量符文。

凯尔瞥见这个符文，便想到了两件事。一是符文画得不准确，可能是依葫芦画瓢，再依瓢画葫芦而来。二是它属于一个魔法迷，一个幻想自己是魔法师的灰世界居民。

凯尔讨厌魔法迷。

"爱德华·阿奇博尔德·塔特尔，三世。"凯尔冷冷地说。

那人——内德[①]——面带难以置信的笑容，仿佛凯尔刚刚透露了一则惊天动地的新闻。"你记得我!"

凯尔记得。他记得每一个做过生意（或者他不同意与之做生意）的人。"我没有你要的土。"他说道，当时他半开玩笑地答应对方，只要愿意等待，就带一袋土来。

内德摆摆手。"你回来了，"他快步上前，"那件事发生后，我还以为你不来了，我是说，在酒馆老板的可怕遭遇之后——太吓人了——

[①] 爱德华的昵称。

A Gathering of Shadows

你要知道，事情发生之前，我一直在等，后来，当然了，我还在等，但我越来越好奇，不是怀疑，别误会，我一点儿也不怀疑，可谁也没有见过你，过了好久，现在好了，你回来了……"

内德终于说不下去了，喘个不停。凯尔不知道怎么接茬。对方一个人承包了整场对话。寒风呼啸而过，内德差点扔了抱在怀里的卷轴。"我的天啊，好冷，"他说，"我请你喝一杯。"

他说着，点头示意凯尔的身后，凯尔扭头发现有一家酒馆。等他意识到自己信步来到了哪里时，他的眼睛瞪得滚圆。他早该想到。那种感觉一直都在，只有定点在冥冥之中召唤他。

比邻酒馆。

几步开外，曾是凯尔做生意的场所，莱拉借宿和巴伦丧生的地方。（尘埃落定之后，他回来过一次，然而大门紧闭。他破门而入，但巴伦的遗体无处可寻。他爬上狭窄的楼梯，进了莱拉在顶头的房间，什么都没有找到，除了地上的一块黑斑和一张没做任何记号的地图。他带走了地图，那也是他最后一次偷运货物。从那之后他再没有回来过。）

故地重游，凯尔的胸口堵得慌。店名不是比邻酒馆了。模样没有变化——感觉也没有变化，凯尔仔细观察了一番——但吊在门板上的招牌写的是"五角"。

"我真的不能……"他冲着店名直皱眉头。

"一个钟头后酒馆才开张，"内德斩钉截铁地说，"而且我有东西给你看。"他从兜里掏出一把钥匙，一个卷轴也跟着掉了出来。凯尔伸手接住，目光仍停留在内德插进锁孔的钥匙上。

"这地方归你？"他半信半疑。

内德点点头。"嗯，我是说，以前不归我，但我买下来了，在那些破事发生之后。据说要拆了它,但似乎不妥,于是等到出售的时候,好吧,我是说,你和我,我们俩都知道这地方不仅仅是一家酒馆,可以说很特别,充满了——"他压低声音,"魔法……的气息。"然后他恢复了正常的音量,"还有,我知道你会回来。我就是*知道*……"

内德进了酒馆,凯尔别无选择,只好跟上——他当然可以走开,不理会那家伙的胡说八道,但话说回来,内德一直在等他,甚至买下了酒馆,以便继续等他,这种锲而不舍的精神值得肯定,于是他跟着进了酒馆。

里面黑得伸手不见五指,内德把卷轴放到附近的桌上,摸索着到壁炉前生火。

"营业时间改了,"他说着,添了几根木柴到壁炉里,"因为我的家人不知道我接手了五角酒馆,他们肯定理解不了,他们会说这种行当不符合我的身份,但他们不了解我,真的。我有点儿像流浪猫。你当然不关心这种事,抱歉,我只是想解释现在为什么关门。如今顾客也换了一批……"

内德闭上嘴巴,埋头与一块燧石较劲,凯尔看了看壁炉里烧得半黑的木柴,又看了看桌上和横梁上尚未点亮的提灯。他叹了口气,继而,可能是因为太冷,抑或任性,他打了个响指——壁炉里腾起火苗,吓得内德退了几步,青白色的魔法火焰噼里啪啦地燃烧了一阵子,化作黄红色的普通火焰。

提灯也一盏接一盏地发光,内德转过身,陶醉于自行燃亮的灯海,仿佛凯尔将满天繁星变到了他的酒馆里。

他急促地吸了一口气,眼睛瞪得老大——不是因为恐惧或惊讶,而是崇拜。*敬畏*。面对魔法,他不加掩饰的狂热,无拘无束的欢愉,令凯尔想起了老国王。他心如刀绞。他一度认为魔法迷的兴趣等同于饥渴和贪婪,或许是他误会了。内德和乔治王截然不同。真的不一样,内德有着天真无邪的幻想,希望世界辞旧迎新,认为魔法可以因为相信而存在。

内德的手掌悬在一盏灯上。"是热的。"他低声说。

"火当然是热的。"凯尔说着,扫视了一圈。借着灯光,他发现虽然五角酒馆的外表一如从前,但里面完全变样了。

天花板上挂着深色帘布,在桌椅上方此起彼伏,造型酷似车轮的辐条。木头桌面上画有——不,是烧上去的——黑色图案,凯尔猜测,创作者的本意是描绘力量符文——有的类似内德的文身,略有变形,其余的则纯粹是胡编乱造。

比邻酒馆一向是魔法领域,而五角酒馆只是看起来像。或者说,如同孩子的幻梦。

那是一种故作神秘、假模假样的风格。等内德脱了外套,凯尔注意到他身着黑色高领衬衫,缀有光滑的玛瑙纽扣,挂在脖子上的吊坠是一颗五角星。凯尔怀疑五角星是酒馆名称的由来,随后看到了墙上的绘画。是凯尔第一次见到内德时,那个盒子的内部构造图。自带五个凹槽的元素游戏。

火、水、土、气、骨。

凯尔皱起眉头。构造图画得相当精确,连木头的纹理都表现出来了。他听到玻璃器皿的清脆撞击声,扭头一看,吧台后的内德正从墙上取下酒瓶。他斟了两杯深色酒水,递给凯尔一杯。

一瞬间,凯尔想到了巴伦。酒馆老板和内德的差异太大,一个魁梧,一个干瘦,一个粗鲁蛮横,一个生气勃勃。不过,巴伦是酒馆的一部分,就像木柴和石头,最后他因为霍兰德而死。因为凯尔而死。

"凯尔大师?"内德端着酒杯,催促道。

他知道自己应该离开,但又身不由己地靠近吧台,操纵高脚凳移动了数英寸,然后落座。

卖弄,脑海里有声音说,或许是的,然而事实上,他很久没有享受到内德这样的眼神了。

凯尔接过酒杯。"你想给我看什么,内德?"

听见凯尔亲昵地称呼自己,内德两眼放光。"你瞧,"他从吧台底下拿出一个盒子,"我一直在**练习**。"他把盒子放到吧台上,打开盖子,又从里面端出一样东西。凯尔定睛一看,把送到嘴边的杯子放了下来。那是一套元素游戏,四个月前凯尔在酒馆里交易过类似的东西。不,就是**同一套**元素游戏,从深色的木头到精巧的铜制搭扣,细节一模一样。

"你从哪儿弄来的?"他问。

"嗯,我买的。"内德虔诚地把魔法游戏盘放到两人之间,打开搭扣,游戏盘随之展开,凹槽里的五种元素出现在眼前。"就是从你那位买家先生的手里。不大容易,但终究还是成交了。"

好极了。凯尔心想,他的热情被浇灭了。唯一比普通魔法迷还糟糕的就是富有的魔法迷。

"我本来亲手做了一个,"内德接着说,"可做不到完全一样,我的动手能力不强,你应该看过我画的鬼画符了,后来我雇了——"

"说重点。"凯尔预感到内德可以东扯西拉一整夜。

"好的,"他说,"所以,我想给你看的——"他夸张地捏响指关节,"就是这个。"

内德轻轻地敲了敲盛水的凹槽,然后掌心贴在吧台上,斜睨着游戏盘。凯尔冷眼旁观,因为他知道戏如何收场:无疾而终。

然而,过程不完全一样。上次内德试图施法的时候,他在半空中胡乱比画，又冲着水滴念念有词，仿佛言语本身有什么力量。这次他嘴唇翕动，但凯尔听不见他说了什么。他双掌平摊，在游戏盘两侧摆成八字形。

正如凯尔所料的，什么都没有发生。

过了一会儿，就在凯尔快要失去耐心的时候，水动了。动静不大，但水滴确实从凹槽里上升了毫厘，然后落了回去，荡起小小的涟漪。

圣徒啊。

内德得意扬扬地退了一步，似乎很想举手欢呼，但又极力保持镇定。

"你看到了吗？你看到了吗？"他喊道。凯尔看到了。就魔法而言，谈不上有什么破坏力，但已经远远超出他的预料。理论上应该不可能——对内德来说，对灰世界的任何人来说——不过，几个月来发生的事情，令他怀疑常理已然失效。莱拉也来自灰伦敦，她是个……好吧，她现在脱胎换骨了。

您的世界没有魔法，他对国王说，以后也不会再有。

世界处处都是循环。也许我们的时代将再次到来。

怎么回事？他一直把魔法看作一团火，各个伦敦都在逐渐远离火的热度。黑伦敦过于接近，已经被烧毁，而灰伦敦很久以前就只剩冰冷的煤炭。还有火花吗？某些东西被点燃了？是他无意中吹旺了将熄的火苗？或者，是莱拉？

"我只能做到这种程度，"内德兴奋地说，"但如果进行正规训练……"他满怀期待地望着凯尔，又飞快地移开视线，"换句话说，拜个名师，至少得到指点……"

"内德。"凯尔开口。

"当然，我知道你很忙，能者多劳，时间宝贵……"

"爱德华——"他再次开口。

"不过我有东西送你。"对方不肯罢休。

凯尔叹了口气。为什么忽然之间所有人都急于送他礼物?

"我仔细思考过你说的话,上次见面时说的,你只对真正贵重的东西感兴趣,我想了好久,最后找到了一样配得上的东西。我这就去拿。"

内德出了吧台,匆匆跑开,三步并作两步地跨上楼梯。凯尔来不及制止,更来不及解释无论礼物是什么,他都不可能收下。

凯尔目送他离开,满怀留下来的渴望。

他怀念比邻酒馆——店名不重要——怀念它始终如一的岿然不动。他必须回家吗?问题就在这里。红伦敦是他的家。凯尔不属于这个世界。他是魔法的造物——阿恩人,不是英国人。即便这个世界有残余的魔力(提伦说过,没有哪个地方是完全没有魔法的),凯尔也担不起煽风点火的责任,无论是为内德、为国王,还是为他自己。他已经破坏了两个世界。他不能破坏第三个。

他将了将头发,起身离座,上方的脚步声几不可闻。

游戏盘仍在吧台上。凯尔知道他应该收回去,然后怎么办?他还得对斯塔夫和哈斯特拉解释。算了,让那个愚蠢的小伙子保管吧。他放下空酒杯,转身就走,双手顺势插在兜里。

他的指头碰到了底下的什么东西。

他将其抓住,拿出来一看,是一枚来自红伦敦的令币。硬币很旧了,因为经常使用,而且年深日久,金星被磨得光滑锃亮,凯尔都不知道它在兜里埋藏了多少时日。也许是老国王为了得到一枚带着体温的新令币而换给他的。也许是某次找零,被他忘在了羊毛内衬的口袋里。他思考了片刻,忽然听见楼上传来关门声,楼梯随即吱嘎作响。

凯尔把硬币搁在吧台上的空杯子旁边,然后离开了。

VI

沙森罗什

从小到大,莱拉一直讨厌酒馆。

她和酒馆之间似乎有一条无形的纽带——在她竭力逃离后的某个时刻,纽带被扯到极限,又把她拉了回去。多年以来,她千方百计地割断纽带。然而全是徒劳。

强袭酒馆位于码头的一侧,雾气从海上飘进港口,灯光朦胧不清。门上的招牌写着三种语言,莱拉只认得一种。

酒馆里传来熟悉的声音,混杂着椅子刮擦地板的响动、玻璃杯的碰撞,还有笑声和叫嚷,随时可能爆发殴斗的吵闹。这种声音她在比邻酒馆里听过无数次,好奇怪,在这个魔法世界,在帝国边陲的无名小镇上,居然能听到同样的声音。她觉得,这些地方在本质上有着抚慰人心的作用,使得两家酒馆在不同的城市——不同的*世界*——有了同样的感觉,同样的画面,同样的声音。

阿鲁卡德为她拉开门。"Tas enol。"他换回阿恩语。**你先请**。

莱拉点点头，走进去。

强袭酒馆的内部也十分眼熟——**客人**则大不相同。与黑市不一样，这里的人摘掉了兜帽和各种帽子，莱拉第一次看清了来自异域的船员。一个威斯克人从他们身边经过，梳着一根金色的辫子，人高马大，差点堵死了门道。他光着膀子走到寒冷的户外。

门后站着一群人，操着流利的异国语言低声交谈。有人瞥了莱拉一眼，她惊讶地发现对方的眼睛是金色的。不是王子那样的琥珀色，而是亮晶晶的，类似镜面，带有金属光泽的眼珠中央嵌着黑色的瞳孔，与海上夜色般深沉的皮肤形成鲜明对比。和莱拉在集市上见到的法罗人不一样的是，此人脸上镶有数十块浅绿色玻璃。那些玻璃碎片顺着眉毛和脸颊的曲线，延伸到喉咙处。令人过目难忘。

"闭上嘴巴，"阿鲁卡德在她耳边低语，"你像条上了岸的鱼。"

酒馆里一片昏暗，天花板和墙壁上不见提灯，光源来自酒桌和壁炉，烛火照亮了脸颊和眉头，在一张张面孔上投下奇异的光影。

客人不算很多——她在港口只看见四艘船——**夜峰号**的船员也在其中，三三两两地聚在一起聊天。

斯特罗斯和莱诺斯坐在吧台边跟几个威斯克人打牌；欧罗旁观，体格魁梧的塔维和另一艘船上的一个阿恩人聊得兴致正浓。

英俊的瓦瑟瑞正在调戏一个法罗人长相的女招待——这种情况正常得很——有一个名叫科比斯的瘦子坐在沙发的一头，就着昏暗的光线读书，享受着他所能找到的、最适合阅读的环境。

一路上，好些人回头望向莱拉和阿鲁卡德，她恨不得找个地缝钻进去，然后发现大家不是在看她。引人瞩目的是**夜峰号**的船长。有人点头致意，有人举起手或者端起杯子，还有一些人大声问候。他长年在海上漂泊,交了不少朋友。细想一下,如果说阿鲁卡德·埃默里有**敌人**,她到现在为止从未见过。

另一艘船上的那个阿恩人冲他挥手,莱拉不再尾随阿鲁卡德,径直来到吧台前,点了一种苹果酒,闻起来有苹果、香料和烈酒的气味。她喝了几口,目光落在几步开外的一个威斯克人身上。

*夜峰号*的船员管威斯克人叫 "choser"——巨人——她慢慢地理解了其中缘由。

莱拉尽可能不盯着对方——应该说,她确实盯着对方,但表现得不那么赤裸裸——此人身材魁梧,比巴伦还高大,脸盘犹如巨石,金色的发辫缠绕其上。不是孪生戴恩那种白金色,而是蜂蜜色,浓艳醒目,与他的肤色相仿,似乎没有哪一天不在阳光底下暴晒。

他撑在吧台上的胳膊粗壮得吓人,抵得上莱拉的脑袋;他咧嘴一笑,口型大过莱拉的匕首,但不至于杀气腾腾;他的眼珠子转过来时,犹如澄澈无云的晴空。这个威斯克人的头发和胡须生得过于茂密,面庞上只有大眼睛和高鼻梁可见,使得他的表情难以琢磨。莱拉不清楚对方是在打量,还是在挑衅。

莱拉的指头动了动,移向腰间的匕首,但她打心眼里不愿意与这种人交手。恐怕她一刀捅过去,非但不会捅伤对方,反而折了她的刀。

令她吃惊的是,威斯克人端起了玻璃杯。

"Is aven。" 她也举起酒杯,说道。*干杯*。

大汉眨了眨眼,然后毫不停顿地灌了起来,莱拉无可奈何,接受了挑战。她的杯子只有对方的一半大,但实话实说,对方的块头可不止她的两倍,所以也算得上公平对决。等她抢在威斯克人之前,"咚"的一声放下空杯子,对方笑了起来,拳头在吧台上砸了两下,咕哝几句以示赞赏。

莱拉扔下一枚硬币，然后站起身来。酒劲上头，天旋地转，仿佛她脚下不是坚实的地面，而是狂风暴雨中*夜峰号*的甲板。

"没事。"阿鲁卡德架着她，然后搂着她的肩膀，以掩饰她踉跄的步伐，"交朋友的代价。"

他带着莱拉来到已经聚集了不少人的卡座，她如释重负地一屁股坐在椅子上。等船长落座，船员们也都来了，犹如随波逐流的浮萍。当然，阿鲁卡德便是水流。

欢声笑语。觥筹交错。桌椅吱嘎。

莱诺斯隔着桌子偷偷打量她。谣言就是从他嘴里传出来的，说莱拉是萨罗斯。时间过去了那么久，他还怕莱拉吗？

她抽出莱诺斯的刀——现在归她了——用衣角擦拭。

那杯酒喝得她头晕目眩，她放任听觉和注意力在船员之中游移，如烟似雾，形形色色的阿恩语相互交融，化作抑扬顿挫的、充满异域风情的优美旋律。

对面的阿鲁卡德和船员们谈天说地、碰杯喝酒，莱拉佩服他能游刃有余地适应任何场合。她懂得如何适应环境，而阿鲁卡德懂得如何**转换身份**。在*夜峰号*上，他不仅是船长，更是王者。在酒桌上，他和众人平起平坐。老大依然是老大，永远不变，但绝不高高在上。这个阿鲁卡德可谓煞费苦心，跟塔维一样大声说笑，跟瓦瑟瑞一样言语轻佻，跟欧罗一样泼溅酒水，而每次莱拉把水或酒洒在他的舱房时，他都要发作一番。

他的表演可以说赏心悦目。莱拉无数次感到好奇，不知道哪一面才是真实的阿鲁卡德，或者，从某个角度来说，都是真实的阿鲁卡德，表现方式不同罢了。

她同时也好奇，阿鲁卡德从哪里找来这帮奇怪的家伙，他们是何时以及如何被招募来的。在陆地上，他们似乎毫无共同点。而到了**夜峰号**上，他们默契得犹如朋友，甚至家人。至少，是莱拉想象中的家人。当然了，他们也斗嘴，时不时还打架，但他们忠心耿耿。

莱拉呢？她是否忠诚呢？

她回想上船之初的那些夜晚，她睡觉时背靠着墙，手握刀子，随时准备迎敌。但她不得不面对一个事实：她对船上生活几乎一无所知。她每天在甲板上蹒跚学步，一点一滴地掌握技能和语言，有时候也得到帮助。那些日子恍若隔世。如今他们或多或少当她是自己人。似乎她真的**属于**这里。此时此刻，在她内心深处涌起了一丝异样的情愫，是她在伦敦街头时竭力压抑的某种情愫。

但她浑身都不自在。

她很想离开卡座，走到一边，割断那条连接她和这艘船、这些船员以及这种生活的纽带，从头来过。每当她感受到纽带的存在，她便希望能用她最锋利的一把刀，将其斩断，剜出她渴望的那一部分，她在乎的那一部分，她被温暖的那一部分，正是阿鲁卡德按在肩头的手、塔维的微笑和斯特罗斯的点头温暖了她。

软弱，在她脑海里响起一个声音。

快跑，另一个声音说。

"没事吧，巴德？"瓦瑟瑞关切地问道，一脸真诚。

莱拉点点头，强颜欢笑。

斯特罗斯推来满满一杯酒，假装若无其事的样子。

跑。

阿鲁卡德攫住她的目光，眨了眨眼。

老天啊，她早该寻机杀了这个家伙。

"好了,船长,"斯特罗斯高声说道,"你叫我们来等你。有什么大新闻?"

船员们安静了,阿鲁卡德放下酒杯。"听好了,你们这帮不要脸的,"他的话音顿挫起伏。众人窃窃私语,随即闭上嘴巴。"你们可以在陆上过夜。不过,我们明早天一亮就出发。"

"接下来去哪里?"塔维问。

阿鲁卡德直直地盯着莱拉,说道:"伦敦。"

莱拉打了个激灵。

"干什么?"瓦瑟瑞问。

"办事。"

"有趣,"斯特罗斯挠着脸颊,喊道,"那不正好在比赛吗?"

"有可能。"阿鲁卡德傻笑着说。

"不是吧。"莱诺斯倒吸一口气。

"不是什么?"莱拉问。

塔维轻笑道:"他要去参加 Essen Tasch。"

Essen Tasch,莱拉思考着,试图翻译成英语。*元素······什么的。到底是什么?* 在座的其他人似乎都知道。只有科比斯一言不发,冲着酒杯皱眉头,但看他的表情,不是困扰,只是担忧。

"我心里没底,船长,"欧罗说,"你觉得你有能力参加那场比赛吗?"

阿鲁卡德轻轻一笑,摇了摇头。他把酒杯递到嘴边,灌了一口,然后猛地砸在桌上。酒杯破裂了,但酒水并未流泻,而是飞到空中,连同桌上所有杯子里的酒水一道升起,然后凝结成冰。冻住的酒水悬停片刻,落在桌上,有些尖锐的插进了木头,其余的四处滚落。莱拉看着原本是苹果酒的冰棍掉进了她的杯子里。只有阿鲁卡德的那根冰棍还悬在破裂的酒杯上。

船员们欢呼鼓掌。

"喂,"吧台后有人吼道,"打坏的照价赔偿。"

阿鲁卡德微笑着,举起双手作投降状。然后,他动了动手指,散落在桌上的玻璃碎片纷纷颤抖,继而自动飞回,拼成酒杯的形状,仿佛时间倒流。酒杯在阿鲁卡德手里恢复原样,玻璃重新聚合,裂缝逐渐模糊,最后消失了。他举起酒杯观察了一番,悬在半空中的冰棍化为液体,回到完好无损的酒杯里。他喝了一口,向吧台后的那人举杯致意,船员们大呼小叫地捶打桌子,完全忘了他们自己的酒。

只有莱拉坐着一动不动,惊得目瞪口呆。

她当然见过阿鲁卡德施法——他教了莱拉好几个月。但让匕首飘在空中和这场表演是不一样的——天差地别。她从未见过有人如此运用魔法。除了凯尔。

瓦瑟瑞看出了她的惊讶,脑袋冲她一点。"船长是阿恩最厉害的人物,"他说,"大多数魔法师只能操纵一种元素。少数人可以做到两种。阿鲁卡德呢?他能操纵三种。"他的语气充满敬畏。"他从不炫耀力量,因为伟大的魔法师很少在海上,一旦被悬赏通缉,他们很可能被绑起来卖个好价钱。当然,有人悬赏买他的首级不是一次两次了。大多数魔法师不愿出城。"

那他为什么出海? 她心存疑问。

她抬起头,与阿鲁卡德四目相对,骏黑的眼珠上方,那颗蓝宝石闪闪发光。

"你去看过 Essen Tasch 吗,瓦瑟瑞?"她问。

"去过一次,"英俊的水手说,"上一届大赛在伦敦举行。"

大赛,莱拉心想。所以 Tasch 是大赛的意思。

元素大赛。

"三年举办一次,"瓦瑟瑞接着说,"在卫冕冠军的城市里举办。"

"是什么样的?"她强压好奇心,不动声色地问道。

"没去过?那你可要大开眼界了。"莱拉喜欢瓦瑟瑞。目前看来,他不是脑子最灵光的——他不会深究问题背后的动机,不会好奇对方如何或者为何不知道答案。"从上次帝国战争算起,Essen Tasch 已有六十多年历史。每三年,他们——阿恩人、法罗人和威斯克人——就聚在一起,推举各方最优秀的魔法师参赛。可惜比赛时间只有一周。"

"帝国之间握手言和、把酒言欢的一种方式。"塔维神秘兮兮地凑过来插嘴。

"Tac,政治真无聊,"瓦瑟瑞摆摆手,说道,"不过决斗很有意思。还有聚会。喝酒,赌博,漂亮女人……"

塔维嗤之以鼻。"别听瓦瑟瑞胡扯,巴德,"他说,"决斗是最好看的部分。来自各大帝国的十几个最强大的魔法师正面干仗。"决斗。

"对了,面具也很漂亮。"瓦瑟瑞若有所思地说。他的眸子亮晶晶的。

"面具?"莱拉来了兴趣。

塔维激动地凑近莱拉。"最开始的时候,"他说,"选手们戴着头盔以保护自己。但是后来他们越来越注意打扮,希望与众不同。最后,面具成了大赛的惯例。"塔维眉头微蹙,"我感到意外的是,你居然没有看过 Essen Tasch,巴德。"

莱拉耸耸肩。"要么时间不对,要么地点不对。"

他点点头,似乎对这个回答表示满意,不再纠缠下去。"话说回来,如果阿鲁卡德参赛,这次的大赛将会载入史册。"

"男人们参赛是为了什么?"她问道,"只是为了炫技?"

"除了男人，"瓦瑟瑞说，"还有女人。"

"参赛是一种荣誉，脱颖而出，获得为国王而战的资格——"

"荣誉当然不错，"瓦瑟瑞说，"但这种比赛的规则是冠军通吃。我不是说船长需要钱。"

塔维横了他一眼。

"奖金那么多，"欧罗适时插嘴，"国王本人也舍不得割肉啊。"

莱拉轻抚着逐渐融化的冰棍，心不在焉地听船员们聊天。魔法，面具，钱……Essen Tasch 越来越有趣了。

"任何人都可以参赛吗？"她随口问道。

"当然，"塔维说，"只要有能力获得一席之地。"

莱拉的手指离开了苹果酒，谁也没有发现，酒水仍在桌面上流动，描绘着复杂的图案。

有人为她满上了一杯酒。

阿鲁卡德喊了一声，吸引众人的注意力。

"敬伦敦。"他举杯说道。

莱拉也举起酒杯。

"敬伦敦。"她的笑容凌厉如刀。

Part four

Shades of Magic

伦敦的召唤

I

红伦敦

大军压境。

莱站在王宫最高的一处阳台上,望着集结的军队。冷风噬咬他的脸颊,拉拽着他身上的短斗篷,使其如同一面金色的旗子猎猎招展。

在他脚底,楼宇鳞次栉比,高墙拔地而起,猛火燃烧和打铁的响声铿锵回荡,犹如木头、金属和玻璃的大合唱。

大多数人都想象不到莱在这件事情上对自己的定位:不是高高在上的国王,也不是出席奢华宴会时举杯祝酒的主人,而是阅兵的将军。尽管莱从未见识过**真正**的战场——上一场战争已经过去六十多年了,而且父亲的军队总能扑灭边境冲突和国内叛乱的火苗,控制住事态——但他有丰富的想象力填充空白。乍一看,伦敦**确实**有大军压境,只不过都是己方军队。

莱所见之处都被占领了,攻城的不是敌军,而是泥瓦匠和魔法师，他们忙着搭建各种场地，包括看台和擂台、举办 Essen Tasch 的水上竞技场和供选手入住的河边帐篷。

"从高处看，"他身后的人说，"真是……壮观。"此人使用的是皇家语言，但带着奥斯特拉特有的阿恩口音。

"正是，帕罗大人。"莱转身应道。他得用力咬住嘴唇才不至于为眼前的一幕笑出来。帕罗模样凄惨，冻得浑身发抖，阳台与红色河流之间的落差也令他极为不安。他手握卷轴，紧紧贴在鲜花图案的衣服上，仿佛抓着一根救命的绳子。维斯也好不到哪里去——披盔戴甲的侍卫靠着墙壁，面色惨白。

莱有种靠上栏杆的冲动，就为了吓一吓奥斯特拉和侍卫。凯尔干得出来。不过，他还是往回走了几步，帕罗如释重负，紧跟着退了一步。

"什么风把你吹到屋顶上来了？"莱问。

帕罗从腋下抽出一卷羊皮纸。"开场仪式的安排，殿下。"

"好。"他接了过来，却不打开。帕罗仍在原地，似乎有所期待——打赏？招待？——等了一会儿，莱说："你可以走了。"

这位奥斯特拉一脸沮丧，于是莱勉强挤出最有王子范儿的微笑。"好了，帕罗大人，我不是驱逐你，只是准许你离开。这儿的景色虽然壮观，但天气不好，在我看来，你需要热茶和壁炉。楼下两样都有。"

"您说得确实不错……可是方案……"

"我自己做的方案，但愿不用求助于他人才能看懂。如果真有需要，我自然会找你。"

须臾，帕罗点了点头，告退了。莱叹了口气，把方案放在门边的一张小玻璃桌上。他展开羊皮纸，在阳光的照耀下，纸张雪白，晃得他眯起眼睛,昨晚的事情导致他的脑袋还在隐隐作痛。对莱而言,夜晚越来越难熬了。他从来不怕黑——即使在经历了阴影社谋杀未遂的那晚之后——因为*曾经*的黑暗空无一物。现在不是了。他可以感觉到,*它*在周围游荡,等待日落西山,世界归于寂静。寂静到可以思考。那些蛰伏的念头一旦活跃起来,他就没办法将其压制了。

圣徒啊,他无论如何都做不到。

他斟满茶杯,目光落在方案上,与此同时压好了纸角,以免它被风吹走。就是它了,他尽可能把注意力集中在眼前的事务上,借以驱散心头的杂念。

Is Essen Tasch。

元素大赛。

这一国际赛事由三个帝国——威斯克、法罗和阿恩联合举办。大赛向来不低调。参加 Essen Tasch 的魔法师共三十六人,还有一千名远道而来的富有观众,当然,少不了各国贵宾。威斯克的王子和公主。法罗国王的兄弟。根据传统,大赛由卫冕冠军所属帝国的都城承办。依托克什米尔·瓦斯林的英勇无畏和莱的非凡想象力,今年的伦敦将成为光彩夺目的皇冠。

而皇冠上的明珠,当属莱的心血之作:前所未有的水上竞技场。

帐篷和擂台在城中遍地开花,不过莱最引以为荣的三个擂台,不在岸边,而在河上。没错,它们都是临时搭建的,等大赛结束即行拆除,但它们绝对壮观,美轮美奂,堪称巨型雕像。莱委派全国最优秀的铁匠和泥瓦匠修建他宏大设想中的竞技场。桥梁和走道围绕王宫而建,从高空俯瞰,形似艾尔河红色河水中的金色涟漪。竞技场全都呈八边形,帆布支在石头搭建的骨架上,犹如船上的风帆。覆盖于三座竞技场顶部的装饰则各不相同:一个是精雕细琢的鳞片,一个是绸布织就的鸟羽，一个是草叶仿造的兽皮。

莱在观望的同时，东面的竞技场周围，巨大的龙形冰雕正在被放进河水，中央的竞技场上空，布鸟就像风筝一样迎风飞舞，西面的竞技场有八只威武的石狮子雕在支柱上，姿态各异，描绘的是猛兽扑食的瞬间。

其实他可以搭建千篇一律的擂台，莱心里清楚，不过那就相当乏味了。不行，Essen Tasch 需要的不是单调。

而是*奇观*。

那也是人心所向。而莱知道如何创造奇观。但创造奇观并非华而不实的表面功夫。无论凯尔如何取笑，莱是*真的*关心国家的未来。父亲要求他负责组织赛事之初，他觉得受了冒犯。莱一直认为 Essen Tasch 是另一种形式的宴会，虽然他擅长吃喝玩乐，但志不在此，而在责任、权力。他如是回应国王。

"治大国若烹小鲜，"父亲教训他，"举手投足必有所图，必有所指。元素大赛不仅是一场比赛，它有助于维护我国与邻国的和平，我国也可以借机示强，又不至于咄咄逼人。"国王十指交握，"政治即是从舞剑到以剑拼杀的过程。节奏掌握在我们手中。"

莱思考得越多，就理解得越深刻。

马雷什家族掌权已有一百多年，早在帝国战争之前。那些*奥斯特拉*精英爱戴他们，也没有一个*维斯特拉*敢于挑战他们的统治，所以政权稳固。百年统治有其好处——谁都不记得马雷什家族掌权之前的事情。人们自然而然地相信王朝将永远延续下去。

但其他帝国的情况呢？谁也不提战争——从来就没有提起过——然而，心怀不轨的流言犹如雾气飘过国界。有七个孩子的威斯克家族获得了权力，同时，国王的兄弟早有觊觎之心；索尔因阿尔殿下强行夺取法罗王位是迟早的事。而即使威斯克和法罗互相看不对眼，阿恩夹在他们当中也是不争的事实。

还有凯尔。

虽然莱经常笑话兄弟的名声，但对法罗和威斯克来说，那不是笑话。有人相信凯尔是阿恩帝国的中流砥柱，如果不是他置身其间，阿恩帝国必将分崩离析。

就算传言为真，也无关紧要——群狼环伺本是常态，因为归根到底，统治帝国依靠的是**实力**。本质上说，是实力的**展示**。Essen Tasch 正是展示实力的完美舞台。

阿恩人闪耀光彩的机会。

也是莱闪耀光彩的机会，是珠宝的华光，更是利剑的寒光。他从来都是财富的象征。他希望成为**力量**的象征。当然，**魔法**即是力量，但并非**唯一**的力量。莱告诉自己，即使没有魔法，他同样能变得强大。

他用力地握着阳台的栏杆。

霍兰德送他礼物的情景在眼前浮现。几个月前他做了一件愚蠢的事情——愚蠢得差点付出了他的生命，以及整座城市——而他只是想变得像凯尔那样强大。民众永远都不会知道，他们差点被王子害死。最重要的是，莱·马雷什希望成为民众需要的人。长久以来，他以为他们需要一个生性快活、潇洒不羁的王子。他并非无知到以为城里不存在贫穷和苦难，但他曾经以为——或者，他**愿意**这样以为——他的快乐能够感染民众，因为民众爱戴王子。不过，做一个好王子，未必就能做一个好国王。

不要危言耸听，他心想。父母的身子骨都还硬朗。然而，生老病死是人间常态。或者说，本该是人间常态。

回忆犹如胆汁涌上喉头。疼痛，鲜血，恐惧，最后归于寂静和黑暗。他放弃挣扎，又被扯了回去，那种冲击力犹如坠落，撞上地面时，痛得撕心裂肺。但他不是落下去。而是飞上去。回到自身的表层，然后——

"莱王子殿下。"

他眨了眨眼，发现高大的侍卫托纳斯站在门口，姿态僵硬，一本正经。

莱松开握着栏杆的手指时，一阵钻心的疼痛袭来。他张了张嘴，正要说话，忽然尝到了血味。他肯定咬破了舌头。*抱歉，凯尔，*他心想。知道自己与他人共享疼痛，真是一种奇妙的体验，你每一次承受痛苦，他们都能感觉到，而他们之所以痛苦，每一次都是因为你。莱最近是凯尔遭罪的根源，凯尔如履薄冰，都是因为莱。说到底，不平等，不平衡，不公平。莱掌握了凯尔的*痛苦*，凯尔掌握了莱的*生命*。

"您没事吧？"侍卫追问，"您的脸色好苍白。"

莱端起一杯茶——已经凉了——漱掉了嘴里的铁锈味，然后颤颤巍巍地放下杯子。

"你告诉我，托纳斯，"他故作轻松，"我的处境有那么危险吗，一个侍卫都不够，居然要*两个*来保护我？"莱示意另一个侍卫，此人紧贴着冰冷的石墙。"要不你就换下可怜的维斯，免得他当着我们的面昏过去？"

托纳斯看着维斯，一歪脑袋。后者松了口气，钻进阳台门，回到安全的室内。托纳斯没有站到墙边，而是在莱面前立正。他一如既往地披挂全身盔甲，背后的红斗篷在冷风中飞舞，胳膊底下夹着金色头盔。他不像活人，而像一尊雕塑，每当此时——这样的时刻不在少数——莱便格外怀念曾经的侍卫：吉恩和帕里什。怀念他们的幽默，他们的调笑,他能让他们忘了眼前的人贵为王子。有时候,是他们让他忘了。

这可不对,莱心想。你不能既成为力量的象征,同时又是普通人。你必须做出选择。正确的选择。

阳台上忽然显得拥挤不堪。莱拿起方案,回到温暖的室内。他把羊皮纸扔到沙发上,准备在食品柜里找点带劲儿的饮料,然后发现桌上有一封信。送来多久了?

莱瞅了侍卫们一眼。维斯在深色的门板边,忙于对付斗篷上的一根线头。托纳斯依然守在阳台上,俯视着建设中的赛场,眉头微蹙。

莱拿起信纸,打开了。信以娟秀的黑色笔迹写就,不是英语,也不是阿恩语,而是卡斯-艾弗尼斯语,一种罕见的边疆方言,莱在好几年前学过。

他有学习语言的天赋,只要它们不是魔法语言。

莱面露微笑。方言和密文一样能掩人耳目,而且更不容易引起怀疑。

信上写的是:

莱王子,

我由衷地不相信你们二人能恢复理智,但依然心怀希望,无论多么渺茫。若不幸言中,我做了必要的安排——但愿我日后不必为此烦忧。今天下午,我们谈谈你们这种行为的代价。或许蒸汽有澄清心智的作用。无论您做何决定,我希望届时伦敦圣堂能收到一笔可观的捐款。

您的仆人,长老,Aven Essen,
提伦·西伦斯

A Gathering of Shadows

　　莱微微一笑,放下信纸。与此同时,钟声从圣堂传来,越过河水,响彻全城。

　　或许蒸汽有澄清心智的作用。

　　莱猛一击掌,惊动了侍卫。

　　"先生们,"他说着,取过一件长袍,"我现在想去洗个澡。"

II

水下的世界温暖而寂静。

莱一直待在水下,直到他头晕目眩,脉搏剧烈跳动,胸腔逐渐吃痛,到了这种时候,他才浮出水面,拼命地吸气。

他喜欢皇家浴池,曾在这里度过无数个慵懒的下午——以及黄昏和清晨——不过,很少独自一人。他习惯带着同伴,习惯了在石头上回荡的喧哗笑声,与同伴玩闹时的拥抱,亲吻肌肤时飞溅的水花,然而,今天的浴池悄无声息,除了水波轻柔地荡漾。侍卫们守在大门两侧,两个仆人负责伺候,他们带着盛满皂液和精油的罐子,还有毛刷、长袍和毛巾,莱则在齐腰深的浴池里大步跋涉。

宽敞的深水浴池占据了半个房间,以平滑的黑色岩石修建,边缘装饰着玻璃和黄金。拱顶上光影跳跃,外墙的高处开有小窗,彩色玻璃镶嵌其中。

他忽然起身,引得周围水波凌乱,他张开十指,轻抚水面,等待涟漪散尽。

他小时候经常玩这种游戏，试着让水面恢复平静。不是施法，而是耐心等待。长大后，他越来越没有耐心，甚至不如召唤元素的时候，但最近有所好转。他站在浴池中央放慢呼吸，望着水波渐渐静止，水面平滑如镜。很快，他有了倒影，跟照镜子一样清晰可见。莱观察着自己的黑发和琥珀色的眼睛，目光向下游移，掠过古铜色的肩膀，落在胸口的记号上。

同心圆的结构，既自然，又不大自然。它是一种代表生与死的符号。他聚精会神地关注脉搏的响动，以及凯尔心跳的回音，两个声音都越来越强劲，莱甚至担心水面的平静被打破。

一股微妙的平和气息中断了脉搏的响动。

"殿下，"守在门口的维斯说，"您有——"

"让他进来，"王子背对着侍卫说。他闭着双目，聆听着赤足踩踏的轻柔脚步声，以及长袍扫过石板地的窸窣声：虽然安静，但依然淹没了兄弟的心跳。

"下午好，莱王子。"Aven Essen 嗓音低沉，比国王的更柔和，但一样有力。声若洪钟。

莱缓缓地转身面对牧师，笑容照亮了他的面孔。"提伦。稀客啊。"

伦敦圣堂的首席牧师个头不大，但那一袭白袍也就勉强裹在他身上。说实话，他整个人塞满了袍子，即使他一动不动，布料也在窸窸作响。随着他的到来，浴池的气氛改变了，一种平和的感觉犹如雪花飘落，覆盖了一切。这样很好，多少消解了因为他的出现所带来的不安，面对提伦，人们总是躲躲闪闪，似乎害怕被他看透皮囊和骨骼，直抵思想、欲望和灵魂。维斯低头盯着靴子可能便是这个原因。

大多数人都对 Aven Essen 有所畏惧——就像对凯尔一样，莱觉得——但在他看来，西伦斯大师永远都是提伦。

"如果时机不对……"牧师拢着袖子，说道。

"没有的事儿。"莱说着，踏上浴池各处都有的玻璃台阶。他感到众人的目光投向他的胸口：那里有烙印在古铜色肌肤上的记号，还有肋部的伤疤，也就是他的刀——阿斯特丽德的刀——刺进去的位置。然而，不等热气消散、目光流连，一个仆人立刻为他披上一件红色的绒袍。"你们退下吧。"他吩咐众人。仆人退向门外，而侍卫不为所动。"你也是，维斯。"

"莱王子，"他说，"我不应该……"

"没事，"莱诙谐地说，"我认为 Aven Essen 不会害我。"

提伦的银白色眉毛微微上扬。"那可不好说。"牧师淡淡地说。

维斯刚刚退了一步，听到这话又停了下来。莱叹息着。黑化之夜过后，皇家侍卫接到了严厉的指令，寸步不离王位继承人。寸步不离安塔芮。他不清楚父亲的原话，但他相信命令中包括**不许他们、离开你们的视线和违者处死**。

"维斯，"他放慢语速，模仿父亲下令时的口吻，"你非要留下来，就是侮辱了我，也侮辱了首席牧师。这里只有一扇门进出。你去托纳斯那边站岗，**守好门**。"

他的口吻颇有说服力，维斯点头领命，不大情愿地退了下去。

提伦俯身在墙边一张宽大的石凳上就座，白袍拢在周围，莱坐在他身边，慵懒地靠着石壁。

"他们没什么幽默感。"等到浴池里只剩他们两人，提伦开口道。

"完全没有，"莱活动着肩膀，抱怨道，"我敢说，老实的性格就是一种天谴。"

"大赛的前期准备还顺利吗？"

"顺利,"莱说,"竞技场差不多完工了,贵宾帐篷舒服得叫人起不了床。我都要嫉妒魔法师了。"

"请告诉我,你无意上场与他们较劲。"

"在凯尔解决了那么多麻烦,挽救我的性命之后,我还去较劲?那就是恩将仇报了。"

提伦眉间的皱纹几不可见。换成别人,或许根本察觉不到,但在Aven Essen静若止水的面庞上,那便是不满的意思(虽然他说只有凯尔和莱能让他皱眉)。

"说到凯尔……"莱说。

提伦目露精光。"你重新考虑过了吗?"

"你觉得我会重新考虑吗?"

"人总要有希望。"

莱摇摇头。"我们有必要担心什么吗?"

"除了你那个愚蠢的计划?那就没有了。"

"头盔呢?"

"到时候自然有,"Aven Essen闭上眼睛,"我太老了,玩不好阴谋诡计。"

"他很需要,提伦,"莱强调道,然后哂然一笑,"你有多老?"

"很老,"提伦回答,"为什么突然问这个?"他睁开一只眼睛,"有白发了吗?"

莱笑了。从他记事起,提伦的头发就已经白了。莱喜欢这位老人,而且他怀疑——有违提伦的睿智判断——老人也喜欢莱。作为Aven Essen,他是都城的保护者、天赋的治疗者、王室的密友。在凯尔展现力量之后,老人负责教导他,只要莱生病,或者做了什么蠢事而又不想承担责任的时候,老人负责照顾他。这些年来,他和凯尔没少麻烦老人。

"说真的,"提伦悠悠地说,"你应该更加谨慎,不要随便让人看到你身上的记号。"

莱假装受到了冒犯。"你不能指望我一直裹得严严实实,提伦大师。"

"我也觉得这种要求太过分了。"

莱仰起头,抵着石墙。"他们以为是那晚留下的伤疤,"他说,"其实也不算错,只要凯尔不脱衣服——老实说,满足这个要求容易多了——谁也不会发现有问题。"

提伦叹了口气,老人一向以这种方式表达不满。事实上,莱不愿意承认的是,那个记号使他心神不宁,遮遮掩掩的反而更像诅咒。而且很奇怪,他身上的伤疤仅此而已。看看他的胳膊和胸脯,除了爆炸似的魔法效果,以及那道苍白且毫不起眼的刀伤,其余的部位看不到什么伤疤。这个记号尽管令人不快,却是他赢来的,而且将要伴随他一生。

"人多嘴杂。"提伦说。

"如果我刻意掩饰,他们只会议论得更多。"

不知道,莱心想,如果我带着对软弱的恐惧去找提伦,而不是为了得到力量接受霍兰德的礼物,事情会怎样?牧师知道该说什么吗?知道该如何帮忙吗?事发几周后,莱对提伦坦白了。说他接受了护符——束缚咒——以为老人会狠狠训他一顿。结果提伦只是默默地听着,等莱说完了才开口。

"力量和软弱二者纠缠不清,"Aven Essen 当时回答他,"它们太相似了,我们经常将其混淆,正如我们混淆了魔法和力量。"

莱觉得这个回答太不走心了,但之后的几个月,提伦一直陪在莱身边，是无声的提醒，也是精神的支柱。

此时他看着提伦，后者的目光落在池水上，继而越过池水，似乎在水面或者蒸汽中看到了什么。

也许莱可以学学这种能力。占卜。但提伦曾经告诉他，观察外界的重要性远远不如观察自身，至于要不要花费大量时间学习占卜，莱还没有想清楚。不过，他总有一种感觉——抱着希望——每个人与生俱来拥有某种能力，只要努力寻找，就一定能找到。他的天赋。他的使命。

"怎么样，"莱打破了沉默，"如你所愿吗？"

"你怎么就不让我安静一会儿呢？"

"太多事情要做了。"

提伦叹息一声。"既然你铁了心……"他从长袍的袖子里抽出一根卷轴，"大赛的最终名单。"

莱直起身子，接过卷轴。

"一两日之后就会公示，"牧师解释，"只等收到法罗和威斯克那边的名单。不过我觉得你希望先睹为快。"他话里有话，带着劝诫的意味。因为不知道即将有何发现，莱紧张兮兮地解下绑带，展开卷轴。身为都城的 Aven Essen，提伦大师的任务就是挑选代表阿恩的十二名选手。

莱开始过目那份名单，他的视线首先落在凯梅拉夫·洛斯特上——虚构的名字，以假乱真的角色，他内心一阵激动——然后，底下的一个名字攫住了他的目光，犹如藏在玫瑰丛中的刺。

阿鲁卡德·埃默里。

莱吃了一惊，直皱眉头，继而怒从心头起。"怎么搞的？"他差点失声。

"显而易见,"提伦说,"你不是唯一可以暗箱操作的人。别急着沮丧,你应该知道埃默里破坏规则的次数比你少多了。严格来说,他从未破坏过规则。秋天,*夜峰号*靠岸的时候,他来找过我。据我所知,他是名单上实力最强的。两周前,他的妹妹也找上门来提醒我,并为他参赛一事求情,虽说我认为她只是希望他能回家。除此之外,事关补偿。"

莱恨不得把这份名单揉成纸团。"补偿?"

"三年前埃默里正式受邀参赛,不过……"提伦迟疑了,神色古怪。"呃,我们都知道,那件事导致他缺席了。他理应拥有一席之地。"

莱一心只想爬回浴池,沉在水底。他慢慢地、有条不紊地卷起名单,用带子捆好。

"我以为你会开心,"提伦说,"青春的神秘和疯狂已经离我而去。"

莱弯下腰来,揉着脖子,然后是肩膀。他摸到了心脏处的伤疤,手指漫不经心地顺着边缘游移,近来他养成了这个习惯。那里的皮肤泛白,表面光滑,毫无凸起,但他知道记号贯穿了皮肉、骨骼和灵魂。

"让我看看。"提伦说着,站了起来。

话题转移了,莱深感庆幸。他歪着脑袋,以便对方观察。提伦一手按在他胸前,一手按在他背后,掌心冰凉而干燥。莱感到一股异样的暖流顺着咒语的边缘奔涌。"感应弱化了吗?"

莱摇摇头。"要我说,越来越强了。一开始感应很迟钝,可如今……不仅是疼痛了,提伦。快乐,疲劳,还有愤怒,焦躁。就像现在,只要我集中精神,就能感觉到凯尔的——"他顿了顿,感知力向兄弟延伸，"疲惫。筋疲力尽。"

"正常，"提伦放开手，"它不是简单的生理连接。你和凯尔共享同样的生命力。"

"你是说我分享他的生命力，"莱纠正道。插进胸膛的匕首夺去了他的生命。如今他有的，来自于凯尔。泡澡的余温逐渐散尽，莱感到疲倦和冰冷。

"自怨自艾的表情不适合你，殿下。"提伦说着，移步门外。

"谢谢你，"莱举起卷轴，在他背后喊道，"把这个给我。"

提伦不接茬，眉头微微皱起——那条线又出现了——然后离开了。

莱坐回长凳，再次浏览参赛名单，凯梅拉夫和阿鲁卡德两个名字靠得太近了。

有一件事可以确定。

本届大赛必将无与伦比。

Ⅲ

依照安排，侍卫在纳莱什卡斯的入口处等待凯尔。

斯塔夫胸膛厚实，鬓角和胡须泛白，而年轻快活的哈斯特拉有着阳光亲吻过的肤色和一头乌黑的卷发。**至少他长得好看**，几个月前莱视察新任侍卫时如是说。王子闷闷不乐，因为他的侍卫——托纳斯和维斯——既不好看，也不幽默。

"先生们。"等到进了巷子、衣角落定，凯尔招呼他们。两名侍卫似乎冻得够呛，不知道他们等了多久。

"我本来想着给你们带杯热饮，不过……"他举起空空的双手，仿佛在说，**不能坏了规矩**。

"没关系，凯尔大师。"面对凯尔的揶揄，哈斯特拉无动于衷，从咬紧的牙关里挤出几个字来。另一名侍卫斯塔夫一声不吭。

他们顾全了凯尔的颜面，没有当场搜身，而是掉头跟在他身后，默不作声地前往王宫。他能感觉到路人的目光纷纷投向他们，有身披闪亮盔甲和红色斗篷的皇家侍卫相伴，他绝无低调行事的可能。

A Gathering of Shadows

凯尔希望半遮半掩，让他们远远跟着就行，而不是明目张胆地招摇过市。他只好昂首挺胸，尽可能不失贵族气派，虽说他自我感觉更像囚犯。

今天他没有做任何错事，圣徒知道他有过机会。好几个机会。

最后，他们抵达了宫殿前的台阶，即使在这个时节，台阶上也摆满了冰霜覆盖的鲜花。

"国王呢？"进门时，凯尔问道。

斯塔夫带路，一行人来到一间宫室，马克西姆国王在烧得正旺的壁炉边与几位奥斯特拉谈话。他一眼看到凯尔，便示意众人退下。凯尔不曾低头，但没有人与他对视。等他们都离开了，国王点头示意凯尔上前。

凯尔来到宫室中央，冲着斯塔夫和哈斯特拉张开双臂，半是邀请，半是挑衅。

"别搞得这么夸张。"马克西姆说。

侍卫们却也识趣，靠近凯尔时表现得犹豫不决。

"我应该是受了莱的影响，陛下。"凯尔冷冷地说。斯塔夫帮他脱了外套，哈斯特拉从上到下地拍打衣裤，然后沿着靴帮摸了一遍。他身上什么都没有带，他们也不可能从他的外套里找到任何东西，除非他希望某样东西被发现。有的时候，他担心外套有自主意识。除了凯尔自己，只有一个人从外套里找到了想要的东西，那就是莱拉。他不明白她是如何做到的。外套背叛了他。

斯塔夫从其中一个兜里掏出灰伦敦的来信，交到国王手里，然后把外套还给凯尔。

"国王怎么样？"马克西姆接过信，问道。

"死了。"凯尔说。国王大惊失色。他讲了事情的经过，包括摄政王——如今的乔治四世——对魔法重燃兴趣。他甚至提到新国王企图贿赂他,而且着意强调自己拒绝了对方。

马克西姆捋着胡须,神情不安,但终究一言未发,摆摆手示意凯尔可以退下了。他沮丧地转过身,斯塔夫和哈斯特拉正准备跟上时,马克西姆叫住了他们。

"别管他了。"他说。国王慈悲,凯尔心怀感激地告退了。

然而好景不长。等他来到自己的寝宫,发现又有两名侍卫守在门口。是莱的侍卫。

"圣徒啊,我敢发誓,你们的人数一直在翻番。"他咕哝道。

"您说什么,先生?"托纳斯问。

"没什么。"凯尔嘟囔着,与他们擦肩而过。托纳斯和维斯守在他的房门外,只可能有一个原因。

莱站在房间中央,背对凯尔,照着一面全身镜。从凯尔的角度,正好看不见莱的脸,霎时间回忆袭来,他想起莱等他醒来的那一幕——当然,那其实不是莱,而是控制了莱的阿斯特丽德,当时他们在莱的寝宫,不在他这里。他一时恍惚,不自觉地在莱身上搜寻项链或者护符,还有地板上的血迹,继而,回忆崩塌。

"时间正好。"莱说。凯尔暗暗松了口气,刚才的声音是他兄弟的,确凿无疑。

"什么风把你吹到我这里来了?"释然之后,他心生厌烦。

"冒险。诡计。兄弟情谊。或者,"王子懒洋洋地说,"也许我来为你的镜子换换口味,省得它每天照的都是你那张臭脸。"

凯尔眉头一皱,莱笑了。"啊,出现了!著名的苦瓜脸。"

"我从来不做苦瓜脸。"凯尔咕哝道。

莱故意看了一眼镜子。凯尔叹息着把外套扔到长椅上,走向相邻的隔间。

"你去哪儿?"莱喊道。

"等一下。"凯尔回答,顺手关上两人之间的房门。一根蜡烛燃起火苗,借着烛光,他看见了门板上的符号。找到了,通向迪杉的传送门,位于其他符号之间,血迹尚未褪色。前去温莎城堡的路。凯尔抬手去擦,符号逐渐模糊,最后消失不见。

等凯尔回来,发现莱坐在他心爱的椅子上,而且掉转一百八十度,面对房间而不是阳台门。"你干了什么?"他托着脑袋问道。

"那是我的椅子。"凯尔毫不客气地说。

"破烂玩意。"莱非常清楚凯尔对这把椅子的喜爱。王子起身时,淡金色的眸子含着顽皮的笑意。

"我的头还疼着呢,"凯尔说,"如果你又要怂恿我外出——"

"那不是我此行的目的。"莱说着,来到餐柜前。他自顾自地斟上一杯饮料,凯尔正准备没好气地讽刺他两句,发现杯中是茶水。

他冲着一张沙发点头示意。"坐下。"

凯尔本想故意站在那儿,但又抵挡不了旅行带来的倦意,他在沙发上坐了下来。莱斟满茶杯,在他对面落座。

"说吧?"凯尔催促道。

"提伦应该教过你,凡事不要操之过急。"莱不满地说。他把茶杯放在桌上,从底下拿出一个木盒子。"我是来道歉的。"

"为什么?"凯尔问,"撒谎?喝酒?打架?无休无止地——"看到莱的脸色,他闭嘴了。

王子撩起乌黑的卷发,凯尔忽然发现他老了一些。不是真的老——莱才二十岁,比凯尔小一岁半——但面庞更有棱角,明亮的眸子里,好奇少了,思虑多了。他成熟了,不知道是自然而然,到了年纪就会不可避免发生的改变,还是他经历的一切抹杀了所剩无几的青春气息。

"听着,"王子说,"我知道大家都不好过。这几个月尤其难熬。而且我也知道,我的所作所为只能是雪上加霜。"

"莱——"

王子抬手制止他。"我一直过得很辛苦。"

"我也是。"凯尔承认。

"确实。"

凯尔情不自禁地笑了笑,又摇摇头。"一条命已经很难保全了,莱。两条……"

"我们得找到自己的步调,"王子断然说道,然后他耸耸肩,"不然你会害死我们俩。"

"你怎么随便说这种话?"凯尔抬起头,厉声说道。

"凯尔,"莱俯身靠近,胳膊肘撑在膝盖上,"我死过一次。"

两人一时无语。

"我**死过一次**,"他重复道,"你把我救活了。你已经给了我不该拥有的东西。"说话时,他脸上掠过一道阴影,随即消失。"即使再失去一次,"他接着说,"我也算是活过两回的人了。命是借来的。"

"不,"凯尔斩钉截铁地说,"是买来的,代价已经付了。"

"能管多久呢?"莱反问,"即使是买来的,你也无权分配。虽然我讨厌你付出的代价,但我还是对你感激不尽。你打算怎么做,凯尔?永远活着?那可不是我希望的。"

凯尔眉头一皱。"你宁愿死?"

莱面露疲惫之色。"死亡不会放过任何一个人,兄弟。你不可能永远避开。我们总有一天**会死**,你我都是。"

"那你不害怕吗?"

莱耸耸肩。"我更害怕的是,因为害怕死亡而浪费了珍贵的生命。所以……"他把盒子推向凯尔。

"这是什么?"

"诚意的表示。一份礼物。祝你生日快乐。"

凯尔皱着眉头。"我的生日还有一个月呢。"

莱端起茶杯。"别不领情。收着吧。"

凯尔把盒子搁在膝盖上,揭开盖子。里面有一张脸盯着他。

那是一顶以整块白银制成的头盔,上包天灵盖,下包颚底。嘴巴处开了缝,鼻子处有凸起,眉型面甲遮掩了佩戴者的眼睛。除了上述细节,面具上唯一的装饰就是一对翅膀,左右耳朵上各有一只。

"我要去打仗吗?"凯尔摸不着头脑。

"算是吧,"莱说,"这是你的面具,参赛用的。"

凯尔差点扔了头盔。"Essen Tasch?你疯了吗?"

莱耸耸肩。"我觉得没有。除非你疯了……"他顿了顿,"你觉得可以吗?我是说,应该——"

"我是**安塔芮**!"凯尔打断他的话,极力压低嗓门,"我是马雷什王室的养子,阿恩帝国最强的魔法师,也许是全世界最强——"

"当心点,凯尔,你膨胀了。"

"——你居然要我参加帝国之间举办的一场比赛。"

"伟大的、无敌的凯尔当然不能参赛,"莱说,"否则就是作弊,甚至可能引发战争。"

"没错。"

"所以你要伪装。"

凯尔呻吟着摇头。"太夸张了,莱。即使你疯狂到认为这样能行,提伦也绝对不会同意的。"

"噢，的确不会。一开始的时候不会。他歇斯底里地劝阻我，说我们不可理喻，骂我们是傻瓜——"

"我可没有掺和进来！"

"——不过到最后他理解了，赞成和同意不完全是一回事。"

凯尔眯起眼睛。"提伦为何改变主意？"

莱吞了吞口水。"因为我对他坦白了。"

"坦白什么？"

"你需要。"

"莱——"

"*我们*需要。"他的脸色有些难看。

凯尔犹豫不决地迎上兄弟的目光。"你什么意思？"

莱起身离座。"希望挣脱桎梏的人不止你一个，凯尔，"他踱着步子，说道，"我看得到你所背负的枷锁。"他拍了拍自己的胸口。"我感觉得到。你在盆厅里一练就是几个钟头，孤零零的一个人，自从霍兰德和戴恩的事情后，自从黑化之夜后，你的内心一天都没有安宁过。实话告诉你吧，如果你找不到地方宣泄情绪——"莱停下脚步，"我只能亲手掐死你。"

凯尔眉头深锁，看向搁在膝盖上的面具，抚摸着平滑的银色表面。它的造型简单而优雅，光亮可鉴。他照见了自己的样子，却是扭曲的。太疯狂了，他多么渴望应承下来，但他不敢。他不能。

他把面具放到沙发上。"太危险了。"

"只要我们小心行事。"兄弟不肯罢休。

"我们是一根绳子上的蚂蚱，莱。我的痛苦就是你的痛苦。"

"我非常清楚我们的情况。"

"那么你知道我不能答应。我**不会**答应你的。"

"我不仅是你的兄弟，"莱说，"我还是你的王子。我命令你。你必须参加 Essen Tasch。你必须宣泄掉一部分情绪，别等到无法收拾。"

"我们之间的纽带怎么办？如果我受伤——"

"有难同当。"莱淡淡地说。

"你现在说得轻巧，可是——"

"凯尔。我人生中最大的恐惧不是死亡。而是成为他人痛苦的源泉。我知道你有身陷囹圄的感觉。我知道我即是你的牢笼。我不能——"他一时哽咽，凯尔察觉到了兄弟的痛苦，他没日没夜地与之纠缠、搏斗。"你**必须参加**，"莱说，"为了我。为了我们。"

凯尔攫住了兄弟的目光。"好吧。"他说。

莱神色一凛，然后笑了。虽然他面相成熟了不少，但笑容依旧带着孩子气。"真的？"

凯尔再次拿起面具，兴奋得血脉偾张。"真的。既然我不能以本名出战，"他说，"那么我化名为什么人呢？"

莱从盒子里取出一根卷轴，凯尔此前不曾注意到。他递了过来，凯尔将其展开，看到了阿恩的花名册。十二个名字，有男有女，他们代表帝国参赛。

当然有克什米尔，还有阿鲁卡德（一想到能有机会与他战斗，凯尔就激动得头皮发麻）。他的目光飞快地掠过那些姓名。

"我亲自选定了你的名字，"莱说，"你参赛所用的化名是——"

"凯梅拉夫·洛斯特，"凯尔念出了第七个名字。

理所当然。

K. L.

那是他绑在前臂的小刀上镌刻的字母，也是他神秘身世的唯一纪念物。两个字母后来成了他的名字——KL，卡-艾尔，凯尔——不过，他曾在多少个无眠的夜晚琢磨它们的含义，编造自己的姓名？

"嘿，别挑剔啊，"莱误以为凯尔不满意他取的名字，"是个好名字！要我说，很有王子范儿。"

"不错。"凯尔强忍笑意，放下卷轴。

"那好，"莱拿起头盔，递给凯尔，"戴上试试。"

凯尔迟疑了。王子轻言细语的邀请貌似漫不经心，其实另有深意，他们俩对此心照不宣。一旦凯尔戴上面具，那就不再是一个愚蠢的、无足轻重的玩笑，而将具有意义。现实意义。他伸手接过头盔。

"但愿合适，"莱说，"你的脑袋一向很大。"

凯尔起身的同时戴上了头盔。内部有柔软的衬垫，非常舒适。面甲从左耳开到右耳，视野和听力都不受影响。

"怎么样？"隔着面具，他的声音含糊不清。

"你自己看。"莱点头示意镜子的方向。凯尔转过身。太怪异了，锃亮的头盔在镜子里形成了无限重复的影像，面甲的开口恰到好处，保证视野清晰的同时，也防止外人看到他的异色双眸。

"到时候我会很吸引眼球。"他说。

"这可是 Essen Tasch，"莱说，"人人都吸引眼球。"

的确如此，每个参赛者都戴着面具，面具成了这幕大戏的一部分、传统的一部分，而不仅仅是面具。"大多数参赛选手用不着穿得像要上战场似的。"

莱抄起胳膊，上下打量他。"没错，大多数参赛选手确实用不着隐匿身份，但你的面相……独一无二。"

"你是说我丑吗？"

莱嗤之以鼻。"谁都知道你是舞会上最漂亮的小伙子。"

凯尔不自觉地瞅着镜子。银盔搭配他的一身黑衣，似乎有所欠缺……

他的外套还搭在沙发上。他拿起来，轻轻一抖，翻了个面，日常那件有银纽扣的黑色外套随之变了样。变成了新款。

"我没见过这件。"莱说。凯尔本来也没有见过，几天前，他闲得无聊，决定看看外套还有哪几面（有时候，从未穿过的款式自动消失，取而代之的是新款）。

当时凯尔不明白新款和旧款为何风格迥异，现在当他穿到身上的时候，终于意识到原因所在：这件外套不属于他。

它属于凯梅拉夫。

外套是银色的，长及膝盖，装饰着黑色花边，内衬大红色丝绸。袖子细瘦，袖口呈喇叭状，衣领够高，把脖颈挡得严严实实。

凯尔穿上外套，系好扣子——纽扣从上到下形成一条歪歪斜斜的线。莱在凯尔的衣柜里翻找了一会儿，手中多了一柄银色的手杖。他扔了过去，凯尔凌空接住，握着黑狮子头造型的杖柄。

然后他回头望向镜中的自己。

"不错嘛，洛斯特大师，"莱说着退了几步，"你真是光彩照人。"

凯尔不认识镜中的自己，面具的遮挡仅仅是原因之一。还有他的姿态，挺胸抬头，隐在面甲之后的目光波澜不惊。

凯梅拉夫·洛斯特是一位气度非凡的人物。

一阵轻风拂过，吹动外套。凯尔微微一笑。

"顺便提醒你，"莱说的是飞旋的气流，"毫无疑问，凯梅拉夫不能是安塔芮。我建议你挑选一种元素，不要换了。两种也行——我听说今年的参赛选手很少有擅长两种的——三种就太惊艳了……"

"嗯。"凯尔调整着姿势。

"我感受到了你突然爆发的自恋情结了,"莱说,"记清楚,凯尔。只要你戴上头盔,你就不能是阿恩最强大的魔法师了。"

"我理解。"凯尔取下头盔,使劲地捋着乱蓬蓬的头发。"莱,"他说,"你真的……"他的心脏狂跳不止。他渴望参赛。他不应该参赛。这件事太可怕了。但他真心渴望。凯尔的血欢唱着战斗的歌谣。痛快淋漓的战斗。

莱点点头。

"那好吧。"

"这么说你恢复理智了?"

凯尔茫然地摇摇头。"可能是失去理智了。"说完他就笑了,笑得太厉害,似乎嘴角都可能被扯烂。

他转来转去地把玩着头盔。

忽然,他的兴致来得快去得也快,整个人像泄了气的皮球。

"圣徒啊,"他骂道,一屁股坐到沙发上,"我的侍卫怎么办?"

"银脑壳和金脑壳?"莱问,那是他为两人起的绰号,"他们怎么了?"

"我不可能在大赛期间完全摆脱斯塔夫和哈斯特拉。也不可能每场比赛都支开他们。"

"好遗憾啊,我以为你是大魔法师。"

凯尔举起双手。"与我的本领毫无关系,莱。只要他们有所怀疑,我就暴露了。"

"那么,"王子说,"我们只能告诉他们实情。"

"他们就会告诉国王。你猜猜国王作何反应?我敢打赌,他绝不会为了让我发泄一通,置国家的安危于不顾。"

莱捏了捏鼻梁。凯尔皱起眉头。王子不该做这个动作——那是他的动作,做过无数次了。

"交给我吧。"他说完便走了过去,拉开房门,倚着门框。凯尔原以为从马克西姆国王那里告退之后,侍卫们没有跟来,但事实证明,他们仅仅回避了片刻。莱把他们喊了进来,然后把自己的侍卫关在门外。

凯尔站起身来,不知道兄弟葫芦里卖的什么药。

"斯塔夫,"莱对那位鬓角泛白的侍卫说,"我父亲指派你跟随凯尔时,他是怎么说的?"

斯塔夫看了看凯尔,又看着莱,似乎担心其中有诈。"呃……陛下要我们盯紧了,不能让他受到伤害,如果发现凯尔大师做了什么……可疑的事情,还要向陛下汇报。"

凯尔面色阴沉,莱却高兴地笑了。"是这样吗,哈斯特拉?"

一头暗金色头发的侍卫微微颔首。"是的,殿下。"

"有些事情如果提前告知你们,那就谈不上可疑了,是吗?"

哈斯特拉抬起头来。"呃……是的,殿下,您有何指示?"

"莱。"凯尔喊道,王子举手示意他闭嘴。

"你们两人都发过誓,为了守护王族、国王和帝国,不惜牺牲性命。你们是否依然恪守誓言?"

两人低下头,手扶胸口。"当然,殿下。"他们几乎异口同声地回答。*莱到底要做什么?*凯尔心想。

然后,王子的表情变了。随和的态度和灿烂的笑容消失无踪。他身姿挺拔,下巴收紧,一时间不像王子,而像未来的国王。他就像马*克西姆*。

"那么你们听仔细了,"他嗓音低沉,语气严厉,"我要告诉你们的事情,不仅仅关系到我们家族的安危,甚至对整个阿恩帝国都有影响。"

两人瞪大眼睛，聚精会神。凯尔则眯起眼睛。

"我们认为本届大赛暗藏危险，"莱对凯尔使了个眼色，但凯尔真的不知道他要说什么，"为了调查清楚，凯尔将以普通选手的身份参加 Essen Tasch，化名凯梅拉夫·洛斯特。"

两名侍卫眉头深锁，偷瞟凯尔，后者生硬地点头。"为我的身份保密，"他插嘴道，"至关重要。如果法罗或威斯克发现我参与其中，他们必然指责我们操纵比赛。"

"我父亲已经知道凯尔参赛，"莱说，"他还有别的事务需要处理。如果你们在大赛期间发现任何异常，直接告诉凯尔，或者向我汇报。"

"可是我们如何保护他呢？"斯塔夫问，"既然他改换了身份？"

莱立刻接上。"你们其中一人将会扮成他的侍从。每位参赛者都有侍从，另一人则在适当的距离之外保护他。"

"我一直都希望能参与什么计划，"哈斯特拉低声说，然后提高音量，"殿下，可以由我假扮侍从吗？"他急切的心情难以掩饰。

莱看着凯尔，后者点点头。哈斯特拉眉开眼笑，莱轻轻地击掌。"那就说定了。只要凯尔还是凯尔，你们一切照常。但如果是凯梅拉夫，你们务必演得天衣无缝，绝对不能泄密。"

两名侍卫严肃地点头领命，转身离开。圣徒啊，房门关上时，凯尔心想。他真的做到了。

"好了，"莱说着，一下子瘫在沙发上，"算不上多难。"

凯尔望着兄弟，目光中半是惊讶，半是崇敬。"说真的，"他拿起面具，说道，"如果你的统治能力能赶上你撒谎能力的一半，你将是一位旷世明君。"

莱的笑容绚烂无比。"谢谢夸奖。"

IV

沙森罗什。

莱拉返回*夜峰号*时，天色已晚。沙森罗什静悄悄的，天空飘起了雨夹雪，落在甲板上化作雪泥，非得在结冰前将其清扫干净不可。

在以前的伦敦——旧伦敦——莱拉一向很讨厌冬天。

黑夜更加漫长，意味着犯罪的机会更多，还敢出门的人常常是不得已而为之，当然也都是穷人。更糟糕的是，在冬天，一切都阴冷而潮湿。

无数个冬夜，她抖抖索索地爬进被窝。因为她买不起柴火和煤炭，只能盖上所有的衣物，冻得缩成一团。取暖需要花钱，而吃穿用度同样需要花钱，事关生存，有时候你不得不做出取舍。

而在这里，只要莱拉勤加练习，她便可以召唤火焰，烧火不需要燃料，只需要魔法和意念。她决心掌握火元素，因为火具有强大的攻击力，更因为火是*温暖*的，无论如何，莱拉·巴德再也不想挨冻了。

所以莱拉对火情有独钟。

她吐了一口白气。大多数船员待在陆地上过夜，但莱拉还是喜欢自己的舱房，她希望有个清静的地方好好思考。

伦敦。一想到那里，她就心跳加速。从她第一次登上*夜峰号*至今，已有四个月之久。从她对那个陌生的城市挥手道别至今，已有四个月之久，而城市的名字是她与过去仅有的纽带。当然，她也想过回去。终有一日。凯尔见到她的时候会说什么呢？那不是她最关心的事。真的不是。这件事排在第六或者第七，排在所有关于阿鲁卡德和 **Essen Tasch** 的事情之后。不过它依然*存在*，在莱拉脑子里盘旋。

莱拉叹息着，白气成团，她的胳膊肘抵在雪泥覆盖的栏杆上，低头俯视拍打船身的海浪。莱拉钟情于火，但火不是她唯一能操纵的元素。

她的注意力落在底下的海水上，然后逐渐收拢，试着将海浪推开。前浪有所犹疑，而后浪继续向前扑来。莱拉的脑袋隐隐作痛，与海浪汹涌的节奏保持一致，但她握紧栏杆，决心迎难而上。她想象自己能够*感觉*到海水——不仅是摇晃船身的波动，还有暗涌的能量。魔法不是存在于万事万物吗？既然如此，那么需要操纵的不是海水，而是魔法。

她想到了曾经用来集中精神的《老虎》，那首诗念起来节奏感强，铿锵有力……但它属于火。不行，她需要另一首诗。更富有流动感的诗句。

"甜蜜的梦中，"她喃喃自语地背诵布莱克的另一首诗[①]，希望找到感觉，"溪水欢快地流淌……"她一遍又一遍地反复念诵，直到满

[①] 此诗为英国诗人威廉·布莱克的《摇篮之歌》，收录于诗集《天真与经验之歌》。书中此诗的译文出自翻译家杨苡之手。

眼都是海水,直到耳际唯有海浪的轰鸣,与她的脉搏完全同步,她可以感到血管里鲜血流淌,码头周围的海水逐渐静止,然后……

一滴深色的水落在她双手之间的栏杆上。

莱拉抬手摸了摸鼻子——指头沾着血。

有人啧啧了几声,莱拉猛地回头。阿鲁卡德在她身后站了多久?

"别告诉我,你刚才想用意念控制**大海**。"他说着,递来一块手帕。

"我差点就做到了。"她倔强地说着,用手帕捂着鼻子。手帕有他的气味。他的魔法气息,混合着海上的空气、蜂蜜、银子和香料的奇异味道。

"我不是怀疑你的潜能,巴德,但这事儿不可能。"

"也许对**你**来说不可能。"她嘴上不服气,虽说在酒馆里见识到的阿鲁卡德的能力仍然令她心有余悸。

"对**任何人**来说都不可能,"阿鲁卡德换成了老师的口吻,"我告诉过你:当你操纵一种元素时,你的意念必须将其包裹。你得碰到它,环绕它。这才是形塑元素的方法,号令元素的方法。任何人的意念都不可能包裹海洋。下场只能是四分五裂。下次放聪明点——"

一块雪泥砸在他肩上,打断了他的话。"啊!"冰渣子溜进衣领,冷得他大叫一声,"我知道你睡觉的地方,巴德。"

她扬扬得意地笑了。"那你也知道我睡觉时带着刀子。"

他的笑容凝固了。"还带着吗?"

她耸耸肩,转身面对海水。"他们把我——"

"我明确下过命令。"显而易见,阿鲁卡德以为她吃了苦头。事实并非如此。

"当成自己人。"她接着说完。

阿鲁卡德眨巴着眼睛,一脸茫然。"那不然呢?我们就是一伙儿的啊。"

莱拉直犯怵。一伙儿。这个词不止一次地被提及。归属意味着用情，而用情是相当危险的。最好的情况是导致所有事情变得复杂。最坏的情况则是害人丧命。比如巴伦。

"你更希望他们在暗处对你捅刀子？"船长问，"把你从甲板上扔下去，伪装一场意外？"

"当然不希望。"莱拉说。但如果真是那样，她至少知道该如何应对。她对战斗熟悉得很。而友情呢？她不知道怎么应对。"他们可能太怕我了，不敢动手。"

"有几个人可能怕你，但他们都很尊敬你。再告诉你一个秘密，"他用肩膀顶了一下莱拉，又说，"还有好几个喜欢你。"

莱拉呻吟了一声，阿鲁卡德咯咯直笑。

"你是什么人？"他问。

"我是迪莱拉·巴德，"她平静地说，"*夜峰号*上最厉害的贼。"

若在以往，阿鲁卡德问到这里就打住了，但是今晚没有。"那么迪莱拉·巴德在上船*之前*是什么人呢？"

莱拉始终盯着海水。"另一个人，"她说，"等她离开时，又会变回另一个人。"

阿鲁卡德吐了口气，两人肩并肩站在甲板上，望着浓雾。雾气悬浮于海面上，模糊了海天的界线，但也并非静止不动。它不断地移动、环绕和卷曲，犹如海水起伏，悠然自得，不疾不徐。

水手们称之为占卜雾——说的是如果你长时间盯着雾气，慢慢地就会看到一些东西。至于你看见的到底是幻象还是错觉，取决于你问的人是谁。

莱拉眯着眼睛观察盘旋的雾气，内心并不抱期望——她的想象力一向不发达——然而过了一会儿,她似乎看到雾气在移动,在变化。莱拉一时间着了迷,竟然挪不开视线,眼看那一缕缕幽灵般的雾气化作手指,然后形成一只手,冲破夜色,朝她伸来。

"说起来,"阿鲁卡德的声音犹如一块石头,把眼前的幻象砸得粉碎,"伦敦。"

她吁了口气,白气模糊了视野。"怎么了?"

"我以为你会高兴。或者难过。或者生气。老实说,我以为你会有反应。"

莱拉歪着头。"你为什么这样想?"

"四个月了。我觉得你当时离开伦敦是有原因的。"

她横了阿鲁卡德一眼。"你当时为什么离开?"

他没有立刻回答,阴影掠过脸庞,稍纵即逝,然后他耸耸肩。"为了开阔眼界。"

莱拉同样耸耸肩。"我也一样。"

他们都在撒谎,或者说,充其量讲了一部分真话,然而这一次,他们破天荒地没有质疑对方。他们背对海水,默不作声地离开,生怕各自的秘密暴露在这个寒冷的冬夜。

V

白伦敦

如今星星也有了色彩。

他一直以为星星是白色的,现在变成了冰蓝色,还有永远漆黑如墨的夜空,呈现丝绒般的紫色,最严重的瘀伤才有的那种颜色。

霍兰德正襟危坐于王座之上,视线越过高墙,投向开阔的天空,竭力寻找故乡的颜色。它们一直都在吗?隐于衰微的魔法幕布之后,还是说已经焕然一新?深绿色的藤蔓生长得幽深茂密,绕着王座厅周围的苍白石柱攀爬,翠绿色的叶子探向银白的月光,根茎匍匐于地板,钻进乌黑静谧的占卜池。

霍兰德有多少次梦想坐上王座?他渴望割开阿索斯的喉咙,把匕首插进阿斯特丽德的心脏,夺回自己的生活。有多少次……然而到头来,不是他亲手办到的。

是凯尔的手。

A Gathering of Shadows

同样是凯尔的手,握着一根铁杆,戳透了霍兰德的胸膛,将垂死的他推进深渊。

霍兰德起身,拢着层层叠叠的斗篷,走下高台,驻足在平滑如镜的黑池前。王座厅里空空荡荡,仅剩他一人。他遣走了所有的仆人和卫兵,只想独处。但独处对他是一种奢望,永无可能。水面上的倒影盯着他,犹如黑暗中的一扇窗,绿色的眸子就像漂在水面的宝石,黑色的眸子隐在深处。他的面相年轻了些,不过即使在年轻的时候,霍兰德也不是*这般模样*。肤色红润健康,生命力旺盛,从未尝过痛苦的滋味。

霍兰德纹丝不动,倒影却在动。

脑袋歪着,笑容若有若无,绿色的眸子被黑暗吞噬。

我们堪称贤王,倒影的声音在霍兰德的脑海里回响。

"是的,"霍兰德淡淡地说,"的确如此。"

黑伦敦
三个月前。

黑暗。

无处不在。

汪洋恣意。

每时每刻。

然后。

缓慢地。

黑暗化作昏黄。

虚无之中有了实物,逐渐聚拢,形成了大地、空气,以及其间的世界。

这个世界万籁俱寂,简直不合常理。

霍兰德躺在冰冷的地面,前胸后背被铁杆戳穿的部位,血已凝固。在他的周围,昏黄依旧,不见将尽的天光,也不见降临的夜色。这地方安静得深沉厚重,就像落满灰尘的书架。废弃的屋子。断了气的尸体。

然后霍兰德喘了一口气。

死去的世界忽然一颤,做出了回应,似乎他的呼吸吹来了生命力,时间姗姗来迟。细碎的泥土——或者微尘,或者别的什么——悬在他头顶的空中,就像在阳光中现形的灰尘,此时纷纷飘落,犹如雪花,落在他的发梢、脸颊和衣服上。

疼。哪里都疼。

但他还活着。

不知怎么回事——难以置信——他还活着。

他浑身疼得厉害——不仅是胸口,他的肌肉和骨头都疼——似乎在地上躺了数日,甚至数周之久,每一次轻浅的呼吸都刺激得肺里火烧火燎。他早该死了。然而他强撑着坐了起来。

一时间,他视野模糊,好在胸口的疼痛并未加剧。痛感始终强烈,随着心跳的节奏起伏。他环顾四周,发现自己坐在一个有围墙的花园里,或者说,曾经是花园——花草早已枯萎,残存的藤蔓和根茎似乎一碰就会化成灰。

他身在何方?

霍兰德搜寻着回忆,但最后一幅画面是凯尔那张坚毅的面孔,他拼命挣脱霍兰德的水魔法,眯着眼睛,聚精会神。接着,霍兰德感到后背一阵刺痛,铁杆穿透皮肉,击碎肋骨,劈开胸口的伤疤。难言的痛苦中，他屈服了，然后便是一片空白。

不过，那场战斗发生在另一个伦敦。此处闻不到那里的花香，也感觉不到脉动的魔法。这里也不是他的伦敦——霍兰德很清楚，尽管空气同样压抑，万物缺乏色彩，但没有刺骨的严寒，没有灰烬和钢铁的气息。

霍兰德依稀想起自己躺在石林，意识已经麻木，只知道脉搏逐渐衰微。很快，他坠入了深渊。那片黑暗可能是死亡。但死亡不接纳他，把他送到了这里。

只有一个可能。

黑伦敦。

霍兰德的伤口已经止血，手指不自觉地游移，不是摸索伤口，而是寻找扣着斗篷的银环——孪生戴恩控制他的标记——没了，斗篷也一并消失不见。他衣衫破烂，皮肤上代表阿索斯的银色烙印，如今血肉模糊。此时此刻，手指悬在伤口上的刹那，霍兰德方才惊觉变化。这个变化一直被震惊、疼痛和陌生的环境所掩盖，现在则流遍皮肤和血管。那是七年来他不曾感受过的轻松。

自由。

阿索斯的咒语已被解开，束缚不再。到底怎么解开的呢？那个魔法束缚的是灵魂，不是身体——霍兰德清楚，也挣扎过好些次——有且唯有施法者能解除。

只能说明一件事。

阿索斯·戴恩死了。

这个发现惊得霍兰德猝不及防，打了个冷战，他大口喘气，情不自禁地抓握身下干燥的尘土。然而尘土并不干燥。霍兰德周围一派荒凉阴冷的冬季景象，被他的鲜血浸染的那片土地，竟有大块的绿色在复苏。

他身边的草地上躺着黑石——**维塔芮**——他打了个激灵，随即发现黑石徒有其表。内里虚空。

他从上到下地拍打，寻找武器。其实他一向不在意武器，他信任自身超凡的天赋，而非笨拙的刀刃。但他此时头晕目眩，考虑到光是坐起来就耗费了不少力气，对于能召唤多少魔力，他确实没有把握。那把弯刀丢在另一个伦敦，但他在小腿边发现了一把匕首。他将刀尖戳进坚实的地面，借力跪了起来，然后双脚踩地。

起身之后——他强忍晕眩和加剧的疼痛——霍兰德发现绿色并非局限于目力所及的范围内。它在霍兰德面前铺展，酷似山中小径。那一抹绿意在贫瘠的土地上蜿蜒，形成一条生着野草野花的狭长绿道，消失在花园另一头的拱门外。

霍兰德顺着绿道前行，步履蹒跚。

他胸膛刺痛，浑身酸疼，严重缺血，但他知道断裂的肋骨开始愈合，肌肉也有劲了。慢慢地，霍兰德找到了从前的步调。

长年生活在阿索斯·戴恩的淫威之下，他学会了默默忍受痛苦，此时他紧咬牙关，任由生机勃勃的绿道带领着，离开花园的围墙，来到大路上。

霍兰德憋了一口气，仿佛又有长钉刺进胸膛。城市就在眼前，这个伦敦既眼熟，又全然**陌生**。楼宇造型优雅，结构奇妙，以平滑的石头筑就，形似飘然而上的轻烟，反射着微弱的光芒。昏黄的天色渐渐浓稠，而此处不见任何光源。墙钩上没有挂灯，炉膛里没有火苗。霍兰德目力敏锐，所以困扰他的并非迫近的黑暗，而是背后的含义。要么是这里谁也**不需要**光，要么是留下来的居民更喜欢黑暗。

人人都推断黑伦敦的结局是自我吞噬、自我毁灭，就像失去燃料和空气的火焰。这种解释似乎与事实相去不远,但霍兰德知道,那也只是用来掩盖真相的。蜿蜒在脚底的绿道,令他怀疑这个世界是否真的死亡,或许,仅仅是蛰伏而已。

无论如何,人可以死,而魔法不死。

不可能真正死亡。

他顺着新生的绿道,扶着各处平滑的石墙,穿过鬼影幢幢的街道。从路过的窗口张望,里面什么都没有。一个人都看不到。

他来到河边,也就是有着不同的名字,流经所有伦敦的那条河。河水乌黑如墨,更令霍兰德吃惊的是,河水没有流动。河水也没有像艾尔河那样结冰;河里有水,不会像别的地方那样干硬、腐败。但是,河中无波无浪。匪夷所思的死水令人不安,霍兰德仿佛身处一段停滞的时间,而非某个地方。

最后,绿道带着他抵达了王宫。

王宫与城中的楼宇类似,如烟似雾,高耸入云,黑色的尖顶消失在阴霾之中。厚重的大门敞开着,吊在锈迹斑斑的铰链上,宽大的台阶四分五裂。绿道仍在延伸,不因地形而中断。而且,它似乎绿意更浓,攀上破裂的台阶时,藤蔓丛生,花团锦簇。霍兰德按着肋部,拾级而上。

在他的触碰之下,宫门悠悠地打开,里面的气氛沉寂如墓穴,拱顶形似白伦敦的教堂式城堡,但形态更为流畅。里里外外都是平滑的石头,毫无开凿或者拼接的痕迹,优雅至极,神乎其神。这里是用魔法建造的。

绿道不断延伸,越过石地,钻进又一扇大门。巨大的方格镶嵌着彩色玻璃,内有枯萎的花朵。霍兰德推开大门,发现眼前出现了一位国王。

他呼吸骤停，忽而意识到阴影中的国王并非血肉之躯，而是以光滑的黑色石头雕刻而成。

那是一尊端坐于王座的雕像。

孪生戴恩王宫前的石林里也有满园的雕像，不同的是，这尊雕像身着**衣物**。而且衣物似有**动静**。国王肩上的斗篷随风飘荡，国王的头发虽是**石刻**，似乎也在微风中簌簌作响（而此处没有一丝风）。国王头戴一顶王冠，睁开的眼睛里有一抹比石头略浅的灰色，呈旋涡状。一开始霍兰德认为它是石头的一部分，没想到灰色的旋涡在一张一弛地游移。等旋涡形成瞳孔，看到了霍兰德，才停止移动。

霍兰德惴惴不安。

雕像是**活的**。

或许，不是世俗意义上的活着，但又确实活着，以一种简单而恒久的方式，就像他脚底的草。自然。但又实在反常。

"欧沙克。"霍兰德喃喃自语。它代表不受控制的、拥有自我意识的**魔法**。能自主行动。

雕像一言未发。国王眼中的灰色旋涡盯着他，绿道攀上高台，绕着欧沙克所在的王座，翻越石刻的靴子。霍兰德不由自主地向前迈步，直到鞋尖抵在台边。

终于，雕像说话了。

声音不在空气中，在霍兰德的脑海里。

安塔芮。

"你是谁？"霍兰德问。

我是国王。

"你有名字吗？"

雕像似乎又动了。极其细微的动作：搭在王座上的手指收拢，脑袋微微偏转,仿佛霍兰德在打谜语。一切皆有名字。

"我在城里找到过一块石头,"霍兰德接着说,"它自称维塔芮。"

雕像僵硬的脸上似乎掠过一抹笑意。我不是维塔芮,他毫不犹豫地回答。但是,维塔芮曾经是我。霍兰德眉头深锁,雕像似乎乐在其中。正如树叶之于树,他不无慈爱地解释。

霍兰德浑身一凛。那块石头的力量与他面前的雕像相比,只是区区一片树叶——此物的石头面孔静若止水,眸子苍老得不知年岁……

我的名字,他说,是欧沙朗。

那是一个古老的词语,安塔芮使用的词语,意为阴影。

霍兰德张了张嘴,胸口突然一阵剧痛,半晌说不出话来。灰烟缭绕。

你的身体非常虚弱。

汗水从霍兰德的脸颊上滚落,他强打精神,挺胸抬头。

我救了你。

霍兰德不清楚欧沙朗的意思,他是已经起死回生,还是吊着一口气。"为什么?"他吃力地说。

我曾经孤身一人。如今我们在一起了。

他打了个冷战。此物曾经吞噬了整个世界的魔法师。如今,不知何故,霍兰德唤醒了它。

又一阵剧痛袭来,膝盖发软,他差点单膝跪地。

你因为我而活着。但你依然命悬一线。

霍兰德的视野时而清晰,时而模糊。他咽了下口水,尝到了血味。"这个世界怎么了?"他问。

雕像直视着他。死了。

"是你杀的吗?"霍兰德一直以为,黑伦敦的瘟疫诞生于软弱、贪梦和饥饿,来势汹汹,无从抵抗。他从未想过幕后黑手是一个真实的存在。一个欧沙克。

它死了,阴影说。**万事万物都会死**。

"怎么死的?"霍兰德问,"它是怎么死的?"

我……不知道,它说,人类脆弱不堪。我得……更加小心才是。可是……

可是为时已晚,霍兰德心想。一个都不剩了。

我救了你,它又说了一遍,似在强调。

"你想要什么?"

做一笔交易。无形的风绕着霍兰德吹拂,欧沙朗的雕像似乎凑近了。你想要什么,安塔芮?

他试图拒绝回答问题,然而答案如烟,流泻而出。想活下去。想要自由。然后他又想到了自己的世界,想到了力量和生命。想到它行将就木——不是黑伦敦的死法,而是缓慢地、痛苦地逝去。

你想要什么,霍兰德?

他想要拯救自己的世界。浮现在眼前的伦敦——他的伦敦——恢复了生机。他看见自己坐在王座上,从无顶的王宫仰望晴朗的蓝天,温暖的阳光照耀着他,还有——

"不。"他狠狠地戳向伤口,痛感驱散了眼前的画面。那是骗局,是陷阱。

一切都有代价,欧沙朗说。那是世界的本质。付出和回报。你可以留在这里白白等死,你的世界也必死无疑。或者,你可以拯救它。选择权在你。

"你想要什么?"霍兰德问。

活下去,阴影说。我可以救你的命。我可以救你的世界。交易就

A Gathering of Shadows

这么简单,安塔芮。我的力量换你的身体。

"思想是谁的?"霍兰德发问,"意志是谁的?"

我们的,国王的喉咙咯咯作响。

霍兰德的胸口疼得要命。又是束缚。他永远不能获得自由吗?

他闭上双眼,回到王座上,抬头仰望壮美的蓝天。

如何,阴影国王问,我们成交了吗?

Part five

Shades of Magic

盛大欢迎

I

阿恩海

"见鬼,巴德,你别把猫烧死了。"

莱拉猛地抬头。她在阿鲁卡德的舱房里,坐在椅子边上,双掌之间有一团火。她一时恍惚,无意识地放下双手,那团火焰落向地板,落向埃萨——猫儿始终警惕地蹲坐在那里观察。

她吸了口气,飞快地合掌,及时熄灭了火焰,所幸没有烧着埃萨毛茸茸的白尾巴尖。

"对不起,"她咕哝道,垂头丧气地坐回椅子,"我应该是觉得无聊了。"

其实,莱拉累得不行。自从阿鲁卡德发话之后,她睡得比以前还少,醒着的每分每秒都在练习他教的技巧,还有一些他没教的。等她真的打算睡觉了,思绪又飘向伦敦。飘向大赛。飘向凯尔。

"那是。"阿鲁卡德抱怨着,一把捞起埃萨,将它稳稳当当地放到桌上。

"你指望什么?"她打了个哈欠,"我捧着那团火已经好久了。"

"计了时,四十三分钟,"他说,"这次练习的重点在于聚精会神。"

"好吧,"她斟上一杯酒,"我觉得我刚才走神了。"

"因为我的存在令人兴奋,还是因为我们即将抵达的目的地?"

莱拉摇了摇酒杯,抿了一口。酒水馥郁而甘甜,比他平时放在桌上的更有劲儿。"你跟威斯克人打过吗?"她回避了问题。

阿鲁卡德拿起自己的酒杯。"在一家酒馆后面打过。没打过比赛。"

"法罗人呢?"

"嗯,"他坐到莱拉对面的椅子上,"如果他们的战斗风格与床上类似……"

"说笑呢,"她凑近了些,"难道你在 Essen Tasch 中不用跟他们交手吗?"

"如果我第一轮没被淘汰,必然会交手。"

"那你对他们了解多少?"她追问,"他们的本领?他们的战斗方式?"

他挑起眉毛,蓝宝石闪闪发亮。"你还真是爱打听。"

"我生来好奇心强,"她说,"不管你信不信,我可不希望等比赛结束了,我得重新找一个船长。"

"噢,别担心,很少有参赛选手真的会死。"莱拉瞪了他一眼。"就我知道的说说?好吧,我想想。除了威斯克人体壮如牛,法罗人把我的面部装饰时尚发挥到了极致,只要涉及魔法,他们可谓魅力无穷。"

莱拉放下杯子。"怎么讲?"

"我们阿恩人有艾尔河作为源头。我们相信魔法在世界上流淌,就像河水在我们的都城流淌,好比血管一样。同样的,威斯克人有他们的大山,据说他们能借以接近神灵,每一座大山都代表一种元素。他们人高马大,倚仗体力,相信自己越像大山就越接近力量。"

"法罗人呢?他们的源头是什么?"

阿鲁卡德抿了一口酒。"问题就在这儿。他们没有。法罗人相信魔法无处不在。在某种意义上,他们这种说法没错。严格地说,魔法确实无处不在,但他们认为,行走在世上即可与之亲密接触。法罗人相信他们的种族生来优秀。有点自大,但他们确实**强大**。也许他们已经找到与之沟通的某种方式。或者,也许他们利用那些饰物在身上加持了魔法。"他的语气带着厌恶,莱拉想起凯尔提过的白伦敦人,他们使用文身加持力量,在红伦敦人眼里,这种行为极为可耻。"也可能是为了炫耀。"

"各人信仰不同,你不介意吗?"

"为什么要介意?"他问,"我们的信仰其实一样,不过赋予了不同的名字。无足挂齿。"

莱拉哼了一声。要是在她的世界,人们有这么宽容的心态该多好啊。"Essen Tasch 本身就是一种证明,"阿鲁卡德接着说,"无论你怎么称呼魔法,只要你相信就够了。"

"你当真觉得你可以夺冠吗?"她问。

他嗤之以鼻。"希望不大。"

"那又何苦跑一趟呢?"

"因为真正的乐趣只有一半来源于战斗,"他说着,读出了莱拉眼中的疑虑,"不要假装你不懂,巴德。我又不是没见过你自找麻烦。"

"那也不是……"

不是的。她试着想象阿鲁卡德在魔法对决中的样子。很不容易，因为莱拉从未见过船长战斗。当然，她见过阿鲁卡德执剑挺立的英姿，但他通常都是躲在一边耍帅；在沙森罗什的那次炫技之前，莱拉对他的魔法能力毫无概念。阿鲁卡德在强袭酒馆的表演简直不费吹灰之力……所以莱拉对他战斗的样子充满好奇。他将是奔涌的激流，还是一缕清风，或者与凯尔一样，两者兼而有之呢？

"我很意外，"阿鲁卡德说，"你没看过比赛。"

"谁说我没有？"

"你缠着船员们问了好些天。你以为我没注意到？"

太明显了，她心想。

"好吧，我没看过，"莱拉耸耸肩，再次端起酒杯，"不是谁都在城里窝冬。"

他收敛了自鸣得意的表情。"有什么问题你可以直接问我。"

"然后被你东猜西疑，以问代答，没完没了地刨根问底吗？"

"有人说我刨根问底的态度还蛮暖心的。"莱拉听了，鼻子冲着酒杯冷哼一声。"船长关心自家船员，可以说天经地义。"

"那你也不能怪一个贼希望保守秘密。"

"你的问题在于不信任别人，迪莱拉·巴德。"

"你还真是明察秋毫啊。"她微笑着喝干了杯中的酒，嘴唇刺痛，喉咙灼烧。这酒确实比平时的烈。莱拉很少喝酒——多年以来，为了活命，她使尽浑身解数。而在这里，在阿鲁卡德·埃默里的舱房里，她发现自己不再害怕。不再逃避。当然，他们每次聊天都有来有往，但她知道如何稳住阵脚。

阿鲁卡德冲着她露出懒洋洋的、醉醺醺的笑容。无论醉酒还是清醒，他永远面带微笑。而凯尔截然相反，他永远皱着眉头。

阿鲁卡德叹了口气,闭上双眼,仰头靠着椅子上的毛绒衬垫。他相貌出众,面部线条既柔和又刚硬。莱拉心生冲动,很想伸手抚摸他的脸颊。

说真的,第一次见面时,莱拉就该杀了他。不等了解他。不等喜欢上他。

他悠悠地睁开眼睛。"金山银山换你在想什么。"他轻声说着,把玻璃杯递到唇边。

埃萨蹭着莱拉的椅子,她顺手拉过猫咪的尾巴,缠在指间把玩。"我刚才在想,几个月前就应该杀了你。"她的语气轻松愉快,阿鲁卡德差点呛了一口酒。

"噢,巴德,"他调笑道,"你是不是发现自己喜欢上我了?"

"喜欢是软肋。"她不假思索。

一听这话,阿鲁卡德不笑了,他放下手里的杯子,凑近了端详着她,然后说:"我很遗憾。"他的语气相当……真诚,莱拉立刻起了疑心。阿鲁卡德有很多特质,但真诚往往不在其中。

"因为引起了我的兴趣吗?"她问。

他摇摇头。"为你遇见的事。为伤你太深的人,导致你把朋友和喜欢这种事情当成武器而非盾牌。"莱拉感到脸颊发热。

"但也保全了我的性命,不是吗?"

"也许吧。可是如果没有了快乐,生活就失去了意义。"

莱拉火冒三丈,站了起来。"谁说我不快乐?我打赌赢了就快乐。我操纵火焰就快乐。我——"

阿鲁卡德打断了她的话。用的不是言语,而是亲吻。他上前一步,迅速靠近,一手拉着她的胳膊,一手扶着她的后颈,嘴唇贴了上来。莱拉没有挣脱。事后她告诉自己是因为太过突然,来不及反应,但也许是自欺欺人。也许是因为喝了酒。也许是舱房里温暖如春。也许是害怕他所说的没错，关于快乐，关于生活。也许吧，不过那一刻，她只知道阿鲁卡德在吻她，然后她回吻了。再然后，他突然抽身，笑容浮现在眼前。

"说说，"他轻声说，"比打赌赢了的感觉如何？"

她喘不过气来。"你的观点很有说服力。"

"我很愿意强调一下我的观点，"他说，"不过首先……"他清了清嗓子，低头看着莱拉抵在他大腿内侧的匕首。

"放松。"她得意地笑笑，收刀回鞘。

两人一动不动。他们脸对着脸，鼻子对着鼻子，嘴唇对着嘴唇，睫毛对着睫毛，她眼中只有他的眼睛，暴风雨的蓝色，眼角有隐约的笑纹，而凯尔的皱纹在眉间。两者截然不同。阿鲁卡德的拇指抚过她的脸颊，然后再次亲吻她，这一次不是突然袭击，而是缓慢的、精准的。他的嘴唇贴上来时，她凑上前去，他又故意退却。一进一退，恰似舞蹈。他渴望证明她的渴望，证明自己的观点是对的——她心里再清楚不过，但理智遗失在剧烈的心跳中。她发现身体背叛了自己，当阿鲁卡德的嘴唇擦过她的下巴，一路吻到喉咙，引得她浑身战栗。

他一定察觉到了，因为他的嘴巴贴在她的皮肤上微笑，完美无瑕的、致命的微笑。她的背部不自觉地弓起。他的手滑到腰部下方，用力拉近，嘴唇在锁骨上游移。当他的双手触及肌肤，她周身发热。莱拉收拢了插在他头发里的手指，引导他的嘴唇回归原点。他们已是如胶似漆，她不觉得这种感觉好过自由、金钱或者魔法，但也差不离了。

阿鲁卡德终于停下来喘气。"莱拉。"他咬着耳朵低声呼唤，呼吸急促。

"是。"她似答似问。

阿鲁卡德半睁的眼睛上下打量她。"你在逃避什么？"

她仿佛被当头浇了一盆冷水，立刻惊醒。她推开了阿鲁卡德。他的膝盖后部撞上椅子，整个人不失优雅地跌坐下去，发出的像是笑声，也像是叹息。

"你是个*混蛋*。"她面红耳赤地骂道。

他慵懒地仰着头。"毫无疑问。"

"刚才的事情，不管**那些**是什么——"她摆了摆手，"就是为了套我的话。"

"我不觉得。我可以很多事情同时做。"

莱拉抓起酒杯，朝他扔过去。酒水和杯子飞上空中，但不等碰到他的头就……停了下来。杯子悬在两人之间，紫色的葡萄酒漂浮着，仿佛处于失重状态。

"这种葡萄酒，"他说着，从半空中取下酒杯，"*相当不便宜*。"

他的另一只手画了个圈，酒水变成一条线，流回杯子里。他面带微笑。莱拉也笑了，然后突然从桌上抓起瓶子，扔进火里。这一次阿鲁卡德反应不及，随着一声脆响，火光一闪，壁炉吞没了酒瓶。

阿鲁卡德怒吼一声，莱拉已经冲出了舱门。好在船长还有理智，没有追上去。

II

红伦敦

钟声敲响,莱迟到了。

他听见远处的音乐和笑声,马车的辘辘和跳舞的响动。人们在等他。他和父亲吵了一架,因为他玩世不恭。因为他一直以来都玩世不恭。准时出席都做不到,如何做国王?

钟声休止,莱咒骂着扣上外衣。他手忙脚乱地对付着最上面的一颗扣子。

"他在哪里?"他能想象父亲不满的样子。

扣子又滑开了,莱呻吟着来到镜子前,顿时呆若木鸡。

他听不见任何声音了。

他盯着镜子,凯尔盯着他。

他的兄弟惊恐地瞪大眼睛。镜子里,凯尔身后是莱的房间,但看凯尔的动作,似乎被困在里面,胸膛剧烈起伏。

莱伸出手去，可是当他碰到镜子，一股可怕的寒意猛然袭来。他立刻缩了回去。

"凯尔，"他说，"你能听到我说话吗？"

凯尔的嘴唇在动，莱一闪念，猜测对方只是重复他的话，但凯尔的嘴唇动得不一样。

凯尔双手按在镜子上，扯着嗓子喊叫，但只有一个字隐约传了过来。

"莱……"

"你在哪里？"莱大喊道，凯尔身后的房间昏沉无光，暗影飞旋，逐渐消融在黑暗中。"发生什么事了？"

镜子的那一头，凯尔捂着胸口尖叫。

撕心裂肺的叫声传来，惊得莱寒毛倒竖。

他呼唤着凯尔的名字，拳头砸向镜子，试图打破咒语，或者玻璃，救他的兄弟出来，然而镜面不为所动。莱不知道哪里出错了。他感觉不到凯尔的疼痛。他什么都感觉不到。

镜子里的凯尔又呜咽了一声，痛苦地弯下腰，跪在地上。

然后，莱看到了血。凯尔双手捂着胸口，莱只能惊恐地干瞪眼，看着鲜血从兄弟的指间喷涌。很多。太多了。致命的血量。不，不，不，他心想，*不要这样*。

他低头看到一把匕首插在肋部，他握着金色的刀柄。

莱喘息着，试图拔出刀子，却拔不出来。

镜子里的凯尔在咳血。

"坚持住。"莱大喊。

凯尔跪在血泊中。满地都是血。血海。猩红刺目。他双手垂落。

"坚持住。"莱恳求道。他竭尽全力拔那把匕首。匕首纹丝不动。

凯尔的脑袋也向前垂落。

"坚持住。"

他瘫软在地。

匕首拔出来了。

* * *

莱从睡梦中惊醒。

他的心脏跳得厉害，汗水浸湿了被单。他把一个枕头放在膝盖上，一头埋了进去，喘着粗气，慢慢地接受那是梦境，而非现实。他脸上汗珠滚落，肌肉僵硬。等到呼吸不畅，他抬起头，希望看到晨光照进阳台的门，然而眼前只有黑暗，以及艾尔河淡淡的红光。

他哽咽了一声，沮丧极了。

床边有一杯水，他颤颤巍巍地端起来灌了一大口，同时等着兄弟冲进来。最初的几个晚上就是这样，凯尔以为王子遇到了危险。

不过，随着一天天过去，噩梦频繁降临，莱和凯尔很快形成了心照不宣的共识。只要昨晚睡得不好，他们便会互望一眼以示安慰，而最重要的是，对于困扰他们的噩梦，双方都只字不提。

莱按着胸膛，吸气时放松，呼气时则用力。那是提伦好些年前教他的，在他被阴影社绑架之后。后来的几个月，他噩梦不断，不是被绑架的后遗症，而是因为看到凯尔伏在他身边，双眼圆睁，面色苍白，一手握着匕首，血管被割开，血流如注。

没事。莱安慰自己。你没事。一切都好着呢。

等心神安稳些了，他掀开被单，晃晃悠悠地爬了起来。

他很想斟上一杯酒，但又不愿意回去睡觉。况且，此时不是黄昏，天空即将破晓。还是等待黎明到来吧。

  莱穿上丝绸睡裤，披上长袍——袍子带绒，厚实得很，穿起来舒服极了——推开阳台门，让夜晚刺骨的寒凉驱散残留的睡意。下方，在河水的光芒之中，水上竞技场犹如巨大的黑斑。城中灯火阑珊，他的目光落向码头，此时此刻，仍有疲惫的船只驶进港口。

  莱眯着眼睛，仔细搜寻记忆中的那艘船。

  一艘船身银边黑底、船帆深蓝如海的船。

  然而，目力所及，不见*夜峰号*的踪影。

  它尚未到来。

III

阿恩海

莱拉冲过*夜峰号*的甲板，不巧望向她的人，都被她瞪了回去。她的外套留在了阿鲁卡德的舱房，晚风好似一堵墙撞了上来，钻进袖子，凉透骨肉。无论风如何冷，莱拉也不肯回头；她反而欢迎寒冷带来的清醒。她来到船尾，靠着栏杆跌坐下去。

混蛋，她冲着底下的海水咕哝道。

她习惯了做贼，而不习惯当猎物。她差点上当，只顾着面前的那只手，而另一只手正在掏她的腰包。她握着栏杆，望向开阔的海面，怒火中烧——对阿鲁卡德，对自己，对这艘该死的船，船上空间有限，过于逼仄。

你在逃避什么？他刚才问。

没什么。

一切。

我们。这件事。

魔法。

事实上,当时有那么一会儿,她一边听,一边凝视着嘶嘶燃烧的火焰,火焰也炙热而凶猛地凝视着她。她知道自己可以使其烧得更旺,一时冲动就能烧了整间舱房,烧了整条船,包括她自己和船上的每一个人。

她开始理解了,魔法不是需要的时候再行取用之物。魔法始终都在,蓄势待发。她害怕了。与阿鲁卡德戏耍她、玩弄她、转移视线以达到目的一样令她害怕。她当时收起了戒心,这种错误不能再犯。

混蛋。

寒风冷却了发烧的脸颊,但体内的能量依然汹涌。她盯着大海,想象自己伸手,竭尽全力推动海水。就像孩子在澡盆里玩的游戏。

她没有费心背诵什么诗句,也不指望心想事成,然而一秒钟之后,她感到能量翻腾,海水突然起浪,来势汹汹,船身剧烈地摇晃着。

夜峰号上大呼小叫,船员们不知道发生了什么事,而莱拉坏笑着,希望刚才的动静能打翻阿鲁卡德的几瓶好酒。然后她才意识到自己做了什么。她移动了大海——至少有船那么大的一片海水。她摸了摸鼻子,以为有血,然而没有。她安然无恙。完好无损。她茫然地轻笑一声。

你是什么人啊?

寒意钻进了骨头里,莱拉打了个冷战。她忽然累极了,不知道是施法的后遗症,还是挫败感耗尽了心力。

巴伦常说什么来着?

好像说到了脾气、蜡烛、火药桶什么的。她实在想不起来原话了,这个事实犹如一记重锤击中她的胸口。巴伦也是她和旧世界的纽带,如今已不在人世。莱拉有什么资格哀悼他?她一直希望摆脱巴伦,不是吗?这就是理由。如果你喜欢他们,纵容他们,他们必然伤害你。

莱拉正准备离开栏杆,忽然听见隐约的吸气声,发现附近有人。当然,谁也不可能真正独处,在船上是做不到的。有人倚着索具,不敢呼吸。她眯起眼睛观察,对方似乎吓得够呛,不敢上前。她打了个响指,召来一团小小的、耀眼的火焰——这个手势看似随意,实际上她练习了好久。

火光在海风中摇曳,照亮了阿鲁卡德的二副莱诺斯的身影。他尖叫了一声,莱拉叹息着熄灭了火焰,黑暗再度降临,令人舒适。

"莱诺斯。"她的口气极尽友好。他有没有看到莱拉对大海做的事情?他的表情如果不是恐惧的话,应该是一种戒备,不过,有莱拉在场,他常常都是这副模样。而且,流言就是从莱诺斯嘴里传出来的,说她是游荡在*夜峰号*上的萨罗斯。

那人走上前,递来一样东西。他的外套。

她本能地想要拒绝,随后在理智的驱使下接了过来。魔法之门和邪恶的女王都没能要她的命,万一因为着凉而死,那就太不值当了。

她刚刚拿到外套,莱诺斯就松手了,似乎害怕被灼伤。她穿上外套,里面还残留着莱诺斯的体温。她竖起衣领,双手插进兜里,不停地活动手指。

"你怕我吗?"她用阿恩语问。

"有点。"他承认了,视线移向别处。

"因为你不相信我?"

他摇摇头。"不是的,"他含混地说,"只是因为你跟我们不一样……"

她狡黠地笑笑。"有人告诉过我。"

"不是因为你是，呃，你知道的，女孩。不是这个原因。"

"因为我是萨罗斯吗？你真的这么想？"

他耸耸肩。"也不是，不完全是。你是 aven。"

莱拉皱起眉头。这个词意为*受到祝福*。但莱拉发现找不到准确对应的英语。在阿恩语里，*受到祝福*不一定是褒义词。有人说是*天选之人*。有人说是*福星*。但也有人说是*祸端*。*另类*。*异人*。

"Aven 也可以是好的，"她说，"只要和你们在一边。"

"你和我们在一边吗？"他不动声色地问。

莱拉自成一边。但她觉得也在*夜峰号*这边。"当然。"

他抄着胳膊，视线移向莱拉身后的海水。一团雾气翻滚而来，他看得仔细，莱拉好奇他在雾气里发现了什么。

"我在一个名叫卡斯塔的小地方长大，"他说，"在南边的海崖上。卡斯塔人认为，有时候是魔法选择人。"

"就像凯尔大师，"她说完，又添了一句，"黑眼王子。"

莱诺斯点头。"是的，魔法选择了凯尔大师。但他是——*安塔芮*——aven 的一种，也许是最强大的一种，取决于你如何定义强大。牧师则是另一种。有人认为*他们*才是最强的，因为他们可以平衡地使用各种元素，可以治疗、催化和创造生命。以前有各种各样的 aven。有的可以操纵所有元素。有的只能掌握一种，但非常强大，甚至能号令潮汐、转变风向、改换季节。有的可以听见魔法的低语。Aven 不是一件事物。因为魔法不是一件事物。魔法是一切，旧的，新的，永远在变化。卡斯塔人认为 aven 的出现不是平白无故的。是因为魔法有话对我们说……"他闭上嘴巴。莱拉盯着他。莱诺斯头一次对她说那么多话。他几乎没对任何人说过那么多话。

"所以你认为我来这里是有原因的?"她问。

莱诺斯前后摇晃着,重心从脚跟移到脚尖。"我们来这里都是有原因的,巴德。有的简单,有的不简单。所以我觉得我怕的不是你,或者你的身份。我怕的是你来这里的原因。"

他打了个寒战,转身走开。

"等等,"她说着,脱下外套,"给。"

他伸手来接,令莱拉深感安慰的是,两人的手差点碰到一起,但他没有缩回去。她目送莱诺斯离开,然后晃了晃脑袋,回到甲板下方。

她发现自己的外套挂在舱门外,还有一瓶未开封的葡萄酒和一张纸条,上面写着 Solase。

对不起。

莱拉叹了口气,拿起酒瓶。她满脑子胡思乱想,浑身酸痛,困顿不堪。

然后她听见头顶有人喊叫。

"Hals!"甲板上传来一个声音。

陆地。

IV

钟声敲响十二下，然后又敲了十二下，接连不断，凯尔已经数不清了。远远不止一日、一周乃至一月的整点钟声。

持续的钟声只能说明一件事：皇家贵宾已经抵达。

凯尔站在阳台上望着他们。伦敦上一次举办 Essen Tasch 是在六年前，关于船队和围观人群的记忆犹新，当时他畅想着他们来自何方，见识过哪些奇闻异事。他没有机会周游世界，但每逢这样稀罕的场合，他就觉得世界终于登门拜访。

此时，他望着驶过艾尔河的船（避开了莱的水上竞技场），对于莱拉可能选择哪一艘感到好奇。河上有几条私人小艇，不过多数都是金碧辉煌的大船，把富商和贵族从法罗和威斯克接到阿恩都城参加开幕庆典。船上都有归属地的标志，即王室纹章，或在船帆，或在船身。有了纹章，外加一份通行文书，异国船只即可在 Essen Tasch 期间驶进港口。

莱拉喜欢的是造型优雅的银色木船，比如法罗人的那艘呢？还是外形更加粗犷的,比如正在入港的、涂色明艳的威斯克船?或者,一艘骄傲的阿恩船,有着深色的抛光木头、挺括的船帆?细想一下,莱拉知道如何出海吗?也许不知道,但如果说有谁能化陌生为日常,变不可能为轻而易举,那便是迪莱拉·巴德了。

"你傻笑什么?"莱来到身边,问道。

"你的竞技场扰乱了河上交通。"

"胡说,"莱说,"我在城内南北两岸都设了临时码头。空位多得是。"

凯尔冲着艾尔河点点头。"去跟我们的客人解释吧。"

河面上,其他船只纷纷避让,威斯克舰队长驱直入,遇到障碍物才放慢速度。威斯克皇家驳船位于两艘战船之间,红木打造的索具气势不凡,深色船帆上印有王室纹章,图案为一轮明月映着飞翔的乌鸦。

不久,法罗的皇家船队也驶来了,船身纤细,通体银白,黑树纹章烙印在船帆上。

"我们该走了,"王子说,"我们得到场迎接他们。"

"*我们*?"凯尔反问。其实国王明确说过他必须到场。不是因为凯尔作为王室成员,想到这一点,他心里很不是滋味,仅仅因为他是 aven。阿恩力量的象征。

"他们一定很想见你。"国王如是说,凯尔能够理解。马克西姆说的*你*,不是指凯尔这个人,指的是作为*安塔芮*的凯尔。他怎么觉得自己像一件战利品?或者更不堪,一件玩物——

"快停下。"莱不满地说。

"停下什么?"

"不管你在想什么,你的眉头皱得太厉害了。你会害我俩早生皱纹的。"凯尔叹了口气。

"走吧，"莱催促道，"我可不要独自面对他们。"

"你怕谁？索尔因阿尔殿下？"

"柯拉。"

"威斯克的公主？"凯尔笑了，"她还是个孩子。"

"她曾经是个孩子——而且是非常可怕的孩子——我听说她长成了真正的恶魔。"

凯尔直摇头。"好吧，"他搂着王子的肩膀说，"我负责保护你。"

"你真是我的英雄。"

★ ★ ★

红王宫内有五间大厅：冠厅，高达三层的奢华宴会厅，有着光滑的木头和精雕细刻的水晶；金厅，以宽敞著称的接待厅，全是石头和贵重金属；珠宝厅，位于王宫的中央，整体以玻璃建成；天厅在顶部，拼花地板在阳光和星光下闪耀；还有玫瑰厅。这最后一间大厅靠近王宫前部，有独立的廊道和大门，华贵而庄严。该厅建在王宫一侧，上方毫无遮挡，天光透过玻璃天花板洒下来。墙壁和地板均以御用大理石砌成，白色的石头里夹杂着深红色和金色的纹路，由矿石魔法师专为王室精心打造。大厅里不见柱子，巨大的花罐取而代之，排成数行。花罐之间，一条金色的步道从门外一直铺到王座。

国王平时在玫瑰厅主持朝政，按照计划，也将在这里接待邻国的贵宾。

如果他们来访的话。

凯尔和莱分立于王座两侧，莱倚着父亲的王座，凯尔则规规矩矩

A Gathering of Shadows

地立于王后身边。

提伦大师就在台下，但始终不与凯尔对视。是凯尔多虑了，还是 Aven Essen 有意躲着他？身披锃亮盔甲的皇家侍卫犹如雕像一般，一群奥斯特拉和维斯特拉的代表四处走动，三三两两地交谈着。船队入港已经超过一个钟头，迎接贵宾的仪仗队早就出发。托盘上的气泡酒在漫长的等待中消了气。

莱不断变换姿势，显得焦躁不安。毕竟他是第一次操办国家大事，虽说他一向讲究，但关注点一般仅限于服饰或者头发。Essen Tasch 完全是另一回事。凯尔看见他百无聊赖地拨弄着胸前金光闪闪的马雷什纹章——圣杯和旭日。莱也给了他一枚，他不大情愿地戴在红色外套上。

马克西姆国王则在把玩一枚硬币，凯尔仅仅在他坐立不安的时候看见过这样的场景。马克西姆·马雷什和父辈一样是铁器匠人，也是造诣匪浅的魔法师，如今甚少有机会露一手绝活。不过，凯尔听说过马克西姆年轻时的故事，传说"铁王子"能锻造铁军、熔铸士气，而且他知道，现在国王依旧每两年视察一次边疆，为将士们鼓劲。

"但愿我们的客人没遇上什么麻烦。"马克西姆国王说。

"也许他们迷路了。"莱若有所思地说。

"那我们的运气可就太好了。"凯尔喃喃道。

艾迈娜王后横了他们俩一眼，凯尔差点笑出声。那是母亲责怪孩子的眼神。

终于，号声吹响，大门敞开。

"来了。"莱咕哝道。

"统治威斯克的塔斯肯家族，"仆人通报的声音远远传来，"柯尔王子和柯拉公主到。"

塔斯肯家的兄妹进了玫瑰厅，十来个侍从陪伴左右。他们器宇不凡，身着绿色和银色的宽大衣衫，披着款式别致的曳地斗篷。柯尔现年十八岁，柯拉比他小两岁。

"国王陛下，王后陛下。"柯尔王子说。这个年轻人体格结实，操着口音浓重的阿恩语。

"我们很荣幸拜访贵国都城。"柯拉公主行了屈膝礼，笑容天真烂漫。

凯尔冲着莱使了个眼色，意思是，*真的吗？这就是你害怕的女孩？*

莱回了个眼色，意思是，*你也应该怕她。*

凯尔又望向柯拉公主，仔细端详对方。这位公主似乎手无缚鸡之力。她有着浓密的蜂蜜色头发，精心梳成发髻，其间缀以绿宝石，犹如一顶王冠。

身为威斯克人，她实在太瘦了——虽然个头很高，但腰肢纤细，弱柳扶风，换在阿恩的宫廷必然很受欢迎。三年前，莱获准陪同母亲出席在威斯克举办的 Essen Tasch，所以见过她长大后的样子。而凯尔不能离开都城，只能在阿恩举办大赛时才有机会观战。六年前的大赛，柯尔王子来了，陪同者是他的另一个兄弟。

凯尔上次见到柯拉是在十二年前，她还是个小丫头。

此时她淡蓝色的眸子向上游移，与凯尔的异色双瞳对视，然后定格了。他习惯了人们回避的目光和闪烁的眼神，柯拉的注视反而令他猝不及防，直想挪开视线。

与此同时，一个侍从搬着一件物品来到台前，放在石阶上。神秘物的体积不小，罩着厚实的绿布。侍从猛地一扬手，极尽夸张地掀开绿布，一笼一鸟出现在人们眼前。那只鸟儿既不是彩羽的学舌鸟，也不是鸣啼鸟——两种鸟儿都深受阿恩王室欢迎——而是某种……猛禽。它体形硕大，通身银灰，头上和脖子处则覆盖着一丛黑羽。鸟喙锋利如剃刀。

"感谢贵国的邀请，"柯尔王子表示，"这是我们的一点心意。"柯尔和柯拉有一样的肤色，除此之外，再无相似之处。柯拉个子高，柯尔更高。柯拉瘦弱，而柯尔壮如公牛。王子相貌英俊，但他的姿势和表情确实与公牛有几分神似。

"感谢。"国王说道，点头示意提伦大师，后者上前提起笼子。鸟儿将被送到圣堂，凯尔猜测，或者放飞。王宫不适合豢养野生动物。

凯尔留意着他们的对话，视线仍在公主身上，公主也一直盯着他，似乎被他乌黑的眸子施了定睛术。她看样子很像那种娇生惯养的女孩，喜欢指着某件东西——或者某个人——说："我要这个。"他直想发笑，又突然记起阿斯特丽德说过的话——"我要拥有你，鲜花小子"——笑意立刻消散。凯尔退了一步，幅度极小，旁人难以察觉。

"不必拘谨，当成自己家就好。"马克西姆国王像是在背台词。

"如果诸神保佑我们，"柯尔王子笑道，"贵国举办的大赛也是我们的囊中之物。"

莱火冒三丈，而国王笑了起来。"我们拭目以待。"他笑容诚恳，但凯尔知道那是假笑。事实上，国王根本不把柯尔王子放在眼里，威斯克的王族不足为虑。真正的危险在于法罗。在于索尔因阿尔殿下。

此时，号角再次吹响，威斯克人端起酒杯，退到一边。

"法罗摄政王索尔因阿尔殿下到。"大门敞开的同时，侍从通报。

与习惯于前呼后拥的威斯克人不一样，索尔因阿尔一马当先，他的侍从们紧随其后，鱼贯而入。他们身着法罗传统服饰，一整块布层层叠叠地拢在身上，衣袂则返回来搭在一边肩膀上，形似披肩。侍从们的服色均为深紫，以黑白作点缀，索尔因阿尔则一身雪白，以靛蓝镶边。

他和任何一个有身份地位的法罗人一样，下巴刮得干干净净，镶嵌在脸上的珠子颗颗分明，不过，大多数人喜欢玻璃制品或者珍稀宝石，而索尔因阿尔殿下的饰物为菱形的白金箔片，从太阳穴到喉咙，呈弧形分布。他的一头黑发剪得很短，一大块泪珠状的白金镶在额头上，位于眉宇之间的上方，以彰显其尊贵的身份。

"他们是怎么选的？"很多年前，莱表示好奇。他将一块红宝石贴在额头上。"我的意思是，父亲说珠宝的数量是一种社交表示，不过颜色是个问题。我怀疑颜色不是随便选择的——对威斯克人来说可能是，但法罗人凡事都有讲究——也就是说，颜色一定有其含义。"

"这种事重要吗？"凯尔百无聊赖地问道。

"当然重要，"莱教训他，"就像你知道有一门语言你不懂，而谁都不愿意教你。"

"也许他们不愿意公开。"

莱仰着脑袋，皱起眉头，以免红宝石掉落。"我看起来怎么样？"

凯尔哼了一声。"滑稽。"

然而，索尔因阿尔殿下的形象绝对谈不上滑稽。他人高马大——比他带来的侍卫高了好几英寸——面庞棱角分明，不苟言笑。他肤色如炭，眸子淡绿，目光锐利。他是法罗国王的兄长、法罗舰队的司令，正是他统一了曾经四分五裂的领土，据说他才是帝国的幕后决断者。

然而，他不能统治，因为没有魔法。他以领军打仗的勇猛无畏，以及治国理政的雄图大略，弥补了上述缺陷，甚至有过之而无不及。但凯尔清楚，对于这件事情，莱心里不舒服。

"欢迎，索尔因阿尔殿下。"马克西姆国王说。

法罗摄政王点头致敬，脸上不见笑意。"贵国都城光辉灿烂。"他淡淡地说。他的口音虽然浓重，但表达流畅自然，就像河里的鹅卵石。他招了招手，两个侍从捧来了两棵盆栽的树苗，树皮漆黑如墨。那是法罗纹章上的树，正如此前的鸟儿代表了威斯克。凯尔听说法罗桦树极为罕见，可以药用——甚至用于魔法。

"不成敬意，"他流利地说，"愿好事常在，枝繁叶茂。"国王和王后颔首致谢，索尔因阿尔殿下的目光掠过莱，在凯尔身上逗留片刻，然后鞠躬退下。与此同时，国王和王后起身离座，端起斟满气泡酒的玻璃杯。人们立刻有样学样，凯尔叹了口气。

站在那儿迎接宾客已经很难受了。

接下来的任务才是真的不幸——社交。

莱做好了应付公主的准备，上次见面时，公主企图索吻，还在他头上插花。不过，莱的担忧似乎多余了——她盯上了别的猎物。该死的国王们，看见公主迎面而来，凯尔暗暗咒骂，握紧了手中的酒杯。

"凯尔王子。"她莞尔一笑，招呼道。凯尔懒得纠正她，应该称呼大师，而不是王子。"今晚的舞会，你做我的舞伴。"

凯尔不清楚是她对阿恩语所知有限，还是她就想直截了当地说话。莱看了他一眼，似乎在说，他为了筹备大赛耗尽心血，在政治和外交的舞台上，他们都得做出牺牲。另外，他宁愿捅自己一刀，也不许凯尔拒绝和公主跳一场舞，从而危及帝国的和平。

凯尔勉强笑笑，鞠了一躬。"当然了，殿下，"他回答道，又用威斯克语加上一句，"Gradaich an' ach。"

我的荣幸。

她笑得更灿烂了，然后蹦蹦跳跳地迎向一个侍从。莱凑了过来。

"看样子需要保护的人不是我。你知道……"他抿了一口酒,"你们这一对跳起舞来,必然很有趣……"

凯尔的脸上依然保持着微笑。"我要拿别针戳你。"

"你会疼的。"

"那也值得——"他的话说了一半,索尔因阿尔来了。

"莱王子。"摄政王冲着他点头致意。莱挺起胸膛,然后深深地鞠躬。

"索尔因阿尔殿下,"他说,"Hasanal rasnavoras ahas。"

您大驾光临,令敝国蓬荜生辉。

摄政王惊喜地瞪大了眼睛。"Amun shahar,"他应道,然后换回阿恩语,"你的法罗语说得非常好。"

王子脸红了。他对语言的感知力向来很敏锐。因为莱喜欢找人练习对话,凯尔也懂了不少法罗语,只是从来不说。

"您费心学习敝国语言,"莱说,"有来有往,方能聊表敬意。"他面带温和的微笑,接着说:"此外,我一直觉得法罗语相当优美。"

索尔因阿尔点点头,目光转向凯尔。

"这位,"摄政王说,"应该是阿恩的**安塔芮**了。"

凯尔低头致敬,等他抬起头来,发现索尔因阿尔仍在从头到脚地打量他,仿佛魔法的记号不仅在他眼中,浑身上下都有。最后,摄政王的目光定格在凯尔脸上,眉头微微皱起,额间金石闪耀。

"Namunast。"他喃喃道。**真迷人**。

索尔因阿尔离开后,凯尔一口气喝干杯中的酒,不等有人制止,就从玫瑰厅敞开的大门退场了。

今天他看够了王公贵族。

V

河水逐渐变红。

*夜峰号*刚刚驶进艾尔河的河口时,莱拉只能看见水中若隐若现的色彩,而且是在晚上。此时,随着都城越来越近,水底闪着红宝石色的光芒,哪怕在正午也能看见。红光犹如浮标,指引他们进入伦敦。

一开始,她以为河水的光芒是恒定的、持续的,但现在发现——她花费数月工夫,训练自己将魔法当成活物去观察、感受和思考——水面之下有一种律动,犹如云层之上的闪电。

她倚着栏杆,一块白色碎石在指间翻转。自从在白伦敦遭遇孪生戴恩之后,这是她唯一的纪念物,然而切口已经被磨得有些光滑了。她强迫自己停止动作,但内心仍焦虑不堪,无处排解。

"我们黄昏时分就到了。"身边的阿鲁卡德说。莱拉的脉搏跳得厉害。"关于你当初离开伦敦的事情,如果有什么想告诉我的,现在正是时候。当然了,四个月里的任何时间都可以,只是现在真的临到头了,不过——"

"别说了。"她咕哝着,把碎石塞进兜里。

"我们都有心魔,巴德。但如果你的心魔就在那里——"

"我的心魔早都死绝了。"

"那我真的嫉妒你,"沉默滋长,"你还在生我的气。"

她挺起胸膛。"你引诱我,就为了**套话**。"

"你不能永远对我保密。"

"那是**昨晚**的事。"

"我实在没辙了,想着值得一试。"

莱拉翻了个白眼。"你真的很懂怎么哄女孩子开心。"

"我以为我恰恰不懂怎么哄你开心呢。"

莱拉吐了一口气,吹开眼前的头发。她继续盯着河水,出乎意料的是,阿鲁卡德留了下来,倚在她身边的栏杆上。

"这次回来你激动吗?"她问。

"我很喜欢伦敦。"他说。莱拉等了一会儿,然而再无下文。他开始默不作声地揉搓手腕。

"你总是这样,"莱拉点头示意他的手,"每当你思考的时候。"

他停了下来。"好在我没有深入思考的习惯。"他又倚着栏杆,掌心朝上,袖口回缩,于是莱拉看见了他手腕处的痕迹。第一次见到的时候,她以为是阴影,凑近一看才知道是伤疤。

他抄起胳膊,从外套里拿出一个酒瓶。淡粉色的酒水在玻璃瓶中晃荡。阿鲁卡德喝起酒来算不上特别节制,然而随着距离伦敦越来越近,他喝得也越来越多。

"等我们进港的时候我自会清醒。"看到莱拉的表情,他解释道。说完,他的另一只手又摸向手腕。

"你暴露了,"她说,"因为手腕。所以我刚才提了一句。人应该知道自己有哪些容易暴露的小动作。"

"那你的呢，巴德？"他把酒瓶递给莱拉，问道。

莱拉接了过来，但没有喝。她歪着头。"你说说看。"

阿鲁卡德扭过身子，眯着眼睛观察莱拉，仿佛答案藏在她周围的空气中。他瞪圆了那双蓝眼睛，佯装恍然大悟。"你把头发别在耳后，"他说，"但永远都是右边。每当你紧张的时候。我猜是为了避免焦虑。"

莱拉勉强笑笑。"你注意到了动作，却猜错了动机。"

"给个提示。"

"人在紧张的时候往往缩头缩脑，"她说，"我把头发拢到耳后，就是向我的对手——注意，是敌人，诸如此类的——表示我不躲不藏。我看着他们的双眼，也让他们看我的双眼。"

阿鲁卡德听了，挑起眉毛。"嗯，独眼。"

莱拉手中的酒瓶突然碎裂。她吸着气，一开始是因为受惊，随后是因为酒水烧得她掌心刺痛。她放开手，酒瓶在甲板上摔成了碎片。

"你说什么？"她低声问道。

阿鲁卡德避而不答。他口中啧啧，腕子一抖，碎片飞到半空中。莱拉举起鲜血淋漓的手掌，阿鲁卡德制止了她。

"让我来。"他握着莱拉的手腕，温柔翻转，露出浅浅的割伤。玻璃在她掌上闪光，阿鲁卡德嘴唇翕动，残渣飘了起来，加入半空中的碎片。他动了动指头，将其扫开，碎玻璃无声地越过船舷。

"阿鲁卡德，"她吼道，"你刚才说什么？"

莱拉的手依然握在他手中。"你暴露了，"他一边检查着伤口，一边说，"其实很不容易发现。你歪着脑袋，调整视线，是为了掩饰那只眼睛，而真正的意图是弥补视觉差异。"阿鲁卡德从袖子上扯了一条黑布，开始包扎她的手。她没有阻止。"还有头发，"他说着，把布条打了个结，"你永远塞在**右**耳后，以误导对方。"他松开莱拉的手，"非常巧妙，我怀疑很少有人注意到。"

"你就注意到了。"她喃喃道。

阿鲁卡德伸出手来，用指关节抬起她的下巴，盯着她的眼睛。独眼。

"我的观察力极其敏锐。"他说。

莱拉攥紧拳头，那里的伤口疼得钻心。

"你是个无与伦比的贼，莱拉，"他说，"考——"

"你敢说**考虑到**。"她抽回手，厉声说道。阿鲁卡德颇有风度，并未移开视线。"我就是个无与伦比的贼，阿鲁卡德。这个，"她指着那只眼睛说，"不是弱点。很久以来都不是。即使曾经是的，我也早就克服了。"

阿鲁卡德笑了。淡淡的、真诚的微笑。"谁都有伤疤，"他话音未落，莱拉就下意识地瞟向他的手腕。"是的，"他注意到了莱拉的反应，"包括那些英俊迷人的船长。"他再次拉起袖子，黝黑而光滑的皮肤上，赫然有一道银色的疤痕。两只手腕的情况一模一样。而且，疤痕的形状很像——

"镣铐。"他承认。

莱拉皱着眉头。"怎么来的？"

阿鲁卡德耸耸肩。"那天运气不好。"他退了一步，背靠一摞板条箱。"你知道阿恩人怎么对付他们抓到的海盗吗？"他漫不经心地问道，"企图逃跑的海盗？"

莱拉抱着双臂。"我记得你说自己不是海盗。"

"现在不是，"他摆摆手，"以后也不是。可年轻的时候谁不犯浑呢。这么说吧，我在错误的时间，在错误的地方，站到了错误的一边。"

"他们做了什么？"莱拉实在好奇。

阿鲁卡德的目光投向河水。"看守们采取的办法非常有效。他们给所有囚犯戴上镣铐，无论你怎么求情都不行。镣铐沉重得很，手腕被固定在一起，不过光是那样也还好。要是你大呼小叫，或是拼命反抗，他们就会直接加热镣铐。不是特别烫。第一次只能算警告。但如果是第二次或者第三次犯错，甚至愚蠢到企图逃跑，他们就动真格的了。"阿鲁卡德的眸子在发光，同时眼神空洞，似乎他关注着别的事情，远在目力可及之外。他的语气不同寻常："办法很简单。他们从火堆里取出一根铁条，挨着铁打的手铐进行加热。犯的错越严重，铁条接触手铐的时间就越久。一般来说，等你开始惨叫，他们就住手，或者发现你皮肉焦煳……"

莱拉仿佛看到阿鲁卡德·埃默里没了神气的船长外套，而是浑身瘀伤、鼻青脸肿，浸透汗水的棕色头发贴在脸上，被缚的双手试图挣脱炙热的镣铐。想方设法，然而徒劳无功。莱拉想象着他乞求的话语、皮肉烧焦的煳味，还有惨叫声……

"可怕的是，"阿鲁卡德说，"铁热得快，冷得慢，即使他们拿开了铁条，惩罚也没有结束。"

莱拉感觉反胃。"我很遗憾。"她说。其实她很讨厌那几个字，讨厌随之而来的同情口吻。

"我不遗憾，"他坦率地回答，"一个出色的船长必须有伤疤，才镇得住手下。"

听他说得若无其事，但重温往事对他的影响显而易见。莱拉产生了一种奇怪的冲动，渴望触碰他的手腕，仿佛那样能感受到残留的热度。

然而莱拉仅仅问了一句:"你为什么做海盗?"

他不好意思地笑笑。"怎么说呢,有几个糟糕的选项,做海盗相对而言算好的。"

"结果此路不通。"

"观察力很敏锐。"

"那你是怎么逃脱的?"

他眼睛上方的蓝宝石闪闪发光。"谁说我逃脱了?"

就在此时,船员们喊了起来。

"伦敦!"

莱拉扭头望去,暮色中的城市犹如火焰般从海平面上升起。

她的心脏扑通直跳,阿鲁卡德直起身子,袖口滑落,遮掩了手腕处的伤疤。

"好了,"放荡不羁的笑容又回到了他脸上,"看样子我们到了。"

VI

*夜峰号*靠岸时正值黄昏。

莱拉帮着打结缆绳、架设踏板,目光飘向十来艘泊在艾尔河畔的形制优雅的大船。红伦敦的码头上混杂着各色人种和能量,欢声笑语,暮光笼罩,魔力绽放。尽管二月份的天气依旧寒冷,都城却洋溢着温暖的气息。远处的王宫在逐渐降临的夜幕中犹如另一轮红日。

"欢迎回来。"阿鲁卡德搬着一只箱子,与她擦肩而过。埃萨居然蹲在箱子上,睁着紫色眼睛,尾巴甩来甩去,吓了莱拉一跳。

"它不该留在船上吗?"猫耳抖了抖,她怀疑自己失去了在猫儿那里累积的一点好感。

"别说傻话了,"阿鲁卡德说,"猫可不能在船上。"莱拉正想说自己刚来的时候这只猫就在船上,他接着说:"我认为贵重物品就该随身携带。"

莱拉来了精神。这里的猫很珍贵吗?很罕见?她从未见过另一只猫,不过每次上岸的时间相当有限,她碰不上也正常。"是吗?"

"我不喜欢那种表情。"阿鲁卡德带着箱子和猫儿转身离开。

"什么表情?"莱拉莫名其妙。

"那种表情像是在说,如果我告诉你埃萨的价值,没准哪天它就不见了。"莱拉哼了一声。"不过,我可以告诉你,它唯一的价值在于,我把心放在它身上了,这样谁也偷不走我的心。"他面带微笑,埃萨的眼睛一眨不眨。

"真的吗?"

"说实话,"他把箱子放上一辆马车,说,"它是别人送的。"

"谁送的?"莱拉脱口而出。

阿鲁卡德得意地笑了。"噢,你准备跟我交心了吗?我们是不是可以互问互答了?"

莱拉翻了个白眼,继续帮着把箱子搬上岸。*夜峰号*上有人值守,其他人则到旅馆住宿。马车装满后,阿鲁卡德把自己的证件交给一名披盔戴甲的卫兵,莱拉望向周围的船只。有的形制复杂,有的简单,但所有船只都各具特色,令人过目难忘。

隔着两艘船,她看见有人从一艘阿恩船上下来。一个*女人*。不是莱拉知道的那种到船上做生意的女人。她身着长裤和无领外套,腰挂佩剑。

女人沿着码头,迎面走向*夜峰号*,步态酷似某种野兽。*潜行的野兽*。她个子比莱拉高,甚至比阿鲁卡德还高,状似狐狸,生着一头鬃毛似的——找不到词来形容——赭色乱发,蓬蓬松松的,不曾打理,任其张牙舞爪地扭曲着,使其看起来既像狮子又像毒蛇。也许莱拉应该害怕,但她只顾着惊讶了。

"来了个不好惹的船长。"阿鲁卡德咬着她的耳朵说。

"阿鲁卡德·埃默里。"女人来到他们面前,招呼道。她的嗓音带有海风磨砺的嘶哑，阿恩语口音极重。"好一阵子没在伦敦的地面上见到你了。我猜，你是来参赛的。"

"你懂我的，贾斯塔。献丑的机会我岂能放过。"

她咯咯一笑，笑声好像生锈的钟。"有的事情永远不会改变。"

他故意皱了皱眉头。"你的意思是不会押我赢？"

"那要看我还能不能匀出几个子儿。"贾斯塔说着便离开了，佩带的武器就像钱币一样敲得叮当作响。

阿鲁卡德凑近莱拉。"一句忠告，巴德。千万别和那个家伙比试酒量。比剑也不行。没有十成把握，什么都别比试。因为你输定了。"

莱拉没什么心思听他说话，目光难以从贾斯塔身上剥离。女人在码头上前行，几个样貌凶恶的男人跟在她后面。

"我从来没见过女船长。"

"在阿恩确实不多，但世界很大，"阿鲁卡德说，"在她的家乡更是常见。"

"哪里？"

"贾斯塔吗？她来自索纳尔。帝国东部，与威斯克接壤，所以她看起来……"

"那么高大。"

"是的。你可不要动什么心思。如果你为了上*她的*船展露你的绝活，她会割了你的喉咙，把你扔到海里。"

莱拉微微一笑。"听上去是我喜欢的船长。"

★★★

"我们到了。"一行人抵达旅馆时，阿鲁卡德说。

旅馆的名字是 Is Vesnara Shast，翻译过来即为徘徊之路。莱拉一开始没发现，看见脸色苍白的莱诺斯才想起来，阿恩语中的路——shast——和灵魂是同一个词。隐藏的含义令人不安，而旅馆的氛围也丝毫不能抚慰客人。

这栋老旧的屋子歪歪扭扭的——去年秋天她在红伦敦停留的时间太短，不曾发现大多数房屋都比较新——就像一堆随意堆叠的箱子。她甚至想起了在灰伦敦的居所。历经沧桑的石块有下沉的趋势，地板也在凹陷。

旅馆的大堂里塞满了桌椅，每张桌边挤满了阿恩水手，大多已经喝高了，尽管此时刚刚日落。对面的壁炉里火焰熊熊，一条猎狼犬躺在前面，然而人太多，导致大堂里格外闷热。

"我们要过上好日子了，不是吗？"斯特罗斯咕哝道。

"我们有床。"塔维永远乐观。

"真的有吗？"瓦瑟瑞问。

"谁把我的硬汉船员换成了一群爱发牢骚的小毛孩吗？"阿鲁卡德不满地说，"要不要找个奶嘴塞给你吃，斯特罗斯？"

船长递来钥匙时，大副嘴里嘟嘟嚷嚷，但终究没说什么。每间客房住四个人。尽管空间逼仄，而且旅馆已经客满为患，阿鲁卡德仍然为自己搞到了单间。

"船长的特权。"他说。

莱拉和瓦瑟瑞、塔维、莱诺斯睡在一间房里。

船员们散开了，搬着箱子去各自的客房。徘徊之路可谓名副其实，一路上七弯八拐，廊道和楼梯混乱不堪，似乎同时违背了好几条自然法则。莱拉怀疑旅馆里施了某种咒语，或者本身结构独特。这种地方很容易迷路，可以想象，到了夜里，人们喝醉后，情况必然更加混乱。阿鲁卡德形容其为古里古怪。

四个人同住，床只有两张。

"很舒服。"塔维说。

"不，"莱拉用不流利的阿恩语斩钉截铁地说，"我不跟人一起睡——"

"Tac？"瓦瑟瑞把箱子放到地上，戏谑道，"我们总能想想办法——"

"——因为我睡着了习惯拿刀捅人。"她冷冷地说。

瓦瑟瑞的脸色微微发白。

"巴德睡一张床，"塔维说，"我睡地板。我说瓦瑟瑞，你有多大可能性留在这儿过夜？"

瓦瑟瑞扑闪着长长的黑睫毛。"有道理。"

莱诺斯始终一言不发，拿到钥匙时不说话，爬楼梯时也不说话。他忐忑不安地靠着墙，显然不适应与萨罗斯同处一室。塔维已经恢复正常，但只要她应对得当，或许能独享一间客房。

这间客房不赖，跟她在船上的舱房差不多大，其实也跟壁橱差不多大，但从狭小的窗户张望，能看到城市、河流，以及横跨河上的王宫。

老实说，回来的感觉不错。

她戴上手套和一顶帽子，从自己的箱子里翻出一包东西，然后出门了。关门的时候，阿鲁卡德刚好从走廊另一头的房间里出来。埃萨的白尾巴绕在他的靴子上。

"你这是要去哪里？"他问。

"夜市。"

他扬起镶着蓝宝石的眉头。"才踏上伦敦的土地，就要出去花钱了?"

"怎么说呢?"莱拉淡淡地说,"我需要一身新衣服。"

阿鲁卡德哼了一声,再无多言。虽然他跟着莱拉下楼,但没有跟着出门。

几个月来,莱拉终于在真正意义上独自行动了。她吸了口气,整个人都松弛下来,仿佛摆脱了巴德这个身份,不再是*夜峰号*上最厉害的贼,变成了夜色中的一个普通人。

她路过了几块宣传 Essen Tasch 的占卜板,粉笔的白色字迹在黑板上游移,通告诸多仪式和庆典的信息。几个孩子在水坑边玩着结冰然后解冻的游戏。一个威斯克人打了个响指,点燃烟斗。一个法罗女人手抚围巾,颜色就发生了变化。

莱拉目光所及之处,都有魔法的痕迹。

从海上观望,红伦敦的景象已经堪称奇异——当然,若是出现在灰伦敦就更奇异了——而在这里,简直司空见惯。莱拉都快忘了红伦敦的精彩纷呈,她停留的时间越久,就越觉得凯尔不属于这里。他和这里的色彩、欢笑、喧闹和魔法的火花毫不搭调。他太低调了。

这里是表演者的舞台。对莱拉来说正合胃口。

时辰尚早,但她快到夜市的时候,冬日的黑暗已经笼罩了城市。河岸边一字排开的店铺可谓**绚丽夺目**,除了寻常的提灯和火把提供照明,顾客所到之处都有白色光球跟随。一开始,莱拉以为他们自身发光,不是从头到脚,而是由内而外,仿佛他们的生命力忽然肉眼可见。效果颇为震撼,犹如成百上千的光斑贴在斗篷表面上燃烧。但等她走近了才发现,光源在他们手上。

"暖手焰要不要?"集市入口处,有人问道。他举着一个填充白光的玻璃球,热乎乎的,周围的空气被雾化了。

A Gathering of Shadows

"多少钱?"

"四令币。"

价格不便宜,但她手套里的指头是冰凉的,而且光球实在很吸引人,于是她付了钱,接过光球。融融暖意迅速扩散,顺着双手蔓延到胳膊,令她既惊又喜。

她捧着暖手焰,禁不住微笑。集市依然弥漫着花香,还有燃烧的木头、肉桂和水果的气味。去年秋天,她还是个彻头彻尾的陌生来客——如今依然是,但她知道如何掩饰身份。曾经,乱七八糟的字母对她而言毫无意义,现在逐渐组词成句。商贩们的叫卖声,她能估摸到大致的意思,而当音乐在空中飘扬,就像是魔法使然,她知道就是魔法使然时,步伐也依然稳健。说实话,她一生都走得跌跌撞撞,如今她已站稳脚跟。

许多顾客在摊位之间流连,品尝加料葡萄酒和烤肉,抚摸天鹅绒内衬的兜帽和魔法护符,但莱拉昂首阔步,哼着小曲,在帐篷和摊位之间穿行,走向集市的另一头。逛街的时间多得是,眼下她有事要做。

河岸的远处,王宫犹如一轮低悬的红月。在那里,集市的尽头,靠近宫前台阶的地方,夹在两座帐篷中间的位置,正是她要找的摊位。

上次她来这里,还不认识挂在头顶的招牌。现在以她所学的阿恩语可以读懂它了。

IS POSTRAN。

衣库。

一语双关——正如英语一样,postran 这个词既能解释为衣裤,又能表示存放衣物的地方。

门帘上系着风铃,莱拉掀开帘布钻进去时,风铃叮咚作响。进入商铺的刹那,仿佛来到一间暖房。角落里的灯火发出玫瑰色的光芒,散热量也不容小觑。莱拉扫视着帐篷。后墙上曾经挂满了面具,如今取而代之的是窝冬的装备——帽子、围巾和帽衫,还有一些兼具三种功能的衣物。

一个胖乎乎的女人,棕色头发盘成发髻,跪在一张桌子前,伸手在桌子底下扒拉。

"An esto。"听见铃声,她招呼了一句,然后低声咒骂着某件不知所踪的物品。"啊!"她松了口气,把一个小玩意塞进兜里,然后站起身来。"Solase,"她一边转身,一边掸着身上的灰尘,"Kers……"她闭上嘴巴,忽然笑了。

距离莱拉上次钻进卡拉的帐篷,欣赏墙上的面具,已经过去了四个月。四个月前,老板娘送了她一张恶魔面具、一件外套和一双靴子,为她改头换面。迎接全新的生活。

四个月不见了,卡拉看到她的时候两眼放光。

"莉拉,"她拉长了"莱"字的发音,变成"莉"字。

"卡拉,"莱拉说,"As esher tan ves。"

希望你一切都好。

女人微微一笑。"你的阿恩语,"她用英语说,"进步了。"

"不够快,"莱拉说,"你的皇家语言还是那么无可挑剔。"

"Tac。"她整了整围裙,应道。

面对这个女人,莱拉产生了一种罕有的热情,一种发自内心的喜爱,她本该感到不安,但又难以克制。

"你之前离开了。"

"去了海上。"莱拉回答。

"看你的样子,你拜访过半个世界的码头,"卡拉说着走到店铺前面,系好门帘,"正好赶上 Essen Tasch。"

"不是巧合。"

"所以你是回来看比赛的。"她说。

"我的船长要参加比赛。"莱拉回答。

卡拉的眼睛瞪大了。"你跟着阿鲁卡德·埃默里出海?"

"你认识他?"

卡拉耸耸肩。"名声这种东西,一向都是越传越远的。"她摆了摆手,似在驱散烟雾,"什么风把你吹到我的店子来了?买件新外套吗?绿色的吧,蓝色也好。今年冬天不流行黑色。"

"我才不在乎呢,"莱拉说,"休想脱了我的外套。"

卡拉吃吃笑着,摸索着莱拉的袖子。"保管得相当好。"然后她嘴里啧啧两声,"圣徒才知道你干了什么。那是被*刀子*划破的吗?"

"被钉子钩破的。"她撒谎。

"Tac,莱拉,我的手艺不至于那么不经用。"

"好吧,"她承认,"可能是一把小刀子划的。"

卡拉直摇头。"上次是攻打城堡,现在又在海上打仗。你真是个特别的姑娘。Anesh,据我所知,凯尔大师也是个特别的小伙子。"

莱拉脸红了。"我没有忘记我欠的账,"她说,"我来付账了。"说着,她取出一个小小的木头盒子。盒子造型精巧,镶嵌着玻璃,里面垫有黑色绸布,分成若干小格子。一个格子里装着几颗火珍珠,另一个格子里装着一卷银线、紫色石钩和金色羽毛,不一而足。看到这些珍宝,卡拉轻轻地抽了一口凉气。

"Mas aven,"她叹道,然后抬头问,"请原谅我多嘴,应该不会有人为了这些宝贝找上门来吧?"听她的语气,并非刻意找茬。莱拉笑了。

"既然你知道阿鲁卡德·埃默里,那么你也就知道,他的船为国王办事。这些都是我们在海上没收的赃物。这本来是我的,现在归你了。"

卡拉用短粗的手指抚摸着那些宝贝。然后她合上盖子,把盒子推开。"太多了,"她说,"到时候我为你记个账。"

"很高兴听你这么说,"莱拉说,"因为我想请你帮个忙。"

"既然你买了东西又付了钱,那就不算帮忙。我能做什么?"

莱拉从外套里掏出几个月前卡拉给的黑色面具,萨罗斯的名号也有它的一份功劳。历经咸腥的海风侵蚀和数月的使用,面具状况堪忧——黑色皮革布满裂纹,角尖缺失了一部分,拉绳也快要断了。

"你到底戴着面具干了什么?"卡拉噘着嘴巴,像极了责怪孩子的母亲。

"你能修好吗?"

卡拉摇摇头。"还不如重新做。"她说着,把面具放到一边。

"不,"莱拉又将其拿了起来,说,"我就喜欢它。你肯定可以修好。"

"做什么用?"卡拉狡黠地问道,"戴着去打仗?"

莱拉咬着嘴唇,老板娘似乎看出了答案。"Tac,莱拉,这也太古怪了,简直疯了。你不能去参加 Essen Tasch。"

"怎么?"莱拉打趣道,"不淑女吗?"

卡拉叹了口气。"莱拉,我们第一次见面时,我让你在所有货品里随便挑选,你就挑了恶魔的面具和男人的外套。这不是体不体面的问题,而是危险。Anesh,你也一样,"她的语气像是在恭维,但又有些勉强,"但你不在名单上。"

"不用担心。"莱拉得意地笑了。

卡拉还要反驳，终究没有开口，只是摇摇头。"不，我不想知道。"她低头盯着恶魔面具，"我不该帮你这个忙。"

"你不必勉强，"莱拉说，"我可以找别人。"

"你的确可以，"卡拉说，"但他们没我手艺好。"

"差得远。"莱拉说。

卡拉叹息着。"Stas reskon。"她咕哝道。莱拉听过这句话。惹祸上身。

莱拉想到巴伦，笑了。"一个朋友曾经说我自找麻烦，不找到不肯罢休。"

"看来我们能成为朋友，我和你的那位朋友。"

"我想是的，"莱拉收敛了笑容，"可惜他不在了。"

卡拉放下面具。"两天后来。我要考虑下怎么处理。"

"Rensa tav，卡拉。"

"别急着谢我，怪丫头。"

莱拉转身离开，来到门帘前又迟疑了。"我刚回来不久，"她小心翼翼地说，"还没时间去问候王子们。"她扭头问道："他们都好吗？"

"你可以亲自去看看嘛。"

"不行，"莱拉说，"我是说，我不好去。我和凯尔之前……是临时安排的。"

女人一脸难以置信的表情。莱拉以为到此为止了，于是再次转身，不料卡拉又开口道："你离开后，他来找过我。凯尔大师。"

莱拉瞪大眼睛。"为什么？"

"为你买的衣服付账。"

她心里一沉。"我可以自己还账，"她厉声说道，"凯尔知道的。"

卡拉笑了。"我也是这样对他说的。他就走了。不过一周后，他又来了，提出同样的请求。他每周都来。"

"混蛋。"莱拉嘟囔着，老板娘摇了摇头。

"你不明白吗？"卡拉说，"他来这里不是给你付账。他是来看你有没有回来。"莱拉感到脸颊发烫。"我搞不懂你们俩为何像星星一样互相绕圈。你们俩跳什么舞不关我的事。我知道的是你们俩一个接一个地来打听对方，其实两位之间只隔着几步路和几级台阶。"

"事情很复杂。"莱拉说。

"As esta narash。"她自言自语，莱拉如今知道她说的是什么。凡事都复杂。

VII

数周以来，凯尔第一次到夜市闲逛。

他尽可能避免公开露面，自控意识占据了主导，相对而言，逆反心理很少出现。"随他们怎么想"这个念头远远不及"他们把你当成怪物"来得频繁而又强烈。

但他需要透透气，还有莱，破天荒头一遭，忙得没时间找他玩。很好。随着大赛临近的氛围越来越癫狂，凯尔很想动一动，出门逛逛，于是他在人山人海的掩护下到了集市。涌进城里的陌生人成了他的挡箭牌。对于本地人来说，外地人多得看不过来了，当然大大降低了注意到他的可能性。尤其是凯尔听从莱的建议，将纯黑色的高领外套换成了灰蓝色的时尚款式，还在微微泛红的头发上戴了一顶冬帽。

哈斯特拉身着便服，陪在他身边。他放弃了趁夜躲开侍卫的念头，作为回报，年轻人同意把红金色斗篷和盔甲换成不那么惹眼的行头，但皇家佩剑依然挂在腰间。

此时，最初的犹豫变成了彻底的放松，凯尔发现自己多年以来第一次真正享受集市的乐趣，走在人群之中，谁也不认识他。他巴不得早点戴上参赛的面具，完全变成另一个人。

变成凯梅拉夫。

哈斯特拉消失了，几分钟后又带着一杯加料葡萄酒回来，递给凯尔。

"你呢？"凯尔接过杯子，问他。

哈斯特拉摇摇头。"执勤的时候不能喝酒，先生。"

凯尔叹了口气。他不在乎一个人喝酒，但喝酒确有必要。他的第一站不是集市。他们刚才去过码头。

在那里他看到了意料之中的景象：深色船身，银色镶边，蓝色船帆。

夜峰号已经返回伦敦。

也就是说，阿鲁卡德·埃默里来了。就在某处。

凯尔恨不得把船弄沉，但那样一来只会惹祸上身，如果莱发现了，他很可能大发雷霆，甚至拿刀捅自己。

于是他干瞪着夜峰号，接下来的全靠想象力。

"我们有任务吗，先生？"当时，哈斯特拉轻声问道（年轻的侍卫非常认真地扮演着密友和同谋的角色）。

"有。"凯尔板着脸，含混地应了一声。

他躲在一家商铺的阴影中盯着那艘船，过了好一会儿，什么事情也没有发生。然后他说要去喝一杯。

所以凯尔来到了集市，饮着葡萄酒，漫不经心地观望着行人。

"斯塔夫呢？"他问，"我们不带他玩，他是不是烦了？"

"他好像被派去负责索尔因阿尔殿下了。"

负责？凯尔心想。国王对那位法罗摄政王如此紧张吗？

他在集市中行进，哈斯特拉落在几步开外。

一路上，人越来越多，犹如水流在他身边打旋。法罗人身着色彩明艳、层层叠叠的布料，皮肤上珠光宝气。威斯克人戴着金环和银环，人高马大，鬃毛似的头发更添了几分威风。厚实的风帽和斗篷则是阿恩人的行头。

还有一些人，凯尔难以判断他们的身份。貌似威斯克人，却是阿恩人的穿戴风格。一个深肤色的人，头上盘了一圈威斯克人的辫子。

噩梦浮现在眼前——无数陌生的面孔，无数似曾相识的人——但他强行将其驱散。路上有个陌生人擦肩而过，凯尔不由自主地摸了一下口袋，尽管没什么东西可偷。

太多人了，他心想。莱拉可以随心所欲地下手。

正当其时，他在五光十色之间瞥见了一道影子。

纤细的身影。

黑色的外套。

凌厉的笑容。

凯尔喘了口气，然而一眨眼的工夫，影子消失了。一个因为人多造成的幻象。错觉。

虽然那一瞥并不真实，但在他心中掀起波澜，他放慢脚步，立刻打乱了周围行人的节奏。

哈斯特拉再次出现在身边。"您没事吧，先生？"

凯尔摆摆手。"我没事，"他说，"不过，我们还是回去吧。"

他朝着集市尽头的王宫走去，在卡拉的摊位前停步。"你在这儿等着。"他吩咐哈斯特拉，然后钻了进去。

卡拉的商铺又有变化，似是为了迎合节日的需求。墙上和桌上陈列着各式各样的冬季必需品，他的目光四处游移。

"Avan！"老板娘招呼了一声，从帐篷后面的帘子里走了出来，手里拿着一块黑色皮革。卡拉既矮又胖,生着一双生意人特有的精明眼眸,热情似火。她看到凯尔,立刻满脸放光。"凯尔大师!"她喊道,同时深深地行了个屈膝礼。

"好了,卡拉,"他扶了一把老板娘,"没必要这样。"

她眼里含着的笑意更甚平日,还有几分顽皮。"今晚是什么风把您吹到了我的铺子,mas vares?"

她使用的词——我的王子——纯属善意,所以凯尔懒得纠正她。桌上有个精美的镶花盒子,他无所事事地把玩起来。"噢,我散着步就到了集市,顺路过来看看你。"

"您真是让我受宠若惊,"她笑得更灿烂了,"如果您是来问那笔欠账的,"她眸子亮晶晶的,"请您务必知悉,欠账已经付清了。"

凯尔闻言一凛。"什么?何时付清的?"

"确实付清了,"卡拉说,"就在几分钟之前。"

凯尔来不及道别。

他冲出帐篷,闯进人潮汹涌的集市,东张西望。

"先生,"哈斯特拉忧心忡忡地问他,"出什么事了?"

凯尔没有回答。他缓慢地转了一圈,在人群中寻找那个纤细的身影,黑色的外套,凌厉的笑容。

真的是她。她就在这里。当然,她已经离开了。

尽管集市里熙熙攘攘,凯尔知道刚才的行为太引人注目。几个阿恩人开始交头接耳。他如芒在背。

"我们走。"他只好朝着王宫走去,一路上心脏咚咚直跳,那个瞬间在脑海中不断回放。一闪而过的幽灵。

但那不是幽灵。也不是错觉。

迪莱拉·巴德回伦敦了。

Part six

Shades of Magic

冒名顶替者

I

白伦敦

霍兰德对这些故事谙熟于心。

他听着这些故事长大——坏国王,疯王,诅咒;好国王,霸王,救星。魔法为何离开,谁能将其带回来。每当新的统治者依靠流血牺牲以及零星的力量登基时,人们必提现在。现在魔法要回来了。现在世界要苏醒了。现在有转机了,现在我们要变得强大了。

故事在每个伦敦人的血管里流淌。即使在他们越来越瘦弱苍白的时候,即使在自内而外开始腐败的时候,即使在没有吃的、没有力气、没有魔法的时候,故事始终不朽。霍兰德年轻时也相信那些故事。当他的一只眼睛变黑,他依然相信自己就是英雄。好国王。霸王。救星。

但当他跪在阿索斯·戴恩面前时,霍兰德看透了那些故事的本质:喂给饥饿灵魂的无稽之谈。

A Gathering of Shadows

然而。

然而。

此时此刻，他挺立于城中心的广场上，所有人都在高呼他的名字，神的力量在他的血管里流淌。他所经之处，霜雪退散。他所及之物，统统恢复了原来的色彩。他的周围，整座城市都在解冻（希尔特河解冻的那天，人们疯狂了。霍兰德也曾领导叛乱，亲眼目睹暴动的场面，但一辈子都没见过狂欢）。当然，也有不和谐的音符。人们忍饥挨饿太久了，依靠暴力和贪婪才得以苟活。不能怪他们。但他们应该有所长进。有所领悟。希望，信仰，变革——它们脆弱不堪，需要精心呵护。

"Køt！"他们高呼——国王——而他脑海里那个不离不弃的声音，正在愉快地哼着小曲。

天色明亮，空气新鲜，人们群情激奋，见证霍兰德的新壮举，铁卫队负责维持秩序。欧什卡守在他身边，手握匕首，阳光照耀的头发仿佛着了火。

国王万岁！国王万岁！国王万岁！

他们所在的地方名为鲜血广场，是行刑的场所。他脚底的石板沾有黑色污渍以及一道道条纹，那是生命力泼洒之时，人们疯狂抢夺所留下的痕迹，企图在其中索求一星半点的魔法。八年前，他即将痛快赴死之际，孪生戴恩带他离开，让他求生不得，求死不能。

鲜血广场。

是时候赋予它另一种含义了。

霍兰德伸出双手，欧什卡把匕首抵在他掌上。人们安静下来，充满期待。

"陛下？"欧什卡那只黄色的眼睛含着疑问，求他允准。多少次都是他亲自操刀，但不是自己的意愿。这一次是仆人操刀，而他心甘情愿。

霍兰德点头的瞬间，刀刃咬了下去。血如泉涌，洒在污秽的石板上，甫一接触，世界的表面就被惊动了，犹如一颗石子扔进了水池。石板泛起波纹，霍兰德看见广场重获新生。干净，完整。波纹不断扩散，吞没了血污，弥合了裂缝，破碎的石板变成平滑的大理石，废弃的水井变成喷泉，残缺的柱子变成拱顶的廊道。

我们无所不能，神在脑海中说。

霍兰德来不及区分自己和欧沙克的想法，魔法的影响越来越大。

鲜血广场的拱门在波纹的涤荡中变了样，石头化水，然后凝为玻璃。在他们前方，街道震颤，人们脚底的石板溶解成肥沃的黑土。人们跪在地上，膝盖陷进松软的泥土，双手深深地挖了进去，没至手腕。

够了，欧沙朗，霍兰德心想。他血淋淋的双手握成拳头，然而波纹仍在扩散，荒废的老屋垮塌成沙，从泉眼里喷涌的不是水，而是琥珀色的美酒。

石柱化作苹果树，树干依旧是大理石。这时候，霍兰德感到胸口疼痛，心脏狂跳，魔法犹如鲜血涌出他的血管，每一次搏动都为世界灌注了力量。

够了！

波纹平息。

世界停顿。

魔法渐渐消散，无数元素聚集在广场上闪闪发光，恍若灯火璀璨的海滩。人们被喷泉淋湿，满身泥土，但个个神采奕奕，双眼瞪大——不是因为饥渴，而是因为敬畏。

"国王万岁！国王万岁！国王万岁！"他们山呼海啸，而他的脑海中回荡着欧沙朗的话。

无所不能。无所不能。无所不能。

II

红伦敦

徘徊之路旅馆里的人群已经散去,那条猎狼犬还躺在壁炉前原地不动。莱拉怀疑它是否还活着。她走到壁炉前,慢慢地跪下来,伸手去摸猎狼犬的胸口。

"我检查过了。"身后有人说。莱拉抬起头,看到了忐忑不安的莱诺斯。"它没事。"

莱拉站起身来。"其他人呢?"

莱诺斯冲着墙角的一张桌子点头。"斯特罗斯和塔维在打牌。"

他们打的是圣徒牌,看样子刚玩不久,因为两人没有闹脾气,身上的武器和衣物大多都在。莱拉对打牌提不起兴趣,多半是因为四个月来她看惯了船员们有赢有输,自觉对规则的理解还不透彻,就更别提作弊了。

"瓦瑟瑞出去了,"莱诺斯说话间,莱拉慢慢悠悠地走向牌桌,

A Gathering of Shadows

"科比斯上床睡觉了。"

"阿鲁卡德呢?"她尽量以漠不关心的口吻问道,然后端起斯特罗斯的酒杯一饮而尽,毫不理会大副的抗议。

斯特罗斯扔下一张牌,牌面上,一个戴兜帽的人举着两只圣杯。"你来晚了,"他对莱拉说,目光不离桌上的纸牌。"船长说他去休息了。"

"好早啊。"莱拉若有所思。

塔维咯咯一笑,咕哝着什么,但她听不明白。他来自帝国边陲,酒喝得越多,口音越是难懂。莱拉听不明白的时候习惯不接茬,于是掉头走开。没走几步,她回头望着莱诺斯,从外套里掏出暖手焰。光球里火焰将熄,她懒得问有没有办法恢复原样,也懒得管这种咒语是不是一次性的,如果是的话就太浪费了。

"给。"她说着,把球扔给莱诺斯。

"这是干什么的?"他吃了一惊。

"驱散黑暗。"说完,她走向楼梯。莱诺斯站在原地,低头盯着球,既不明白它是什么,也搞不懂萨罗斯送礼有何深意。

莱拉*刚才*为什么送他这个?

心变软了,她脑海中有个声音在低语。不是凯尔的声音,也不是巴伦的。都不是,就是她自己的。

莱拉拾级而上,与此同时取出一瓶顺来的小酒,不是从旅馆或集市上偷的——她很清楚不能在加持保护咒的帐篷里盗窃——而是从阿鲁卡德在*夜峰号*上的酒柜里拿的。

船长和莱拉的客房门对门,一副决斗的架势。很形象。而当她在两间客房当中停步时,忽然心生疑问,不知道要进哪间房,要开哪扇门。

莱拉在走廊里犹豫不决。

她不知道*为什么*阿鲁卡德的客房比自己那间更有吸引力。也许是因为她终于回到既熟悉又陌生的伦敦,内心焦躁不安。也许是因为她希望舒舒服服地说回英语。也许是因为她想打听大赛的情况,以及阿鲁卡德的想法。或者,仅仅是因为习惯使然。毕竟,在海上的无数个夜晚,他们都是这样度过的,就着一瓶酒和一团魔法火焰,互相试探,各自守口如瓶。莱拉真的跳惯了那种若即若离的舞蹈吗?

别这样,她心想。傻乎乎地杵在这儿思前想后,简直浪费生命。想见船长有什么问题吗?见就好了。

于是,她抛开动机不管,抬手准备敲门,却又停了下来,因为她听见里面传来匆促的脚步声,距离门口越来越近。

窃贼的本能起了作用,她来不及思考,身体已经行动。她悄无声息地退了一大步,然后连退两步,神不知鬼不觉地躲到附近的拐角处。她没有道理躲起来,然而长久以来都是躲躲藏藏的,所以做得自然而然。再者,躲着是为了偷窥对方而不被发现,从而掌握主动权。这样做毫无损失,常常还有收获。

很快,房门打开了,阿鲁卡德·埃默里踏进走廊。

莱拉注意到的第一件事就是他的动作无声无息。**夜峰号**的船长很难保持安静。他身上的珠宝和武器叮当作响,铁打的鞋跟随着步点撞击地板,即使没有它们,阿鲁卡德也时常哼歌。莱拉提过一次,他说自己向来不喜欢安静。莱拉以为他是安静不下来,但看他在走廊上落脚,只能听见地板轻柔的嘎吱声,她才明白,他以前闹的动静都是**故意的**。

他扮演的角色变了,取而代之的……是什么呢?

他穿戴整齐,但不是日常的服饰。阿鲁卡德一向钟情于华美艳丽的风格，然而此时的他不像海盗船长，而像一个优雅的影子。他把上岸所穿的蓝色外套换成了炭黑色短斗篷，一条式样简单的银色围巾系在脖子上。身外不见武器，额头上的蓝宝石也取下来了，手指上留了一枚羽毛造型的银戒指。黄褐色头发梳到脑后，压在一顶黑色帽子底下，莱拉的第一个念头是，服饰的简化使他年轻了不少，甚至像个大男孩。

可是他要去哪里呢？为何乔装打扮？

莱拉尾随他下了旅馆的楼梯，走进夜色之中。她不远不近地跟着，确保不会跟丢，又不至于暴露自己。虽说她在私掠船上当了四个月的船员，但她早已作为影子生活多年。她清楚如何隐身黑暗，如何跟踪目标，如何随着夜的气息呼吸和动作，而非与之作对。阿鲁卡德的脚步当然轻若鸿毛，但她的更是静谧无声。

她一开始以为阿鲁卡德要去人满为患的集市，或者从河流处前往四面八方的、光华灿烂的街道。没想到，他来到河边，沿着闪耀红光的艾尔河和人流，经过王宫，走向横跨两岸的一座桥。桥身以白色石头和青铜建成——铜栏杆、铜柱子和雕刻精美的铜制天篷。整座桥犹如一条铜光闪闪的隧道。莱拉走到桥下时犹豫了——天篷覆盖全桥，其间灯火通明，青铜反光，尤为辉煌，虽说桥上有人，但大多三五成群，无不竖着衣领抵御寒冷，少有人过河到对岸。莱拉几乎不可能隐匿其中。

几个商贩在灯光下摆摊卖货，雾气和烛火为他们蒙上了一层光晕，莱拉落在后面观察，以为阿鲁卡德的目标是其中一个摊位。但见他快步行进，目视前方，如果莱拉不跟上，就只能跟丢。终于，她动身了，面对琳琅满目的商品和精彩纷呈的天篷，她目不斜视，但也不至于暴露意图，步伐尽可能从容不迫。事实证明，她白费了一番心机——阿鲁卡德一次都没有回头。

途中,莱拉发现铜制天蓬形似树木,星光透过树叶洒下来。她又想到这个世界是多么奇异,能来到这里是多么幸运。

阿鲁卡德过了桥,顺着长长的台阶,来到艾尔河南岸。莱拉仅有一次过河的经验,是她和凯尔带着莱去圣堂的时候,她从未想过灯火阑珊的对岸到底有什么。如果让她猜想的话,无非是商铺和酒馆,也就是照明不如北岸罢了。那么她就猜错了。相对而言,南岸的伦敦更加安静:庄严的圣堂耸立在河湾,岸边的店铺和旅馆后方有成片的花园和果林,更远处是庄园大宅。

对比伦敦南岸,莱拉曾经光顾的梅菲尔区和摄政公园黯然失色。随处可见高大的骏马拉着精美的马车,街边豪宅鳞次栉比,高墙环绕,装饰着大理石、玻璃和锃光瓦亮的金属。夜晚的雾气似乎都弥漫着财富的味道。

前头的阿鲁卡德加快脚步,莱拉也照做了。街上行人稀少,跟踪目标的难度极大,好在他全神贯注地盯着前方。就莱拉所见,此处没什么可看的。做不了生意。惹不上麻烦。目之所及只有宅子,而且半数都是黑乎乎的。

终于,阿鲁卡德离开道路,踏入一扇雕花繁复的大门,进了庭院。院子里灌木丛生,周围种着树,时值冬季,一派萧索的景象。

等莱拉靠近了,发现门上有一个华丽的字母 E,以金属扭曲而成。然后她望向门内,一时间屏住呼吸。庭院的地面铺满了蓝色和银色的拼花石板。她藏身于门外的阴影之中,阿鲁卡德则在步道上行进,途中停下脚步收拾了一番。他摘下帽子,塞进肩包里,又揉了揉头发,活动着手指,嘀咕了几句莱拉听不见的话,接着迈开稳健而自信的步伐继续前进,跃上几级台阶,最后敲响门铃。

不久，大门敞开半边，一个管家模样的人现身了。一见到阿鲁卡德，他便鞠了一躬。"埃默里大人，"他说着闪到一边，"欢迎回家。"

莱拉不敢相信自己的耳朵。

阿鲁卡德不是来拜访这户人家的。

他*就是*这户人家的主人。

不等他进门，一个女孩跑了出来，高兴地大喊一声，张开双臂搂着他的脖子。

"鲁卡！"她大叫着，阿鲁卡德将她高高举起。小女孩最多十二三岁，生着跟他一样的棕色卷发和深色眸子。

"安妮萨。"他忽然笑了，莱拉从未在他脸上见过那种笑容。不是得意扬扬的船长，也不是虚情假意的浪子，而是宠溺妹妹的兄长。她没有兄弟姐妹，所以*理解不了*，但那种返璞归真、不求回报的爱意昭然可见，触动了她的内心。

突然，女孩挣脱了阿鲁卡德的怀抱，向前一冲，故意皱起眉头——莱拉多次看见阿鲁卡德做过这种表情。

"埃萨呢？"女孩问。莱拉闻言一怔，不为她的问题，而是因为她说的是*英语*。在红伦敦，谁都不说英语，除非他们有意讨好王室，或者他们*就是*王室成员。

阿鲁卡德笑了。"真是的，"他说着，跨过门槛，"我三年没回家，你最关心的就是猫……"他们都进去了，莱拉目瞪口呆地看着门被关上。

阿鲁卡德·埃默里，*夜峰号*的船长，即将参赛的魔法师，也是……红伦敦的王室成员？*有谁知道吗？所有人都知道吗？* 莱拉自知应当惊讶，但内心毫无波澜。她登上*夜峰号*的甲板，第一眼看到阿鲁卡德时，就知道他在扮演某个角色；问题在于如何揭开他的身份之

250

谜。如今莱拉知道了真相，而真相使她多了一张底牌。对付阿鲁卡德·埃默里这样的人，任何一点优势都得利用上。

宅子外围有一堵雕花围墙，莱拉借助一根低矮的树枝爬了上去。在墙顶，她可以透过巨大的玻璃窗窥见里面的情况，而且多数窗户无遮无拦。她尾随阿鲁卡德及其妹妹，顺着围墙而行，身影融进了背后张牙舞爪的枝丫。兄妹俩进了一间大厅，窗户高高，壁炉烧得正旺，对面有一扇双开玻璃门，通向户外的大花园。有人闯入视野，她立刻蹲了下来。此人的样貌与阿鲁卡德颇为相似，同样是方下巴，但少了阿鲁卡德的笑容，给人的印象硬朗得多。他看样子年长好几岁。

"贝拉斯。"阿鲁卡德招呼道。窗户"嘎吱"一声打开了，对话传到莱拉耳中。

名叫贝拉斯的人大步上前，看那架势似要殴打阿鲁卡德，但还来不及出手，女孩突然冲到哥哥面前，犹如一面盾牌——她的动作相当娴熟，仿佛已经做过无数次——贝拉斯的手悬在半空中。在他放下手之前，莱拉发现他戴着一枚与阿鲁卡德同款的羽毛戒指。

"出去，安妮萨。"他喝道。

女孩迟疑了，但见阿鲁卡德温柔地冲她一笑，微微点头，她便离开了大厅。等大厅里只剩他们两人，贝拉斯毫不客气地开口了。

"科比斯呢？"

"我把他推下船了，"阿鲁卡德说，看见对方一脸嫌恶，阿鲁卡德翻了个白眼，"圣徒啊，贝拉斯，开玩笑而已。你那个性子暴躁的小密探安然无恙，跟我的船员们住在一家旅馆里。"

一听到*夜峰号*的船员，贝拉斯脸上隐隐有讥讽之色。

"这种表情对你没好处，兄弟，"船长说，"况且*夜峰号*出海是为国王办事。侮辱我的职位就是侮辱马雷什家族，我们可不能做这种事。"

"你回来干什么?"贝拉斯吼道,顺手端起一只高脚酒杯。但他还来不及喝,阿鲁卡德一抖腕子,酒水犹如一根丝带,飞离酒杯,盘旋扭曲,转眼就凝固成红宝石色的冰块。

阿鲁卡德从半空中摘下冰块,心不在焉地端详着。"我是来参加比赛的。这次回来就是看望家人而已。我真是自作多情,还指望受到欢迎呢。"他把冰块扔进壁炉,转身离开。

贝拉斯一声不吭,直到阿鲁卡德接近花园的门才开口。

"真该让你在监狱里蹲到死。"

阿鲁卡德的嘴角掠过一抹苦涩的笑意。"好在此事不由你决定。"

说完,他大步跨到门外。莱拉立刻起身,从围墙上绕过去,发现阿鲁卡德站在宽大的阳台上,俯瞰底下的花园。墙外是王宫的剪影,以及河水洋溢的红光。

阿鲁卡德面如止水,几近冷漠,但他抓在阳台边上的手指已然发白。

莱拉的行动悄无声息,却听阿鲁卡德叹道:"偷窥可不礼貌。"

该死。莱拉忘了他的天赋,他能看见魔法。这种天赋对窃贼来说相当实用,莱拉不止一次地琢磨有没有办法偷过来,就像偷东西一样。

她从矮墙上跨到阳台栏杆边,然后轻轻地落在他身边。

"船长。"她说,既是问候,也是道歉。

"随着性子就跟来了?"阿鲁卡德问道。不是恼怒的语气。

"你没有生气。"她说。

阿鲁卡德扬起眉毛,她居然开始怀念熟悉的蓝光。"应该没有。再说了,跟你的行程比起来,我回趟家不算什么。"

"你跟踪我?"莱拉吼道。

阿鲁卡德扑哧一笑。"你可能失去了被冒犯的资格。"

莱拉摇摇头,暗自庆幸当时没有闯进王宫,对凯尔来一次突然袭击。老实说,她还没有想好什么时候去见凯尔。*如果要见他的话*。然而,等到——依旧是如果——他们见面的时候,她绝对不希望阿鲁卡德暗中窥探。凯尔在这里可是大人物,是王室成员,也是圣徒,哪怕在她眼中只是一个笨头笨脑的走私犯,永远眉头深锁,差点害他们俩送命。

"你在傻笑什么?"

"没什么,"莱拉恢复了正常,"说起来……*鲁卡*是吧?"

"那是昵称。谁都有昵称,无论你来自哪里。而且我要说清楚,我喜欢阿鲁卡德这个名字。埃默里船长也不错。"

"船员们知道吗?"

"知道什么?"

"知道你是……"她示意宅子,一时间找不到词。

"这不算什么秘密,巴德。阿恩人大都听说过埃默里家族。"

他的表情仿佛在说,*很奇怪,不是吗?你没听说过*。

"你没听过他们叫我维斯特拉吗?"

莱拉听过。"我以为是在骂你。就像 pilse。"

阿鲁卡德无声地笑了。"也许是的,对他们而言。这个词的意思是*王室成员*。"

"比如王子?"

他笑得毫无幽默感。"你对我该有多么失望啊。我知道你想要的是海盗。你真该利用你那点小聪明上另一艘船。不过别担心。我和王位之间隔着好多道门呢。我也不希望那些门敞开。"

莱拉咬着嘴唇。"可是既然大家都知道，那你何必鬼鬼祟祟的像做贼一样？"

他目光流转，投向花园的围墙。"因为城里还有别人，巴德。有些人我不介意见到。还有些人，我不想被他们瞧见。"

"怎么？"她调侃道，"伟大的阿鲁卡德·埃默里也有敌人？"

"恐怕是做生意结下的梁子。"

"很难想象还有连你的魅力都征服不了的人。"

他眯起眼睛。"你的口气不像是恭维。"

"也许确实不是。"

沉默降临，气氛尴尬。

"宅子真漂亮。"莱拉说。

这个话题似乎不该提。他顿时变了脸色。"希望你原谅我不能邀请你进来，介绍你认识我尊贵的家人。实在不好解释一位姑娘家为何突然出现在男人的卧房里，操着一口皇家语言，却不是大大方方从前门进来的。"

莱拉一时哑然。收到逐客令，她只好翻上阳台，又听阿鲁卡德说："等等。"语气里有她所不熟悉的东西，她从未听到过的东西。真诚。她扭头一看，阿鲁卡德背后的灯光以门为画框，在他周围蒙上一层光晕。他变成了一道剪影，一幅简易而传神的贵族肖像画。

画中不是他生活中的样子，而是他应该成为的那个人。

然后阿鲁卡德迈步上前，从灯光下走到她身边的黑暗中。他的模样真实多了。也顺眼多了。莱拉明白了——他刚才说等等，意思是说，*等等我*。

"我想我们俩都该回去了。"他刻意保持冷淡的语气，然而失败了。

"你不去道别吗?"

"我这人从来不喜欢道别。说实话,也不喜欢问好。毫无必要的仪式。而且,他们还有机会看到我。"

莱拉回头望向宅子。"安妮萨不会难过吗?"

"噢,应该会的。恐怕我已经习惯了让她失望。"

"可是——"

"别问了,莱拉,"他说,"我累了。"

呼之欲出的抗议在她舌尖上化成灰烬,阿鲁卡德翻上栏杆,来到她身边,然后毫不费力地一步跨到矮墙上。

墙顶狭窄难行,而他如履平地,甚至根本不低头看路。

"我在这里长大,"他注意到莱拉讶异的目光,"所有进出的路线我都试过。"

两人顺着花园的围墙疾行,然后跳进庭院,在阴影的掩护下平安地出了大门。

阿鲁卡德头也不回地上路了,而莱拉看了一眼大宅。

说真的,莱拉理解阿鲁卡德的做法。他放弃了安逸和无聊,选择了冒险。她不知道安逸是什么滋味,也不曾享受过百无聊赖的生活,但正如她有一次对凯尔说过的:偷东西的人,不是因生活所迫,就是在感受生活。她觉得,有人也因为相同的理由背井离乡。

莱拉小跑几步,追上了船长,街上寂静如许,唯有他们的脚步声。她偷偷地瞟了一眼,阿鲁卡德目不斜视,望着远方。

她曾经痛恨这种人,他们不要锦衣玉食,不要高屋广厦,身在福中不知福。

然而后来巴伦死了,莱拉意识到她其实做了同样的事。她逃离了原本美好的生活。至少算得上快乐的生活。但对莱拉而言,光有快乐还不够。她想要更多。想去冒险。她曾经以为只要偷得够多，就能满足渴望和欲求，但也许事情没有那么简单。也许关键不在于她缺少什么、不是什么样的人，而在于她是*怎样的人*。也许她偷窃并非为了*活命*。仅仅是为了刺激。这个念头吓到她了，因为那就意味着她不需要偷窃，更不能为之辩护，她可以留在比邻酒馆，可以挽救巴伦的性命……再想下去只能一发不可收拾，最后必将坠入深渊，所以莱拉打住了。

她就是她。

阿鲁卡德·埃默里呢？

他有自己的秘密。

莱拉不能怪他。

III

凯尔闪转腾挪，在盆厅里如光似影地移动着。

肌肉的酸痛和激烈的心跳令他甘之如饴——他睡得不好，醒来后更加难受，满脑子都是莱拉回归的消息。说得通，不是吗？如果她上的是阿恩的船，那么大多数阿恩船都因为大赛的举办回到了伦敦。

距离 Essen Tasch 还有两天。

一把刀高高举起，凯尔飞身退出攻击范围。

两天了，依然不见她的踪影。他隐隐有一个不大理智的念头，自以为能够感觉她的回归，就像他和比邻、落日、焦骨这些酒馆处于同一频率。它们都是世界的定点。话说回来，也许是他迎合了莱拉的频率。也许莱拉才是那一股微小而无形的力量，从一开始就吸引着他进城。

凯尔思念她，如今城里人满为患，该如何再次找到她呢？

跟着刀子就行，一个声音在他脑海里说。还有插着刀子的尸体。

他暗自微笑，继而想到莱拉到底回到伦敦多久了，心中不免有些受伤。为何不早点来见他呢？他们相识不过短短几天，但凯尔、莱和提伦，是她在这个世界仅有的熟人，准确地说，是她在四个月前仅有的熟人。也许莱拉离开后交了一群朋友——但他不太相信。

接下来的一击差点得逞，凯尔及时闪避。

集中精神，他呵斥自己。呼吸。

银面具完美贴合面部，与外界隔绝，同时呼吸顺畅，视野良好。他戴上面具是为了习惯它的尺寸和重量，很快就陶醉其中，享受着匿名的快乐，难以自拔。只要他戴着面具，凯尔就不是凯尔。

他是凯梅拉夫。

莱拉会有什么看法呢？莱拉，莱拉，他甚至考虑过使用血魔法寻找她——他依然留着她的手帕——但不等拔出匕首就打消了念头。他已有一个月不曾纡尊降贵做这种事。再者，他又不是追着主人或者骨头的小狗。让她找上门来吧。可是她怎么还不来——

寒光一闪，太近了，他骂骂咧咧地就地一滚，再次起身。

以前的十来个敌人换成了一个，但与那些对战的靶子不一样，这个敌人是活生生的。哈斯特拉全副武装，来回躲闪，尽可能避开凯尔的攻击。年轻的侍卫居然乐意手持一面小盾牌和一把未开锋的剑，绕着盆厅东奔西跑，帮助凯尔训练反应力，以及转化元素为武器的熟练度。

盔甲……他思考时，身边风声呼啸，被设计为……他飞跃而起，在墙上借力一蹬，一阵狂风随即打在哈斯特拉的后背……击中时即破裂。哈斯特拉向前踉跄几步，又转身面对他。最先击中十次者……他接着背诵规则，水流奔涌……赢得比赛……继而分成两股，缠绕在双手上……除非其中一名选手……两股水流激射而出，瞬间凝结成冰……难以为继……哈斯特拉挡住了第一根冰锥，而另一根击中了大腿处的盔甲，碎成冰碴……或者认输。"

凯尔在面具里微微一笑，呼吸急促的侍卫摘下头盔，也笑了。凯尔扯下银面具，湿漉漉的头发根根直立。

"您最近都在这里训练吗，凯尔大师？"哈斯特拉气喘吁吁，"为了大赛做准备？"

凯尔迟疑片刻，答道："算是吧。"说实话，他一直在训练——但不知道是为何而训练。

"很有效果，先生，"侍卫说，"我看您游刃有余。"

凯尔笑了。实际上，他浑身酸疼，虽然体内热血沸腾，满心渴望战斗，但力量已经耗尽。筋疲力竭。他越来越依赖于高效的血魔法，而元素魔法需要调动更强的意志。使用血魔法的疲劳感是突如其来的，这种战斗却是逐渐耗尽他的精力。也许他应该在大赛前睡个好觉。

哈斯特拉轻手轻脚地走过训练场，仿佛身处圣地，然后他站在盆厅的拱门边，端详着桌上的水碗，以及土、沙和油。

"你有擅长的元素吗？"凯尔捋着头发，问道。

哈斯特拉的笑容略有收敛。"东一榔头西一棒子，先生。"

凯尔眉头一皱。"什么意思？"

"父母希望我成为牧师，"年轻的侍卫挠着头说，"但我觉得那种生活无趣得很。整天在发霉的石头房子里冥想——"

"你可以平衡？"凯尔打断了他的话，惊讶不已。牧师之所以成为牧师，不在于操纵某一种元素的力量，而在于调和所有元素的能力，不是凯尔那种纯粹的力量，而是对生命无微不至的呵护。平衡元素是一种神圣的技能。凯尔也难以做到——正如强风将树苗连根拔起，安塔芮的力量对于这种精细活儿来说过于强大。他可以影响已经长成的事物，但初始阶段的生命格外脆弱，必须温柔相待。

年轻侍卫耸耸肩，心情略有好转。"您想看看吗？"他怯生生地问。

凯尔环顾四周。"现在？"

哈斯特拉笑了笑，把手插进兜里，掏出一粒小小的种子。看见凯尔扬起眉毛，侍卫咯咯一笑。"谁也不知道什么时候需要取悦一位女士，"他说，"很多人喜欢昂首挺胸，追求闪光和爆炸的效果。但我都说不清了，有多少个夜晚是从种子开始的，结束时……"哈斯特拉一紧张就喜欢东扯西拉，而凯尔的存在更是雪上加霜。"当然了，您不需要费心也能引起她们的兴趣，先生。"

哈斯特拉扫视着各种元素。一只小碗里盛着松散的土——不是果园和花园里那种肥沃的泥土，而是铺路石底下的沙土。对于训练来说，沙土不甚讲究——如有选择，凯尔宁愿要石头而非沙土——不过好在随处可见。凯尔看着哈斯特拉抓了一把土，用指头按了一个小坑，把种子放进去。然后，他的另一只手伸进水碗，然后压在土上，双掌合十，将种子和土握成球状。哈斯特拉闭上眼睛，嘴唇翕动。凯尔感到空气中弥漫着温暖的气息，长期与提伦相处，使他非常熟悉这种感觉。

哈斯特拉念念有词，慢慢地伸展手掌，潮湿的泥土形似一枚鸡蛋。

凯尔呆呆地看着一根浅绿色花茎钻出潮湿的土壤。花茎一寸又一寸地拔高，盘旋而上。深紫色的叶片逐渐展开，然后开出一朵球状的白花。

哈斯特拉闭着嘴巴，喜上眉梢。

"这是什么？"凯尔问。

"阿西纳，"侍卫说，"叶子可以用来止疼。"

"真是神奇。"

年轻的侍卫耸耸肩。"我自愿加入侍卫队时，我爹娘很不高兴。"

"我懂。"凯尔很想告诉哈斯特拉，他当侍卫纯属浪费。他的天赋非常珍稀，不应该弃之如敝屣，追求剑和盔甲。可是，如果一个人的价值就决定了他的位置，凯尔还有什么好抱怨的呢？

"那是因为他们不知道，"哈斯特拉快活地说，"他们可能以为我在夏尔的街上巡逻。等他们知道我是您的侍卫，先生，他们会以我为荣的。还有，我答应了父亲，"他接着说，"迟早还是要进入圣堂。但我从记事起就希望成为皇家侍卫。我知道如果试都不试，我是不会高兴的。纠结于另一种生活是什么样子，可能是人生最糟糕的事情。所以我就觉得，为什么不能兼顾呢？只要我好好地做准备，圣堂应该愿意接纳我。"

"如果没等到那一天你就死了呢？"

哈斯特拉依然快活得很，丝毫不受影响。"那么别人将会获得我的天赋。但愿他们没我这么顽固。我母亲说的，"他神秘兮兮地凑近了，"不过，没人看见的时候，我都在照料院子里的花草。"

凯尔笑了。就眼下的时节而言，王宫里的花草的确茂盛得有些反常。哈斯特拉直起身子，扫了一眼台阶。"我们该走了——"

"还有时间。"凯尔语气笃定。

"您怎么知道？"哈斯特拉问，"我们在这里听不见钟声，也没有窗户，不能观察天色。"

"魔法，"凯尔说，哈斯特拉瞪大眼睛，他又指着堆满杂物的桌子，那里有计时的沙漏，"还有那个。"

玻璃里还有沙子，而且凯尔尚未做好准备，面对头顶上方的世界。"我们再来一次。"

哈斯特拉回到指定的位置。"是,先生。"

"叫我凯梅拉夫。"凯尔说着,再次戴上头盔。

Ⅳ

Sessa Av！

一行字出现在伦敦所有占卜板最醒目的位置。

两天！

全城都在倒计时。

距 Essen Tasch 还有两天！

两天，而莱拉·巴德面临未解的难题。

她原本指望大赛的规则有漏洞可钻，指望能采取威逼利诱的手段进入参赛名单，或者取得一张外卡，然而选手们早在几周前就确定了。名单上有十二个名字，外加两名替补，也就是说，如果莱拉·巴德希望参赛——她当然希望——只有冒名顶替一条路可走。

莱拉偷过不少东西，但从未窃取过身份。是的，她用过假名，扮演过各种各样的角色，但从未伪装成另一个真实存在的人。

而且，她这次不能仅仅模仿他们。她必须**取代**他们。

不值得，一个声音在脑海中告诫她，保守得令人恼火，很像凯尔在说话。也许这样做太疯狂了。也许她应该接受现实,在观众席上为船长加油,好好押注,多赢几个铜板。安稳度日,也不能说不快活。话说回来,竞技场上哪有她的一席之地?她才训练了几个月而已。

可是。

这个词就像一根针,扎在她身上。

可是。

可是她焦躁不安。

可是她追求刺激。

可是她渴望挑战。

说到魔法,莱拉不仅学得快。她简直是*为魔法而生*的。

几个月前提伦大师说她体内有强大的力量,有待唤醒。如今,莱拉戳了戳,它就彻底觉醒了——生龙活虎,蠢蠢欲动,和她一样焦躁不安。

焦躁不安一向都会导致她鲁莽行事。

然而,名单的问题真的很难办。

莱拉一整天都在红伦敦游荡,到处打听 Essen Tasch 和参赛选手的信息。她长时间流连在酒馆、妓院和旅店里,因为在这些地方,你不用提问就能得到答案。当然,花钱永远有用,但一般来说,只要你在一个地方坐得够久,得到的信息比花钱找人买来的更多。况且,似乎人人都在谈论大赛。

毫无疑问,阿鲁卡德是阿恩人最喜欢的选手之一,还有一个名叫克什米尔的女选手,她是大赛的卫冕冠军,外加一个名叫吉纳尔的男人。不过,光知道名字没用。莱拉需要在他们上场之前见见面。假如没有合适的目标,她告诉自己,那就放弃好了,跟其他船员一起待在观众席上。假如没有合适的目标。但是她必须看看。确认了再说。

莱拉沮丧地喝干了酒杯，起身离座，踏上回旅馆的路。

途中，她不知不觉改变了路线，等到回过神来，她发现自己身处通向王宫的大道上，正在抬头仰望。她并不意外。她的双腿一整天都不听使唤，巴不得来到这里。她的视线一整天都在飘忽，移向金碧辉煌的王宫。

进去，一个声音说。

莱拉哼了一声。她要怎么做？爬上前门台阶？她来过一次，但那时候的身份是贵宾，手里有一张偷来的请柬。当时大门敞开，如今关闭着，一队身披闪亮盔甲和红色斗篷的卫兵守在门前。

她该怎么说呢？*我来找黑眼王子*。英语或许有助于她进门，可是进去之后呢？国王和王后还能认出她就是那个帮助凯尔拯救他们城市的、枯瘦如柴的女孩吗？莱拉甚至怀疑莱也不记得她了。一想到王子，她的心里就暖暖的——不是他被阿斯特丽德·戴恩束缚的时候，也不是他躺在圣堂里流血不止的时候，而是后来，他周围全是靠垫，琥珀色的眸子底下，眼圈发黑。疲惫，痛苦，依然和颜悦色，甜言蜜语。

凯尔呢？

黑眼王子又会如何呢？凯尔会欢迎她吗？是递来一杯美酒，关切地询问她去了哪里，还是皱着眉头，追问她何时离开，回到属于她的世界？

暮色中，莱拉眯起眼睛——夜晚的寒气使得王宫高处的阳台掩在光晕之中——似乎看到最高处的阳台上有个影子。距离太远了，一切都变得模糊不清，想象力可以将其幻化为任何事物。然而，她看见的那个影子似乎在弯曲，倚着栏杆，酷似一位身着高领外套的魔法师。莱拉张望着，直到影子消失，被渐浓的夜色吞没。

她的目光向下移动，落在一对外形别致的黑色占卜板上——它们犹如两根华表，立在王宫的台阶前。几个月前，凯尔的肖像出现在那里，一开始写的是寻人，后来变成了通缉。此时，幽灵般的粉笔字迹播报着开赛前的各种新闻——见鬼，太多宴会了——不过其中一则通知吸引了她的注意，叫做 Is Gosar Noche。

选旗之夜。

她刚刚注意到这则通知，占卜板上的字迹就消失了，她不得不原地等待十分钟，直到通知重播。然后，她飞快地读了一遍，连猜带蒙地理解那段阿恩文字。

以她的理解，三个帝国的参赛选手将于明晚——大赛开幕的前夜——进宫，接受国王的招待。选择各自的旗子，不知道是什么意思。

那不正是她想要的吗？

进入红王宫的借口。

万事俱备，只差一个名字。

钟声敲响，莱拉暗自咒骂。一整天过去了，事情毫无进展。她灰心丧气地拖着疲倦的脚步，返回徘徊之路酒馆。

"你来了。"她刚一进去，就听见船长的声音。

阿鲁卡德手下的几个船员都在大堂里。他们的装束既不像是准备出海，也不像是上了岸或者入住旅店。塔维、斯特罗斯和瓦瑟瑞身着带兜帽的短斗篷，做工精良，手腕、领子和袖口处缝有锃亮的银纽扣。阿鲁卡德一身考究的深蓝色外套，内衬则为银色，卷发束得规规整整，头戴一顶海浪造型的帽子。他一手按着短剑的剑柄，羽毛形状的银戒指在昏暗的灯光下闪闪发亮。不考虑右边眉头上的蓝宝石，他一点儿也不像夜峰号的 casero。不过，他既不像海盗，也完全不像王子。他的形象光鲜而又凌厉，犹如一把保养得当的利刃。

"你去哪里了，巴德？"

她耸耸肩。"转悠。"

"我们差点就不等你了。"

她皱起眉头。"你们要去哪里？"

阿鲁卡德咧嘴一笑。"参加聚会。"他说。不过，阿恩语中的**聚会**一词含义复杂。莱拉早就发现，阿恩语中有不少词语的含义随着语境而改变。阿鲁卡德刚才说的这个词含义最多：tasura 有**聚会**、**活动**、**宴会**和**集会**等意思，从庆祝活动到非法活动，统统囊括其中。

"我讨厌聚会。"她说着走向楼梯。

然而阿鲁卡德不肯善罢甘休。他追了上来，抓住莱拉的胳膊肘——动作很轻，一抓即放，因为他知道莱拉在不愿意被人触碰时有多么危险。"这种聚会你肯定喜欢。"他用英语低声说道。

"为什么？"

"因为我知道你对即将开始的比赛有多着迷。"

"所以呢？"

"有这么一个约定俗成的传统，"他说，"大赛开始前，本地选手都会聚在一起喝酒。"莱拉立刻来了兴趣。"我承认带他们去是为了装门面，"他示意那些船员们，"但我真心希望你也参加。"

"为什么带我去？"

"因为这是一个评估选手的机会，"阿鲁卡德说，"你的观察力最敏锐。"他眨了眨眼。

莱拉极力掩饰内心的兴奋。"好吧，"她说，"既然你非要我去。"

阿鲁卡德笑着从兜里掏出一条银色围巾。

"这是什么？"他将围巾松松垮垮地绕上莱拉的脖子时，她问道。

"今晚你是我的随从。"

莱拉放声大笑，笑声刺耳，人人为之色变。"你的随从。"接下来还有什么？她心想。侍从吗？

"你就当成在陆地上对船员的称呼吧。"

"我希望你别指望我喊你主人。"她整了整围巾。

"圣徒啊，千万不要，这个词只能在床上喊喊。喊大人我都浑身起鸡皮疙瘩。**船长**就行了。"他摆手示意一众等待的船员。"好了吗？"

莱拉笑得更厉害了，然后冲着大门点头。"带路吧，船长。"

★ ★ ★

酒馆大门的招牌上写着 Is Casnor Ast。

落日。

莱拉放慢脚步，停了下来。真是怪了，似曾相识的感觉挥之不去。她当然不可能来过。在经历孪生戴恩的痛苦考验之后，成为**夜峰号**的船员之前，她在红伦敦仅仅逗留了几天而已——时间都用来疗伤和回答问题了——而且始终没有离开王宫。

可是身处此地，站在门前，感觉如此熟悉。她闭上眼睛，似乎就在……不可能。莱拉眨眨眼，左右张望，试着将这座城市的画面和另一座城市的叠加在一起，她生活多年的那个伦敦。等画面重合，她立刻知道自己身在何方。另一个伦敦的方位。就在灰伦敦的街角，距离河边同样远近的地方，也有一家酒馆，她再熟悉不过的酒馆。

比邻。

怎么可能呢？酒馆和麻烦一样多如牛毛，可是真有两家酒馆位于同一个位置吗？虽说从外表上看，两者毫无相似之处，然而这个地方深入骨髓的吸引力,与她在家里感受到的一模一样。家。生活在比邻酒馆的时候,她从未把那里当做家,如今却是唯一适合的表述。但她心中挂念的并不是酒馆本身。真不是。

她一手插进兜里,握着银怀表。它在绸布内兜的最底下,沉甸甸的。

"Kers la,巴德?"

她抬头一看,发现阿鲁卡德为她拉着门。她摇摇头。

"Skan。"她说。没事。

进了酒馆,力量扑面而来。她不能像阿鲁卡德那样看见魔法,但可以感觉到,众多魔法师散发的力量,犹如弥漫在空中的蒸汽。不是所有选手都带着一众随从。有人——比如墙边那个古铜色肌肤的女人,黑发编成辫子,金线夹杂其间——自成一派,也有人三五成群地坐在一起,或者独自游荡,魔法的光影紧随在魔法师身后。

同时,似曾相识的感觉依然存在。她极力将其摒弃,集中精神。毕竟,她到这里来不仅是为阿鲁卡德壮声势的,还要寻找目标,伺机耍点把戏。酒馆里到处都是魔法师,迪莱拉·巴德打算让其中一个消失无踪。

有人高声问候阿鲁卡德,两人握手时,随从们也停下了脚步。塔维去买酒,斯特罗斯东张西望,目光锐利。莱拉猜测他来的目的也是评估阿鲁卡德的对手。

瓦瑟瑞的眼神就好像这里正在举办一场盛宴。

"那是卫冕冠军,克什米尔。"他用阿恩语低声对莱拉说,与此同时,一头发辫的女人迎面走向阿鲁卡德,靴子踩在陈旧的木地板上,咚咚作响。等她靠近,问候阿鲁卡德的那群人纷纷退了几步。

"埃默里,"她的笑容酷似野猫,口音极为浓烈,"你真的不懂如何不惹麻烦。"她不是伦敦人。她说的虽然是皇家语言,但字字粘连——不是法罗人的抑扬顿挫,而是她吞掉了尾音,省略了停顿。她的嗓音低沉而又洪亮,说话时犹如阵阵雷鸣。

"只要有趣,惹上麻烦又何妨。"阿鲁卡德说着鞠了一躬。两人开始低声交谈,克什米尔的笑容更加灿烂了——她笑得有几分夸张,配合五官的表现,比如歪斜的眉毛和直勾勾的目光,似在嘲弄对方。或者挑衅。这个女人相当自信。那不是傲慢——傲慢常常是毫无缘由,而克什米尔的一切都在表明,她热衷于借机展露实力。

莱拉喜欢她的表情,而且情不自禁地效仿对方,不知道自己做出来是什么样子。

她不清楚此人是敌是友,但取代对方是不可能的。莱拉的目光转移了,掠过两个身强力壮的家伙,还有一个容貌出众的蓝衣女孩,秀发如瀑,翻卷如云,实在惊艳。这里没有合适的目标。阿鲁卡德的随从们走向一处位于角落的卡座,莱拉仍在观望。

克什米尔回到了自己人当中,正在对身边一个深肤色的年轻人说话。后者体格瘦削,胳臂裸露在外,双耳戴满金耳环,款式与克什米尔的相同。

"罗森,"阿鲁卡德轻声说,"她的门徒。"

"他们有没有可能对阵?"

他耸耸肩。"要看抽签的情况。"

有人抱着一摞文件,出现在克什米尔身边。

"那家伙为占卜师干活儿,"斯特罗斯说,"最好躲开他,除非你希望自己出现在占卜板上。"

话音未落,酒馆的门忽然打开,一个年轻人飞了进来——毫不夸张——乘着一阵风。风在他周围盘旋,吹过酒馆,一时间烛火摇曳,提灯晃动。阿鲁卡德扭头一看,笑着翻了个白眼。"吉纳尔!"他喊的时候,莱拉难以分辨他是呼名唤姓还是在咒骂。

即使有体格魁梧的威斯克人,和在沙森罗什见过的珠光宝气的法罗人在场,莱拉也得承认,刚刚进来的这位最吸引眼球。他身材纤细,犹如黄昏的影子,皮肤是阿恩人的棕铜色,黑发茂盛,根根竖立。乌黑的眉毛底下,有一双**银色**的眸子,在昏暗的酒馆中闪闪发亮,仿若猫眼,一颗黑点居于正中心。银波上下生着浓密的黑睫毛,笑起来酷似豺狼,谈不上凶恶,但是嘴巴张得很大。看到阿鲁卡德时,他笑得更肆无忌惮了。

"埃默里!"他喊道,然后拽着肩上的斗篷飞奔而来,两个动作浑然一体,天衣无缝。他穿在斗篷里面的衣服何止修身,简直就是量身剪裁的,衣领和袖子的前半部分镶有银色滚边。

阿鲁卡德起身迎接。"他们放你出来了?"

年轻人勾搭着船长的肩膀。"只在 Essen Tasch 期间。你知道的,老提伦有把柄在我手里。"

他语速太快,莱拉几乎跟不上,但是伦敦首席牧师的名字蹦进了耳朵。

"吉,来见见我的船员。我最喜欢的几个。"

那人的目光扫向卡座,飞快地掠过莱拉——犹如一阵清风——然后回到阿鲁卡德身上。凑近了看,他的眸子富有金属质感,令人心惊肉跳。

"现在我们怎么称呼你为好?"

"船长就行。"

"太正式了吧。但我觉得至少强过维斯特拉的头衔。"他压低身子,做了个复杂的动作,类似于鞠躬,但又带有粗鲁的手势。"阿鲁卡德阁下，埃默里王族的次子。"

"你这是自讨没趣。"

"不，我是为你讨个没趣，"吉说着，直起腰来，"二者是有区别的。"

阿鲁卡德请他落座，但他拒绝了，直接坐在阿鲁卡德的椅子扶手上，轻如鸿毛。"我错过了什么吗？"

"暂时没有。"

吉环顾四周。"本届大赛奇怪得很。"

"怎么讲？"

"一年到头都弥漫着神秘的气息。"

"你是在拿元素开玩笑吗？"

"哈，"吉说，"我都没想到。"

"我以为你储备了一大堆关于风的笑话，"阿鲁卡德戏谑道，"我还真的替你留意了。我把它们分成寒气笑话、大风笑话、蒸汽笑话……"

"就像你的船帆，"吉一下子跳了起来，打断他的话，"满满的全是风。不过，我说真的，"他凑近了说，"我见到的选手还不到一半。也许是为了追求效果躲了起来。而且赛场太华丽了！三年前我在法罗，你也知道他们有多么喜欢金子，但是相比本届大赛，简直是小巫见大巫。要我说啊，大赛的气氛也没了。都怪王子。他天性浮夸。"

"一个浮在半空中的人好意思说这种话。"

莱拉低头一看，暗暗吃惊，吉纳尔果真浮在半空中。虽然他不是始终飘浮着，但每个动作落定的时间都比较长，仿佛重力对他的影响与众不同。或者，他可能被什么东西抬了起来。

"好吧，"吉耸耸肩，说道，"我可能就适合华丽的大场面。你也一样。"他拨弄着阿鲁卡德帽子上的银色羽毛。"恕我失陪，我该去转一圈打个招呼了。一会儿回来。"

他说完便离开了。莱拉扭头面对阿鲁卡德,一脸茫然。"他一直都是这样吗?"

"吉纳尔?他一直比较……热情。不过,千万别被他孩子气的性格蒙蔽了。他是我见过的最强大的风法师。"

"他飘在空中。"莱拉说。她见过不少魔法师施展魔法。而吉纳尔就是魔法。

"吉纳尔来自一所特殊的魔法学校,他们相信不应该仅仅操纵元素,而要成为元素的一部分,"阿鲁卡德挠着头,"就像孩子们学习打鹿皮球一样,无论到哪里,他们都得随身带球,培养球感。所以,吉从来球不离身。"

莱拉望着风法师轻快地飞来飞去,问候克什米尔和罗森,还有蓝衣姑娘。然后他停了下来,坐在沙发边上,与莱拉不曾注目的一个男人说话。准确地说,她早就注意到了,但以为对方是某人的随从,被晾在了一边。他身着式样简朴的黑色外套,一枚S型彩色徽章贴在喉头。不久前,他离开人群,端着一杯淡啤酒独居一角。他的举止与其形容为鬼鬼祟祟,不如说是忐忑不安,最后他在沙发上落座,安安静静地喝着酒。

此时,莱拉眯着眼睛,透过弥漫的烟雾和重重暗影观察他们,吉和对方握了握手。那人肤色白皙,深色头发——比莱拉的还深——剪得很短,体格清瘦。他有多高呢?莱拉估摸着他的肩宽和臂长。一阵凉意拂过脸颊,她眨了眨眼,发现吉回来了。

他再次坐在阿鲁卡德的椅背上,一声招呼都没打。

"如何,"阿鲁卡德仰头问道,"所有人都到场了吗?"

"差不多了,"吉纳尔从兜里掏出一份选手名单,"没看到布罗斯特。凯梅拉夫。还有泽尼斯拉。"

"赞美圣徒。"听到最后一个名字,阿鲁卡德喃喃道。

吉轻轻一笑。"你的敌人比好多人的床伴还多。"

阿鲁卡德眉头上的蓝宝石闪闪发亮。"噢,我的床伴也不少,"他点头示意坐在沙发上的男人,"那家伙是谁?"

"高个子,闷头闷脑,沉默寡言的?他名叫斯塔希安·埃尔索。挺和善的。依我看,很害羞。"

斯塔希安·埃尔索,莱拉反复咂摸着这个名字。

"或者说很聪明,没有亮出底牌。"

"也许吧,"吉说,"总之呢,他是第一次参赛,来自贝萨奈尔,在海边。"

"我的船员斯特罗斯就是那里的人。"

"是啊,但愿斯塔希安在赛场上的表现比他在酒馆里强。"

"又不是时时刻刻都要表演。"阿鲁卡德说。

吉咯咯一笑。"就你能说会道,埃默里。"他说着离开椅子,飞走了。

阿鲁卡德站了起来。他看着手里的酒杯,似乎不明白它是怎么来的。然后他一口气喝干了。"我最好去打个招呼,"他说着,放下空酒杯,"等会回来。"

莱拉心不在焉地点头,目光再次转向坐在沙发上的人。然而他不在那里。她四处搜寻,视线移到大门时,正好看见斯塔希安·埃尔索消失在门外。莱拉喝完了酒,起身离座。

"你去哪里?"斯特罗斯问。

莱拉冲他露出凌厉的笑容,然后竖起衣领。"去找点麻烦。"

V

他们的个头差不多。这是莱拉跟踪时的第一印象。埃尔索略高一点,肩膀也稍宽,腰细腿长。莱拉落在后面,与他保持同样的步调,然后模仿他的姿态。

街道紧邻河岸,熙攘的人群足以掩盖莱拉的踪影,她逐渐觉得这次行动不像贼偷东西,更像猫抓老鼠。

回头的机会随时都有。但她继续前行。

莱拉从未真正相信过命运,但与大多数抵制宗教的人一样,需要的时候她不介意来点儿信仰。

埃尔索不是伦敦人。他也没有随从。莱拉加快脚步,心里想的是早先在酒馆里有多少人注意到他了,吉纳尔除外。落日酒馆里灯光昏暗。有人看清了他的相貌吗?

一旦大赛开幕,他们就不用露脸了。

疯狂,有个声音告诫她,但她能有什么损失呢?阿鲁卡德和**夜峰号**?关心,归属,皆为浮云。

A Gathering of Shadows

埃尔索的双手插进兜里。

莱拉的双手也插进兜里。

他转了转脖子。

她也转了转脖子。

莱拉随身带着好几把刀子，但并不打算杀死他，除非确有必要。窃取身份是一回事，夺人性命则是另一回事，尽管她干过杀人的事儿，但从不视其为儿戏。不过，为了她的计划得以顺利实施，斯塔希安·埃尔索必须出点事情。

他绕过街角，转上一条通向码头的狭窄街道。街面坎坷不平，空无一人，只有零星几家黑灯瞎火的店铺，以及散乱的板条箱。

埃尔索作为魔法师当然实力超群，但莱拉的优势在于突然袭击，而且不择手段。

门板上靠着一根铁棍，在灯光中闪着寒光。

莱拉抓起铁棍时蹭到了石头，埃尔索立刻转身。他反应很快，但莱拉的速度更快，就在对方的目光扫过来的同时，她迅速贴进了门廊。

埃尔索掌中冒火，高高举起，光影在街上四处跳跃。操火者。

天意不可违。

她嘴唇翕动，背诵着布莱克的诗句，魔法流遍全身。不是火之歌，也不是水之歌，而是土之歌。埃尔索头顶的窗台上，一个花盆突然滑落，砸了下来。花盆贴着他落地，摔得粉碎，他闻声再度转身。说时迟那时快，莱拉举起棍子冲过去，内疚感略有减轻。

次次中招啊，她心里想着，抡起棍子。

他抬起双手，可惜为时已晚，来不及阻挡，却仍在翻身坠地之前，手指擦到了莱拉的衣服前襟。黑暗中传来扑通一声，火焰滋滋作响。

莱拉拍熄了衣服上的火苗，皱起眉头。卡拉要是知道了肯定不高兴。

她把棍子搁在墙边，俯身端详斯塔希安·埃尔索——凑近了看，他的面庞更是棱角分明。他的额头在流血，胸脯上下起伏。力道正好，莱拉颇为得意。她拉起埃尔索的胳膊，搭在自己肩上，架着他吃力地起身。他的脑袋耷拉着，深色的头发掩盖了太阳穴处的瘀伤，在外人看来与醉汉无异。

现在怎么办？她心想。与此同时，有人在背后说："现在怎么办？"

莱拉猛地转身，扔下埃尔索，拔出匕首。她一抖腕子，匕首一分为二，刀刃相击，火光一闪，火焰舔过刀锋。

阿鲁卡德站在街口，抄着胳膊。"佩服，"听他的口气，毫无佩服的意思，"说说，你是打算烧死我，还是捅死我，还是既烧又捅呢？"

"你在这里做什么？"她嘶声说。

"我真心觉得这个问题该我来提。"

她示意躺在地上的人。"看不出来吗？"

阿鲁卡德的目光从匕首掠向铁棍，又投向蜷缩在莱拉脚边的黑影。"不，完全看不出来。因为你**不可能蠢到杀死一位参赛选手**。"

莱拉"咔嚓"一声收起刀子，火焰随之熄灭。"我没有杀他。"

阿鲁卡德低声呻吟。"圣徒啊，你真是找死，"他抓着帽子叹道，"你有什么想法？"

莱拉环顾四周。"有很多船来来去去。我打算把他送上其中一艘。"

"等他醒了，掉转船头，及时归来，逮捕了你，然后继续参加比赛，你又作何打算？"莱拉不吭声——她压根没有考虑到那么远——阿鲁卡德直摇头。"你确实有把东西搞到手的天赋，巴德，但对怎么扔东西就不太在行了。"

莱拉不肯示弱。"我能解决。"阿鲁卡德嘴里骂骂咧咧的，各种语言轮换着上场。"你一直在跟踪我？"

阿鲁卡德举起双手。"你袭击了一位参赛选手——做这种傻事，我唯一能想到的动机就是你打算取而代之——你还好意思指责*我*的行为？你有没有想过这件事对*我*来说意味着什么？"他似乎有些歇斯底里。

"这件事跟你一点关系都没有。"

"这件事跟我关系大了！"他厉声说道，"我是你的船长！你是我的船员。"话中带刺，锐不可当。"等管事的发现我船上的船员伤害了一名参赛选手，你觉得他们会怎么想？是你疯狂到无可救药，独自一人干这种蠢事，还是受我的指使？"他气得脸色发白，周围的空气嗡嗡作响。莱拉恼羞成怒，很快又愧疚难当。复杂不清的感觉令她反胃。

"阿鲁卡德——"她刚一开口就被打断了。

"他看到你的脸了吗？"

莱拉抄起胳膊。"应该没有。"

阿鲁卡德来回踱步，喃喃自语，然后跪在埃尔索身边。他把对方翻了个身，开始掏口袋。

"你要*劫财*？"莱拉难以置信地问道。

阿鲁卡德一言不发，把埃尔索口袋里的东西放在结冰的石地上。一把客房钥匙。一些硬币。几张折起来的纸。莱拉发现，塞在中间的是参加 Essen Tasch 的邀请函。阿鲁卡德从埃尔索的衣领上摘下彩色徽章，然后摇着头把散落的物件拢成一堆。他站起身来，将其塞到莱拉手里。"等到事情暴露了，暴露是*必然*的，你不能连累*夜峰号*。懂吗，巴德？"

莱拉生硬地点头。

"丑话说在前头，"他说，"这是个馊主意。你必然被抓。可能不会很快。但终究逃不掉。等到那时候，我是不会保护你的。"

莱拉眉毛一挑。"我没有请你保护我。信不信由你，阿鲁卡德，我能保护自己。"

他低头看着那个不省人事的家伙。"你的意思是，**不需要我帮你处理掉他？**"

莱拉撩起头发，塞到耳后。"我不知道**需不需要**，但如果你肯帮忙，我感激不尽。"她跪了下来，拽着埃尔索的一条胳膊，阿鲁卡德伸手去拉另一条胳膊，途中停止了动作，似有反悔之意。他抱着胳膊，眼神复杂，紧抿嘴唇。

"又怎么了？"莱拉直起身子问道。

"这个秘密很有价值，巴德，"他说，"我可以守口如瓶，但要有回报。"

该死，莱拉心想。在海上的几个月，凡是不想透露的事情，她始终不曾松口。"你可以提一个问题，"她终于开口，"我给你一个答案。"

阿鲁卡德一遍又一遍地提出过同样的问题：你是谁，你是什么人，你来自哪里？她一次又一次的回答都不是谎话。迪莱拉·巴德。独一无二的人。伦敦。然而，站在码头上的那晚，阿鲁卡德没有提到那些问题。

"你说你来自伦敦……"他盯着莱拉的眼睛，"但你说的不是**这个**伦敦，对吗？"

莱拉心里一沉，笑容却不期而至，尽管她不能撒谎。"的确不是,"她说,"现在帮我处理掉这个家伙。"

★ ★ ★

事实证明,阿鲁卡德"毁尸灭迹"的熟练度令人不安。

莱拉靠着运输码头上的一堆箱子——此处只有频繁出入港口的货船,远道而来观看比赛的客船不在这里停泊——翻来覆去地把玩着埃尔索的 S 型徽章。埃尔索坐在地上,软绵绵地倚着板条箱,阿鲁卡德正在说服两个满脸横肉的汉子接受临时交付的货物。她依稀听见只言片语,大多都是阿鲁卡德的话,因为对他的阿恩语很是熟悉。

"你们到哪里……所以就是,这个时节的半个月左右……"

莱拉把徽章收进兜里,借着附近的灯光,开始翻看埃尔索的几张纸。此人喜欢画画,每张纸的边边角角都有涂鸦,除了官方邀请函。邀请函制作精美,镀了金边——她想起了参加莱王子生日舞会的邀请函——唯独中间有一道折痕。埃尔索随身还带了一封写了一半的信,以及对其他参赛选手寥寥数语的备注。莱拉微微一笑,因为看到他对阿鲁卡德·埃默里的备注只有一个词:

表演大师。

她把几张纸折好了,塞进外套。说到外套——她蹲下来,解开埃尔索的外套。这件深灰色外套做工精良,有着硬挺的低领和束腰带。她考虑了一下要不要交换,但又舍不得卡拉的手艺,于是从马车上取来一条羊毛毯子,裹在埃尔索身上,以防他被冻坏。

最后,她掏出一把刀子,割下对方的一绺头发,打了个结,装进兜里。

"我可不想知道你在干什么。"突然出现在面前的阿鲁卡德咕哝道,两个水手也跟来了。他点头示意埃尔索。"Ker tas naster。"他低声说。就是这个家伙。

一个水手抬脚踢了踢埃尔索。"喝醉了?"

另一个水手跪下来,在埃尔索的手腕上戴了一副镣铐,莱拉发现阿鲁卡德本能地缩了缩脑袋。

"悠着点儿。"他说。两人拽起了埃尔索。

一个水手耸耸肩,含混不清地嘟哝着,莱拉无法判断每一个词的首尾。阿鲁卡德点了点头,什么都没说,然后他们转过身,架着埃尔索上船去了。

"这就行了?"莱拉问。

阿鲁卡德眉头深锁。"你知道生命中最有价值的货币是什么吗,巴德?"

"是什么?"

"人情。"他眯起眼睛,"现在我欠他们人情。而你欠我的。"他目送水手们带着不省人事的埃尔索上船。"我已经解决了你的麻烦,但不可能一劳永逸。他们做的是非法运输的生意。一旦船出发了,一直要开到戴伦纳才能掉头。而且他的名字不在契约上,等船靠岸,他们就会知道船上带了一个无辜的人。所以无论如何,等他回来的时候,你最好离开这里。"

意思表达得清清楚楚,但她还有疑问。"夜峰号呢?"

阿鲁卡德看着他,下巴绷紧。"船上只能搭载一名罪犯,"他轻轻地吁了口气,白雾成团,"但我没必要操心这件事。"

"为什么?"

"因为早在我们出海之前,你就会落网。"

莱拉假惺惺地笑了笑,与此同时,斯塔希安·埃尔索和水手们消失在甲板底下。"对我有点信心，船长。"

事实上，当尘埃落定，她不知道该做什么，不知道是否在无意中作茧自缚，或许不是无意，而是有意为之。毁掉了新的生活。正如当年在比邻酒馆所做的一样。

"我们打开天窗说亮话，"两人离开码头后，阿鲁卡德说，"我的忙就帮到这里。阿鲁卡德·埃默里和斯塔希安·埃尔索彼此毫无瓜葛。如果我们有机会在竞技场上对阵，我不会手下留情。"

莱拉嗤之以鼻。"你还是别手下留情为好。而且，我还准备了几手绝活。"

"那是当然，"他终于看向莱拉，"毕竟只要你跑得够远，谁也逮不着你。"

她皱起眉头，想起了刚才的一问一答。

"你知道多久了？"她问。

阿鲁卡德的嘴角浮现一抹笑意，在旅馆的门廊处犹如一幅画。"你以为我当初为什么允许你上船？"

"因为我是最厉害的贼？"

"最奇怪的贼。"

★ ★ ★

莱拉睡不着觉——有太多事情要做了。她和阿鲁卡德回到各自的房间，甚至没有互道晚安，几个钟头后，她带着埃尔索的东西出来了。阿鲁卡德没有跟来，但莱拉知道他醒着。

一次解决一个问题，她叮嘱自己。此时，她正在马车与城堡旅馆爬楼梯，指头钩着客房钥匙，铜制的吊牌上写有旅馆地址和房号——

3号房。

她找到埃尔索的房间，开门进去。

她翻过那人的荷包，也研究过他随身携带的资料，但如果要在夜幕降临之前扮演好角色，还需要多做了解，而在这里应该能有所收获。

客房的布置相当简单。床收拾过了。窗边支着一面镜子，狭窄的窗台上搁着一个银色的折叠画框，画上是埃尔索和一个年轻女人的肖像。

在床底的箱子里，她又找到了几件衣服、一本笔记、一把短剑和一双手套。最后一件物品的设计非常特别，覆盖了手背，但手掌和指头裸露在外。操火者专用的，她心里想着，将其收了起来。

笔记本里大多都是素描——有好几张画的是那个年轻女人——还有一些潦草的记录和旅行账目。埃尔索心思缜密，而种种迹象表明，他确实独自一人。笔记本里夹着几封信和几张纸条，莱拉仔细观察他的签名，先用手指描摹，然后用铅笔头练习，直到学得八九不离十。

她腾空了箱子，把里面的东西一件一件地摆在床上。有几个盒子放在靠近箱底的位置，内有一顶既细又高的帽子，帽檐翻卷，而打开包裹布，里面都是洗漱用品。

最后，在箱子底部的一个盒子里，她找到了埃尔索的面具。

面具是木雕的，造型近似于羊，一对弯弯的羊角贴在脸颊处。面部唯一的遮挡是护鼻。不行。她将其放回箱底，合上盖子。

接下来，每件衣服她都试过了，对比两人的尺寸差异。正如她所期望的，他们的差异不算很大。试了一条裤子之后，莱拉确认自己比埃尔索矮一两英寸，但在靴子里塞些袜子就能弥补差距。

最后，莱拉拿起窗台上的肖像画，观察埃尔索的外貌。他戴的帽子很像丢在床上的那顶，帽檐底下露出几绺卷发，颜色深得近乎发黑,贴在棱角分明的脸庞上。

莱拉的发色更浅,不过等她用盆子里的水浸湿了头发,颜色就接近了。当然了,只是权宜之计,尤其在冬天,但也有助于她打起精神,拔出一把刀子。

她把肖像画放回窗台,对照着埃尔索的模样,拉起一绺头发,将其割断。在海上生活了几个月,头发长了,修剪的同时,似乎有什么东西被释放出来。发丝一簇接一簇地飘落,她剪短了后面的,又修剪前面的,在冷水和刀锋的粗暴折磨之下,发梢微微卷曲。

在埃尔索为数不多的物品中翻找,她收获了一把梳子和一罐表面光滑的深色膏体,闻起来像树上的果实,她将其抹到头上,发卷就定型了。

他那件深灰色的外套就在床上,莱拉穿上了身。她又拿起帽子,小心翼翼地戴在做好造型的头发上,转身照镜子。镜子里的陌生人盯着她,不怎么像埃尔索,但也绝对不像巴德。缺了什么东西。徽章。她从外套口袋里掏出那枚彩色领针,戴在喉咙处的衣领上。然后她歪着头,调整姿势和造型,直到以假乱真。莱拉情不自禁地笑了起来。

这种事,她心里想着,将埃尔索的短剑佩在腰间,*几乎跟当海盗一样有趣*。

"Avan,ras 埃尔索。"她下楼梯时,一个壮硕的女人招呼道。旅馆的老板娘。

莱拉点点头,遗憾当时没有机会听那人开口说话。阿鲁卡德不是说过斯特罗斯来自帝国的同一个地方吗?他的尾音发得含混不清,于是莱拉模仿他的口吻咕哝道:"Avan。"

过关了。谁也没有注意到莱拉,于是她大步跨进晨光中,不再是街头小贼,不再是水手,而是魔法师,准备参加 Essen Tasch 的魔法师。

Part seven

Shades of Magic
交 集

I

Essen Tasch 的前一日，夜市于正午就开张营业了。

显而易见，盛大赛事的吸引力，以及外来人消费的欲望，是提早开市的缘由。距离选旗之夜还有一段时间，于是莱拉在夜市里闲逛，硬币在埃尔索的口袋里哗啦作响；她买了一杯香草茶和一种甜甜的圆面包，尽可能适应新的角色。

她不敢回徘徊之路旅馆，因为到了那里，她就不得不从埃尔索变回巴德，或者说，他们熟悉的那个人。一旦大赛开幕，这个麻烦就不存在了。角色替代了身份。但今天，她需要被人看见，被人认识，被人记住。

这不算难事。摊主们出了名的喜欢说长道短——她只需要在购物时搭话，稍作暗示，漏点口风，报上一两次名字，刻意围绕大赛的话题作文章，落下一包东西，就会有人快步追上来，同时大喊："埃尔索！埃尔索大师！"

等她来到靠近王宫的集市一角，任务完成了，流言已经传开。斯塔希安·埃尔索。参赛选手之一。小伙子很帅。太瘦了。以前没见过。他有什么本事？我们有机会见识了。她在买东西时能察觉到背后的目光，捕捉到零星的窃窃私语，然而窃贼的本性是躲开众人的视线、消失得无影无踪，她只能尽力克制内心的冲动。

现在还不行，她心想。太阳终于快要落山了。

还差一样东西。

"莱拉，"她进去时，卡拉说，"你来早了。"

"你又没定时间。"

老板娘一怔，打量着改头换面的莱拉。

"看我怎么样？"她双手插进兜里，问道。

卡拉叹息一声："更不像女人了。"她摘下莱拉的帽子，翻来转去地看。

"帽子还行。"卡拉说完，又注意到莱拉的短发。她撩起一绺头发。"这是怎么回事？"

莱拉耸耸肩。"我想换个形象。"

卡拉啧啧几声，但什么也没说。她钻进布帘，过了一会儿，拿着一个盒子回来了。

里面是莱拉的面具。

她拿起面具，竟是出乎意料的沉重。面具内部垫有深色金属，手艺干净利落，似是浇铸而非锤打成型。卡拉并不是直接修复原来的皮制恶魔面具，而是取了其中一部分，重新制作了，线条锐利，棱角分明。曾经向上扭曲的黑色双角，如今以优雅的角度向后弯折。额头部分有所强化，微微前突，形似帽檐。面具的底部以前到颧骨为止，如今顺着下颚的线条延伸了不少。虽说还是怪物的面孔，但已然进化成一种全新的恶魔。

莱拉把面具戴上了。她还在为这张美丽而怪诞的面具惊叹不已，卡拉又递来一样东西。同样的黑色皮革，同样的深色金属，形似一顶王冠，又像一张笑脸，两边高，中间低。莱拉翻来转去，不知道如何使用。卡拉拿了回去，将其绕到莱拉颈后，继而在她的喉咙处固定。

"确保你不掉脑袋。"老板娘一边说，一边把护颈扣在面具上，面具底部的两侧设有暗扣。护颈酷似下巴，莱拉再照镜子，发现自己的脑袋仿佛隐在怪物开裂的头骨之中。

她坏笑着，牙齿在头盔开口处闪闪发亮。

"你，"莱拉说，"是天才。"

"Anesh。"卡拉耸了耸肩，说道。不过莱拉看得出来，老板娘甚是受用。

渴望拥抱对方的冲动突如其来，但她打消了念头。

暗扣是活动的，面具可以掀开，一旦掀起来，恶魔之首栖息于莱拉的头顶，犹如王冠，而护颈依然环绕着咽喉。"我看起来怎么样？"她问。

"怪得很，"卡拉说，"而且要命。"

"很好。"

外面的钟声响起，莱拉的笑容愈加灿烂。

时间刚好。

★ ★ ★

凯尔来到床边，检查参加比赛的行头——一条黑色长裤和一件黑色的高领衬衫，衣裤都镶有金边。衬衫上放着一枚金质胸针，是莱在欢迎仪式上给他的。外套搭在一把椅子的椅背上，但他用不着。那是旅行时的行头，今晚他留在王宫里。

床上的衣物都是莱亲自挑选的，不仅仅是礼物。

更是一种暗示。

明天，你就是凯梅拉夫了。

今晚，你还是凯尔。

哈斯特拉此前来过，按照莱的命令，取走了他的面具。

凯尔不情不愿地放手。

"您应该很兴奋吧，"他的犹豫被哈斯特拉看在眼里，"大赛即将开幕了。恐怕您不常有一试身手的机会。"

凯尔眉头一拧。"大赛不是游戏，"他的语气似乎过于严厉，"事关王国安全。"看见哈斯特拉面色煞白，愧疚感涌上他的心头。

"我早已立誓保护国王。"

"很遗憾，"凯尔怜悯地说，"你现在只能保护我。"

"那是我的荣幸，先生。"他的语气极尽诚恳，"为了保护您，我愿意付出生命。"

"那么，"凯尔把凯梅拉夫的面具交给他，"我希望永远不至于到那个地步。"

年轻的侍卫尴尬地笑笑。"我也是，先生。"

凯尔不断地踱步，试图不去思考明天的事情。他必须熬过今晚。

餐具柜上摆着水罐和大碗，凯尔把水倒在碗里，双掌按着碗沿，直到水面冒汽。清洗之后，他换上莱挑选的行头，他也乐得顺应兄弟的意思。至少这件事凯尔做得到——不过他心生好奇，既然穿上身了，还要过多久莱会要他还债。可以想象，十年后的某一天，王子要求凯尔为自己倒茶。

"你自己去，"如果他这样说，莱必然啧啧两声，然后揶揄他：

"还记得凯梅拉夫吗？"

凯尔的晚礼服上身略紧，正是莱中意的风格，黑色布料质地优良，光泽亮丽。贴身的剪裁迫使他挺胸昂头，一扫往日的懒散姿态。他扣上袖口和衣领处的金色纽扣——圣徒啊，一个人穿好衣服需要对付多少颗纽扣？——最后将王室徽章戴在胸前。

凯尔照镜子时愣住了。

虽然他肤色白皙，头发是红褐色的，还有一只乌黑的眼睛犹如打磨平滑的石头那般闪闪发亮，但凯尔的气质称得上华贵。他盯着镜子欣赏了许久，仿佛着了迷，最后依依不舍地挪开视线。

他俨然是一位王子。

★ ★ ★

莱站在镜子前，扣上亮晶晶的纽扣。封闭的窗户外，庆典的喧嚣犹如寒夜里的蒸汽，有马车的辘辘声、欢笑声、脚步声、音乐声。

他快迟到了，他知道，但心绪始终难以平静，不断与恐惧较劲。夜幕降临，黑暗笼罩着王宫，笼罩着他，压在他的胸口。

他斟上一杯酒——第三杯了——对着镜子强颜欢笑。

那个最爱在宴会上纵情享乐、带动全场气氛的王子哪里去了？

死了，一个冷冷的念头突然冒了出来，莱深感欣慰——不是第一次了——凯尔不能像感受痛苦一样看透他的心思。幸运的是，在别人的眼光里，莱依旧是曾经的模样。他说不好是因为他善于隐藏自身的变化，还是因为人们从来不曾留意。而对于凯尔，莱敢说他看到了变化，但他故意什么都不说。也没什么可说的。凯尔给了莱生命——凯尔的生命——如果莱不如从前那么看重，错不在他。他早已丢了性命，全怪自己太过愚蠢。

他一口喝完了酒，指望能振作精神，遗憾的是酒并未触及他的思想，仅仅使他对外界的感官变得迟钝。

他摸着亮晶晶的纽扣，记不清第多少次调整王冠，一股冷风吹在脖子上，他打了个寒战。

"恐怕你身上的金子不够多。"阳台门口传来一个声音。

莱闻言一怔。"侍卫们干什么吃的，"他缓缓说道，"什么时候连海盗也放了进来？"

来人上前一步，又跨了一步，身上的银器叮当作响，犹如含混不清的钟鸣。"最近叫*私掠者*。"

莱吞了吞口水，转身面对阿鲁卡德·埃默里。"说到金子，"他淡淡地说，"我权衡过。我戴的金饰越多，越容易被贼惦记。"

"真是左右为难啊。"阿鲁卡德说着，又悄悄地迈了一步。莱仔细地端详着他。他这身行头显然不曾出过海。深蓝色衣裤，斗篷则是银色的，浓密的棕发梳得整整齐齐，珠宝点缀其间。一颗蓝宝石在他右眼上方闪烁。那双眼睛犹如月光下的夜百合。曾几何时，他身上带有百合花的香味，如今换成了海风和香料，还有一些莱说不清道不明的气味，来自他从未见过的远方。

"什么风把你这样的浪子吹到了我的寝宫？"他问。

"浪子啊，"阿鲁卡德咂摸着这个词，"浪子比百无聊赖的王室成员好多了。"

莱感到阿鲁卡德饥渴的目光在自己身上游移，他顿时面红耳赤。一股热浪从脸颊开始蔓延，涌过衣领、胸口，抵达衬衫和腰带之下。这种情况令人不安——虽说莱没有魔法，但在征服和被征服的游戏中，他常常是掌控局势的一方——他的突发奇想，他的一时兴起，都能掀起风浪。此时此刻，他的掌控力丢盔弃甲，败下阵来。放眼阿恩帝国，能使王子心神不宁，从高高在上的王室成员变成青涩小伙子的，唯有一人而已，那就是阿鲁卡德·埃默里。特立独行。浪子。私掠船长。王室成员。当然，因为复杂的血缘关系，他无望继承王位，但身份如假包换。阿鲁卡德·埃默里本来可以拥有纹章，在朝堂上占据一席之地。结果，他逃了。

"你回来参加大赛。"莱扯了个话头。

阿鲁卡德一听，不悦地抿着嘴唇。"还有别的事情。"

莱犹豫了，不知道该怎么接茬。如果对面换成别人，他大可以刁声浪气，一顿调侃，而在这里，与阿鲁卡德近在咫尺，他呼吸都困难，更别提说话了。他转过身，拉扯着袖口。银器叮当，须臾，阿鲁卡德不由分说地揽上他的肩膀，嘴唇贴着王子的脖子，就在耳朵底下。莱浑身战栗。

"你和你的王子过分亲昵了。"他告诫阿鲁卡德。

"这么说你承认咯？"他的嘴唇擦过莱的喉头，"你是我的。"

他轻咬莱的耳垂，王子吸了一口气，弓起后背。阿鲁卡德永远知道怎么说——怎么做——能让他天翻地覆。

莱扭过头，来不及开口，就被阿鲁卡德的唇堵住了。一双手纠缠发间，一双手拉扯外套。两人如胶似漆，久别重逢的吸引力实在难以抗拒。

"你想我。"阿鲁卡德说。他并非在提问，其中含有表白的意味，因为阿鲁卡德的一举一动——他绷紧的后背、腰胯冲击的架势、急促的心跳和颤抖的话语——说明那不是单相思。

"我是王子，"莱极力恢复镇定，"我知道怎么快活过日子。"

阿鲁卡德眉毛上的蓝宝石闪光。"我可以让你更快活。"他边说边靠拢，莱也情不自禁地迎上前，等到最后一刻，阿鲁卡德突然把手插进莱的头发，拽着莱的脑袋，让喉咙暴露在外。他的唇贴着莱的脖子。

莱咬着牙关，差点呻吟出声，但他一动不动，反而暴露了内心——阿鲁卡德贴着他的皮肤笑了。对方的手指移向他的衣服，灵活地解开领扣，不断向下亲吻，但在发现他心口的伤疤时似乎有所迟疑。"有人伤害了你，"他抵着莱的锁骨耳语，"要我替你疗伤吗？"

莱把阿鲁卡德的脸庞捧到面前，不顾一切地引开他的注意力，避免随之而来的疑问。他咬着阿鲁卡德的嘴唇，引来一阵喘息，他正在沾沾自喜，结果——

钟声敲响。

选旗之夜。

他迟到了。他们迟到了。

阿鲁卡德轻声笑着，笑声充满遗憾。莱闭上眼睛，吞咽着口水。

"圣徒啊。"他咒骂着，无比痛恨门外的喧嚣世界，以及他在其中的身份。

阿鲁卡德已经抽身，一时间，莱渴望拉他回来，紧紧抱住，害怕一旦放手，阿鲁卡德就会再次消失不见。不仅仅是离开这里，更是离开伦敦，离开他，消失在夜色中，消失在海上，就跟三年前一样。阿鲁卡德一定发现了他眼里的担忧，于是掉头回来，拉着莱，最后一次吻了他，温柔而绵长。

"安心，"他缓缓地抽身，"我不是幽灵。"然后他微微一笑，整了整外套，转身走了。"戴好你的王冠，我的王子殿下，"他来到门前，回头喊道，"歪了。"

II

凯尔下楼梯途中，撞见了一位矮个子的奥斯特拉，胡须修剪得整整齐齐，神色疲惫不堪。此人名叫帕罗，自大赛准备之初，他就如影随形地跟着王子。

"凯尔大师，"他上气不接下气地说，"王子没跟你在一起吗？"

凯尔歪着脑袋。"我以为他已经下楼了。"

帕罗摇摇头。"是不是出什么事了？"

"没什么事。"凯尔言之凿凿。

"那就是快出事了。国王等得不耐烦了，宾客大多已经到场，王子还没有出现。"

"也许那正是他刻意营造的效果。"帕罗听了更是惊慌失措。"如果你担心，何不直接去寝宫找他呢？"奥斯特拉的脸色愈加苍白，仿佛凯尔的建议不可理喻。甚至伤风败俗。

"好吧，"凯尔咕哝着，转身爬上楼梯，"我去吧。"

托纳斯和维斯守在莱的寝宫门口。凯尔本来再走几步就到了，房门却突然打开，一个人影出现了。可以肯定，他不是莱。看到他的时候，侍卫们瞪圆了眼睛。显而易见，这位不速之客不是从正门进去的。凯尔立刻止步，两人差点撞个满怀，虽然时隔多年——在凯尔印象里没几年——他一眼就认出了对方。

"阿鲁卡德·埃默里。"他语气冰冷，念出这个名字时似在咒骂。

一抹微笑缓缓在对方唇边绽放，凯尔恨不得立刻让他笑不出来。"凯尔大师，"阿鲁卡德快活地招呼道，"意外的惊喜啊，居然撞见你了。"他言语之间自然而然地夹杂着笑意，凯尔搞不清楚他是不是在嘲弄自己。

"有什么意外的，"凯尔说，"我就住在这里。真正意外的是碰到你，我们上次见面时我已经说得一清二楚了。"

"一清二楚。"阿鲁卡德重复道。

"那么你去我兄弟的寝宫做什么？"

阿鲁卡德挑起戴着宝石的眉毛。"你想听细节呢？还是概述呢？"

凯尔的指甲掐进掌心。似乎出血了。咒语浮现在脑海，他有十几种不同的方式从埃默里脸上抹掉那副自以为是的表情。

"你来这里做什么？"他吼道。

"我相信你已经听说了，"阿鲁卡德说着，双手插进兜里，"我是Essen Tasch的参赛选手。因此，今晚我受邀进宫，参加选旗之夜。"

"那是在楼下举行的，不在王子的寝宫里。你迷路了吗？"不等阿鲁卡德回答，他厉声喝道，"托纳斯。"侍卫上前一步。"送埃默里大师去玫瑰厅。别让他迷路了。"

托纳斯动了动，似要拉住阿鲁卡德的袖子，突然被一股力量推到墙上。阿鲁卡德的双手始终插在兜里，说话时依旧笑容满面。"我相信我能找到路。"

他迈步走向楼梯,但经过凯尔身边时,他的胳膊肘被拽住了。"还记得我对你说过的话吗,在你被逐出都城之前?"

"记不清了。你当时说了不少狠话。"

"我说过,"凯尔咬着牙吼道,"如果你再伤一次我兄弟的心,我就把你的心挖出来。我说到做到,阿鲁卡德。"

"还是那么喜欢咆哮啊,不是吗,凯尔?你永远都是一条忠诚的狗,寸步不离主人。也许有一天你真的会咬人。"说着他甩开胳膊,大步向前,银蓝色的斗篷在身后飘扬。

凯尔目送他离开。

等阿鲁卡德看不见了,他一拳砸在墙壁上,力道之猛,木板应声碎裂。他连声咒骂,既因为疼痛,也因为难过,莱的咒骂声隔墙传来,但这次害他的兄弟吃苦头,凯尔毫无愧疚感。指甲掐破的部位血迹斑斑,凯尔把手掌按在破裂的花纹木板上。

"**As Sora**。"他喃喃道。复原。

木板上的裂缝逐渐合拢,碎屑融在一起。他的手掌依然按着墙壁,竭力纾解胸中的闷气。

"凯尔大师……"维斯欲言又止。

"什么?"他转向侍卫们,厉声问道。走廊里的空气在他周围翻滚。地板微微颤抖。两人面色惨白。"如果那家伙还敢靠近莱的寝宫,你们就逮捕他。"

凯尔长吸一口气,正准备推开王子的房门,门突然开了,莱扶着头顶的金环出现在眼前。看到侍卫们凑在一起,凯尔也在他们当中,莱歪着头,不明所以。

"怎么了?"他说,"也不算太迟吧。"不等旁人接话,莱迈步离开。"别傻站在那儿,凯尔,"他回头喊道,"我们还要主持宴会呢。"

★ ★ ★

"你心情不好。"走进金碧辉煌的玫瑰厅时,王子说。

凯尔一言不发,极力维持他在卧室穿衣镜里看到的形象。他扫视大厅,一下子就发现了阿鲁卡德·埃默里,后者正与几个魔法师交谈。

"老实说,凯尔,"莱提醒他,"你的表情能杀人了。"

"也许表情做不到。"他活动着手指,说道。

莱面带微笑,冲着一群宾客点头致意。"你早就知道他要来。"他咬着牙,压低声音说。

"我真没想到你竟然私下里迎接他,"凯尔厉声呵斥,"你简直蠢到不可救药——"

"他不请自来——"

"——当年的事情还没让你吃到教训。"

"够了。"王子轻声说,然而还是惊动了附近的人。

换作凯尔,面对众人的目光只会退避三舍,而莱不同,他张开双臂去拥抱。

"父亲,"他远远地喊道,"请您允准。"

马克西姆国王举起酒杯作为回应,莱轻巧地踏上身边的石台,人们立刻安静下来。

"Avan!"他的声音在大厅里回荡,"Glad'ach。Sasors。"他对来自威斯克和法罗的客人们说。"我是莱·马雷什王子,"他换回阿恩语,继续说道,"马克西姆和艾迈娜——圣明的阿恩国王和王后,我的父王和母后——委托我主持本届大赛。这是我的荣幸。"他举起手来，一批侍从随即入场，托盘上有水晶酒杯、水果蜜饯、熏肉和各色美食。"明天诸位都是参赛的斗士。今天，请诸位作为贵宾和朋友享受美好的夜晚。尽情地畅饮、饱餐，还有选旗。明日一早，大赛开幕！"

莱鞠了一躬，跃下石台，魔法师和王公贵胄纷纷鼓掌。人群散开了，有的走向酒席，有的走向旗桌。

"精彩。"凯尔说。

"好了，"莱避开他的视线，说道，"我们当中有人需要喝一杯。"

★ ★ ★

"站住。"

莱拉夹着恶魔面具，刚刚踏上王宫的台阶，就听到一声喝令。

一对披盔戴甲的卫兵拦在前面，她心中一凛，下意识地摸向藏在背后的刀子。莱拉的心脏跳得厉害，战斗和逃跑的冲动来势汹汹，但她强行稳住阵脚。对方并未亮出武器。

"我来参加选旗之夜，"她说着，从衣服里取出埃尔索的邀请函，"说是进宫报到。"

"请去玫瑰厅。"一个卫兵解释，似乎默认莱拉知道那个地方。另一个卫兵指着一处相对规模较小的台阶。莱拉从未留意过王宫还有别的入口——共有两处，位于正门台阶的左右两侧，显得平淡无奇——然而经过卫兵们的指点，她发现那里热闹许多，相比之下，正门冷冷清清。事实上，玫瑰厅的大门已经敞开，而王宫的正门关得严严实实。

"Solase，"她摇着头说，"没想到我紧张成这样。"卫兵们笑了。

A Gathering of Shadows

"我来带路。"一个卫兵说,似乎担心她再次迷路。卫兵领着她去了右侧的台阶,然后交代一位侍者带她进了门,来到玫瑰厅。

玫瑰厅的布置令人叹为观止,宴会风格不若王座厅,但格调更为高雅,而又不事张扬——她暗暗自嘲,绕了一大圈,又回到花团锦簇、织锦华丽的囚笼里了。

大厅门口站着一位熟悉的船长,身着银色和深蓝色的衣服。看到莱拉,他的表情一时间复杂多变,最后定格为冷静的审视。

"埃尔索大师。"

"埃默里大师。"莱拉夸张地鞠了一躬,停在某个角度不动。

阿鲁卡德摇摇头。"我真不知道应该佩服还是担忧。"

莱拉直起身子。"两者不是非此即彼的关系。"

阿鲁卡德点头示意她夹在腋下的萨罗斯面具。"你*希望*被人发现吗?"

莱拉耸耸肩。"夜里有很多影子。"她瞥见了船长的面具。面具上覆盖着镶有银边的深蓝色鳞片,从发际线到颧骨都在其遮掩范围内。一旦戴上,他仍然能够施展极富魅力的笑容,一头蓬松的黄铜色卷发也暴露在外。面具本身美则美矣,然而鳞片既不能藏匿身份,也提供不了保护。

"你这是要扮成什么?"她用阿恩语问,"鱼吗?"

阿鲁卡德假装生气地哼了一声。"*显而易见*,"他炫耀着那顶头盔,"我是龙。"

"你扮成鱼不是更加合情合理吗?"莱拉揶揄他,"毕竟你生活在海上,油滑得很,还有——"

"我是龙,"他打断了莱拉的话,"你缺乏想象力。"

莱拉微微一笑,因为被逗乐了,也因为他们终于能相互调侃而有所释然。"我以为埃默里家族的纹章是羽毛。你难道不该是鸟儿吗?"

阿鲁卡德敲了敲面具。"我家里全是鸟儿,"他没好气地说,"我父亲是秃鹰。我母亲是喜鹊。我大哥是乌鸦。我妹妹是麻雀。我从来不是鸟儿。"

莱拉很想说他可能是孔雀。不过眼下时机不对。

"我们家族的标志,"他继续说,"寓意着飞翔,会飞的不仅是鸟儿。"他举起龙形面具,"还有,我并非代表埃默里家族参赛。我代表个人。如果你见到了我的全套装扮,你就不会——"

"你有翅膀吗?尾巴呢?"

"没有,那些玩意儿太碍事了。但我有不少鳞片。"

"鱼也一样。"

"走开。"他半开玩笑地喝道,两人心照不宣地笑了,随即又想起身处何地,以及各自的身份。

"埃默里!"吉纳尔打着招呼,出现在船长身边。

他的面具——一顶棉花糖形状的银冠,也许是云团——钩在指尖。今晚他的双脚踏踏实实地踩在地上,但莱拉可以感受到他身上能量散发时的嗡鸣,甚至模糊了他的轮廓。犹如一只蜂鸟。她怎么对付蜂鸟呢?她怎么对付他们当中的任何一人呢?

"这位是谁?"吉纳尔瞟了莱拉一眼。

"怎么,吉纳尔,"阿鲁卡德笑嘻嘻地说,"你不认识我们的埃尔索大师了?"

魔法师眯起银色的眼睛。莱拉挑衅地扬起眉毛。吉纳尔在酒馆见过斯塔希安·埃尔索本尊。此时他那对金属质感的眼睛上下打量莱拉,眼神茫然,继而是怀疑。莱拉动了动手指,阿鲁卡德扶着她的肩膀——不知道是为了表现关系亲密,还是阻止她掏刀子。

"埃尔索大师，"吉纳尔一字一顿地说，"你今晚变了样子。话说回来，"他望向阿鲁卡德，又说，"酒馆里灯光昏暗，况且我们后来再没有见过面。"

"很容易看走眼，"莱拉镇定地回应，"我不太喜欢抛头露面。"

"那么，"阿鲁卡德语调轻快，"我衷心希望你上了竞技场能克服这一点。"

"我自有分寸。"莱拉不肯示弱。

"我相信你。"

他们沉默半晌，在喧嚣的人群中格外反常。"恕我失陪，"阿鲁卡德终于开口，"我还没有跟布罗斯特正式打过招呼，然后我打算会一会那个名叫凯梅拉夫的家伙……"

"很高兴……再次见到你。"吉纳尔说完，跟着阿鲁卡德走了。

莱拉目送他们离开，然后挤进人群，尽可能表现得泰然自若，仿佛与一大群帝国魔法师相处乃稀松平常之事。顺着墙边摆放的一排桌子上，搁着各色布料和墨水罐，魔法师们翻看样图，决定各自的赛旗——绿底乌鸦、白底火焰、黑底玫瑰——翌日，三角旗将在看台上迎风招展。

莱拉从仆人端着的托盘上拿起一个水晶酒杯，掂了掂重量，忽然意识到来这里不是为了行窃。她和阿鲁卡德的视线相遇了，于是她眨了眨眼，举杯致意。她喝着甜酒，一边绕着大厅漫步，观察大堂和上方的边廊，一边数着在场的人头，以保持冷静，避免胡思乱想。

包括莱拉在内，共有三十六位魔法师，三个帝国各有十二位，人人都有面具，或戴在头顶，或夹在腋下，或挎在肩头。

二十四个仆人，数字可能有误差（很难数清，他们衣着统一，而且走动频繁）。

十二名卫兵。

十五位奥斯特拉，个个神态倨傲。

六名维斯特拉，个个佩戴皇家胸针。

有两个肤色白皙的威斯克人，戴的不是面具，而是王冠，各带六个随从。还有一个人高马大的法罗人，面无表情，带八个随从。

阿恩国王和王后身着红金配色的华服。

莱王子在上方的边廊里。

还有陪在他身边的凯尔。

莱拉屏住呼吸。这一次，凯尔撩开了红褐色头发，蓝色的左眼和纯黑的右眼展露无遗。他穿的不是平常那件外套，不是其中任何一面，从头到脚黑衣黑裤，胸前佩戴着金色徽章。

凯尔曾经说过，他觉得自己更像私有财产而不是王子，然而此时此刻他在莱的身边，一手握着玻璃杯，一手扶着栏杆俯视人群的样子，却名副其实。

王子说了句什么，凯尔面带光彩，默然发笑。

那个浑身浴血、躺在她卧室地板上的少年哪儿去了？

那个与护符之力对抗时备受折磨、血管发黑的魔法师哪儿去了？

那个在码头上目送她离去、悲伤而又孤独的王子哪儿去了？

最后一个形象依稀可见。在他的唇边，在他的眼角。

莱拉情不自禁地朝他走去，仿佛有某种引力拽着她，迈了好几步才停下来。今晚她不是莱拉·巴德。她是斯塔希安·埃尔索，貌似天衣无缝的伪装在凯尔面前势必露馅。虽说如此，莱拉内心深处仍抱有希望，希望能吸引他的目光，享受他的惊诧，目睹他是如何恍然大悟，以及——但愿吧——热情地接纳。但她不敢想象凯尔乐意见到她，至少在这里，在满是参赛选手的大厅里不太可能。而且说实话，莱拉喜欢在暗处观察别人，好比捕食者观察猎物。身处魔法师之间，就该这样。

"我们好像没见过面。"背后有人操着一口不大地道的英语说道。

她闻言转身，看到一个瘦高的年轻人，红褐色头发，深色睫毛，灰色眼睛。他把夹在腋下的银白色面具换了个边，腾出一只戴着手套的手，伸向莱拉。

"凯梅拉夫，"他亲切地说，"凯梅拉夫·洛斯特。"

看来他便是那位神秘的魔法师，害得吉纳尔和阿鲁卡德一顿好找。她不明白有什么值得大费周章的。

"斯塔希安·埃尔索。"她回答。

"那么，埃尔索大师，"他面带自信的微笑，"也许我们会在竞技场上碰面。"

她扬起眉毛，回应时已是若即若离。

"也许吧。"

III

"我自作主张设计了你的赛旗，"莱撑在边廊的大理石栏杆上，说道，"希望你不要介意。"

凯尔皱起眉头。"我需要知道是什么图案吗？"

莱从口袋里掏出一块折好的布，递了过来。布是红色的，等他展开，发现旗面上有一朵黑白玫瑰。玫瑰花的形状左右对称，沿着中缝互为镜像，所以其实是**两**朵花，周围有一圈荆棘。

"寓意深刻啊。"凯尔干巴巴地说。

"你至少可以假惺惺地谢谢我。"

"你就不能挑选更加……我不知道……威风的造型？毒蛇？巨兽？猛禽？"

"一个血手印如何？"莱嘴不饶人，"噢，不如来一只咄咄逼人的黑眼睛？"

凯尔瞪着他不说话。

"你说得对，"莱接着说，"我应该画上一张苦瓜脸。不过那样一来，所有人都知道是你了。依我看，这个非常合适。"

凯尔恨恨地咕哝着，把赛旗塞进口袋。

"不用谢。"

凯尔俯瞰玫瑰厅。"你觉得会不会有人注意到我——好吧，凯梅拉夫·洛斯特，缺席了宴会？"

莱喝了一口酒。"怕是不会，"他说，"不过以防万一……"

他举起酒杯，示意一个在人群中走动的细长身影。凯尔正在喝酒，一眼看到，差点呛着自己。那人既高又瘦，一头修剪整齐的红褐色头发，身着样式讲究的黑色长裤和银色高领短装，不过真正吸引凯尔目光的是夹在腋下的面具。

一张银白色的面具，擦得锃亮。

他的面具。准确地说，凯梅拉夫的面具。

"那家伙是谁？"

"那家伙，我亲爱的兄弟，是凯梅拉夫·洛斯特。至少今晚是。"

"该死的，莱，这个计划知道的人越多，就越可能失败。"

王子摆摆手。"我付给这位演员一大笔钱，请他扮演今晚的角色，就他所知道的，真正的凯梅拉夫不喜欢抛头露面。今晚是三十六位选手唯一一次露脸的场合，包括凯梅拉夫在内。再说，卡斯塔斯办事谨慎。"

"你认识他？"

莱耸耸肩。"我们有过交集。"

"别说了，"凯尔说，"拜托。那个家伙正在扮演我的角色，我不要听你们之间的风流轶事。"

"别想得那么不堪。自从他同意扮演这个角色之后，我就没跟他在一起了。足以证明我是多么尊重你。"

"受宠若惊。"

莱攫住那人的目光,不一会儿,冒名顶替的凯梅拉夫·洛斯特——好吧,凯尔知道他俩都不能算货真价实,但他是假之又假——在大厅里绕了一圈,拾级而上,来到边廊。

"莱王子殿下。"那人说着鞠了一躬,比凯尔惯用的姿态夸张一些。"凯尔大师。"他恭敬地招呼道。

"洛斯特大师。"莱快活地说。

他那对灰色的眸子看向凯尔。近距离观察,两人的身高和体形相仿。莱考虑得真是周全。

"祝你未来好运。"凯尔说。

他笑得意味深长。"代表阿恩出战是我的荣幸。"

"演过头了吧?"等冒名顶替者回到大厅里,凯尔问。

"噢,不要往心里去,"莱说,"重要的是凯梅拉夫露了脸。而且不是你的脸。"

"他没有那件外套。"

"没有,非常遗憾,你的外套不可能分一面出来,我估计你也不愿意交出来。"

"你说得对。"凯尔扭过头,忽然瞥见大厅里的一道黑影,那人一袭黑衣,笑容有几分做作,戴着一张恶魔面具,与莱拉参加莱的化装舞会时所戴的极为相似。那晚阿斯特丽德俘虏了凯尔,占据了莱的身体。莱拉犹如幽灵一般出现在阳台上,也是一袭黑衣,戴着一张有角面具。后来他们架着奄奄一息的莱逃跑,凯尔在圣堂里拼命挽救王子的生命时,她也戴着。他们在白伦敦城堡前的石林里时,她同样戴着面具,一切结束之后,那张面具钩在她血迹斑斑的指头上。

"那人是谁?"他问。

莱循着他的视线望去。"显然跟你的口味一样，喜欢黑白色调。此外……"莱从兜里掏出一张纸，对照着参赛名单。"不是布罗斯特，他块头很大。吉纳尔我见过。是斯塔希安没错了。"

凯尔盯了好一会儿，发现相似之处越来越少。此人的头发太短，颜色太深，面具也不尽相同，笑容不再，化作硬朗的面部线条。凯尔摇了摇头。

"我知道我在说疯话，有那么一瞬间我以为那是……"

"圣徒啊，你现在看任何人任何东西都有她的影子吗，凯尔？正好有一个词可以形容。"

"精神恍惚？"

"意乱神迷。"

凯尔哼了一声。"我才没有意乱神迷，"他说，"我就是……"他就是想见见莱拉。"我们曾有过交集。几个月前打过交道。"

"是啊，你和巴德小姐是普通朋友。"

"小声点。"

"跨越不同的世界，干掉邪恶的王族，危难之际力挽狂澜。全都是献殷勤的经典戏码。"

"我们那不叫献殷勤，"凯尔厉声驳斥，"而且我要提醒你，她离开了。"

他并不希望以受伤的语气说出那句话。不是她离开了他，她只是离开了而已。即使他很想跟着离开，也不可能那样做。而且，她回来了。

莱直起身子。"等大赛结束了，我们应该出一趟远门。"

凯尔翻了个白眼。"又来了。"

然后他看见提伦大师的白袍在大厅里飘然而动。整个晚上——整整一周，整整一个月——Aven Essen 都对他避而不见。

"拿着。"他把酒杯塞到王子手里。

不等莱抗议，凯尔已经走了。

★ ★ ★

人群尚未散去，莱拉就溜了，一手提着恶魔面具，一手攥着她挑选的赛旗。黑色的旗面上有两把交叉的银色匕首。她来到门厅处，听见身后传来脚步声。不是踩在大理石上咚咚作响的靴子，而是一双柔软的、穿旧了的鞋子。

"迪莱拉·巴德。"一个熟悉的声音说，语气波澜不惊。

她收回脚，转过身。伦敦圣堂的首席牧师站在面前，双手捧着一个银酒杯，十指交错。他的白袍镶着金边，一头银发精心梳理过，湛蓝的眸子精光四射。

"提伦大师，"她紧张得心脏狂跳，依然强颜欢笑，"Aven Essen 可以喝酒吗？"

"有什么不可以的，"他说，"万事万物，无论魔法还是酒精，都讲究适度。"他看着杯子，"况且，这是水。"

"啊。"莱拉说着，悄悄地退了一步，把面具藏到背后。她不知道该怎么做。一般而言，被逼到走投无路时，她的选择是转身逃跑，或者战斗，但面对提伦大师，两种做法似乎都不合适。能被人认出来，她甚至有点激动，但又难以想象对凯尔的导师拔刀相向。

"你这一身行头相当齐备，"Aven Essen 打量着她，迈步上前，"如果你希望见到莱王子和凯尔大师，我相信你可以直接提出来。有必要伪装吗？"然后，他观察着莱拉的表情，"不过，你伪装成这样不仅仅是为了混进王宫，对吧？"

"其实呢，我是作为参赛选手来的。"

"不，你不是。"他断然否认。

莱拉恼羞成怒。"你怎么知道？"

"因为他们都是我亲自挑选的。"

莱拉耸耸肩。"那就是他们当中有人退赛了。"

他久久地审视着莱拉。

他在读取她的想法吗？可能吗？一头闯进魔法世界，最难克服的心理障碍就在这里。你会怀疑一切皆有可能。莱拉从来不是怀疑论者，也不是什么信徒——她仰仗直觉和眼见为实。但她见到的世界实在太陌生了。

"巴德小姐，你现在又惹了什么麻烦？"不等莱拉回答，他接着说，"但我不该这样问，对吧？根据你的扮相，我应该问，埃尔索大师在哪里？"

莱拉微微一笑。"他活得好好的，"她说，"没错，他还活着。至少在我上次去看的时候，他还活着。"牧师轻轻吁了口气。"他没事，提伦大师。但他来不及参加 Essen Tasch 了，所以我来替补。"

又一声短促的叹息，沉重，哀怨。

"是你鼓励我的。"莱拉反将一军。

"我要你培养尚未苏醒的力量，没有让你依靠作弊参加帝国之间的大赛。"

"你说我体内有魔法。如今你不相信我有这样的能力？"

"我不知道你有什么，莱拉。你也不知道。同时，得知你在我们的世界收获颇丰，我感到很高兴。你需要时间才能掌握魔法，接受严格的训练。"

"要有信心,提伦大师。有人认为需求是进步的关键所在。"

"持有这种想法的人是傻瓜。而且,你既不珍惜自己的生命,也不在乎别人的生命,这种做法太危险了。"

"有人对我说过同样的话。"她又偷偷地退了一步,来到门口,"你打算阻止我吗?"

他投来阴郁的眼神。"阻止得了吗?"

"你可以试试。逮捕我。揭穿我。我们可以大闹一场。但我觉得那不是你所希望的。真正的斯塔希安·埃尔索还在去戴伦纳的路上,不可能回来参赛。再说了,这次大赛很重要,不是吗?"她的指头贴着门框向下滑动,"国家大事。威斯克和法罗人都来了。你觉得如果他们得知我来自哪里会作何反应?他们会怎么看待世界之门?他们会怎么看待我?很快局面就会变得没法收拾了,不是吗,提伦大师?不过除此之外,我觉得你应该想看看一个来自灰伦敦的女孩有什么能耐。"

提伦凝视着她。"有没有人对你说过,你太冲动了对自己没好处?"

"太冲动。太吵闹。太鲁莽。我都听人说过。我还活着简直就是奇迹。"

"的确。"

莱拉的手指从门框上滑落。"不要告诉凯尔。"

"噢,相信我,孩子,我可不想那么做。你要是被抓了现形,我打算假装一无所知,"他压低声音,似在自言自语,"这次大赛就是我的死期。"然后他清了清嗓子,"他知道你来了吗?"

莱拉咬着嘴唇。"还不知道。"

"你打算告诉他吗?"

莱拉望向牧师身后的玫瑰厅。她有这个打算,不是吗?那么,到底是什么阻止了她?结果的不确定性?只有她知道而凯尔不知道,她才能掌握主动权。一旦被他发现了,天平就会倾斜。还有,如果凯尔发现她来参赛——如果他发现莱拉为了参赛做过什么——她必定永远都进不了竞技场。该死,除了监狱,她哪里都去不了,即使免于坐牢,她也将被凯尔唠叨至死。

她跨步出门,来到台阶上,提伦也跟来了。

"他们还好吗?"她眺望着夜色中的城市,问道。

"两位王子?他们应该挺好的。不过……"提伦忧心忡忡。

"怎么了?"莱拉急了。

"黑化之夜过后,情况有所变化。莱王子还是老样子,但又不完全一样。他上街的次数比以前少,但每次出去闹的乱子更大。"

"凯尔呢?"

提伦迟疑了。"有人认为他应该为横扫全城的灾难负责。"

"这不公平,"莱拉愤愤地说,"我们拯救了伦敦。"

提伦耸耸肩,仿佛在说,恐惧和怀疑是人性的弱点,太容易泛滥成灾。边廊上的凯尔和莱貌似无忧无虑,其实她看得出来他们都有所掩饰。黑暗如影随形。

"你该走了,"Aven Essen 说,"明天……嗯,又是漫长的一天。"

"你会为我喝彩吗?"她强行压低声音问道。

"我会祈祷你不要送命。"

莱拉勉强笑笑,走下台阶。她快到街上时,有人在背后大喊:"等等。"

那不是提伦的声音。这个声音年轻多了,有四个月她不曾听过。低沉,尖锐,略带紧张,似是喘不过气,或是过分克制。

是凯尔。

她在台阶上停下脚步,低着头,抓在头盔上的手指酸痛难忍。她正要转身,凯尔再次开口,提到了一个名字。不是她的名字。

"提伦,"凯尔说,"请等等。"

莱拉吞着口水,背对首席牧师和黑眼王子。

她拼尽全力迈开脚步。

一路上,她都没有回头。

★ ★ ★

"什么事,凯尔大师?"提伦问。

凯尔一时间哽得说不了话。最后,他憋急了,脱口而出:"您一直在躲着我。"

老人目光闪烁,但并不否认。"我有多种多样的才能,凯尔,"他说,"不管你信不信,欺骗从来不在其中。我怀疑那正是我玩不好圣徒牌的原因……"

凯尔眉毛一扬。他难以想象 Aven Essen 打牌的场面。"我一直希望当面感谢您。因为您让莱,让我——"

"我没有让你做任何事。"提伦突然插嘴。凯尔不知所措。"我只是没有阻止你,因为我在你们俩身上发现了一件事,如果你们想做什么,就会去做,全世界都管不着。"

"您认为我太自私了。"

"不,凯尔大师,"牧师揉着眼睛说,"我认为你也是普通人。"

凯尔不知道 Aven Essen 是不是有意揶揄,在他眼里,凯尔应该是**天选之人**。

"我有时候觉得自己快疯了。"

提伦叹息一声。"老实说，我觉得大家都疯了。我认为莱疯了，才想出这个计划，而且安排得天衣无缝，简直疯到无可救药，"他压低声音说，"我认为国王和王后也疯了，一碗水不端平。"

凯尔吞了吞口水。"他们是不是永远不会原谅我？"

"你愿意选择哪一样？他们的原谅，还是莱的生命？"

"我没得选。"他恨恨地说。

提伦的视线投向台阶，投向艾尔河和灯火阑珊的城市。"世界无所谓公平正义，但自有平衡之道。那是魔法教给我们的。但我希望你答应我一件事。"

"什么？"

那对锐利的蓝色眸子转了回来。"你一定要小心应付。"

"我尽力而为。您也知道，我不希望引发莱的痛苦，可是——"

"我不是叫你照顾莱，傻孩子。我是叫你照顾自己。"提伦大师摸着凯尔的脸颊，一股熟悉的暖流随之涌来，平复了他的心情。

这时候，莱出现了，醉得眉飞色舞。"你在这儿！"他大喊着，一把搂上凯尔的肩膀，咬着耳朵说，"躲起来。柯拉公主正在狩猎王子呢……"

凯尔任凭莱拽进门去，最后看了提伦一眼——老人站在台阶上，背对王宫，凝视黑夜。

IV

"我们来这里做什么？"

"躲着。"

"我们完全可以躲在王宫里。"

"真是的，凯尔。你毫无想象力。"

"这个会不会沉？"

酒水在莱手中的瓶子里晃荡。"别说傻话了。"

"我认为我问得合情合理。"凯尔说。

"他们对我说不可能建成。"莱冲着竞技场举杯致意。

"是不可能，还是不应该？"凯尔踩着形似草坪的地板，"如果是后者——"

"你真是唠——哇。"莱踢到了什么东西，凯尔的脚趾也隐隐作痛。

"看看。"他喃喃道，掌中燃起一团火。

"不要，"莱冲了过来，合上他的手掌，熄灭了火光，"这是秘密行动。秘密行动得在黑暗之中进行。"

"好吧，你当心脚下。"

想必莱认为他们走得够远了，所以一屁股坐在竞技场平滑的石板地上。借着月光，凯尔看见了兄弟的眼睛，头发里的金圈，已经开封的加料葡萄酒瓶。

凯尔也坐了下来，背靠着什么东西——一处看台，一堵墙壁，一截楼梯？他仰着头，虽然看不大清楚，但宏伟的竞技场依然令人叹为观止——看台上很快就会坐满人，计划即将实施，梦想照进现实。

"你真的想好了吗？"凯尔问。

"现在改主意为时已晚。"王子若有所思。

"我是认真的，莱。还有时间。"

王子抿了一口酒，把瓶子放在两人当中，斟酌着如何回答。"还记得我对你说的话吗？"他轻声问道，"那天晚上之后。我为何接受霍兰德送的吊坠。"

凯尔点点头。"你渴望力量。"

"我依然如故，"莱低声说，"日日夜夜。我每天醒来，都希望变成更强大的人。更优秀的王子。名实相副的国王。那种渴望，好似一团火焰在胸膛里燃烧。然后，还有一些瞬间，那些恐怖而又冰冷的瞬间，每当我想起自己的所做所为……"他按着心口。"对我自己。对你。对我的王国。好痛苦……"他的声音在颤抖。"比濒临死亡还痛苦。很长一段时间，我觉得自己不配。"他拍了拍灵魂封印。"我只配……"他说不下去了，但凯尔能够感受兄弟的痛苦，仿佛那是肉身所受的创伤。

"我想说的是，"莱说，"我也需要这样一次机会。"他终于直视凯尔的双眼。"好吗？"

凯尔吞了吞口水。"好。"他拿起酒瓶。

"话虽如此,不要害我们俩丢了小命。"

凯尔呻吟着,莱扑哧一笑。

"敬这份天才的计划,"凯尔举起酒瓶对兄弟说,"和干劲十足的王子们。"

"敬戴着面具的魔法师们。"莱说着,灌了一大口酒。

"敬疯狂的想法。"

"敬 Essen Tasch。"

"要是我们事后能逃脱惩罚,"须臾,等酒瓶空了,莱喃喃道,"是不是异想天开?"

"谁知道呢,"凯尔说,"说不定能行。"

★ ★ ★

莱跌跌撞撞地回到寝宫,面对问东问西的托纳斯,他摆摆手,在侍卫面前关上了门。黑暗中,他深一脚浅一脚地迈了三步,小腿撞上一张矮桌,痛得他破口大骂。

房间里天旋地转,昏暗不清,炉火将熄,火光苍白无力,而墙角点亮的蜡烛也不过半数。莱退了几步,靠在墙上,等待视野恢复平稳。

楼下的宴会终于散场,王室成员们回到寝宫,贵族们也各自归巢。明天。明天大赛即将开幕。

莱清楚凯尔为何犹疑,不是担心被发现,或者惹什么麻烦,而是害怕带给他痛苦。凯尔每天如履薄冰,把莱当成玻璃人,他们都快发疯了。然而,一旦大赛开幕,一旦凯尔发现莱安然无恙,能够负担,能够承受——该死的,*任何状况他都能承受*,这不正是问题所在吗？——那么或许凯尔就能释然了，不再担惊受怕，不再一味地保护他，而是平平常常地生活。

因为莱不需要凯尔的保护，而且他当时说的，他们都需要这个机会，只是一部分事实。

完整的事实就是，莱的需求更加迫切。

因为凯尔送了一件他不愿意接受、永远不能回报的礼物。

他一直嫉妒兄弟的力量。

如今，他的愿望以一种可怕的方式成真了。

他死不了。

那正是他所痛恨的。

他也痛恨这种想法。他痛恨自己变成了不想变成的样子，成为兄弟的负累、疼痛和苦难的源头，成为囚牢。他痛恨自己没有拒绝的机会。他痛恨自己无从选择但又深感庆幸，因为他渴望活下去，哪怕他不配活下去。

不过最重要的是，莱痛恨自己活着的方式改变了凯尔的生活，他的兄弟突然把生活当成一件弱不禁风的易碎品。那块来历不明的黑石，曾经短暂地附身于凯尔，改变了他的兄弟，唤醒了焦躁和冲动的一面。莱恨不得摇晃凯尔，冲他大喊，叫他不要为了自己贪生怕死，而要勇往直前，即使受到伤害也在所不惜。

因为莱活该受到伤害。

他似乎看见兄弟不堪重负，几近窒息。都是因为他。

他痛恨极了。

这个决定——这个愚蠢、疯狂而又危险的决定——是他所能做出的最好决定。

他的能力所及。

天地停止旋转，莱突然很想喝一杯。

墙边的食品柜镶金饰银，精美绝伦。托盘边有一堆矮脚酒杯，还有十几瓶各种各样的好酒，莱眯着眼睛巡视了一番，伸手越过一排排高高的、清澈透明的酒瓶，拿起靠后的一个细长药瓶。瓶中的奎宁水呈乳白色，瓶塞上有细细的拉杆。

一滴是平静。两滴是安宁。三滴是熟睡。

那是当时提伦对药效的说明。

莱取药瓶时手指颤抖，撞得酒瓶咣当作响。

夜已深，他不愿与回忆独处。

他可以叫人来——找个伴儿对他来说从来不是难事——但他现在提不起兴致，无心取乐。如果吉恩和帕里什还在，他们会陪他打圣徒牌，为他排解愁绪。但吉恩和帕里什死了，都是莱的错。

你不该活着。

他摇摇头，试图驱赶脑海里的声音，结果失败了。

你辜负了所有的人。

"别说了。"他低声吼道。他讨厌黑暗，阴影的浪潮却不肯放过他。他指望在宴会上耗尽心力，好好睡一觉，身体的疲倦却平息不了纷扰的思绪。

你太弱了。

他在杯子里点了三滴，接着加了些蜂蜜水。

失败。

莱一仰脖子喝了下去（杀人凶手），然后开始计数，为了确认效果，也为了淹没脑海里的声音。他靠着吧台，低头盯着空酒杯，默默读秒，直到思绪和视野一片混沌。

莱用力一推，离开吧台，差点摔在地上。他慌忙抓着床柱，恢复平衡，然后闭上眼睛（你不该活着），脱了靴子，摸索着爬上床。他缩成一团，思绪仍在驰骋：霍兰德说话的声音，还有那个护符。思绪发生了变化，扭曲为莱死亡当夜的记忆。

他记得的不多，但霍兰德呈上礼物的场景历历在目。

力量。

他想起当时在寝宫里，他把吊坠挂上脖子，没走几步，然后——什么都不知道了。直到一股灼人的热流撕裂了他的胸膛，他低头一看，发现自己手里握着一把匕首，刀尖没入肋骨之间。

他想起痛苦、鲜血和恐惧，最后是平静和黑暗。想起投降和放弃，想起沉沦和远离，想起被拽回来的力道，强烈的坠落感，以及撞击地面时骇人的剧痛。其实他不是向下坠落。而是向上，冲回自身的表面。还有，还有很多。

然后，奎宁水终于起效了，回忆默然无声，过去和现在悄然隐去，莱亢奋着，坠入梦乡。

V

白伦敦。

霍兰德在寝宫里踱步。

寝宫和王座厅一样宽敞，上方是拱顶，四面都有高大的窗户。它建在城堡西边的高塔上，可俯瞰全城。他看着希尔特河的光芒在低矮的云层上闪耀如月光，看着暗淡却长明的灯火，在窗玻璃和薄雾中氤氲，看着整座城市——*他的城市*——从睡眠中苏醒，从休憩到躁动，逐渐恢复活力。

有什么东西落在窗台上，他猛然抬头——力量呼之欲出——然而那是一只鸟儿。灰白羽毛，淡金色羽冠，乌黑的眸子闪闪发亮，酷似霍兰德。他吁了口气。

一只鸟儿。

他有多久没有见过了？很久以前，魔法消失，动物也随之逃离，逃到了尚未枯萎的遥远国度，非得掘地三尺，才能找到节节退避的生命。但凡有动物愚蠢到四处游荡的，必然惨遭屠杀，不是充饥，就是作巫术之用，或者兼而有之。孪生戴恩养了两匹纯白色的马，在他们死后不久，全城为了争夺王位掀起血雨腥风，马也死了。当然，霍兰德错过了那段日子。他当时在远方的花园里苟延残喘。

然而此时此地，飞来了一只鸟儿。

他情不自禁地伸出手，指尖擦过羽毛，鸟儿惊得扑扇翅膀，转眼就飞远了。

鸟儿仅有一只，却是一个信号。世界正在发生变化。

欧沙朗能够召唤很多东西，但不包括鸟儿。有心跳的，有灵魂的，都不行。霍兰德觉得最好不过。因为，如果欧沙朗可以为自己创造肉身，那就不需要霍兰德了。霍兰德仰仗欧沙朗的魔法，然而一想到欧沙克自由行动，他就直打寒战。不，霍兰德不仅是欧沙朗的搭档，更是欧沙朗的囚犯。

他的囚犯越来越焦躁不安。

无所不能。

那个声音在他脑海中回荡。

霍兰德拿起一本书开始阅读，但刚刚看了两页，纸张就颤动起来，好似一阵风刮过，继而整本书——从羊皮纸到封皮——都在他手中变成了玻璃。

"太孩子气了。"他喃喃自语，放下面目全非的书，双手按在窗台上。

无所不能。

他感到掌底微微发颤，低头一看，发现一缕缕烟雾在石头上翻卷，随之而来的是冰霜、鲜花、常春藤和火焰。

霍兰德急忙收手，生怕被火烧伤。

"住手。"他说着,目光投向两扇窗户之间,那里有一面式样优雅的落地镜。他看着镜中的自己,发现欧沙朗的眼神焦躁不安,蠢蠢欲动。

我们可以无所不能。

我们可以无所不在。

我们可以无所不有。

我们可以拥有一切。

而不是现在这样……

魔法蜿蜒前行,溜出霍兰德的双手,上百股细长的线条拂过他的周身,从一面墙爬到另一面墙,从屋顶爬到地板,不断交织,形成一个将他困在其中的牢笼。

霍兰德摇着头,驱散幻象。"这是我的世界,"他说,"不是你心血来潮的画布。"

你毫无见识,镜中的欧沙朗面有愠色。

"我有见识,"霍兰德回答,"我见过你的世界发生了什么。"

欧沙朗一言未发,但霍兰德感觉到了他的不安。感觉到*欧沙克在安塔芮*自我的边缘徘徊,在他的意识中开槽挖穴。欧沙朗与世界一样古老,一样狂野。

霍兰德闭上双眼,企图强行平静下来。他需要睡眠。一张豪华大床置于寝宫中央,依旧如新。霍兰德没有睡过觉。睡不好。阿索斯不惜耗费多年时间,将反抗秩序的意识,雕刻——切割、烙印、破坏——进他的骨子里。他的肌肉拒不松弛;他的思绪不肯歇息;他内心的高墙永不垮塌。虽然阿索斯死了,但霍兰德害怕的是在他闭眼的同时,欧沙朗将会睁开眼睛。他不能接受再一次投降,受人驱使。

他在外面安排了卫兵,以防自己梦游,可是他每次醒来,寝宫都变得不一样了。一丛玫瑰攀上窗户，一盏冰雕玉琢的吊灯，一大块形似地毯的苔藓，或者别的什么玩意儿——夜里发生了小小的变化。

我们说好了的。

他能感觉到欧沙克的意志正在与自己较劲，一天比一天强烈。虽说霍兰德还能控制，但也不清楚还能持续多久。必须牺牲掉某个东西。或者某个人。

霍兰德睁开眼睛，与欧沙克对视。

"我想跟你做个新的交易。"

镜子里，欧沙朗歪着头，洗耳恭听。

"我给你另找一具躯壳。"

欧沙朗面色阴沉。他们太弱了，不能供养我。即便是欧什卡，也经受不了我真正的触碰。

"我给你找的人，与我一样强壮。"霍兰德小心翼翼地说。

欧沙朗来了兴趣。一个安塔芮？

霍兰德趁热打铁。"还有他的世界。你尽可以建造你的世界。作为回报，你放过我的世界。不是曾经的样子，而是你期望的样子。生机勃勃的样子。"

另一具躯壳，另一个世界，欧沙朗若有所思。你急于摆脱我？

"你希望更加自由，"霍兰德说，"我满足你。"

欧沙朗反复考量着。霍兰德尽可能保持冷静，心如止水，因为他知道欧沙克能感知他的情绪，掌握他的想法。你给我一个安塔芮的躯壳。你知道，不经允许，我不可能如愿。

"那是我操心的事情，"霍兰德说，"接受我的提议，你就能得到新的身体和新的世界，你可以随心所欲。但你不能霸占这个世界，也不能毁灭它。"

唔，那个声音在霍兰德脑子里震颤。很好，欧沙克说。给我换一具躯壳，交易就达成了。我去霸占他们的世界。

霍兰德点头。

不过，欧沙朗又说，如果你不能说服他们，你的躯壳便还是属于我的。

霍兰德咆哮着。欧沙朗等待着。

怎么样？镜中人的脸上缓缓地浮现笑意。你还希望达成新的交易吗？

霍兰德吞着口水，望向窗外，又一只鸟儿飞过。

"是的。"

Part eight

Shades of Magic

魔法大賽

I

凯尔坐了起来，尖叫声哽在喉咙里。

汗水顺着脸颊滑落，他眨着眼睛，驱散梦魇。

梦境里，红伦敦在燃烧。此时他已经醒来，依然能闻到烟味，过了一会儿才明白，将他带离梦境的不全是幻觉。被他抓在手里的床单已然烧焦——他在睡梦中不知怎的召唤了火焰。凯尔低头盯着双手，发现指节苍白。他有好多年不曾失控了。

凯尔掀开毯子，不等下床就听到窗外的响动，号声和钟声，马车的辘辘声和人们的喊叫声。

大赛开幕在即。

换衣服时，他的鲜血在嗡鸣，外套被他从里到外翻了好几次——确认凯梅拉夫的银色夹克没有消失在无穷无尽的式样中——然后选了代表王室的红色，动身下楼。

他匆匆忙忙地来到餐桌前，向国王和王后点头致意，向莱祝好。一群侍从带着计划终稿、字条和各种问题，围着王子转悠。

"你这是要去哪里?"看见凯尔抓起一个甜面包转身离开,国王问道。

"先生?"他扭头应道。

"这是外交事务,凯尔。你需要出席。"

"当然。"他吞了吞口水。莱的表情仿佛在说,我已经替你打点到这一步了。这个节骨眼上你可别搞砸了。如果他搞砸了呢?莱是不是只能把卡斯塔斯叫来再露一次脸?那样的话着实冒险,需要赶在战斗前再次更换角色,凯尔觉得卡斯塔斯的魅力在竞技场上救不了他。凯尔慌忙寻找借口。"只是……我认为我不应该陪同王室出席。"

"是何道理?"马克西姆国王问。王后的视线转了过来,掠过他的肩头。凯尔强压冲动,他很想指出自己**不是**王室成员的事实,四个月以来已有充足的证据。但莱投以警告的眼神。

"其实,"凯尔搜肠刮肚地编造理由,"是为了王子的人身安全起见。我当然可以陪同王室,在达官贵人和参赛选手面前站台,陛下,但您也说过,我是目标。"王子微微点头以示鼓励,凯尔继续发挥,"在这种公开场合,让我和莱靠得太近,真的是明智的做法吗?我想的是,藏在一个不大引人注意的地方,以应对突发状况。从那个地方必须能看清包厢的情况,但又不能距离太近。"

国王眯起眼睛,若有所思。王后的视线回到了茶水上。

"想得很周到,"马克西姆语气勉强,"斯塔夫或者哈斯特拉不能离开你,"他叮嘱道,"不要乱跑。"

凯尔勉强笑笑。"我哪儿也不想去。"

话音未落,他溜了出去。

"国王**确实**知道您扮演的角色,"走廊上,哈斯特拉说,"是吗?"

凯尔瞟了一眼年轻的侍卫。"当然知道,"他漫不经心地应道。忽然,他灵机一动,接着说,"但是王后不知道。她承受不了心理压力。"

哈斯特拉会意地点头。"她变了,对吧?"他轻声说,"自从那晚之后。"

凯尔挺起胸膛,加快步伐。"我们都一样。"

等他们来到通向盆厅的台阶前,凯尔停下脚步。"计划都清楚吧?"

"是的,先生。"哈斯特拉说。他兴奋地笑笑,消失无踪。

在前往盆厅的路上,凯尔脱下外套,从里到外地翻着面。他早就在厅中平滑的石壁上画了一个捷径符号。他的面具装在桌上的盒子里,还有兄弟留的一张字条。

把这个——还有你的脑袋——保管好。

凯尔披上凯梅拉夫的银色外套,打开盒子。面具静静地等在那里,表面锃亮可鉴,凯尔的影子棱角锐利,越看越觉得陌生。

盒子边有一条卷好的红布,凯尔将其展开,发现是一面全新的赛旗。两朵玫瑰花换成了两只完全一样的狮子,在深红的底色上一黑一白,勾勒着金边。

凯尔微笑着取出面具,戴在头上,微红的头发和异色眸子消失在银色面具底下。

"凯梅拉夫大师,"等他来到清晨的空气中,斯塔夫招呼道,"您准备好了吗?"

"好了。"他用阿恩语回答,隔着面具,嗓音变得低沉而又圆润。

他们拾级而上,快到顶头时,凯尔原地等待,侍卫消失在前方。须臾,侍卫回来了,表示一切正常。或者说,便于隐蔽。台阶藏在王宫的底部,从河中直通街道,直通林立于河岸、阻塞了道路的集市摊位。等凯尔离开王宫的庇护,穿过帐篷,走上大道,**安塔芮王子**的身份已经抛诸脑后。凯梅拉夫·洛斯特取而代之。

虽说他已经改头换面,但依然既高又瘦,从面具到靴子都银光闪闪,人们很快发现了他们当中的魔法师。众目睽睽之下,凯尔没有畏缩。他不是模仿莱的做法,而是展现了自己的另一面——不惧他人的目光,手握力量,坦坦荡荡——不一会儿,他就迈开了轻松自信的步伐。

他顺着人流走向中央竞技场,斯塔夫远远地跟着,混进了守在道路两边的卫兵当中,在拥挤的人群里穿梭。

在河岸和最大的漂浮竞技场当中架着一座桥,凯尔踏上桥面时笑了。昨晚他以为脚底在晃动,也许是喝了酒的缘故,今早通过这条拱道,就像踩在大地上一样稳稳当当。

通道里已有好几位阿恩魔法师,有男有女——来自法罗和威斯克的魔法师应当在各自的休息厅集合——等待隆重登场。与凯尔一样,他们一身参加比赛的行头,披着华丽的外套或斗篷,当然还戴着头盔。

他认出了盘起头发、戴着猫脸面具的克什米尔,罗森紧随其后,就像她的影子。他们身边是体格魁梧的布罗斯特,仅仅一副黑铁眼罩当然不足以遮挡他的容貌。戴着蓝色有鳞面具的则是阿鲁卡德。

船长的目光投向凯尔,他立刻绷紧了神经,事实上,凯尔看到的是敌人,阿鲁卡德看到的是一个头戴银色面具的陌生人。假冒凯尔的人显然在选旗之夜做过自我介绍,因为阿鲁卡德冲他点头致意,傲慢地笑了笑。

凯尔点头还礼,暗暗希望他们能在竞技场上交手。

吉纳尔乘着风出现在凯尔身后,伴着清澈的笑声掠过他,撞上阿鲁卡德的肩头。

通道内又响起脚步声，凯尔扭头一看，其他几位阿恩魔法师也到场了，斯塔希安·埃尔索落在最后。他高高瘦瘦，面容完全隐在恶魔面具底下。凯尔一时间停止了呼吸，莱说得没错：在凯尔眼中，任何一个身披黑衣、趾高气昂的人，都有莱拉·巴德的影子。

斯塔希安·埃尔索的眼睛隐在面具底下，不过近距离观察，恶魔的面孔有所不同，两只角向后弯曲，形似颚骨的护具环抱着嘴巴和喉咙。一绺头发搭在魔法师的褐色双眼之间，发色比莱拉的更深，犹如一道裂缝。透过恶魔的利齿，赫然可见斯塔希安的嘴，但唇边毫无笑意，一双眸子盯着凯尔。盯着凯梅拉夫。

"Fal chas。"凯尔说。*祝你好运。*

"彼此彼此。"斯塔希安应道，突然吹响的礼号几乎淹没他的声音。

凯尔转身背对拱道，大门晃晃悠悠地打开了，仪式终于开始。

II

"瞧见了吗,帕罗?"莱说着,走进竞技场的御用包厢,"我告诉过你,它不会沉。"

这位同伴始终贴着后墙,面色苍白。"目前还行,殿下。"他的声音在号声中不大自然。

莱转而笑对观众。成千上万人聚集在中央竞技场,等待开幕仪式。竞技场上方,丝线牵引的布鸟上下翻飞,底下,平滑的石板地上空空荡荡,只有三座高台,旗杆插在台上,巨大的旗帜迎风招展,旗面上绘有各个帝国的纹章。

法罗的黑树。

威斯克的银鸦。

阿恩的圣杯。

台上还有十二根略矮的旗杆,旗帜卷了起来,等待着各自代表的斗士们。

万事俱备。蓄势待发。

号声停息后，一阵凉风拂过莱的卷发，他摸了摸箍着太阳穴的金环。他的耳内、喉咙处，还有领子和袖口，无不闪着金光，阿鲁卡德的话仿佛贴在他的皮肤上。

恐怕你身上的金子不够多……

莱恢复了冷静。在他背后，国王和王后端坐于镀金靠椅上，左右是索尔因阿尔殿下和塔斯肯兄妹。提伦大师站在一边。

"我可以开始了吗，父王？"

国王点点头，莱迈步上前，来到正中央，俯瞰竞技场。豪华的御用包厢不在竞技场顶部，而是嵌在其中一边的坡面上，位于选手通道的中间、裁判席的正对面。

人们逐渐安静下来，莱微微一笑，举起一个手镯大小的金环。他张口说话，咒语加持的金环即可扩大音量。同样咒语加持的圆环——材料为铜和铁——将其广播到城内的酒馆和院落，所有人都能听见。大赛期间，解说员使用魔法圆环播报每一场比赛的胜败，而此时此刻，莱已是全城的焦点。

"早上好，齐聚于此的诸位。"

他说的是阿恩语，立刻引起一阵轰动。上一次伦敦举办大赛时，莱的父亲在人民面前讲皇家语言，底下有一个翻译将其转述为通用语言。

然而，大赛不仅是国家事务，父亲如是说。也是老百姓的节日，是都城、帝国的庆典。所以莱对自己的人民、自己的城市、自己的帝国，说自己的语言。

他所做的不止如此——依照惯例，底下有阿恩语的翻译，还有法罗和威斯克语的翻译，结果现场一个翻译都没有。异国他乡的来宾无不皱眉，怀疑这种安排是主办方有意怠慢。然而，听到莱接下来的话，他们的表情立刻多云转晴。

"Glad-ach！"他对威斯克人说，"Anagh caeltach。"然后他又不假思索地换成弯弯绕绕的法罗语，"Sasors noran amurs。"

余音犹存，观众们的反应令他颇为受用。莱对语言的运用很有一手。他总能找准时机。

"我荣幸地接受我的父亲——马克西姆国王的委托，筹办今年的大赛。"

这次他说话时，竞技场的各个角落同时发声，变成两个邻国的语言。那是凯尔帮助他设计的效果，用到了种种与声音和投射相关的咒语。他父亲相信实力的表象即为实力。或许对于魔法而言，这一道理同样适用。

"五十多年来，元素大赛的赛程和庆典让我们欢聚一堂，让我们有机会向威斯克的兄弟姐妹举杯祝福，有机会与法罗的朋友们相亲相爱。虽然只有一位魔法师——一个国家——能够获得今年的冠军，我们还是希望本届大赛架起伟大帝国之间的桥梁！"莱歪着头，魅惑众生的笑容一闪即逝。"但我不觉得诸位是为政治而来，依我看，诸位是来见识魔法的。"

欢呼声不绝于耳。

"好了，有请参赛魔法师隆重登场。"

御用包厢底下展开了一卷光滑的黑布，尾端悬吊重物，使其展开后格外平整。竞技场对面也扯开了一面同样的大旗。

"有请来自我们南边的邻居法罗的魔法师：风与火的孪生姐妹塔斯昂米拉和托斯安米拉、浪语者欧尔兰埃斯、举世无双的奥斯特拉盖尔……"

莱每念出一个名字，他脚下的黑绸大旗就相应地出现一行白色字迹。

"有请来自我们北边的邻居威斯克的魔法师：魔山奥图、磐石沃克斯、凶兽鲁尔……"

被点名的魔法师大步流星地登上竞技场，在高台上站定。

"最后，有请我们伟大的阿恩帝国的卫冕冠军，火猫克什米尔——"人群中响起雷鸣般的欢呼，"海王阿鲁卡德，御风者吉纳尔……"

魔法师们各就各位，他们选择的赛旗也在各自头顶展开。

"银骑士凯梅拉夫。"

这是一场华丽而优雅的舞蹈，精心编排，直至完美呈现。

掌声雷动，阿恩的最后一面赛旗在凛冽的晨风中展开，斯塔希安·埃尔索头顶上出现一对匕首的图案。

"接下来的五天五夜，"莱继续说，"三十六位魔法师将争夺冠军头衔和桂冠。"他摸了摸脑袋，"不是这一顶，"他调皮地眨眼，"这是我的。"看台上笑声四起。"大赛冠军的桂冠可气派多了。富可敌国的财富；无与伦比的名望；属于个人、家族和王国的荣耀。"

黑布上的字迹消失得无影无踪，表示赛程的白色线条取而代之。

"第一轮，我们的魔法师将捉对厮杀。"他话音未落，赛程上就有名字显现。看台上嗡嗡作响，魔法师们终于看到了对手的名字，也激动起来。

"获胜的十八名选手，"莱接着说，"将再次捉对厮杀，而进入下一轮的九名选手，将分成三组，轮流一对一。每个小组中，排位最高的选手进入最终决赛。决赛的三名选手中，只有一人能获胜。告诉我，"金环在指间旋转，莱的讲话也收尾了，"诸位做好准备，来见识真正的魔法了吗？"

竞技场里的欢呼声震耳欲聋，王子面带微笑。虽说他不能召唤火

A Gathering of Shadows

焰，不能降雨，不能让树木生长，但他知道如何制造轰动的效果。他能感受到观众的兴奋，仿佛有人在胸膛里打鼓。然后他意识到，他感受到的不仅仅是观众的兴奋。

还有凯尔的。

很好，兄弟，他心里想着，把金环稳稳地搁在拇指上，仿佛那是一枚硬币。

"接下来，轮到你们见证奇迹、欢呼喝彩、挑选你们看好的斗士了。所以，我也不再多言……"莱将金环弹向空中，与此同时，焰火在头顶炸开。每一次闪光都带有深蓝色的烟雾，在焰火所到之处，在冬日灰暗的天色中，营造出夜空的幻觉。

他接住金环，再次举起，声如洪钟，盖过了焰火和人群的欢呼。

"大赛开幕！"

III

莱拉失去了理智。这是唯一的解释。她站在高台之上，身边全是一流的魔法师，头顶焰火盛放，四面八方都是欢乐的海洋，而她身着一个陌生人的衣服，代表一个帝国，参加一场大赛，事实上，她不属于这个世界。

她笑得像个傻瓜。

阿鲁卡德撞了撞她的肩膀，她才发现魔法师们正在下台，依次回到他们之前候场的通道。

她随着众人离开竞技场，穿过通道结构的桥梁——她不知道竞技场是如何漂浮着的，但无论如何，她确实踩在上面——然后踏上南岸坚实的土地。

一上岸，魔法师们就各走各路，以不同的步调回到帐篷，莱拉和阿鲁卡德保持着一段距离，依然边走边聊。

"你还是像条鱼。"莱拉轻声说。

"而你还是像个女扮男装的姑娘。"阿鲁卡德反唇相讥。沉默片刻,他接着说:"不妨告诉你,我送了一笔小钱到我们那位朋友的家里,说是比赛的奖金。"

"好大方啊,"莱拉说,"我到时候拿比赛赢的钱还你。"

阿鲁卡德压低声音。"吉纳尔什么都不会说,但提伦大师那边我无能为力。你最好躲开他,他绝对知道斯塔希安·埃尔索长什么样子。"

莱拉摆摆手。"不用操心。"

"你不能杀死 Aven Essen。"

"我没那个打算,"她辩解道,"再说,提伦已经知道了。"

"什么?"有鳞面具底下,他那对风暴般暗沉的眼睛眯了起来。"什么时候你开始对伦敦的 Aven Essen 直呼其名了?我敢说这算是一种亵渎。"

莱拉的嘴角微扬。"提伦大师和我有过交集。"

"好吧,又是你那神秘的过去。没关系,不用费心向我坦白什么,我只是你的船长,帮你把一个无辜的家伙送去了圣徒才知道的地方,所以你才能参加一场你绝对没有资格参加的比赛。"

"没错,"她说,"我是不行。话说回来,我还以为你不会跟斯塔希安·埃尔索来往呢。"

阿鲁卡德皱起眉头,嘴巴暴露在面具之外。他显然在生闷气。

"我们去哪里?"她打破了沉默。

"帐篷,"阿鲁卡德说,仿佛两个字就能解释清楚。"一个钟头后,第一场比赛开始。"

莱拉回忆着赛程,其实纯属多此一举,他们路过的每一块占卜板都在展示对阵表。每一对选手的名字旁边都有一个符号,代表比赛所在的竞技场——龙代表东边的,狮子代表西边的,鸟代表中间的——以及出场顺序。根据对阵表,克什米尔迎战自己的门徒罗森,阿鲁卡德迎战一个名叫奥图的威斯克人,吉纳尔迎战一个名字难念的法罗人。莱拉呢?她读着斯塔希安对面的名字。萨·塔纳克。名字左边有一只乌鸦,说明萨来自威斯克。

"知道哪个是萨吗?"莱拉点头示意前方那群人高马大的金发男女。

"啊,"阿鲁卡德说着,指向靠边的一个人影,"那个应该是萨。"

顺着他的手望望去,莱拉瞪大眼睛。"那个?"那个威斯克人足有六英尺高,活像一块移动的石板。莱拉发现她是女人,头戴鹰隼形状的面具,神情冷漠,稻草似的头发胡乱编成短辫,直挺挺的犹如羽毛。她看样子应该是一位挥舞巨斧的勇士。

阿鲁卡德是怎么说威斯克人崇拜大山的?

萨就是一座大山。

"我以为魔法和体形毫无关系。"

"身体是容器,"阿鲁卡德解释道,"威斯克人相信容器越大,其中容纳的力量就越多。"

"好极了。"莱拉自顾自地咕哝道。

"开心点儿。"阿鲁卡德说。途中又有一块占卜板,他冲着对阵表两端的名字点点头。"至少我们不大可能碰面。"

莱拉放慢脚步。"你的意思是说,我要打败所有这些人,才有机会与你对阵?"

他歪着头。"你在*夜峰号*上的每个夜晚都可以求得这份殊荣,巴德。要看你是不是希望毫无尊严地一命呜呼了。"

"噢,是吗?"

他们聊着天,经过了王宫,莱拉发现,从王宫城墙到铜桥之间的花园里,搭起了三座圆顶帐篷,有着各个帝国专属的颜色。莱拉暗自庆幸帐篷不是漂在河上的。她当然不会晕船,但参加 Essen Tasch 已经让人很紧张了，还是不要为掉进水里分心为好。

"好在你不用对付克什米尔，"阿鲁卡德继续说，与此同时，一名卫兵掀开了帐篷帘子，"还有布罗斯特。你开局不难。"

"不用宽慰我……"看到阿恩帐篷内部的华丽景象，莱拉闭上了嘴巴。他们站在位于中央的公共区域，帐篷其余的部分被划分为十二等份。层层帷幔从帐篷尖顶上垂落——与寝宫里的装饰一般无二——一切都是那么柔软、舒适、富丽堂皇。对莱拉而言，惊叹盖过了偷窃的冲动，也是破天荒头一遭——要么是她早已见惯了财宝，更可能的是，她现在富足到不需要偷窃了。

"不管你信不信，"阿鲁卡德低声说，"我们当中有人希望你活下来。"

"也许我能让你大跌眼镜。"

"你一向如此，"他环顾四周，在十二间装有门帘的隔间外找到了自己的赛旗，"好了，恕我失陪，我要去准备比赛了。"

莱拉挥挥手。"我一眼就能猜中你的赛旗。旗面上画了一条鱼，对吧？"

"哈，哈。"

"好运。"

★★★

莱拉走进自己的帐篷——黑色旗面上绘有两把交叉的匕首——解开头盔的绑带。

"该死，"她咕哝着摘取面具，结果恶魔的颚骨被头发缠住了。她一抬头，停止了动作。房间本身没什么可挑剔的——有沙发，有桌椅,有帷幔,布置简洁而又优雅,舒适得很——但里面有人。

一个女人站在正中央,一袭白金相间的衣服,端着托盘,托盘上有一杯茶。莱拉吓了一跳,差点掏刀子。

"Kers la?"她厉声喝道,此时面具依然戴在头上。

女人微微皱眉。"An tas arensor。"

"我不需要侍从。"莱拉说的仍是阿恩语,还在跟面具较劲。

女人放下托盘,走上前来,不费吹灰之力地解开纠缠的头发,把莱拉从恶魔颚骨里救了出来。她从莱拉头上取下面具,放在桌上。

她不请自来,莱拉无意表示感谢,但还是不自觉地道了谢。

"不客气。"女人回答。

"我不需要你。"莱拉重复了一遍。

对方却不依不饶。"所有参赛选手都配有一名侍从。"

"这样的话,"莱拉直截了当地说,"我解雇你好了。"

"您无权解雇我。"

莱拉揉着脖子。"你会说皇家语言吗?"

女人毫不费力地换成英语。"正合我的身份。"

"仆人?"

女人的嘴角浮现笑意。"牧师。"理所当然,莱拉心想。参赛选手是提伦大师亲自挑选的。侍从是他派来的也合情合理。"王子要求为每位选手安排一名侍从,以满足不同的需求。"

莱拉扬起眉毛。"比如?"

女人耸耸肩,指着一把椅子。

莱拉心中一惊。椅子上有一具**躯体**。没有头颅。

女人走过去时,莱拉发现那不是缺了脑袋的尸体,而是一套全身盔甲,而且不是皇家卫兵们披挂的锃亮盔甲,这种盔甲式样简单,通

A Gathering of Shadows

体雪白。莱拉伸手拿起一块甲片，轻得令人难以置信，看样子提供不了什么保护。她把甲片扔回椅子上，却被侍从一把抓在手中。

"当心，"她轻轻地将其放下，"甲片容易碎裂。"

"不堪一击的盔甲有什么用？"莱拉问。女人的眼神似乎在说，这个问题愚蠢至极。莱拉讨厌这种表情。

"您是首次参加 Essen Tasch。"她说。她使用的是陈述的语气。不等莱拉回答，女人弯腰从椅子附近的箱子里取出一块备用甲片。她举起来让莱拉看了看，然后摔在地上。甫一接触地面，甲片立刻破裂，还有一道光芒闪过。突如其来的闪光刺痛了莱拉的眼睛——光芒消失之后，甲片不复洁白，变成了深灰色。

"比赛中就是靠它记分的，"侍从捡起损坏的甲片，解释道，"全套盔甲有二十八块甲片。先打坏十块的魔法师获胜。"

莱拉接过那块甲片，翻来转去地观察。"还有什么我需要知道的吗？"她问。

"还有，"牧师说，"禁止使用身体进攻，只能操纵元素，不过我相信您已经知道了。"

莱拉不知道。号声响起。第一场比赛即将开始。

"你叫什么名字？"她把甲片递回去，问道。

"伊斯特。"

"那么，伊斯特……"莱拉退向门帘，"你就……站在这里看我有什么需要吗？"

女人微微一笑，从兜里掏出一本册子。"我有书。"

"我猜猜，是经文？"

"其实呢，"伊斯特坐到矮沙发上，"是讲海盗的。"

莱拉笑了。她越来越喜欢这位牧师了。

"好吧,"莱拉说,"我不会向 Aven Essen 告密的。"

伊斯特笑得意味深长。"您以为书是谁给我的?"她翻开书页,"您的比赛在第四场,斯塔希安大师。别迟到了。"

★ ★ ★

"凯梅拉夫大师。"凯尔走进自己的帐篷时,听见有人高兴地招呼他。"哈斯特拉。"

年轻的侍卫换下了盔甲和斗篷,身着一件镶有金边的白色束腰外衣。一条同样镶有金边的围巾,松松散散地绕在脸颊和脖子上,只有鹰钩鼻和温暖的棕色眸子裸露在外。一绺卷发钻出围巾,等他扯下围巾,凯尔发现他面带灿烂的笑容。

圣徒啊,他可真年轻,就像圣堂的见习牧师。

凯尔没有摘下头盔。太危险了,不单单是因为他可能被认出来,头盔于他而言更是一种警醒。失去头盔的压迫,他可能忘记自己现在的身份,以及之前的身份。

他勉强脱下银色外套,搭在椅子上,哈斯特拉将盔甲披挂在他的长袖内衣外面。

远处,号声响起。开头的三场比赛即将开始。说不好揭幕战会持续多久。有的可能耗费一个钟头。有的或许几分钟就结束了。凯尔将在西边竞技场进行第三场战斗。第一战的对手是一个名叫塔斯昂米拉的法罗风法师。

他在脑海中重温细节,身上的甲片都已经固定完毕。他没有注意到哈斯特拉干完了活儿,直到年轻的侍卫开了口。

"您准备好了吗,先生?"

一面镜子靠在布墙上,凯尔打量着自己,心跳加剧。您应该很兴奋吧,哈斯特拉说过,凯尔确实很兴奋。起初,他认为这种事情太疯狂了——老实说,如果他仔细思考,他依然秉持相同的看法——但他情难自禁。让理性见鬼去吧,让智慧见鬼去吧,他兴奋极了。

"这边。"哈斯特拉说着,掀开了隔间通向外面的第二道门帘。这种设计似乎是为了掩护凯尔量身定制的。也许本来就是。圣徒啊,莱暗中策划了多久?也许是凯尔对这位任性的兄弟不够信任。也许是凯尔不够关注。他一直把自己关在寝宫里,要么就是在盆厅里,他以为既然能感觉到莱的身体状况,也就能感觉到兄弟的想法。显然,他错了。

你何时投身帝国政治了?

我投身我的王国,兄弟。

莱变了,凯尔有所察觉。但他眼里只有兄弟的情绪变化,比如每天晚上脾气不好。现在看见的完全不一样。这种做法很聪明。

不过为了安全起见,凯尔取出外套里的匕首,拉开帐篷里的一张挂毯。哈斯特拉看着他割开前臂柔软的皮肉,指头蘸了蘸涌出来的鲜血,在布墙上画了一个小小的符号:一条竖线,两条平行的横线,其中一条在上,指向右边,一条在下,指向左边。凯尔吹干了血迹,让挂毯回归原位,遮挡了符号。

哈斯特拉一个字也没有问,只是祝他好运。凯尔离开后,他留在帐篷里;没走几步,一名皇家侍卫——斯塔夫——跟了上来。他们一路上默不作声,街上的人——对节日庆典的兴趣远远高过比赛——在他们周围来来往往。到处是挥舞旗子的小孩,凯尔瞥见了双狮等各种图案的赛旗。

"凯梅拉夫!"有人高喊,很快,喊声在空中回荡——*凯梅拉夫,凯梅拉夫,凯梅拉夫*——那个名字犹如一件披风,在他身后飘扬。

IV

"阿鲁卡德！阿鲁卡德！阿鲁卡德！"看台上的观众们高呼。

莱拉错过了开场的部分，但无关紧要，她的船长胜利在望。

东面的竞技场内座无虚席，下层看台的观众们摩肩接踵，上层看台视野不佳，但较为宽敞。莱拉在最上层找了一处面对公众开放的区域，既能观摩比赛，又避免暴露身份。她将斯塔希安的黑帽子压到眉毛处，倚着栏杆观战，但见阿鲁卡德的指间黑土环绕。尽管距离遥远，她似乎能看见船长脸上的笑意。

不久前莱王子来到了现场，因为刚从另一个竞技场赶过来，他脸颊绯红，此时正在御用包厢里全神贯注地观赛，神色严肃的法罗贵族陪在身边。

御用观战台上插着两根旗杆，赛旗分属正在对阵的参赛选手。阿鲁卡德的赛旗是以深蓝色为背景的一根银色羽毛——或者一团火焰，她不大清楚。她手握一面同样的旗子。另一面赛旗是深绿色旗面，图案是三个堆叠的白色三角形。阿鲁卡德的对手是一个名叫奥图的威斯克人，戴着一顶古典式样的头盔，盔顶呈半球状，佩有鼻甲。

奥图以火对抗阿鲁卡德的土，双方上蹿下跳，躲避对方的攻击。竞技场的石板地上布满了障碍物，石头堆既能提供掩护，也有利于发动伏击，它们一定被施过守护咒，因为阿鲁卡德一直没有移动它们。

奥图作为身高将近七英尺的大汉，脚步之灵活令人叹为观止，但他采取了一种强硬的打法，阿鲁卡德则是四两拨千斤——莱拉不知如何形容。一般而言，魔法师和战士一样，指哪儿打哪儿。而阿鲁卡德可以一动不动地操控元素，或者说，他可以声东击西，利用这种简单有效的方式，他得了八分，奥图只有两分。

阿鲁卡德爱出风头，花招迭出，好几次莱拉以为比赛结束了，没想到他只是在戏弄威斯克人，不求进攻，一味招架，以拖延比赛时间，取悦观众。

西面的竞技场爆发出一阵欢呼，克什米尔在那里对阵她的门徒罗森。很快，附近的对阵表发生变化，罗森的名字消失了，克什米尔的名字晋级。而在眼前的竞技场上，火焰包裹着奥图的拳头。操纵火元素最难的部分，就是加压，使其在发热的同时，拥有冲击力。威斯克人就不是单纯发挥火焰的威力，而是压上了全身的重量。

"魔法可以比作海洋，"阿鲁卡德在为她上第一堂课时说，"当海浪向同一处奔涌，其势必大。如果它们互相冲撞，其势必消。若要在魔法中作梗，你就打破了势头。顺势而为，然后……"

莱拉周围的空气充盈着令人愉悦的嗡鸣。

"提伦大师。"她头也不回地说。

Aven Essen 来到她身边。"斯塔希安大师，"他淡淡地说，"你不用做准备吗？"

"我最后一个出场，"莱拉说着，瞟了他一眼，"我想看阿鲁卡德比赛。"

"支持朋友?"

她耸耸肩。"研究对手。"

"这样啊……"

提伦的表情带有评判的意味。或许是不赞同她的做法。他城府颇深,但不妨碍莱拉喜欢他。不仅因为他没有横加阻拦莱拉参赛,还在于莱拉可以向他请教问题,他不是那种保护一个人就将对方蒙在鼓里的人。他曾经拜托莱拉执行一个艰难的任务,曾经两次替她保守秘密,每一次面临抉择都让她自行决定。

莱拉点头示意御用包厢的方向。"王子似乎看得很入迷,"她试探着说,赛场上,奥图勉强躲过了一次攻击,"话说回来,那个法罗人是谁?"

"索尔因阿尔殿下,"提伦说,"国王的哥哥。"

莱拉眉头一皱。"他作为长子,难道不该继承王位吗?"

"在法罗,王位的继承权不是根据出生顺序决定的,而是由牧师决定。索尔因阿尔殿下与魔法无缘。因此,他不能成为国王。"

莱拉听得出提伦厌恶的口气,她知道针对的不是索尔因阿尔,而是那些断定他不够格的牧师。

她并不相信魔法是优胜劣汰、在精神上进行某种裁决的鬼话。不对,那样的话就太宿命论了,而莱拉不大相信命运。路是自己选择的。或者,是自己开辟的。

"你怎么知道这么多?"她问。

"我一辈子都在研究魔法。"

"我们谈的好像不是魔法。"

"我们谈的是人,"他的目光停留在赛场上,"人是魔法等式中最多变，也最重要的因素。毕竟，魔法本身是恒定的，是纯粹的、不变的源头，好比水。人，以及人所形成的世界——他们是魔法的水渠，决定了魔法的性质，为魔法的能量着色，好比水中的染料。你应该能看到魔法在人们手中的变化。它是能够被塑造的元素。至于我对法罗和威斯克的兴趣，阿恩帝国虽然辽阔，但无论如何，它不是整个世界。而就我所观察到的，魔法的存在超越了国界。我很高兴有 Essen Tasch，即使作为一种提醒，也能让我们有机会看到生活在别处的人是如何对待魔法的。"

"我希望你把这些都写下来了，"她说，"为子孙后代造福。"

他戳了戳太阳穴。"我保存在安全的地方。"莱拉哼了一声，注意力回到索尔因阿尔身上。流言蜚语不少，尤其在海上。"他们说的是真的吗？"

"我不知道，埃尔索大师。我无从得知。"

莱拉怀疑他假装天真。"那位索尔因阿尔殿下企图推翻兄弟，挑起战争？"

提伦忽然按上她的肩膀，指力大得惊人。"说话要当心，"他悄悄地说，"不要随便议论，当心隔墙有耳。"

两人默不作声地看完比赛。耗时不长。

阿鲁卡德亮得晃眼，他钻到一块大石头后面，又从另一边出现，头盔在阳光下闪烁。莱拉看得入神，他高举双手，环绕指间的泥土疾射而出。

奥图扯起周围的火焰，形成一面盾牌，抵挡前后左右的攻击。这一招确实厉害，但唯一的缺陷就是他看不清火焰之外的情况，所以他没有注意到飞来的泥土改变了方向，直冲云霄，然后结成土块，向下坠落，不是自由落体，而是以非同寻常的冲击力飞落，犹如狂风骤雨。观众们一齐倒抽了一口气，威斯克人抬头时，已经无力回天。他双手举向天空，火焰随之而动，可惜为时太晚——三个土块击中了目标，撞上肩膀、前臂和膝盖，盔甲应声碎裂。

在强烈的闪光中，比赛结束了。

一位裁判——根据身上的白袍判断，他是个牧师——把金环举到嘴边，宣布："阿鲁卡德·埃默里晋级！"

看台上爆发出雷鸣般的掌声，莱拉抬头望向御用包厢，王子不见踪影。她环顾四周，才发现提伦也离开了。中央竞技场吹响了号声。莱拉看见吉纳尔晋级了，于是查看中央竞技场下一场比赛的选手名单。

上面的名字是塔斯昂米拉，底下则是凯梅拉夫。

★ ★ ★

竞技场的看台上山呼海啸，魔法在凯尔的血管里吟唱。圣徒啊，红伦敦的人倾城出动，都来观看揭幕战了吗？

通道里，打完比赛的吉纳尔与他擦肩而过，似乎一滴汗都没有流。

"Fal chas！"银眼魔法师招呼道。他剥下身上残余的盔甲。看样子，只有三块甲片受损。

"Rensa tav。"凯尔不假思索地应道，力量在他胸膛里蠢蠢欲动。他在想什么？他来干什么？这一切都是错误……然而，他的肌肉和骨骼依旧渴望战斗，他听见人们在外面高呼他的名字——凯梅拉夫！凯梅拉夫！凯梅拉夫！——虽然那不是他的真名，但他的血管里仿佛燃起了一团火。

A Gathering of Shadows

他不由自主地来到通道出口，两个侍从候在那里，当中有张桌子。

"规则都清楚了吗？"其中一人问。

"您准备好了吗，有能力、有意愿迎战吗？"另一人问。

凯尔点点头。他看过不少比赛，知道其中的规则，加上莱非要他从头到尾地熟悉了一遍，确保万无一失。随着大赛继续进行，规则也有变化，以适应耗时更长、难度更高的场次。到了那个阶段，Essen Tasch 就变得危险多了，对凯尔和莱都是考验。不过，揭幕战的目的很简单，就是划分强者和更强者，区别行家和大师。

"您的元素？"第一个问话的人继续提问。

桌上放了一堆玻璃球，与凯尔教授莱魔法时使用的差不多。每个球里都盛有一种元素——深色的土、有色的水和彩色的灰尘，以表现风的形状，至于火，就是一掬容易引燃的油。凯尔的手悬在球上，思考着挑选哪种元素。身为安塔芮，他可以操纵任何一种。身为凯梅拉夫，他必须有所选择。他的手落在水球上，水呈碧蓝色，等进了竞技场，观众们就能看得一清二楚。

两个侍从鞠躬致意，凯尔踏上竞技场，顺着喊声的指引迈步向前。他眯着眼睛，透过面具观察外界。这是一个晴朗的冬日，寒冷刺骨，但阳光明媚，照得竞技场的尖顶和悬挂旗子的铁丝耀眼夺目。到处都是旗子，凯尔赛旗上的两头狮子从竞技场的各个角落冲他眨眼，塔斯昂米拉的赛旗则星星点点地分布着，旗面为黑色，图案是银蓝相间的旋涡（而她的孪生姐妹托斯安米拉的赛旗正好相反，旗面为银蓝，图案是黑色旋涡）。

远远地看，戏剧和表演愚不可及，然而身在赛场而非看台，凯尔觉得深受感染。欢呼喝彩的观众随着能量和魔法律动。他的心脏跳得厉害，浑身都渴望着战斗，他抬头一看，目光掠过人群，投向御用包厢，看见莱坐在国王身边，俯瞰赛场。他们四目相对，虽然隔着面具，莱看不到凯尔的眼睛，但他依然能感到两人的目光犹如一根绷紧的弦。

不要害我们俩丢了小命。

看台上的莱微微点头，凯尔绕过乱石，来到竞技场中央。

塔斯昂米拉已经进入竞技场。她和所有法罗人一样，裹着一整块布料，掩在盔甲底下。她戴的头盔与其说是遮脸，还不如说是一种妆容，从额头到脸颊都缀有银蓝色宝石，犹如汗珠一般闪闪发光。她手里有一个装满红色粉尘的球。风法师。凯尔的脑筋飞快地转动。气是最容易移动的元素，用来战斗却是最难的，召唤力量不难，但不能保证精确度。

最底层的看台上有一位身披白袍的牧师担任比赛裁判。他做了个手势，两位选手随即上前，向御用包厢颔首致意，然后面对面，递上各自的球。在塔斯昂米拉手中，球里的粉尘开始旋转，而凯尔那边，水波徐徐激荡。

忽然之间，不知道是寂静笼罩全场，还是凯尔的心跳淹没了周遭的一切声音——喧嚣的人群、猎猎飘扬的赛旗、从其他赛场上传来的欢呼。寂静之中，两只球落地了，凯尔听到的第一个声音，就是玻璃在石板上碎裂的清脆响声。

一时间，凯尔感到血流加速，世界慢如蜗牛。突然，一切又动了起来。法罗人的风一跃而起，周身环绕。深色的水盘旋在凯尔的双臂之间，又在掌上汇聚成团。

法罗人猝然一动，红色的风裹挟着尖锐如矛的力量激射而出。凯尔撤了一步，避开第一击，却没能逃过第二击，肋部的一块甲片被击碎，竞技场上光芒闪耀。

这一下打得凯尔喘不过气来；他偷偷地瞟了一眼御用包厢，看见莱抓着扶手，牙关紧咬。乍一看，还以为他在观战时过于投入，但凯尔清楚是怎么回事，痛感传导到王子身上了。他悄声道歉，然后躲到附近的岩石后，勉强避开对方的又一次攻击。他就地一滚，站了起来，好在盔甲的设计仅仅对外来的攻击有反应，不影响自身发力。

上方的莱一脸讽刺。

凯尔盯着依然悬在掌上的水团，想象着霍兰德嘲讽他的声音在场上回响，随风飘荡。

战斗。

他以岩石作掩护，举起手来，指尖上的水球分成两股水流，然后分成四股，又分成八股。水流从两侧环绕竞技场，越来越细，从带状伸展成线状，最后变成细丝，交织成一张大网。

对手也有所反应，红色的风刮了起来，与他的水流相似，化作十几道风刃——塔斯昂米拉企图将他封在其中。一阵风擦过凯尔的脸颊，他微微皱眉。对手的声音从十几个不同的地方乘风而来，在观众们看来，凯尔似乎在盲目地战斗，其实他能感觉到法罗人的方位——鲜血和魔法在她体内的律动，以及水网收紧时的张力。在哪里……在哪里……找到了。他冲了出去，不是左右两边，而是向上。他跃上岩石，水球在脱离掌心的瞬间凝结成冰。冰球四分五裂，射向塔斯昂米拉，她急忙召唤风盾，抵挡冰屑。然而她专注于正前方的攻击，忘了水网的存在，眨眼之间，她身后有一块冰成形了。冰块撞上她的后背，击破了覆盖在脊梁处的三块甲片。

在观众们的惊呼声中，法罗人向前一扑，跪在地上，水流回到凯尔身边，环绕手腕。

声东击西。他对霍兰德使过同样的招数。但与安塔芮不一样的是，塔斯昂米拉没有趴在那里不动。须臾，她爬了起来，红色的风在周围呼啸，破裂的甲片从身上剥落。

三分，凯尔心想。**还有七分**。

他在面具底下笑了，两人随即化作一道光、一阵风、一股寒流。

★★★

莱死死地握着椅子扶手。

场上，凯尔闪身躲避法罗人的攻击。

虽然扮成凯梅拉夫，他的举手投足依然吸引眼球。他在场上四处游走，姿态优雅至极。莱只见过兄弟在打架斗殴时的表现。他在面对霍兰德时也是这样战斗的吗？面对阿索斯·戴恩呢？或者，这是他在心魔的驱使下，关在盆厅里数月修炼的成果吗？

凯尔又击中了对手，莱强忍笑意——笑眼前的比赛，笑他们的荒唐计划，笑自己切身的痛感，笑自己无能为力。事实上，即使他能喊停，他也不愿意去做。放手不管，同样是一种控制力。

"今年我们的魔法师都很强。"他对父亲说。

"而且不是**特别强**，"国王说，"提伦的选择恰到好处。希望法罗和威斯克的牧师也做了同样的选择。"

莱的眉头拧成一团。"我以为我们的目标就是在大赛上展示实力。"

父亲不悦地看了他一眼。"别忘了，莱，你观看的是一场**比赛**。比赛需要三方强大但又势均力敌的选手。"

"那么假如有一年，威斯克和法罗希望**赢**下比赛呢？"

"到时候就知道了。"

"知道什么？"

国王的视线回到赛场上。"战争即将爆发。"

竞技场上，凯尔就地一滚，翻身而起。深色的水流绕着他盘旋，突然压低，绕过法罗人的风盾，击中她的胸脯。光芒一闪，盔甲应声碎裂，喝彩声四起。

虽然看不见凯尔的脸，但莱知道他在笑。

卖弄，他心想。就在这时，一股锐利的风刃劈了过去，凯尔闪避不及，肋部中招。莱眼前光芒闪耀，猛吸一口气。痛感灼烧，他想象着将其从凯尔身上吸收进来，在自己体内消解。

"你脸色不好。"国王说。

莱瘫在椅子上。"我没事。"他确实没事。痛感反而使他有了活力。他的心脏在胸腔里咚咚作响，与兄弟的心脏一同疯狂跳动。

马克西姆国王起身离座，环顾四周。"凯尔呢？"他问。提到凯尔的名字时，他的语气变得生硬，莱听了很不舒服。

"我相信他就在附近，"他盯着场上的两名选手，答道，"他对这次大赛盼望已久。再说了，那不是斯塔夫和哈斯特拉的任务吗？形影不离地盯着他？"

"他们对自己的任务越来越松懈了。"

"您什么时候能不要惩罚他了？"莱厉声说，"犯错的又不是他一个人。"

马克西姆面色一沉。"他不是未来的国王。"

"是不是有什么关系？"

"关系大着呢，"父亲凑近他，压低声音说，"你以为我是为了泄愤？恶意报复？这是一次教训，莱。你犯错，你的人民就会遭罪，人民遭罪，你也遭罪。"

"相信我，"莱揉着肋部，咕哝道，"我正在遭罪。"

场上，凯尔闪转腾挪。莱知道比赛已经接近尾声。法罗人处于下风——她从一开始就处于下风——她的动作越来越慢，凯尔则越来越快，越来越自信。

"您真觉得他有性命之忧？"

"我担心的不是他的性命。"国王说。莱知道他说的不是真话。不全是。凯尔拥有的力量使他成为众矢之的。威斯克和法罗认为他受到上天的祝福，是阿恩王冠上的明珠、帝国强盛的力量源泉。莱无来由地相信阿恩的王权能够永世长存，但危险在于，有些人对传闻信以为真，他们认为是凯尔的魔法保卫着帝国，同时也可能认为，只要除掉了他，帝国就变得不堪一击。还有人认为，如果抢走他，阿恩帝国的强盛就能在他们手上实现。

但凯尔不是什么护符……不对吗？

孩提时代，在莱眼里，凯尔只是兄弟。等他们长大，他的看法改变了。有时候，他看到的是黑暗。有时候，他看到的是神灵。他当然不会告诉凯尔。他知道凯尔最讨厌天命之说。

莱觉得那还不是最糟糕的。

场上的凯尔又挨了一下，莱感到胳膊在颤抖。

"你真的没事吗？"父亲又问。莱发现自己握着扶手的指节早已发白。

"好得很。"他强忍痛苦。与此同时，凯尔接连两次出手，结束了比赛。看台上响起热烈的掌声，法罗人踉跄着爬了起来，生硬地点点头，然后退场了。

凯尔的目光投向御用包厢，深深地鞠躬。

莱举起手来，接受胜利者的致意，银白色的身影随即消失在通

A Gathering of Shadows

道里。

"父亲,"莱说,"如果您不原谅凯尔,就会失去他。"

无人回答。

莱转身面对父亲,然而国王已经走了。

V

人们常说等待是最难挨的，对此莱拉十分赞同。所以，她很少等待过什么。等待使她有大把时间质疑和困惑，势必瓦解一个人的决心——或许正因为如此，当她在西面竞技场的通道里等待比赛开始时，忽然觉得自己犯了个严重的错误。

危险。

鲁莽。

愚蠢。

疯狂。

一大波疑虑袭来，她不由自主地退了一步。

另一座竞技场传来观众们的欢呼，又一位阿恩选手获胜。

莱拉又退了一步。

然后她瞥见看台上的旗子——她的赛旗——停下了后退的脚步。

我是迪莱拉·巴德，她心想。海盗，窃贼，魔法师。

她活动着手指。

我跨越不同的世界，夺取海船。打败女王，拯救城市。

她浑身颤抖，热血奔流。

我独一无二。

集结号吹响了，听到号声，莱拉强迫自己迈步前行，玻璃球抓在手中。亮晶晶的油晃来荡去，等待引燃。

踏进竞技场的一刹那，她心头的焦虑烟消云散，留下来的唯有熟悉的兴奋感。

危险。

鲁莽。

愚蠢。

疯狂。

脑海中的声音又在低语，然而已经阻止不了她。等待结束了。开弓没有回头箭，前进是更容易的选择。

莱拉进入竞技场时，欢呼声震耳欲聋。从看台的角度，竞技场堪称巨大。从赛场的角度，则是雄伟。

她扫视人群——万头攒动，无数双眼睛盯着她。身为在夜色中潜行的窃贼，莱拉·巴德明知避开亮处最能保命，但她按捺不住，她享受着这种行窃手法带来的快感。当着目标的面，顺走他们的钱币。面带微笑地行窃。直视他们的眼睛，吃定他们不能识破花招。最顶级的手法不是趁着目标转身时从背后下手，而是在他们的眼皮底下。

莱拉希望被人看见。

然后她看见了威斯克人。

萨踏上了竞技场，大步流星地跨了过来，在场中央止步。她一动不动，仿佛在石头地板上扎了根，犹如一棵形似女人的高大橡树。莱拉自以为不矮，但在威斯克人身边，她就像一棵小树苗。

他们个头越大，莱拉心想，摔得就越重。但愿如此。

至少甲片的大小与个头成正比，所以莱拉的目标相对较大。萨的面具以木头和铁扭曲而成，状若兽脸，有双角和长鼻，萨的碧蓝眸子在狭窄的目窗里闪烁异彩。她手中的球装满了土。

莱拉紧咬牙关。

土是最坚硬的元素——几乎一击就能打破一块甲片——但可以使用的数量也最少。气无处不在，火也一样，只要你能使其现形。

萨鞠躬致意，她的影子笼罩了莱拉。

威斯克人的赛旗在上方飘扬，旗面为无云的碧空，图案为黄色的字母 X。萨的字母和莱拉的双刀有相似之处，在看台上汇成了一片旗海。其中黑底银刀占了大多数，不过莱拉认为与斯塔希安·埃尔索的能力关系不大，只是因为他来自阿恩帝国。观众多为当地人。于情于理，他们都会支持本国人。但莱拉能够赢得这份支持。她想象着黑底银刀的旗子满场飘扬的景象。

不可操之过急。

竞技场的地板上布置了障碍物，包括岩石、柱子和矮墙，它们和地板一样，都是黑色石头，所以参赛选手及其选择的元素显得极为醒目。

号声戛然而止，莱拉抬眼张望御用包厢，王子却不在那里。只有一个年轻人，身披绿色斗篷，戴一顶银丝镶边的木头王冠——威斯克的某位王公贵族——还有提伦大师。莱拉眨了眨眼，虽然 Aven Essen 十之八九看不见，但他明亮的眼睛似乎眯了起来，颇为不悦。

紧张的气氛笼罩全场，莱拉扭头望向竞技场上方的裁判席，那里有个身着白金色长袍的男人。他举起手来，莱拉以为他在召唤魔法，随后意识到他是在示意人们安静下来。

萨把球递上前来,泥土充盈能量,四处纷飞。

莱拉吞着口水,举起手中的球,相比之下,油毫无动静,令人不安。

老虎,老虎,火一样辉煌……

她手指用力,油的表面燃烧起来。效果惊人,但不能持久,因为球里的空气有限。她毫不犹豫——在白袍男子的手落下来的瞬间,莱拉迅速将球扔到地上,火焰与空气遭遇,喷薄而出,气势之大,吓了莱拉一跳,也震慑了全场。观众们似乎对这种场面颇为受用。

萨一把捏碎了手里的球,于是,比赛开始了。

★★★

"集中精神。"阿鲁卡德喝道。

"我在集中精神。"莱拉说,双手悬在油的两侧。

"你没有。记住,魔法好比海洋。"

"是的,是的,"莱拉嘟囔着,"海浪。"

"当海浪向同一处奔涌,"他不理会莱拉,自顾自地讲解道,"其势必大。如果它们互相冲撞,其势必消。"

"好的,所以我要让海浪形成势头——"

"不,"阿鲁卡德说,"让力量通过你就行。"

埃萨蹭过她身边。夜峰号在海上轻轻摇晃。她的双臂始终悬空,酸痛难忍,掌心各有一滴油。这是她上的第一堂课,她注定失败。

"你这是徒劳的。"

"去死吧。"

"不要反抗。不要强迫。做一扇敞开的门。"

"不管海浪了?"莱拉嘀咕着。

阿鲁卡德置之不理。"所有的元素都有内在联系,"他一边踱步一边说,莱拉仍然挣扎着召唤火焰,"元素之间并无明确的分界。相反,它们存在于同一维度,彼此交融。你需要做的就是发现哪个部分对你的吸引力最强。火与气交融,气与水交融,水与土交融,土与金交融,金与骨交融。"

"那魔法呢?"

他皱起眉头,似乎听不懂她的问题。"魔法无处不在。"

莱拉活动着双手,专注于手指的力道,因为她需要借助于某种东西以集中精神。"老虎,老虎,火一样辉煌……"什么都没发生。

"你太用力了。"

莱拉恼羞成怒。"我以为还不够用力!"

"关键在于平衡。而且你抓得太紧了。"

"我都没有碰到它。"

"你当然碰到了。你只是没用双手触碰。你在发力。但力量和意愿不一样。你只需要捧着它,可你实际上在掌握它。你希望控制元素。事实上,那是没用的。应该是……对话。提问和回答,呼唤和回应。"

"等等,到底是海浪,是开门,还是对话?"

"你希望是什么就是什么。"

"你这个老师真讨厌。"

"我提醒过你。如果你做不到——"

"闭嘴。别打扰我。"

"你不可能靠眼睛瞪出魔法来。"

莱拉稳稳地吸了口气。她集中精神感受火焰,想象着掌心发热,可是依然没有效果。然后她想起了凯尔，想起了霍兰德，想起了他们施法时空气的变化，那种刺痛，那种律动。她想到自己手握黑石，召唤其中的力量，鲜血和骨骼之间的震颤，还有别的，更深层的东西。那东西极为陌生、不可思议，但又非常熟悉。

她的指尖在灼烧，不烫，而是某种陌生的感觉，温暖而又冰冷，既粗糙又光滑，生机勃勃。

老虎，老虎，火一样辉煌，她无声地背诵着，须臾，火焰贴着掌心燃起。她不需要看自己做到了什么。她能感觉到——不仅仅是热度，还有涌动的力量。

莱拉正式成为魔法师。

★ ★ ★

不等莱拉使火焰成形，萨的土团——与岩石无异——击中了她的肩膀。甲片碎裂时光芒耀眼，转瞬即逝。疼痛久久不散。

她来不及做出反应，又一块土团飞了过来。莱拉勉强躲开萨的攻击，闪到一根柱子后面，土团在柱子上撞成碎块，纷纷落在地板上。莱拉以为下一次攻击来得不会太快，于是绕过柱子，准备反击，不料一柄土矛正中前胸，击破了心口的甲片。冲击力迫使她飞向一块岩石，脊背重重地撞了上去，两块甲片应声碎裂，她喘着粗气，跪在地上。

转眼之间，她失去了四块甲片。

威斯克人轻轻一笑，笑声低沉，喉音浓重。不等莱拉爬起来，更别提还击了，又一块土团击中她的小腿，打破了第五块甲片，她再次跪在地上。

莱拉翻身而起，恶狠狠地咒骂着，骂声被淹没在欢呼声、助威声和旗子的猎猎声中。一团火焰仍在浸了油的地板上燃烧。莱拉运用意念操纵，一条火蛇扑向威斯克人，与萨擦身而过，盔甲在热浪中完好无损。莱拉咒骂了一声，躲了起来。

威斯克人说着挑衅的话，但莱拉死活不露面。

思考，思考，思考。

她一整天都在看比赛，观察选手们如何走位、如何较量。她左思右想，试图发现盔甲上的裂缝，参透比赛中的玄机。

她明白了非常重要的一件事。

所有人在比赛中都**遵守规则**。好吧，在莱拉看来，规则不多，有些是摆在明面上的，比如不得发生肢体触碰。而这些参赛选手与演员无异。他们打得光明正大。他们不是在打一场生死攸关的仗。当然了，他们渴望获胜，渴望赢得荣誉和奖金，但他们不是**背水一战**。险招使得太多，缺乏敬畏之心。他们表现得胸有成竹，因为知道裁判会敲钟、吹哨，比赛终将结束，他们性命无虞。

真正的战斗不是这样的。

迪莱拉·巴德从未打过一场无关生死的仗。她扫视全场，目光落到裁判席上。裁判已经退了回去，上面空无一人。裁判席高过竞技场的地面，但是并非高不可攀。她够得到。

莱拉把火焰拉了回来，蓄势待发。然后她翻身上墙，一跃而起。她勉强做到了，在众人的惊呼之中，她跳上裁判席，转而面对萨。

果然，威斯克人迟疑了。

伤害观众当然是不允许的。但规则里不包括禁止站在观众前面。对莱拉而言，那是宝贵的一瞬间。萨没有出手，而莱拉出手了，两团火球抛向对手。

A Gathering of Shadows

不要反抗。不要强迫。做一扇敞开的门。

但莱拉觉得自己不像一扇敞开的门,而像一面放大镜,强化了体内熊熊燃烧的魔法,使它在接触火焰的瞬间爆炸,冲击力喷薄而出。

火球翻滚,在半空中画出两道弧线,从不同的角度砸向萨。她挡下了一团火球,另一团则击中了她的侧面,打碎了从臀部到肩膀的三块甲片。

看台上爆发出一阵欢呼,莱拉笑得像个傻瓜。上方,一抹金色吸引了她的视线。不知何时,王子来观战了。阿鲁卡德在他底下的看台上。裁判席上,白袍裁判迎面而来,不等他宣布犯规,莱拉就跳回了底下的岩石。遗憾的是,遭受突然袭击的萨已经回过神来,莱拉刚刚在石头上落脚,一块炮弹似的土团就砸中她的肩膀,击破第六块甲片,同时把她推下了石头。

她在空中翻了个筋斗,犹如灵猫一般优雅地落地。

莱拉的靴子刚刚沾到石板,萨就做好了招架的准备,所以莱拉在落地之前发动攻击。火球击中威斯克人的小腿,打破了又一块甲片。

四比六。

莱拉紧咬比分。

她滚到一处障碍物后喘息,萨张开粗壮的十指,散落在场上的土块战栗着飞回威斯克人身边。

莱拉看见了一大块土,不等萨使用无形的力量拉走它,她便单膝跪地,一把将其抓住。萨可以轻易地移动元素,带上莱拉也毫无问题。于是莱拉没有放手,以各种各样的障碍物为掩护,靴子擦过平滑的石板地,向对方靠近,而萨丝毫没有察觉。等岩石、柱子和矮墙到了尽头,萨终于发现了莱拉,眼睁睁地看见她松开土块,一层火焰覆盖其上。土块斜斜地撞向威斯克人,因为她的拉力,也因为莱拉的推力。萨的胸膛被击中,两块甲片当即粉碎。

很好。现在她们打成了平手。

萨再次发动进攻,莱拉下意识地躲闪——或者说她试图躲闪,但靴子被牢牢地固定在地板上,她低头一看,发现有一块土变硬了,颜色深如岩石,与地板结合成一体。萨在面具背后咧开嘴巴,牙齿闪闪发亮,莱拉只能扬起双臂,抵挡对方的攻击。

在她身上,覆盖腹部、臀部和大腿的甲片全都破了,疼痛潮水般席卷而来。莱拉嘴里尝到了血味,她希望只是咬破了舌头。如果她再失去一块甲片,就彻底完蛋了。萨随时可能发起攻击,而在莱拉的脚下,束缚靴子的土块依然牢固。

莱拉来不及脱下靴子,她的火焰散落在场上,已经渐渐熄灭,正如她反败为胜的希望。她心跳加速,头晕目眩,在淹没一切的喧嚣之中,萨的最后一击飞向莱拉。

防守无济于事,她索性高举双手,操纵最后的火焰形成盾牌,空气中充满了焦煳味。

保护我,她不再吟诵诗句,而以恳求的口吻默念。

她并不指望有什么效果。

然而有了。

一股能量流过她的双臂,撞上残余的火焰,转瞬之间,火焰在她面前爆炸。一堵火墙陡然而生,将竞技场一分为二,在萨的身后投下一道影子。土遇到火,化为灰烬。面具背后,莱拉瞪大眼睛。

她从来没有与魔法直接对话。当然,她咒骂过,抱怨过,提过一大堆莫名其妙的问题。但她从来不曾发号施令,不曾使用过凯尔施展血魔法的方式。她对待黑石采取过那种方式,后来才发现代价不菲。

或许火焰也要求回报,至少她目前感觉不到。她的脉搏狂跳,肌肉酸痛，神思驰骋，火墙在她面前欢快地燃烧着。火舌舔着她的手指，高温掠过她的皮肤，但若即若离，绝不伤害她。

莱拉没有试图成为海浪，或者敞开的门。她仅仅**推动**而已，不靠蛮力，而靠意志，火墙滚滚向前，扑向萨。在莱拉眼里，火墙从无到有，耗时不短。她不理解萨为何纹丝不动，直到时间恢复正常，她才发现火墙的产生、形态的改变，全在转眼之间。

火墙扭曲变形，就像一方收拢的手帕，通过压缩，极大地增加了力度、热度和速度，凶猛地扑向萨。

威斯克人虽然强悍，但速度不快——不如莱拉，更不如火焰。她抬起胳膊，却抵挡不了爆炸的威力。光芒一闪，她身前所有残余的甲片都化为齑粉。

萨向后翻滚，木制的面具被烧焦了。莱拉靴子上的土块随之崩塌，她重获自由。

比赛结束了。

她**赢**了。

莱拉双腿发软，随时可能瘫在冰冷的石板地上。

汗水顺着脖子流淌，她的双手严重擦伤，脑袋嗡嗡作响。她知道，等兴奋劲儿过了，必然逃不过痛苦的折磨，但是此时此刻，她觉得自己无与伦比。

所向无敌。

萨爬了起来，迎面跨了一步，伸出手来，莱拉握上去时，她的小手被包裹在对方的巨掌之中。然后威斯克人消失在通道里，莱拉转而面朝御用包厢，冲着王子鞠了一躬。

她刚刚俯身，就看到凯尔在莱的身边，风尘仆仆，面红耳赤。莱拉鞠了躬，握手成拳，贴在心口处。王子带头鼓掌。凯尔歪着脑袋。

然后莱拉在欢呼声中离场,"斯塔希安!斯塔希安!斯塔希安!"的喊声久久回荡。

莱拉迈着缓慢而平稳的步伐走过竞技场,钻进黑暗的通道。

一进通道,她就双膝跪地,放声大笑,笑到胸口发痛。

VI

"你错过了一场精彩的比赛。"莱说。斯塔希安·埃尔索已经离开，场内的人群渐渐散去。大赛第一轮结束。三十六位选手剩下了十八人，明天，十八人当中再决出九人。

"遗憾，"凯尔说，"今天挺忙的。"

莱一把搂上兄弟的肩膀，扮了个鬼脸。"你真有必要挨最后那一下吗？"喧闹声中，他低语道。

凯尔耸耸肩。"我希望为观众们奉上精彩的表演。"他说话时面带微笑。

"你最好别笑，"莱训斥他，"如果有人看到你快活的样子，一定以为你疯了。"

凯尔试图恢复日常的严肃表情，但失败了。他难以克制。上次他充满活力的时候，面临死亡的威胁。

他身上多处疼痛。他的甲片破了六块，法罗人十块。仅仅使用一种元素作战，超出他预料的艰难。凯尔一向不操心元素之间的差异，只管按需使用，因为他召唤任何一种都能得到回应。结果，凯尔一半的精力都耗费在不违反规则上。

但他成功了。

莱收回胳膊，点头示意阿恩人刚才战斗过的地方。"估计那家伙不会让其他选手轻易赢得奖金。"

"我以为阿鲁卡德胜券在握。"

"噢，他当然能行。但那家伙不是省油的灯。如有时间，他的下一场比赛你应该看看。"

"我看看时间表。"

有人清了清嗓子。"殿下。凯尔大师。"是莱的侍卫托纳斯。他护送两人出了竞技场。返回王宫的路上，斯塔夫也跟了上来。凯尔离开王宫仅仅几个钟头，就像变了一个人。在他眼里，宫墙不再令人窒息，看到王宫也不再心烦意乱。

战斗的感觉妙不可言。兴奋，以及随之而来的释然，使他浑身上下得以放松，心满意足。几个月来，他头一次得以施展拳脚。当然了，不算彻底，而且他无时无刻不在提醒自己注意分寸、不能露出马脚，但是仍然很有意义。他极度渴求的某种意义。

"你今晚出席舞会吧？"登上殿前台阶时，莱问道。

"又来？"凯尔抱怨，"不觉得无聊吗？"

"政治总是令人精疲力竭的，但可以选择讨人喜欢的同伴。再说了，我不能永远让柯拉找不到你。"

"真是精疲力竭。"凯尔咕哝道。两人进了走廊，他在自己的寝宫前停步，莱继续向前，走廊尽头是一扇镶有金色 R 字母的门。

"那是我们该做的牺牲。"莱回头说道。

凯尔翻了个白眼，王子走远了。他伸手开门，忽然停止了动作。

手腕上的一处擦伤暴露在外,他感觉掩在衣服底下的皮肤有好几处发青发紫。

明天的比赛,他已经等不及了。

他推开门,脱外套的时候,忽然发现国王站在阳台的门前,正透过磨砂玻璃望着外面。凯尔如坠冰窖。

"先生。"他小心翼翼地说。

"凯尔,"国王招呼他,然后望向门口的斯塔夫,"请你出去等。"然后,他对凯尔说:"坐。"

凯尔坐到沙发上,身上的瘀伤转眼失去了炫耀胜利的资格,更像是背叛的印记。

"出了什么事情吗?"等侍卫离开了,凯尔问。

"没有,"国王说,"我考虑了你今早说的话。"

今早?今早已经恍若隔世。"什么话,先生?"

"你在 Essen Tasch 期间和莱保持距离。如今太多外来人涌进城中,我更希望你留在王宫里。"

凯尔心头一紧。"我做错了什么事吗?您是在惩罚我吗?"

马克西姆国王摇摇头。"我不是惩罚你。我是在保护莱。"

"陛下,保护莱的人就是我。万一——"

"可是莱不需要你保护,"国王打断他的话,"以后都不需要了。为了保护莱的安全,唯一的方法就是保护你的安全。"凯尔听得口干舌燥。"好了,凯尔,"国王接着说,"你也不是很喜欢看比赛。我一整天都没见到你的人影。"

凯尔摇摇头。"那不是重点。现在——"

"在王宫阳台上能看见中央竞技场。你就留在这里看比赛好了。"国王把一只巴掌大小的金环放在桌上,"你也听得见。"

凯尔张了张嘴，终究没有提出异议。他吞着口水，双手握拳。"好的，先生，"他起身离座，"我也不能参加舞会了吗？"

"怎么会，"凯尔的语气带有几分不满，但国王并不理会，"进出王宫的人我们都记录在案。依我看，没有必要禁止你出席，只要你凡事谨慎小心。而且，我不希望客人好奇你去哪里了。"

"好吧。"凯尔喃喃道。

国王刚一离开，凯尔就走进另一头的隔间，关上房门。架子上的蜡烛亮了起来，借着烛光，他看到门板背后画有不少符号，每一个都对应着伦敦城中的一处地点。出门可谓轻而易举。他们关不住他。凯尔抽出刀，在胳膊上割了一道浅浅的伤口。等鲜血涌出，他用手指蘸了蘸，这次没有重新勾勒已经存在的符号，而是在门板的空白处画了一个新的符号：一条竖线，两条平行的横线，其中一条在上，指向右边，一条在下，指向左边。

当天早上，他在凯梅拉夫的帐篷里画了同样的符号。

凯尔不希望错过比赛，但如果谎言能够令国王安心，那就骗骗他好了。即使影响了国王对他的信任也无所谓。国王已有好几个月不信任他了。

凯尔冲着门冷冷一笑，动身去找他的兄弟。

VII

白伦敦

欧什卡站在树下，擦拭着刀上的血迹。

她整个上午都在寇西克街上巡视，那是她曾经生活的地方，骚乱的爆发犹如肆虐荒原的野火。霍兰德说一切都在意料之中，改变永远伴随动荡，但欧什卡没有那么宽宏大量。她手里的刀找上了叛徒和怀疑论者的喉咙，将那些异议一个接一个地消灭。他们不配活在这个全新的世界。

欧什卡收刀回鞘，深深地吸了口气。曾几何时，城堡里遍布石雕，如今林木葱茏，尽管寒冬料峭，树上依旧枝繁叶茂。在欧什卡的记忆中，她的世界闻起来有着灰烬和鲜血的气味，如今的气味来自新鲜空气和落叶，来自森林和烈焰，来自生命和死亡，充满芬芳、潮湿和洁净的气息，蕴含着应许、改变和力量。

她把手伸向附近的一棵树，掌心贴着树干，能感觉到律动。她不清楚律动是自己的,还是国王的,抑或是树木的。霍兰德告诉过她,这是世界的律动,当魔法归位,它不属于任何一个人,同时属于所有人,它不属于任何一件事物,同时属于一切。它为万物所共有。

欧什卡不理解,但又渴望理解。

树皮粗糙,她用指甲剥掉一块,惊讶地发现里面的木头带有银色条纹,那是咒语的印记。一只鸟儿在头顶叫唤,欧什卡凑近了些,但还来不及仔细观察,脑子里热流涌动,国王的声音嗡嗡作响,产生了令人愉悦的共鸣。

来见我。他说。

欧什卡从树干上收手。

★ ★ ★

她惊讶地发现国王独自一人。

霍兰德坐在王座上,身子前倾,肘撑膝盖,低头凝视一只银碗,烟雾氤氲其中。国王正在施法,她大气不敢喘。国王的双手悬于碗的两边,神情专注。他嘴唇紧抿,眼中有暗影流转,在乌黑的左眼中盘旋,然后钻进了绿色的右眼。暗影仿佛有生命力,在他眼里蜿蜒来回,碗中的烟雾也一样,环绕着某个东西,她看不见的东西。光线纷飞,犹如划破黑暗的闪电,魔法的力量使得欧什卡感到皮肤刺痛,然后消散了,周围的空气颤抖着,一切归于静止。

国王垂落双手,过了好一会儿,盘旋的暗影才撤离国王的右眼,只剩鲜艳的绿宝石色。

"陛下。"欧什卡小心翼翼地说。

他没有抬头。

"霍兰德。"

听到这个名字，他抬起了头。一时间，他的异色双瞳依旧空洞得不正常，视线飘忽，然后忽然聚焦了，目光落在欧什卡身上。

"欧什卡。"他嗓音圆润，带有回声。

"您召唤我。"

"是的。"

他起身离座，打了个手势，示意座前的地板。

她这才看到尸体。

地板上躺着两具尸体，弃置于一边，实话说，那不像尸体，而像两堆崩落的尘埃，骨架上的皮肉枯萎发黑，因为痛苦，尸体的姿态极为扭曲，残缺的双手伸到喉咙的位置。另一具尸体的情况更加恐怖。她不清楚发生了什么事。也不确定自己是否*希望*知道。但她觉得非问不可。她开口时，静谧的氛围被打破了。

"失算，"国王回答的声音几近自言自语，"我错了。我以为颈圈的压迫力太强，然而不是。是他们太弱了。"

欧什卡的目光落在银碗上，恐惧犹如一盆冰水，浇得她透心凉。"颈圈？"

霍兰德把手伸进碗里——刹那间，他似乎有些畏缩，抗拒这个动作，但国王毫不退让——他伸手的同时，暗影浮现，覆盖了手指、手掌和手腕，变成一副黑色手套，光滑而又结实，表面附着精巧的巫纹。它能抵挡潜伏在黑暗中的东西。

国王从银碗里取出一个可以开合的深色金属圆环，表面刻有符文，闪闪发光。欧什卡试图解读那些符文，然而视线不断滑向别处，难以落定。圆环内部的空间似乎吞没了一切光线和能量，空气也变得苍白失色，稀薄如纸。金属颈圈有几分*诡异*，以某种方式扭曲了周遭的世界,欧什卡的感官受到挑战,只觉得头晕恶心。

霍兰德戴着手套翻动颈圈,仿佛在检查一件艺术品。"强度应该够了。"他说。

欧什卡壮着胆子上前一步。"您召唤我。"她重复了一遍,目光从尸体回到国王身上。

"是的,"他抬头应道,"我需要知道它有没有效果。"

恐惧袭来,那是一种本能的、许久不曾激发的恐惧,但她稳住了心神。"陛下——"

"你信任我吗?"

欧什卡深感不安。信任。信任在他们这种人的生活里不可多得。他们渴求魔法,为夺取力量而杀人放血。欧什卡活到现在,靠的是刀子、诡计和赤裸裸的怀疑,如今情况确实有了变化,因为霍兰德,但恐惧和谨慎依然潜伏在内心深处絮絮低语。

"欧什卡。"他的两只眼睛——祖母绿和墨黑色的——平视着她。

"我信任您。"她极力以真诚的口吻勉强挤出几个字,随时都有可能吞回去。

"那就过来。"霍兰德举起颈圈,仿佛举着一顶王冠,欧什卡犹豫了。不行。她好不容易赢得了如今的地位,也赢得了如今的力量。她经历了转化的考验,得以幸存。她证明了自己的价值。在她体内,魔法的律动强健有力。她不希望失去现在拥有的东西,不希望放弃力量,变回平庸的杀手。*或者更糟的下场*,她心里想着,视线移向两具尸体。

过来。

这一次,命令在脑子里回响,牵扯肌肉、骨骼和魔法。

欧什卡迈开脚步,一步,两步,三步,最后站在国王面前。*她的*

国王。国王赐予的恩惠何其之多,至今不曾要求过回报。恩惠必有代价。她愿意以行动、以血回报国王。如果这就是代价——无论是什么——她愿意承担。

霍兰德手中的颈圈落了下来。他的手很稳,眼神沉静。她应该低头,然而,她直视着国王的眼睛,在那里看到了平衡,还有平静。她感到安稳。

然后,颈圈扣上了她的喉咙。

第一感觉就是贴着皮肤的金属极其冰冷。冷得出乎意料,但毫无痛苦。接着,寒意化作一把尖刀,钻进她的皮肤,将其撕裂,魔法犹如鲜血从伤处涌出。

欧什卡喘着气,摇摇晃晃地跪下来。寒意直窜头顶,同时也刺透胸膛,犹如无数冰钉四散而开,刺破皮肉,深入骨髓。

冷。冷得撕心裂肺,然后消失了。

接下来——什么都没有。

欧什卡弯着腰,徒劳地抓着金属颈圈,发出牲畜般的哀鸣。周围的景色变得好生奇怪——苍白、稀薄、空洞——她感到与世隔绝,灵肉分离,也和国王疏远了。

那是一种忽然残废的体验:不疼不痛,但明显不对劲,她身上的某个重要部位被迅速切除,它曾经在那里,应该在那里,然而不在了。很快,她知道了失去的是什么。失去的是一种感知力。如同视觉、听觉和触觉。

是魔法。

她感觉不到魔法的嗡鸣和力量。它曾经无处不在,从周围的空气到她的骨子里,刹那之间,它竟然……不见了。

她手上的血管逐渐淡化,从黑色变成暗蓝色,而在平滑地板上的倒影中,她发现国王赐予自己的、横跨额头和脸颊的深色印记正在消失,最后只剩眉心的一个点。

欧什卡性子刚烈,容易激动,一旦情绪爆发,力量也随之喷涌。然而,此时此刻,她被淹没在极度的恐惧之中,除此之外感受不到别的情绪。她止不住地发抖,在震惊和害怕的侵袭下无法恢复镇定。她虚弱而又空洞,徒剩一具血肉之躯。太可怕了。

"求您,"她冲着王座厅的地板低声念叨,霍兰德在她身边观察,"求您,陛下。我一直……忠于您。我愿意永远……忠于您。求您了……"

霍兰德跪在她身边,捏着她的下巴,轻轻抬起。他的眼中有魔法旋涡,但欧什卡感觉不到魔法的触碰。

"告诉我,"他说,"你有什么感觉?"

战栗的回答溜出她的嘴唇。"我……我什么……都感觉……不到。"

国王冷冷地笑了。

"求您,"欧什卡痛恨这个词,"是您选了我……"

国王伸出拇指,擦过她的下巴。"我当时选了你,"他说着,指头顺着喉咙滑落,"现在依然没有改变。"

须臾,颈圈被摘掉了。

欧什卡喘着粗气,魔法犹如空气灌入饥渴的血管。一阵愉悦的痛感席卷全身,欢快,生动,富有活力。她的脑袋靠着冰冷的石头。

"谢谢您。"她低声说道,发现那道印记越过眼睛,从额头延伸到脸颊。"谢谢您。"

她缓了好久才爬起来,强行挺直腰身,与此同时,霍兰德把恐怖的颈圈放回银碗,手套消融在颈圈周围的阴影之中。

"陛下，"欧什卡痛恨自己的声音在颤抖，"这个颈圈是给谁的？"

霍兰德摸着心口，表情难以名状。

"一个老朋友。"

如果这是给朋友的，她心想，霍兰德会对敌人如何呢？

"退下吧，"他回到王座上，说道，"好好休息。很快你就有用武之地了。"

Part nine

Shades of Magic
狭路相逢

I

翌日，莱拉醒来时，愣了一会儿才想起自己身在何处，还有，更为重要的是，为何浑身酸疼。

她想起昨晚回到埃尔索的客房，恨不得直接和衣而眠。但她还是换上了自己的衣服，回到徘徊之路旅馆，尽管她对整个过程几乎没有印象。此时天已大亮。莱拉上次睡这么久、这么沉，都不知道是什么时候的事儿了。睡眠不是应该使人精力充沛吗？她只觉得筋疲力尽。

她的靴子被什么东西压着了，原来是阿鲁卡德的猫儿。莱拉不清楚这个小家伙是怎么钻进来的。无所谓。猫对她似乎也抱着一副无所谓的态度。莱拉抽出脚，坐起身来，猫儿都懒得动一动。

她浑身乏力。

不仅仅缘于在比赛中的消耗——她以前也激烈战斗过，但从来没有这种感觉。唯一类似的情况是黑石造成的影响。当时黑石导致的空乏感来势汹汹，眼下的感觉没有那么凶猛，但更加深远。证明魔法并非取之不竭的源泉。

莱拉强忍疼痛，吃力地下了床，幸好客房里没有别人。她轻轻地脱掉衣服，看见肋部的瘀伤扩散开来，不由得皱起眉头。想到今天还要继续对战，她心中忐忑不安，但又有一丝兴奋。当然，兴奋的感觉远远谈不上强烈。

危险。

鲁莽。

愚蠢。

疯狂。

这些言语曾经是打击，如今逐渐变成荣耀的勋章。

楼下的大堂里顾客稀少，她发现阿鲁卡德坐在墙边。她慢吞吞地挪到桌前，一屁股坐在椅子里。

他正在看一份报纸，莱拉的脑袋"咚"的一声栽在桌上，他头都没有抬。

"不习惯早起吗？"

她不满地咕哝着。阿鲁卡德为她倒了一杯浓郁的红茶，香气蒸腾而出。

"全天最无聊的时间，"她撑起身子，接过茶杯，"不能睡。不能偷。"

"生活可不止这点内容。"

"比如说？"

"比如说吃饭。喝酒。跳舞。昨晚你错过了一场盛大的舞会。"

她呻吟了一声。现在时辰尚早，她都不敢想象自己作为斯塔希安·埃尔索在竞技场上表演，更别提进宫了。"他们*每晚*都庆祝吗？"

"说了你可能不信，有人参加大赛就是为了宴会。"

"不觉得无趣吗，全是些……"她摆摆手，仿佛这个简单的手势能够解释一切。其实，莱拉此前仅仅参加过一次舞会，那天晚上从一张恶魔面具和一件漂亮的、崭新的外套开始，以两件东西沾着王子的鲜血，一个异域女王化为破碎石像而告终。

阿鲁卡德耸耸肩，递上点心。"要我说，更无趣的夜生活多了去了。"

她接过类似面包的点心，咬了一小口。"我老是忘记你属于那个世界。"

他面色一沉。"我本来就不属于。"

早餐下肚，立竿见影——她恢复了正常的视力，于是眯着眼睛盯着阿鲁卡德手上的报纸。那是一份对战表，第一轮获胜的十八名选手重新分成九组。她昨天太累了，没有看。

"今天的赛场是什么情况？"

"我有幸对阵一个与我相识甚久的老朋友，而且他是我见过最优秀的风法师——"

"吉纳尔？"莱拉突然来了兴趣。这场比赛很有看头。

阿鲁卡德严肃地点点头。"而你需要面对的是……"他的指头在纸上划过。"……瓦尔埃斯伊斯。"

"你了解那人吗？"她问。

阿鲁卡德的眉头拧成一团。"不好意思，你是不是把我当成伙伴了？上次我看了对战表，咱俩可不是一边的。"

"得了吧，船长。万一我在比赛中死了，你还得另找一个窃贼。"

话音未落，她想起自己失去了回到*夜峰号*的资格。于是她换了个说法。"我打趣的功夫独一无二。你知道，我要是不在了，你会怀念的。"她知道又说错话了，沉默随之而来，气氛压抑。"好吧，"她恼羞成怒，"我再回答你两个问题，你把知道的告诉我。"

阿鲁卡德的嘴角微微抽动。他折起对战表放到一边，然后十指交叉，一副从容自如的样子。"你第一次来我们伦敦是什么时候？"

"四个月前，"她说，"我需要换个环境。"她希望点到为止，结果没能管住嘴巴。"我被卷进了意料之外的事情，既然开始了，我就想知道如何收场。结束之后，我来了，我有了重新开始的机会。不是每一段过去都值得留恋。"

看见他神情兴奋，莱拉以为他准备深究，没想到话题换了。

"上船的那天晚上，你在躲什么？"

莱拉皱着眉头，移开视线，盯着杯中的红茶。"谁说我在躲？"她喃喃道。阿鲁卡德扬起眉毛，不动声色，像猫儿一样耐心。她喝了一大口滚烫的茶水，喉咙灼烧得厉害，然后才开口："听着，所有人对待未知的事物都是谈虎色变，然而困扰我的从来都是熟悉的事物。它太沉重了，化作墙壁和天花板，就像一间牢房，把你困在其中。"

"这就是你决定冒名顶替斯塔希安的原因？"他冷冰冰地说，"因为我成了你的负担？"

莱拉放下杯子，强压道歉的冲动。"你的两个问题问完了，船长。该我了。"

阿鲁卡德清了清嗓子。"那好吧。瓦尔埃斯伊斯。毫无疑问是法罗人，据我所知，不好对付。土系法师，性子火暴。你们碰到一起，恐怕是火星四溅。现在是第二轮，所以你可以使用第二种元素，如果有能力的话。"

莱拉的指头敲着桌子。"水。"

"火和水？这种组合还真是非比寻常。大多能操纵两种元素的法师选择相近的元素。火和水是对立关系。"

"怎么说呢，我总是特立独行。"她眨了眨正常的那只眼睛，"而且我有个好老师。"

"马屁精。"他咕哝道。

"笨蛋。"

他抚着胸膛,佯装生气。"你下午出场,"他说着站了起来,"我很快就要上场了。"他似乎并不激动。

"你担心吗?"她问,"你的比赛?"

阿鲁卡德端起茶杯。"吉纳尔在他的领域是最厉害的。可惜他只擅长一样。"

"而你有很多武器。"

阿鲁卡德喝完茶,把杯子放在桌上。"这话我不是第一次听了。"他穿上外套,"到时候见。"

★★★

竞技场内座无虚席。

吉纳尔的赛旗随风飘扬,紫红的晚霞映着银色的土地,阿鲁卡德的赛旗则是银色配深蓝色。

两个阿恩人。

两大夺冠热门。

一对好友。

莱在御用包厢现身,但莱拉没有看见国王和王后,凯尔也不在,不过底下的包厢有阿鲁卡德的家人。贝拉斯面色阴郁,安妮萨鼓掌欢呼,挥舞着哥哥的赛旗。

场上光影交错,两大夺冠热门选手相互周旋,观众屏息以待。吉纳尔跳跃如风,阿鲁卡德冷静似刀。

莱拉把玩着白色石屑——来自白伦敦的纪念物在她指间翻来转

去——尽可能跟上两人的行动，观察双方的进攻路线，预判对策，理解他们的一招一式。

这场比赛势均力敌。

吉纳尔对风的使用几近炉火纯青，但阿鲁卡德说得没错——风是他掌握的唯一一种元素。他可以让风形成墙壁或者波浪，形成风刀，甚至乘风而飞。而阿鲁卡德掌握了土和水，以及两种元素的诸多形态——硬实如钢铁的刀刃、石头和冰形成的厚盾——最后，他的两种元素战胜了吉纳尔的一种元素，阿鲁卡德赢了，击破十块甲片，而吉纳尔击破了七块。

银眼魔法师退场了，透过面具的铁网，可见他面带微笑，阿鲁卡德则冲着御用包厢扬起覆满鳞片的下巴，向王子深鞠一躬，然后进了通道。

观众陆续离席，莱拉留了下来。步行来到竞技场使她浑身得以放松，但除非有必要，否则她不急着挪窝，所以她没有动，望着来去的人流，有的离场观看别的比赛，有的进场。蓝色和银色的旗子不见了，取而代之的是金色旗面上的火焰红猫——那是克什米尔的赛旗——和红色旗面上的一对狮子。

凯梅拉夫。

莱拉收好白石，做出了选择。*这场比赛一定很有趣。*

她记得克什米尔是操火者，结果发现阿恩的卫冕冠军走出来时——步伐犹如潜行的野兽，猫脸面具底下，一束束鬃毛般的黑发编成辫子——拿着装有水和土的玻璃球。

令观众们激动的是，凯梅拉夫也一样。

从双方使用的元素来看，这是一场棋逢对手的比赛。虽说不是莱拉的战斗——谢天谢地——但她异常兴奋，血脉偾张。

玻璃球落地的瞬间，比赛开幕。

场上，两人相持不下——整整五分钟过去，克什米尔才拿到第一分，从侧面击中凯梅拉夫的大腿。又过了八分钟，凯梅拉夫拿下了场上的第二分。

莱拉眯着眼睛，觉得不太对劲，但也说不清是什么。

克什米尔的动作相当漂亮，又有几分狂野。而凯梅拉夫……流畅自然的作战方式，十分**眼熟**。他姿态优雅，似乎不费力气，有种故弄玄虚的味道。大赛前，她很少见识真正使用魔法的战斗。可是看着他在场上打斗，似曾相识的感觉扑面而来。

莱拉俯身向前，指头敲打着栏杆。

他为何如此眼熟？

★ ★ ★

凯尔闪转腾挪，试图跟上克什米尔的速度，但并不容易，她的速度很**快**。比他第一轮的对手要快，也比他对战过的任何人都强，霍兰德除外。卫冕冠军与他可谓针尖对麦芒。刚才那一击是一次错误，笨到家了——不过，圣徒啊，他感觉好极了。充满活力。

透过克什米尔的面具，凯尔捕捉到一抹笑意，他在自己的面具背后也以微笑回应。

他右手上方悬着碟形的土，左手水流环绕。他从一根柱子后面闪出来，然而对手已经消失。在他背后。凯尔急忙转身，扔出碟形的土。反应太慢。两人冲撞，攻击，又迅速闪开，仿佛陷入一场恶斗的剑士，但他们用的不是剑，而是水和土。突刺。格挡。击打。

一根坚硬的土矛差点擦过凯尔的头盔面部，他就地一滚，单膝跪地而起，两人同时发动元素攻击。

二者轰然相撞，光芒耀眼。

观众们为之癫狂，而克什米尔反应很快。

她的红色水流一直绕身而转，形成环状。凯尔刚才抵近攻击，正中她的下怀，此时她猛地推动水环，使其向前疾射，同时凝结为一支冰矛。

凯尔急忙躲闪，可惜避之不及——冰矛扎进他的肩膀，击破甲片，伤及皮肉。

观众们齐齐倒吸一口气。

凯尔痛得呻吟一声，按住肩膀上的伤口。等他收回手，只见血迹斑斑，殷红如宝石。他满脑子都回荡着魔法的低语——As Travars。As Orense。As Osaro。As Hasari。As Steno。As Staro——咒语差点脱口而出，但他及时制止了。他在袖子上擦去血迹，再次发动攻击。

★ ★ ★

莱拉瞪圆了眼睛。

所有人都在关注凯梅拉夫，但好巧不巧，刚才那一击之后，她抬头看见御用包厢里的莱王子面容扭曲，痛苦不堪。他迅速将其掩藏起来，但仍旧紧握栏杆，垂着头，莱拉一看就明白了。那天晚上她在场，两位王子被维系在一起，鲜血与鲜血，痛苦与痛苦，生命与生命。

她的目光立刻转回竞技场上。

她恍然大悟。身高，姿态，举止流畅，优雅至极。

她笑开了花。

是凯尔。

就是他。不可能不是。选旗之夜她见过凯梅拉夫·洛斯特，注意到他的灰色眸子和狐狸似的笑容。同时，她也注意到了他的身高和举止，毋庸置疑——竞技场上的凯梅拉夫与那晚在玫瑰厅里祝她好运的，不是同一个人。眼前的人曾与她在三个不同的伦敦并肩作战，被她偷过、威胁过，也拯救过。他是凯尔。

"你笑什么？"提伦突然冒了出来。

"比赛很精彩。"她说。

Aven Essen 轻轻地"嗯"了一声，半信半疑。

"跟我说说，"她的目光停留在赛场上，"你有没有尝试过阻止他干这种疯狂的事情？还是说，你就打算睁一只眼闭一只眼呢？"

沉默片刻，提伦不动声色地回答："我不知道你在说什么。"

"你当然不知道了，Aven Essen，"她转身面对提伦，"我敢说，如果场上的凯梅拉夫摘了头盔，一定很像在选旗之夜露面的那人，而且没有一只乌黑的眼——"

"我有点后悔没有告发你了，"牧师打断了她的话，"流言蜚语危险得很，斯塔希安，尤其是某人自己犯了错，还要散播流言蜚语。那么，我再问你一次，"他说，"你在笑什么？"

莱拉与他四目相对，神色平静。

"没什么，"她扭头继续看比赛，"没什么。"

II

最终，凯梅拉夫赢了。

凯尔赢了。

卫冕冠军与银骑士打得难分难解。观众们屏息静气，看得头昏眼花。场上一片狼藉，散落着破裂的石头和黑冰，半数障碍物或残缺或损毁。

他的举止。他战斗的方式。在他们短暂相处的日子里，莱拉从未见过他这样战斗。一分——他仅仅赢了一分，掀翻了卫冕冠军，而她心里想的是，他有所保留。

哪怕是现在，他依然有所保留。

"斯塔希安！斯塔希安！"

莱拉收回思绪——她还有迫在眉睫的事情需要操心。

她的第二场比赛即将开始。

她站在西面的竞技场中央，看台上满是银黑色赛旗，而法罗人的浅绿色赛旗星星点点。

她对面的家伙正是瓦尔埃斯伊斯,双手各抓一个玻璃球,里面装着染色的土。莱拉打量着对手——他身材颀长,精瘦而强健,肤色深灰,一双奇异的浅绿色眸子,与他的赛旗同色。眼眶深陷,眸子精光四射。不过最令莱拉感兴趣的是黄金。

她见过的法罗人大多贴着皮肤佩戴珠宝,但瓦尔埃斯伊斯佩戴的是黄金。他的面具仅仅遮挡了脑袋的上半部,金珠子顺着脸颊和喉咙处的线条,组成头骨的图案。

莱拉怀疑那是社会地位的象征、家财万贯的标志。

不过,露富无异于邀请人家来抢劫。话说回来,取出那些金珠子恐怕不大容易。

它们是如何装饰在面部的?胶水?魔法?不,她注意到瓦尔埃斯伊斯的饰物不是固定在那里的,不是以普通的方式——而是埋在里面,每一颗金珠都嵌进了皮肤。镶嵌的手艺相当高超,珠子周围的皮肉几乎没有隆起,造成一种面部生长黄金的错觉。但她发现了淡淡的疤痕,就在皮肉与异物接触的部位。

要想劫财还真不容易。

免不了血肉模糊。

"Astal。"身着白金色长袍的裁判发号施令。准备。

观众们安静下来,不敢呼吸。

法罗人举起两只球,等她做出同样的动作。

莱拉伸出自己的球——火和水——简单祈祷了一句,就放手了。

★ ★ ★

阿鲁卡德拿起桌上的醒酒瓶,斟了两杯酒。

莱拉还没把杯子送到嘴边,他开口了:"换作我,就不喝那杯酒。"

她停止动作,盯着杯中的酒水。"这是什么?"

"阿维斯葡萄酒……为主。"

"为主。"她重复了一遍。她眯起眼睛,果不其然,酒水中有杂质。"你在里面放了什么?"

"红沙。"

"你糟蹋了我最喜欢的酒,我猜应该另有所图?"

"没错。"

他把自己的杯子放到桌上。

"今晚,你要学习同时影响两种元素。"

"真不敢相信,你糟蹋了一瓶阿维斯葡萄酒。"

"我说过,魔法是对话——"

"你还说过魔法是海洋,"莱拉说,"是一扇门,我记得你有一次说魔法是猫——"

"好吧,今晚我们形容它为对话。我们增加一个参与者。同样的力量,不同的路线。"

"我做不到同时拍脑袋和揉肚子。"

"那就会很有趣了。"

★★★

莱拉大口喘气。

瓦尔埃斯伊斯绕着圈,她浑身都在抗议,上一场比赛带来的疼痛尚未好转。然而,尽管她疲惫不堪,魔法仍在体内蠢蠢欲动。

两人打成了平手,六比六。

她不断地躲闪、跳跃、出击，汗水流进眼里。一次出手，她幸运地击中了覆盖法罗人上臂的甲片。七比六。

在莱拉面前，水流旋转，形成盾牌，在瓦尔埃斯伊斯攻来时就凝结成冰。冰盾在他的击打之下破碎，不过，冰盾破碎好过宝贵的甲片破碎。

莱拉的策略很快失效了。冰盾第二次抵挡攻击后，他就破解了这一招，一发未至，一发又来。短短数秒之内，莱拉又损失了两块甲片。七比八。

她的体力逐渐不支，而法罗人似乎越来越猛。越来越快。

事实证明，火和水是错误的选择。它们不能接触——接触时就相互消耗，化作蒸汽和烟雾——

她忽然有了主意。

她迂回冲向附近的巨石——石头不高，她爬得上去——同时将两种力量合在一起。白烟滚滚，一时间弥漫了整个竞技场，借着白烟的掩护，她转身爬上巨石。居高临下，她看见瓦尔埃斯伊斯东张西望，寻找她的位置，搅得白烟动荡不安。莱拉集中精神，烟雾随之分离——水化作雾，然后凝成冰，在他周围冻结，火升到空中，暴雨般坠落。瓦尔埃斯伊斯操纵土，形成一面弧形的盾牌，然而在此之前，莱拉打破了他的两块甲片。九比八。

她来不及得意，一根土钉凌空射来，她立刻跳向巨石后方。

然后直接掉进陷阱。

瓦尔埃斯伊斯来了，突破她的防线，四根土矛掷了过来。她不可能躲开，时间不够。她眼看就要输了，此时此刻还不是输掉比赛的问题，那些土矛相当锋利，与刺穿凯尔肩膀的冰矛一样具有杀伤力。

恐慌突然袭来，这种感觉熟悉得很，就像刀子离得太近的时候，犹如危险的亲吻、死亡的触碰，她知道大势已去。

不。她体内激发了某种本能的反应，忽然之间，整个世界变慢了。

魔法——一定是魔法——却是她从未施展过的。刹那间，竞技场内部的空间似乎有所改变，她的脉搏放缓了，一秒钟被分割，被拉长——不算太长，但足够让她躲闪、翻滚和还击。瓦尔埃斯伊斯的一根土矛依然擦过她的胳膊，鲜血直流，甲片破裂，但无关紧要，因为瓦尔埃斯伊斯在那一瞬间——同样的、偷来的那一瞬间——来不及移动，被冰块击中腰部，最后一块甲片应声碎裂。

于是，神奇的一刻突然过去，一切恢复原状。在停滞的时间中，她不曾留意其间非同寻常的寂静，直到寂静突然崩塌，世界随即变得嘈杂。莱拉的胳膊疼痛难忍，看台上山呼海啸，但她依然盯着瓦尔埃斯伊斯，而后者低着头打量自己，仿佛身体背叛了他。仿佛他知道刚才的那一幕根本不可能发生。

或许莱拉违反了规则，但谁也没有发现。裁判没有，国王没有，欢呼的观众也没有。

"斯塔希安·埃尔索获胜。"裁判宣布。

瓦尔埃斯伊斯狠狠地瞪着她，但没有抗议。他转过身，大步离开。莱拉目送他走远。她感觉嘴唇湿漉漉的，随即尝到了铁锈味。她把手从面具底下伸进去，摸了摸鼻子，发现指头上沾满红色。她顿时一阵眩晕。其实很正常——刚刚那场战斗太艰苦了。

但她赢了。

她只是不知道怎么赢下来的。

III

莱坐在凯尔床边揉着衣领的部位，哈斯特拉在为凯尔包扎肩膀。伤势有所好转，但不可能在舞会开始之前恢复如初。"忍着点吧，兄弟，"他没好气地对王子说，"明天更不好过。"

他赢了。险胜——太险了——不仅仅是因为，如果赢过克什米尔的分数多那么一点点，就会招人怀疑。真不是，她确实厉害，技艺超凡，甚至能跻身最强者的行列。但凯尔还没打算止步，还不准备放弃自由和热血沸腾的战斗，回到首饰盒里当个玩物。克什米尔虽然厉害，但凯尔孤注一掷，凭着对胜利的渴望，拿到了第十分。

他成功晋级九强赛。

九人分成三组，每组三人，轮流对战，每次都是一对一，组中得分最高者方可晋级。打赢对手是不够的。凯尔必须赢下对手不止一分。

而且他抽的签不好。明天，他不止打一场，要打两场。他同情王子，但如今已无法回头。

A Gathering of Shadows

凯尔对莱说了，国王要求他留在王宫里。当然，他是在偷偷溜出去，参加完比赛之后告诉他的。

"他要是发现了，必然大发雷霆。"莱说。

"所以不能让他发现。"凯尔说。莱一脸疑虑。虽说他向来放荡不羁，但不敢违逆父亲的意愿。凯尔也一样，直到最近才有所改变。

"说起明天的比赛，"莱坐在床边说，"你得输掉。"

凯尔闻言一怔，肩头传来一阵刺痛。"什么？为什么？"

"你知道制订这个计划有多难吗？实施起来又有多难吗？我们到现在都没有露馅，堪称奇迹——"

凯尔站起身，活动着肩膀。"那是关系到信任——"

"我不能容许你夺冠，导致计划败露。"

"我无意在大赛上夺冠。我们刚刚进入九强赛而已。"凯尔有种怅然若失的感觉。莱的表情则印证了他的感觉。

"三十六人中选十八人，"莱缓缓地说，"十八人中选九人。"

"是的，我懂算术。"凯尔说着扣上束腰衣。

"九人中选三人，"莱接着说，"最后三人怎么比赛，聪明的数学家凯尔？"

凯尔眉头一皱，忽然想了起来。"噢。"

"噢。"莱故意模仿他的声音，从床边跳了下来。

"无面具仪式。"凯尔说。

"是的，没错。"他的兄弟说。

Essen Tasch 中涉及战斗的规则不多，涉及蒙面战斗的规则就更少了。在绝大多数赛程中，参赛选手可以自由决定个人形象，但无面具仪式要求进入决赛的三名选手以真面目示人，在观众和国王面前摘去头盔，而且在决赛中以及随后的加冕仪式上都不得佩戴头盔。

与各种比赛仪式一样，无面具仪式的起源早已被遗忘，但凯尔知道其中缘由。在和平年代的初期，一名刺客企图利用大赛，利用蒙面参赛的机会，刺杀法罗的王室成员。刺客杀害了夺冠的魔法师，戴上此人的头盔，等三大帝国的国王和王后邀请他登台领奖时，他出手了，在杀死法罗王后、重伤一位年轻的王室成员之后才被制服。来之不易的和平局面随时可能被破坏，但刺客什么都没有交代就死了，无人对这起刺杀事件负责。最终，国与国之间的和平得以维持，无头盔仪式随之诞生。

"你不能从九强赛晋级。"莱的口吻不容争辩。

凯尔兴味索然地点点头。

"高兴点，兄弟，"王子把王室纹章戴在他胸前，"你还有两场要打。谁知道呢，也许真的有人能堂堂正正地打败你。"

莱转身离开，凯尔紧随其后。

"先生，"哈斯特拉说，"借一步说话。"

凯尔停下脚步。莱站在门口，扭头问道："你来不来？"

"我随后就来。"

"如果你不现身，我可能要做蠢事了，比如投进阿鲁——"

"那种无聊的舞会我是不会错过的。"凯尔厉声打断他的话。

莱眨了眨眼，关上门。

凯尔转身面对自己的侍卫。"什么事，哈斯特拉？"

侍卫惴惴不安。"就是……您参加比赛的时候，我回到王宫找斯塔夫。国王正好路过，他问我您今天是怎么过的……"哈斯特拉闭上嘴巴，言下之意是：国王如果知道凯尔的计划，就不可能提出这样的问题。所以，国王并不知情。

凯尔一惊。"那你是怎么说的？"他硬着头皮问道。

哈斯特拉的目光落在地板上。"我告诉他,您没有离开王宫。"

"你对国王撒谎了?"凯尔极力保持语调平稳如常。

"算不上撒谎,"哈斯特拉抬起头,一字一顿地说,"严格意义上不是谎话。"

"怎么说?"

"我告诉他凯尔没有离开王宫。我没有提起任何有关凯梅拉夫……"

凯尔惊讶地盯着年轻人。"谢谢你,哈斯特拉。莱和我,我们不该置你于左右为难的境地。"

"是的,"哈斯特拉的语气相当肯定,然后飞快地接了一句,"但我理解您为何这样做。"

钟声敲响。舞会开始了。凯尔感到肩膀一阵剧痛,他强烈怀疑是莱在提醒自己。

"好吧,"他说着,走向门外,"你很快就不用撒谎了。"

★ ★ ★

当晚,莱拉有了参加舞会的想法。如今她发现了真相,很想看看不戴面具的凯尔,仿佛能在他皱起的眉头上看到"欺骗"二字似的。

然而,她在码头闲逛,望着进出港口的船只,聆听轻轻拍打船身的海浪声。她的面具挂在指尖,颚骨大张。

码头上一反常态,空空荡荡——船员和码头工人大多去了酒馆,参加聚会,或者夜市。在海上讨生活的人比在海边过日子的人更爱陆地,他们知道怎么享受。"今天的比赛真是精彩。"有人说。很快,阿鲁卡德出现了,与她并肩而行。

她想起两人早上的谈话,谈到她为何做这种事,为何窃取埃尔索的身份，为何置她自己——置所有的人——于危险而不顾时，阿鲁卡德受伤的语气。危险的冲动又来了，她很想道歉，很想求情，重新回到他的船上，至少讨他开心。

"又跟踪我？"她问，"你不去庆祝吗？"

阿鲁卡德仰起头。"我今晚没兴趣。而且，"他的目光落在莱拉身上，"我想看看你在做什么，比舞会有趣多了。"

"你担心我惹麻烦。"

"我不是你父亲，巴德。"

"幸好不是。父亲不应该引诱女儿，套她们的话。"

他悲伤地摇摇头。"**下不为例**。"

"我小时候，"她心不在焉地说，"喜欢在码头上闲逛，在伦敦——我的伦敦——看着进港出港的船。有时候我想象自己的船是什么样子。有时候我想象有么一艘船载我离开。"阿鲁卡德盯着她。"怎么了？"

"这是你头一次主动坦白。"

莱拉坏坏地一笑。"可别习以为常了。"

他们默不作声地走了一会儿，莱拉的口袋里叮当作响。身边的艾尔河闪耀红光，远处的王宫金碧辉煌。

然而阿鲁卡德从来不是沉默寡言的人。"你不去跳舞，就来干这个，"他说，"像个幽灵水手一样在码头上徘徊？"

"除非我厌倦了**这种事**。"她从口袋里抽出手来，摊开一看，全是珠宝、钱币，以及各种各样的小玩意。

阿鲁卡德气恼地摇着头。"为什么？"

莱拉耸耸肩。因为熟悉，她也许会说，因为在行。还有，在**这个**伦敦，人们荷包里的东西有意思多了。她搞到了一块梦石、一块火砾石，还有类似指南针但绝对不是指南针的玩意儿。"一日做贼，终身是贼。"

"这是什么？"他从那堆偷来的珠宝中拣出一块白石碎片。

莱拉顿时紧张起来。"是我自己的，"她说，"纪念物。"

他耸耸肩，把碎片扔了回去。"你迟早会被捕。"

"那我最好是及时享乐，"她说着，把珠宝收进口袋里，"谁知道呢，也许国王会赦免我。"

"换成我就不做那个指望了。"阿鲁卡德不自觉地揉着手腕，忽然又醒过神来，立刻停止动作，捋了捋外套。"好了，也许你满足于在码头游荡、摸人家的荷包，我更愿意喝一杯热饮，买一身华服，那么……"他深鞠一躬，"你能不能保证不惹麻烦，至少到明天为止？"

莱拉假惺惺地笑笑。"尽力而为。"

★ ★ ★

回徘徊之路旅馆的路上，莱拉发现有人跟踪她。

她能听见他们的脚步声，闻到空气中的魔法，心脏跳动的方式颇为熟悉。所以，当她回头看到狭路上有人，她并不觉得意外。

她没有跑。

她应该跑，应该在第一次注意到他们时就转上大路，混迹在人群之中。结果，莱拉违背了刚刚对阿鲁卡德的承诺。

她找上了麻烦。

等她来到路口，拐弯即是小巷，她便钻了进去。对面寒光一闪，莱拉迈了一步才发现那是什么东西。

一把刀。

刀锋迎面而来,她扭身躲开。她反应很快,但不够快——刀刃擦身而过,"哐当"一声掉在地上。

莱拉按着腰部。

伤口不深,几乎没有流血,她迅速抬头,发现了一个男人,轮廓模糊,融于黑暗之中。莱拉转身一看,巷口也被人堵住了。

她调整姿势,试图同时观察两人的行动。然而,当她来到墙边的暗处,又有一个人从阴影中现身,一手抓住她的肩膀,她急忙闪开。

无处可逃。她朝着巷口的人影迈了一步,希望对方是喝醉的水手,或者混混。

然后她看到了黄金。

瓦尔埃斯伊斯没有戴头盔,莱拉看清了黄金图案其余的部分,金珠镶在额头上,钻进发际线。

"埃尔索。"他嘶声说道,因为法罗口音,这个名字被念得弯弯绕绕。

见鬼,莱拉心想。但她嘴里说的是:"又见面了。"

"你这个作弊的混蛋,"他说着含糊不清的阿恩语,"我不知道你是怎么做到的,但我看见了。我*感觉*到了。你当时不可能——"

"何必那么在意,"她打断对方的话,"那只是一场比——"

莱拉受伤的腰部挨了一拳,她当即缩成一团,咳嗽着。挥拳的不是瓦尔埃斯伊斯,另有他人,他们镶嵌宝石的面孔上蒙着黑布。莱拉紧抓铁制的面具,猛地一抡,打在一个人的额头上。对方惨叫一声,踉跄退后,可惜莱拉来不及再次攻击,他们就逼上前来,三对一,把她推到墙壁上。她跌跌撞撞地向前一冲,有人把她的胳膊扭到身后。莱拉本能地单膝跪下,就地一滚,使了个过肩摔,但不等她起身,有人一脚踩在她的下巴上。她顿时眼冒金星,喉咙随即被人死死地箍住，整个人被提了起来。

她慌忙摸索刀子，但对方抓着她的手腕，狠狠地向上扭转。

莱拉动弹不得。她等待在竞技场上感受过的那股力量喷涌而出，等待世界变慢，伺机反抗，然而什么都没有发生。

所以她做了一件出人意料的事情——她放声大笑。

她不觉得好笑——肩膀剧痛难忍，呼吸困难——但她还是笑了，换来瓦尔埃斯伊斯一脸茫然。

"你真可悲，"她啐了一口，"单打独斗你不是我的对手，所以就三个人一起上？你充分证明了自己有多么差劲。"

她召唤魔法，召唤火或土，甚至是骨头，但毫无响应。她头痛欲裂，腰部的伤口血流不止。

"你以为只有你们可以在铁器上施法？"瓦尔埃斯伊斯嘶声说道，刀子抵着她的喉咙。

莱拉迎着他的目光。"因为输了比赛，你就要杀了我。"

"不，"他说，"以牙还牙。你作弊。我也作弊。"

"你已经输了！"她厉声吼道，"这他妈的有什么意义？"

"一个国家不能代表一个人，但一个人代表了一个国家，"他说完，吩咐手下，"干掉他。"

两人拖着莱拉朝码头走去。

"你都不敢亲自动手。"她喝道。无论怎么讽刺，对方似乎都不为所动，转身准备离开。

"瓦尔埃斯伊斯，"她喊道，"我给你选择的机会。"

"噢？"他扭过头，淡绿色的眼睛睁大了，兴味盎然。

"马上放了我，然后滚开，"她一字一顿地说，"不然我就杀死你们所有人。"

他微微一笑。"如果我放了你,我们就能友好地挥手道别?"

"噢,当然不能,"她摇着头说,"无论如何我都要杀了你。不过如果你的手下立刻放开我,我就饶了他们。"

一时间,她感到箍着喉咙的胳膊松开了,然而旋即收紧,比之前更用力。见鬼,她心想。瓦尔埃斯伊斯迎面走来,掉转手中的刀子。

"除非动动嘴皮子就能杀人……"他说着,猛地砸了过来。刀柄击中她的太阳穴,世界一片黑暗。

IV

莱拉醒来时，犹如溺水的人浮出水面。

她睁开双眼，周围依旧漆黑一团。她张嘴呼救，发现嘴已经张开，一块堵口布塞在里面。

她的脑门一阵阵抽痛，一做动作，痛感就加剧，她觉得自己快吐了。她试图坐起来，很快发现自己做不到。

恐慌席卷全身，呕吐的冲动变成了呼吸的渴求。她在一个箱子里。一个很小的箱子。

她安静下来，虚弱地喘着气，箱子不动不摇。据此判断，她还在陆地上。当然，也有可能在陆地下。

空气忽然变得稀薄。

她不知道这个箱子究竟是不是棺材，因为难以判断尺寸。她侧身躺在黑暗中。她又试了试，发现了自己动弹不得的原因——双手双脚都被捆住了，胳膊扭在身后。手腕被粗糙的绳索磨得生疼，手指也麻木了，因为绳结太紧，皮肤上已经有了瘀伤。挣扎时再轻微的动作都能引起锥心刺骨的痛感。

我要杀了他们，她心想。我要杀了他们所有人。她说不出话来，因为嘴里有堵口布……而且箱子里的空气所剩无几。一想到这个问题，她就有喘气的冲动。

冷静。

冷静。

冷静。

莱拉害怕的东西不多。但她不喜欢既小又黑的地方。她到处摸索刀子，然而一把都没有。她收集的小玩意也没了。她的碎石头没了。莱拉火冒三丈。

火。

她需要火。在一个木头箱子里点火有什么害处呢？她冷冷地思考着。最坏的情况，她来不及逃脱就被活活烧死。但她如果打算逃出去——她当然打算逃出去，还要杀了瓦尔埃斯伊斯及其爪牙——就得解决绳子的问题。绳子可以烧断。

于是莱拉试着召唤火焰。

老虎，老虎，火一样辉煌……

没有反应。一点火星都没有。不是因为刀伤——伤口已经止血，咒语也随之干涸。那个咒语就是这样发生作用的。真的吗？似乎是的。

恐慌。极度恐慌。恐慌得令人抓狂。

她闭上眼睛，吞着口水，再次尝试。

一次。

又一次。

★ ★ ★

"集中精神。"阿鲁卡德说。

"哎呀,这样一来就有点难了。"莱拉蒙着双眼,站在他的舱房中央。刚才看到阿鲁卡德的时候,他还坐在椅子上,跷着二郎腿,喝着一杯深色的酒水。听到拿起酒瓶斟酒的声音,他应该还在原地。

"睁眼,闭眼,"他说,"没有区别。"

莱拉强烈反对。眼睛睁开,她可以召唤火焰。闭上眼睛,好吧,她做不到。还有,她觉得自己像个傻瓜。"这到底有什么意义?"

"意义在于,巴德,魔法是一种感知。"

"就像视觉。"她接道。

"就像视觉,"阿鲁卡德说,"但不是视觉。你不需要看。只用感觉。"

"感觉也是一种感知。"

"严肃点。"

莱拉感到埃萨绕过她的腿,强压踢猫儿一脚的冲动。"我讨厌这样。"

阿鲁卡德不理她。"魔法是一切,同时什么都不是。它是视觉、味觉、嗅觉、听觉、触觉,同时也是另一种感知。它的力量存在于所有力量之中,同时也在它自身之中。一旦你掌握了如何感知它的存在,它就永远伴你左右。现在,别抱怨了,集中精神。"

★ ★ ★

集中精神,莱拉心里想着,极力恢复平静。她能感知到魔法在脉搏里纠缠。她不需要看到。她只需要触及。

她紧闭双眼,试图说服自己,黑暗是主动的选择。她是一扇敞开的门。一切尽在掌握。

燃烧,她心想,这个词仿佛在她体内擦燃了一根火柴。她打了个响指,感觉熟悉的热度温暖了周围的空气。绳子着火,照亮了箱子内部——小,非常小,太小了——她扭过头,迎面看见一张可怕的脸,原来是她的恶魔面具。然后,莱拉感到了撕心裂肺的疼痛。火焰在指尖上盘绕不会造成疼痛,但此时此刻,火焰吞噬着绳子,**烧到了她**。

她不敢叫唤,任由火舌舔舐手腕,最终烧断了绳子。她的双手刚刚恢复自由,立刻拍熄了火焰,再次陷入黑暗之中。她拽出堵口布,起身摸向脚踝,脑袋一下子撞上箱子顶部。她痛骂一声,躺了回去,然后变换姿势,小心翼翼地摸到脚上的绳子,将其解开。

手脚松绑之后,她推了推箱子顶部,纹丝不动。她咒骂着,双手合十,召唤了一簇火苗。借着火光,她发现箱子里没有锁闩。这是一个装货的板条箱,被钉死了。莱拉熄灭了火光,让疼痛的脑袋搁在箱子底部。她均匀地做了几次呼吸——**情绪不是力量**,她引用阿鲁卡德常说的一句话告诫自己——然后双掌贴在木板上,使劲地推。

不是用双手去推,而是用**意志**。用意志对抗木头,用意志对抗铁钉,用意志对抗空气。

箱子颤动起来。

然后炸开了。

铁钉脱离,木板断裂,箱子里的空气把一切都推了**出去**。碎屑如雨,她护着脑袋躲避,然后站起身来,大口吸气。腕部的皮肉已经溃烂,双手因为疼痛和恼怒而发抖。莱拉试图辨别所处的方位。

她判断错了。她在货舱里。在船上。根据船的平稳程度判断,船还停泊在港口。莱拉低头看着板条箱的残骸。这种情况发生在她身上太具有讽刺意味了——她本来打算以同样的方式对待斯塔希安·埃尔索。但莱拉更愿意相信，如果真要把他关进板条箱，气孔是必不可少的。

恶魔面具在残骸中冲她眨眼，她将其扒拉出来，戴在头上。她知道瓦尔埃斯伊斯的住处。她在光斑旅馆见过他的手下，那家旅馆和徘徊之路在同一条街上。

"喂，"她爬上甲板的时候，有人大喊，"你在干什么呢？"

莱拉没有放慢脚步。她在船上匆匆前行，越过踏板，上了码头，既不理会甲板上的喊叫，也不理会清晨的阳光和远处的欢呼。

莱拉警告过瓦尔埃斯伊斯。

她说到做到。

★ ★ ★

"你得输掉比赛，这句话你到底哪里不明白？"

莱在凯尔的帐篷里踱步，情绪激动。

"你不该来这里。"凯尔揉着酸疼的肩膀。

他不打算赢。他只想好好地打一场。打一场旗鼓相当的比赛。"野狼鲁尔"摔倒不是他的错。九强赛以近战为主也不是他的错。威斯克人显然昨晚兴奋过头了，更不是他的错。他见过那人如何战斗，绝非等闲之辈。怎么今天没能发挥实力呢？

凯尔捋了捋浸透汗水的头发。银头盔已经摘下来，搁在垫子上。

"我们不要找这种麻烦，凯尔。"

"纯属意外。"

"我不想听。"

哈斯特拉背靠着墙，看样子恨不得挖个地缝钻进去。看台上，人们仍在高呼凯梅拉夫的名字。

"看着我，"莱厉声说道，托起凯尔的下巴，两人四目相对，"你**现在得输掉比赛了**。"他又开始踱步，虽然已经命令哈斯特拉在帐篷里检查过，他还是压低了声音。"九强赛是积分制，"他接着说，"每组得分最高的选手晋级。运气好的话，将有一名选手以大比分赢得比赛，至于凯梅拉夫，他就要出局了。"

"如果我输得太多，必然招人怀疑。"

"**那你就输得恰到好处**，"莱说，"好消息是，我看过你下一个对手的比赛，他厉害得很，完全可以打败你。"凯尔拉长了脸。"好吧，"莱更正道，"他可以打败**凯梅拉夫**。他也非得打败你不可。"

凯尔叹息一声："我的对手是谁？"

莱终于停止踱步。"他的名字是斯塔希安·埃尔索。运气好的话，他能宰了你。"

★ ★ ★

莱拉锁上身后的门。

她在床底的一个袋子里找到了自己的刀子，还有收集的小玩意和碎石头。他们都睡着了。根据现场的情况判断——空酒瓶，乱糟糟的毯子——他们睡得很晚。莱拉选了最喜欢的刀子，刀柄带有拳环的那把，靠近他们的床，嘴里轻声哼唱。

你知道萨罗斯何时来吗？

（何时来何时来何时来船上？）

她将两个共犯杀死在睡梦中,但叫醒了瓦尔埃斯伊斯,随即割了他的喉咙。她并不希望他求饶,让他看见就行。

法罗人死时发生了奇怪的事情。他们装饰在皮肤上的宝石失去支撑,纷纷滚落。金珠脱离了瓦尔埃斯伊斯的面部,雨点般洒在地上。莱拉收起了最大的一颗金珠作为赔偿,然后离开了客房。她又裹上了外套,低着头,从垃圾箱里取回藏匿的面具。她的手腕依然火辣辣的疼,头也疼,但现在感觉好多了。返回徘徊之路旅馆的路上,她呼吸着冰冷的空气,任由阳光温暖皮肤、宁静涤荡周身——那份宁静来自于她重新掌握了主动权,来自于放了狠话而且言出必行。莱拉似乎找回了自己。但她内心深处隐隐有一丝不安,不是内疚和后悔,而是她忘了一件重要的事。

号声惊醒了她。

她抬头张望天上的太阳,然而只见云层密布。但她心里明白。时间已晚。她迟到了。她心惊肉跳,慌忙戴上头盔,狂奔而去。

★ ★ ★

凯尔在竞技场中央等待着。

号声第二次吹响。他抬头挺胸,望向对面的通道,等待对手入场。

然而不见人影。

天气寒冷,他呼出的气在面具前方化作白雾。一分钟过去了,两分钟过去了,凯尔不由自主地瞟了一眼御用包厢里的莱,王子也在观望。在他身后,索尔因阿尔殿下表情冷淡,柯拉公主百无聊赖,艾迈娜王后神思飘忽。

观众们开始焦躁不安,窃窃私语。

凯尔兴奋的心情逐渐回落,僵硬,冷却。

他的赛旗——红色旗面上的一对狮子——在高台和观众席上飘扬。对手的赛旗——黑色旗面上相互交错的匕首——在风中猎猎招展。

可是斯塔希安·埃尔索不见踪影。

★ ★ ★

"你来得太晚了。"莱拉冲进阿恩帐篷里的时候,伊斯特说道。

"我知道。"她厉声回应。

"您不能——"

"快帮我,牧师。"

伊斯特派人去竞技场通知裁判,又找来两名侍从,三个人忙着为莱拉披挂盔甲,配上带子、衬垫和甲片。

老天啊。她连对手是谁都不知道。

"这是血吗?"一名侍从指着她的领子问。

"不是我的。"莱拉咕哝道。

"您的手腕怎么了?"另一名侍从问。

"别问了,快干活。"

伊斯特端着一个大托盘过来,上面摆满了武器。不,不是武器,严格地说,只有刀剑的柄部。

"依我看,它们都缺了关键部位。"

"现在是九强赛,"伊斯特说,"缺失的部分您来填补。"她从托盘上挑了一个刀柄，握在手中。牧师念念有词，莱拉看见刀柄上方出现一股强风，旋转着形成了刀身。

莱拉瞪大了眼睛。前两轮比赛都是远程对战，双方有来有回地轰炸。但是有了武器，就意味着白刃战，而近距离厮杀是莱拉擅长的。她从托盘上抓起两把刀柄，塞进前臂的甲片底下。

"Fal chas。"伊斯特话音未落，刺耳的号声再度响起，莱拉抓起恶魔面具的颚骨就出发了，面具底部的扣带在她身后飘飞。

★ ★ ★

凯尔抬头望着莱，不知道王子作何打算。如果埃尔索不出场，就算他弃权。如果他弃权，以凯尔的分数势必晋级。凯尔不能晋级。莱表情复杂，国王在耳边低语了几句，王子的面色似乎越发苍白。他把金环举到嘴边，准备宣布取消比赛，但还来不及开口，一名侍从出现在包厢里。莱迟疑了，然后，谢天谢地，号声响起。

很快，斯塔希安匆匆登场，衣衫……不整。他看到凯尔的时候笑了，恶魔面具背后的牙齿白得发亮。那不是友好的笑容。那是猎手的笑容。

看台上爆发出热烈的掌声，凯梅拉夫·洛斯特和斯塔希安·埃尔索在场中央各就各位。

凯尔眯着眼睛，观察埃尔索的面具。凑近了看，这副面具仿佛诞生于噩梦之中。

"Tas renar。"凯尔说。你迟到了。

"值得你等。"斯塔希安回答。他的嗓音令凯尔猝不及防。沙哑，圆润，锋利如刀。而且，绝对是女人的声音。

他听过那个声音。

是莱拉。

但不是莱拉。不可能是莱拉。她是凡夫俗子，是灰世界的居民——灰世界的一位特殊居民，但终究是灰世界的居民——她不知道如何使用魔法，也绝对不可能疯狂到参加 Essen Tasch。

凯尔产生这个想法的同时，论据就不攻自破。因为，如果说真有人鲁莽到干出这种不计后果、自取灭亡的蠢事，那就只能是在灰伦敦的夜晚摸他口袋的女孩。那个女孩跟随他穿越世界之间的大门——她本来不可能活着——面对黑石，面对白伦敦的君主，面对死亡，绽放她锐利的笑容。

此时此刻，同样锐利的笑容在恶魔面具里绽放。

"等等。"凯尔说。

他的声音轻若耳语，而且太迟了。裁判已经发出信号，莱拉松开了手里的玻璃球。凯尔很快也放手了，然而对方已经发起进攻。

凯尔在犹豫，而她毫不犹豫。凯尔尚未回过神来，莱拉已经冻结了他脚下的地面，使用一把以火焰为刀刃的匕首，逼上前来。凯尔急忙闪开，可惜速度不够快，仰面翻倒，腹部的甲片光芒一闪，莱拉·巴德跪在他身边。

他抬头看见了莱拉左右不搭调的棕色眸子。

她知道银色面具背后是凯尔吗？

"你好啊。"她招呼道。短短一句话，凯尔就明白了。她知道。他来不及回应，莱拉又拉开了距离。凯尔飞快地向后翻滚，伏在地上，蓄势待发。

此时她手执两把刀子（她当然要了刀刃——一把火刀，一把冰刀），随意地耍弄着。凯尔什么都没有要。（大胆的举动，凯梅拉夫干得出来，同时也为败北埋下伏笔。但不能败得这么快。）他让水流化成鞭子，猛地一甩，莱拉躲开的同时，还有余力掷出冰刀。凯尔矮身避过，莱拉趁机杀了过来，然而她的靴子被凯尔的土堆束缚，水鞭横扫而至。莱拉举起火刀格挡，水鞭一触即断，鞭尾却打在她的前臂上，一块甲片应声碎裂。

莱拉依然被困在原地，但她笑得得意扬扬。转眼间，她的冰刀从背后击中了凯尔。他向前踉跄了几步，第二块甲片破了，对莱拉的束缚也失灵了。

然后，真正的战斗开始了。

双方拳脚如风，元素乱舞，唯有一道道闪光代表一方被击中。两人分而又合，以攻对攻，打得有来有往。

"你疯了吗？"不同的元素撞在一起，他吼道。

"我也很高兴见到你。"她答应着，一转身闪到他身后。

"你住手。"他勉强躲开一团火球，喝道。

"你先住手。"她闪到柱子后，不落下风。

水在流，火在烧，大地震颤。

"你简直疯了。"

"我不是唯一一个冒名顶替的。"莱拉突然接近，凯尔以为她要发动攻击，不料她在最后一刻改了主意，火刀贴在掌心，向前推动。

一时间，他们周围的空气都在颤抖。凯尔察觉到面具背后的莱拉神色痛苦，一堵火墙随即熊熊燃起，冲他而来，他所能做的就是操纵水流，在头顶形成波浪。水火相撞，蒸汽喷涌。莱拉接下来的举动完全出乎意料之外。她冻结了凯尔头顶的水。*他的水*。

全场哗然，凯尔大骂一声，眼看着头顶的冰块碎裂，劈头盖脸地砸了下来。这种做法不违反规则——他们都选择了水——但罕见的是，将对手的元素为己所用，反戈一击。

更罕见的则是承受这一击。

凯尔可以脱身，可以延长一分战斗时间，两分亦有可能。但他必须输掉比赛。所以他原地不动，任由冰块坠落，打破了肩膀和后背的甲片，光芒不断闪耀。

于是，比赛结束了。

迪莱拉·巴德赢了。

她在凯尔身边停步，伸出手来。

"打得不错，mas vares。"她低声说。

凯尔站在那里，不知所措。他知道他应该向莱拉鞠躬，向观众鞠躬，继而退场，可是脚底仿佛生了根。他看见莱拉冲着看台和国王推了推面具，然后对他再一次绽放邪恶的笑容，退回了通道。他朝着御用包厢匆匆鞠了一躬，立刻跑了出去，从竞技场上追进了帐篷里，掀开双刀交叉的门帘。

一名侍从候在帐篷里，别无他人。

"她人呢？"他问道，其实答案就在心里。

恶魔面具放在垫子上，还有残余的盔甲。

莱拉离开了。

V

莱拉背靠埃尔索的房门,上气不接下气。

毫无疑问,凯尔对她的出现措手不及,如今他终于知道了。知道她回到伦敦已有一段时日,知道她一直在附近,在参加比赛。她的心脏跳得厉害——感觉就像猫逮到了耗子,又将其放走。暂时放走。

狂乱的脉搏逐渐平稳。她头痛欲裂,吞口水时尝到了血味。她等待眩晕感自行消失,结果无论如何也等不来,于是她索性一屁股坐在木地板上,凯尔的话语在耳边回荡。

那种熟悉的、恼怒的语气。

你简直疯了。

一副高高在上的样子,仿佛不是他们俩都违反了规则。仿佛他和莱拉不一样,没有参与其中。

你住手。

可以想象他在银面具背后眉头紧锁,异色双眼之间深深的褶皱。

他现在要做什么?

她现在要做什么？

无论发生了什么事，都是值得的。

莱拉跪起身，看见一滴血落在木地板上，不禁皱起眉头。她摸了摸鼻子，用袖子擦掉血迹，然后站了起来。

她开始脱掉埃尔索的衣服，经历了瓦尔埃斯伊斯的袭击和后来的比赛，这身衣服已经毁了。她慢慢地卸下武器，扒开层层布料，盯着镜子里半裸的自己，新伤旧伤触目惊心。

壁炉烧得不旺，柜子上有一盆冷水。莱拉不紧不慢地清洁身体，擦拭干净，烤得浑身暖洋洋的，然后洗掉头发上的染色膏和皮肤上的血污。

她环视四周，不知道换一身什么样的衣服。

一个念头突然冒了出来。

那个念头异想天开，非常危险，却甚合她的心意。

*也许是时候了，*她心想，*去参加一场舞会。*

★★★

"莱！"凯尔喊道，人们纷纷为他让路。他已经摘了头盔，换了外套，但头发依然浸着汗水，湿漉漉的，气喘如牛。

"你来这儿干什么？"王子问。他正在回宫的路上，侍卫们前呼后拥。

"是她！"凯尔快步来到他身边，低声说道。

周围的人群欢呼招手，期望得到王子的一个眼神，或者一个微笑。"她？"莱一边应付人群，一边问道。

"斯塔希安·埃尔索，"他耳语道，"就是莱拉。"

莱眉头一皱。"我知道你今天很累，"他说着，拍拍凯尔的肩膀，"可那也——"

"我亲眼所见，莱。她对我说话了。"

莱摇摇头，依旧笑意盈盈。"不可能。提伦几周前就确定了人选。"

凯尔四下张望，提伦正好不在。"是啊，他没有选我。"

"对，但我选了你。"到了殿前台阶，他们拾级而上，把人群抛在身后。

"我不知道怎么跟你说——我不知道她*就是*埃尔索本人，还是冒名顶替，但我刚才的对手不是某个来自乡下的魔法师。绝对是迪莱拉·巴德。"

"所以你轻而易举地输了比赛？"他们登上最高处，王子问道。

"是你叫我输的！"凯尔咬牙切齿地说，与此同时，侍卫们拉开大门。话音在寂静的门厅里回荡，凯尔抬头发现国王站在门厅中央，心里一沉。马克西姆看了一眼凯尔，说："上楼。*就现在。*"

"我以为我说得够清楚了。"进了他的寝宫，国王说道。

凯尔坐在阳台边的椅子上，一副可怜兮兮的样子，哈斯特拉和斯塔夫默不作声地守在左右。国王要求莱在外面等待，此时他在走廊里大吵大闹。

"我不是命令你留在王宫里吗？"马克西姆的语气带着强烈的不满。

"是的，可是——"

"你把我的话当成耳旁风？"

"不，先生。"

"看样子，我以父亲的身份表达得不够清楚，所以现在我以*国王*

的身份命令你禁止出宫，解除禁令的时间另行通知。"

凯尔挺起胸膛。"这不公平。"

"别耍小孩子脾气，凯尔。如果不是为你好，我也不会这样做。"凯尔嗤笑一声，国王登时变了脸色，"你在嘲笑我的命令吗？"

他正色道："不是。但我们都知道，这不是为我好。"

"你说得没错。这是为了我们的王国好。如果你忠于国王，忠于我们的家族，你就不要出宫，直到大赛结束。明白了吗？"

凯尔的胸口堵得慌。"明白，先生。"他声若蚊蚋。

国王转身面对斯塔夫和哈斯特拉。"如果他再次离开王宫，我就拿你们是问，明白了吗？"

"明白，陛下。"两人齐声回答。

国王摔门而去。

凯尔抱着脑袋，深吸一口气，然后把桌上所有的东西都扫了下去，书籍散落一地，一瓶阿维斯葡萄酒摔得四分五裂。

"太浪费了。"莱一屁股坐在对面的椅子上，咕哝道。

凯尔坐回椅子，闭上眼睛。

"喂，没那么糟糕吧，"莱劝他，"至少你已经不用比赛了。"

凯尔的情绪更加低落了。他摸向挂在脖子上的信物，极力压制离开的冲动。跑。可他不能跑，因为无论国王是什么想法，凯尔都忠于王室，忠于家族。忠于莱。

王子凑近了，似乎对凯尔的疯狂念头一无所知。"好了，"他说，"我们穿什么出席宴会？"

"去他的宴会。"凯尔喃喃道。

"别这样，凯尔，宴会又没有害过你。再说，如果那位酷爱变装的年轻女士决定出席呢？错过了你会后悔一辈子。"

凯尔从垫子上抬起头来。"她不应该参赛。"

"无论如何,她都混到了这一步。也许是你对她信心不足。"

"因为我放水她才赢的。"

"所有人都像你一样放水吗?"莱扑哧一笑,"要我说,她靠的是自己的本事。"

凯尔呻吟一声。确实。说不通啊。莱拉再一次令他觉得不可思议。他站起身来。"好吧。"

"这才像样嘛。"

"不过,红金色就免了,"他说着将外套翻了个面,"今晚我穿黑色。"

★ ★ ★

莱拉进去的时候,卡拉正在哼着小曲为衬衫锁边。

"莱拉!"她兴高采烈地招呼道,"Avan。今晚需要我帮什么忙?一顶帽子?一对袖口?"

"其实……"莱拉摸过衣架上的一排外套,然后叹息一声,点头示意长裙所在的货架,"我需要一条裙子。"她盯着那些过分夸张、毫不实用的华服,隐约有些担心,卡拉却高兴地笑了。"不用多想,"她说,"我是为了凯尔大师。"

老板娘的笑容更灿烂了。"什么场合?"

"大赛的舞会。"莱拉的手伸向一条裙子,半路被卡拉拍了下来。"不行,"她斩钉截铁地说,"不要黑色。既然你决定出席舞会,就不能乱来。"

"黑色有什么问题?黑色最完美了。"

"便于隐藏行踪。便于融进黑暗。便于奇袭城堡。参加舞会可不行。上次我让你挑了黑色，害我整个冬天都在后悔。"

"如果你没撒谎，那你真是闲得慌。"

卡拉喷喷两声，转身面对挂满裙子的衣架。莱拉一眼扫过去，看见一条鹅黄色长裙，袖子为紫色天鹅绒，心里直犯怵。它们好像熟透的水果，精美的甜品。莱拉希望自己给人以强悍的印象，而不是**秀色可餐**。

"啊，"卡拉说着，从衣架上取下一条裙子，莱拉鼓起勇气迎上前。"这条裙子如何？"

它不是黑色的，但也不是糖果色，而是深绿色，令莱拉想起夜晚的树林，从叶子的缝隙里洒下的皎洁月光。

她第一次离家出走——如果能称之为家的话——是十岁那年。她直奔圣詹姆斯公园，整晚在一株矮树下发抖，从树枝间仰望月亮，想象自己身在别处。到了早晨，她拖着疲惫的身子回去，发现父亲醉得昏睡不醒。他都没有费心去寻找女儿。

卡拉看出她的表情不大对劲。"不喜欢吗？"

"很漂亮，"莱拉说，"但不适合我。"她搜肠刮肚地寻找更好的说法。"也许适合过去的我，但不适合现在的我。"

卡拉点点头，把裙子挂回去。"啊，有了。"

她从衣架上取下另一件礼服。"如何？"这条裙子……难以描述。颜色介于蓝与灰之间，从上身到裙裾，其间缀满成千上万银色的颗粒，仿佛整条裙子都在幽幽地闪光。

她想起大海和夜空。想起锋利的刀子、星辰和自由。

"这条裙子，"莱拉叹道，"棒极了。"

等她试穿时，才发现款式有多么复杂。裙子搭在卡拉的胳膊上，就是一堆针脚细密的布料，实际上，它的设计之精巧，莱拉前所未见。

显然，当季的流行风格是越复杂越好。各种结绳、纽扣和搭钩，多得难以计数。卡拉不断地收拢、拉扯和调整，不知怎的就把裙子套在莱拉身上。

"Anesh。"卡拉整理完毕，说道。

莱拉不安地瞥了一眼镜子，以为自己被装进了某种形态复杂的刑具里。然而，她惊讶地瞪大眼睛。

礼服将莱拉的苗条身段修饰得玲珑有致，但也谈不上夸张。收腰的效果尤其明显。丰胸的效果倒是一般，因为莱拉本来就没什么料，但是好在冬季的流行趋势重在肩膀，而非胸部。长裙上至喉咙处，领子的形状令她依稀想起面具的底部线条。一想到恶魔面具，她就浑身有劲儿。

说真的，长裙是另一种形式的伪装。

令卡拉沮丧的是，莱拉非要在裙子里面保留紧身裤和靴子，声称不可能有人看出来。

"请告诉我，这条裙子脱下来比穿上容易。"

卡拉扬起眉毛。"你觉得凯尔大师不知道怎么脱？"

莱拉的脸颊仿佛着了火。几个月前她就应该纠正老板娘的想法，但卡拉的误解——凯尔和莱拉……是一对恋人，或者说，关系暧昧——也是第一次答应帮助她的原因。抛开自尊心不说，这位老板娘真的很有用。

"开口在这里。"卡拉说着，拍了拍束腰底部的两个搭钩。

莱拉把手伸到背后，摸了摸束腰的花边，考虑着能不能藏进一把刀子。

"坐下。"老板娘怂恿她。

"我真不知道能不能坐下来。"

女人咂了下嘴,点头示意一张板凳,于是莱拉弯腰去坐。"别担心。裙子不会破。"

"我担心的不是裙子。"她咕哝道。难怪被她偷过的很多女士似乎随时有可能晕厥——她们呼吸不畅,莱拉确信她们的束腰绝对没有自己身上的那么紧。

老天啊,莱拉心想。*我穿上裙子才五分钟就受不了了。*

"闭上你的眼睛。"

莱拉瞪着她,一脸疑虑。

"Tac,你必须相信我。"

莱拉很难相信别人,但既然到了这一步,裙子都上了身,她决定顺其自然。于是她闭上眼睛,老板娘在她的睫毛和眉毛之间轻轻拍打,然后拍上了她的嘴唇。

莱拉闭着眼睛,感到有刷子梳理着头发,手指拨弄着发丝。

卡拉一边干活一边哼歌,莱拉有一种莫名的悲伤。母亲去世很久了,实在想不起她抚弄头发的触感,想不起她说话的声音。

老虎,老虎,火一样辉煌……

莱拉察觉到手掌开始发热,害怕一不小心放火烧了裙子,于是双掌合十,睁开眼睛,盯着帐篷里的地毯,感受发簪擦过头皮时隐约的疼痛。

卡拉在莱拉的膝间放了一小把发簪,银闪闪的,她发现都是上次带来的盒子里装着的。

"你拿来的东西,"卡拉干完了活,说道,"我很喜欢。"

"我到时候都带回来,"莱拉说着,站起身来,"今晚过后我就用不着这样的裙子了。"

"绝大多数女人认为，一条裙子穿一个晚上就够了。"

"那些女人好浪费。"莱拉揉着手腕说道。早上绳结造成的擦伤尚未恢复。卡拉看到了，什么都没说，在她手腕上戴了一对宽大的银镯子。**护手**，莱拉心想，其实脑子里冒出的第一个词是**锁链**。

"还有最后一样。"

"噢，我的天哪，卡拉，"她抱怨道，"我觉得已经太多了。"

"你真是个奇怪的姑娘，莱拉。"

"我在很远的地方长大。"

"好吧，那我就明白了。"

"明白什么？"莱拉问。

卡拉打了个手势。"我猜，在你长大的地方，女人都扮成男人的样子，带武器就像佩戴首饰一样。"

"……我一向特立独行。"

"好吧，难怪你和凯尔相互吸引。你们俩都特立独行，都……有点……"忽然之间，她似乎不知道说什么。

"刻薄？"莱拉试探地问。

卡拉笑了。"不，不，不是刻薄。是防备。不过今晚，"她说着，在莱拉的头上戴了一条银边面纱，"你能攻破他的防线。"

莱拉忍俊不禁。"那就对了。"

VI

白伦敦

欧什卡手中的刀闪着寒光。

国王在她身后等待。"你准备好了吗?"

她握紧刀柄,恐惧在体内嗡鸣。恐惧,还有力量。印记、血烧,甚至颈圈,她全都熬过来了。这次她也能行。

"Kosa。"她的回答轻若耳语。是。

"好。"

他们站在城堡的庭院里,大门紧闭,唯有倒台的孪生戴恩的雕像见证这一幕。国王的目光温暖着她的脊背,冬日的冷风啃咬着她的脸颊。城市正在复苏,色泽酷似淤青,而严寒依旧在角落徘徊。尤其在夜晚。阳光和煦,万物生长,等到太阳落山,热量也随之消散。国王说很正常,一个健康的世界,既有光和热的时节,也有阴影的时节。

欧什卡准备迎接热。

血烧爆发的时候，她最初感觉到的就是热。热得惊人。欧什卡见过前人失败后被烧焦的残骸，但她通过了火的考验。

她当时相信霍兰德的力量。相信自己的潜能。

即便在国王将颈圈扣上她喉咙的时候，她依然相信。

如今，国王再次要求她相信。相信他的魔法。相信国王赋予她的魔法。欧什卡施展过血魔法。召唤冰和火。修复与破坏。画门。这次也一样。在她的能力范围之内。

欧什卡低头看着那把刀，刀柄握在手中，刀刃贴着另一只手掌。命令已经下达。她迟迟不动。

"国王陛下，"她仍然面朝庭院的墙壁，"我发问不是因为胆怯，而是……"

"我知道你在想什么，欧什卡，"霍兰德说，"你不明白我为何派你去办事。我为何不亲自出马。事实就是，我做不到。"

"您无所不能。"

"一切都有代价，"他说，"为了修复这个世界——我们的世界——我必须牺牲掉我身上的一部分。如果现在离开，我不知道还能不能回来。"

那便是力量的来源了。一个咒语。一次交易。她听过国王自言自语，似在与人交谈，也见过潜藏在他眼中的暗影，甚至发现在他静止的时候，影子却在移动。

霍兰德做出了多大的牺牲？

"还有……"欧什卡感到国王的双手按在肩头，在他的触碰之下，热量和魔法席卷全身。"我给了你力量，你可以使用。"

"是，国王陛下。"她低声说。

欧什卡的右眼在跳动，国王魁梧的身躯笼罩着她，做出同样的姿势。他的双臂贴着她的双臂，从肩膀到手肘，再到手腕，他的双手贴着她的双手。"你能行，欧什卡，只要你够强壮。"

如果不够呢？

她似乎没有说出口，但国王还是听见了。

"那么你将消逝，我也一样。"冰冷的是言辞，不是他的口吻。他的声音一如既往，犹如一块磨光的石头，压得欧什卡双膝发软。国王咬着她的耳朵说："可我相信你。"同时，他引导着她手中的刀，贴着掌心划过。鲜血涌出，浓黑如墨，然后他把一样东西摁在欧什卡血淋淋的掌心。那是一枚钱币，红如她的发色，当中有颗金星。

"你知道我要你做什么。"霍兰德又引导她受伤的手和那枚钱币，贴在冰冷的石墙上，"你知道你必须做什么。"

"我绝不辜负您，国王陛下。"

"但愿如此。"霍兰德说完就离开了她，也带走了他的热度。

欧什卡吞着口水，集中精神感受灼烧的手掌与冰冷石头所接触的地方，然后遵照国王的指示，下达了命令："As Travars。"

她那只带有印记的眼睛在头骨中吟唱，鲜血随着命令的传达而颤抖。掌心与石头之间，阴影扩散，形成一扇门。她本想迈步向前，自行跨越，结果根本没有机会。

黑暗把她拽了进去。世界被扯破了。她也一样。

肌肉撕裂。骨头折断。皮肉烧灼，血液冻结，浑身疼痛。

恍若一生，抑或一瞬，继而全部消失了。

欧什卡颓然跪在地上，颤抖不已，因为她失败了。她不够强壮。不够资格。如今她不在了，远离了她的世界，她的目标，她的国王。平静而又安稳，一定是死亡的感觉。

不对。

死亡应该是无边无际的，而这里不是。虽然闭着眼睛，但她可以感觉到。肢体之外，另有一番世界。死亡难道是一个自成一体的世界？还有音乐？

欧什卡悠悠地睁开眼睛，吸了口气，看到了脚下的鹅卵石路面，夜空染上了一层红色。她的血管烧得发黑，在皮肤上清晰可见。她那只眼睛随着力量搏动。深红色的钱币依然在她掌心，刀在不远处的石头上闪着寒光。

她恍然大悟。

她成功了。

欧什卡跌跌撞撞地爬起来，惊喜地喊了一声。浑身都在疼，但她颇为享受。疼痛意味着她活着，意味着她熬了过来。她经历重重考验，证明了自己的能力。

国王陛下？她的思想飞向黑暗的空间，飞向隔离不同世界的壁垒。她刚刚跨越的世界。

许久，杳无回音。忽然，她听见了国王的声音，和着脑子里脉搏的节奏。

我的信使。

那是最美妙的声音。是黑暗中的一道光。

我到了，她心想，却不知道究竟到了哪里。霍兰德讲过关于这个世界的事。闪耀的红光便是河水了。灯火辉煌的是王宫。她听见了人声，感到了他们的能量，然后她整了整苍白的斗篷，拨弄着红色的发丝，掩饰那只带有印记的眼睛。现在怎么办？

停顿良久，国王的声音再次传来，平滑而又冷淡。

找到他。

Part ten

Shades of Magic
浩劫

I

红伦敦。

从殿前台阶张望,城中灯火灿烂,缭绕着冰霜、雾霭和魔法。

莱拉驻足欣赏了一番,然后转过身,出示埃尔索的邀请函。台阶上挤满了外国贵宾和贵族,卫兵们没有耐心检查上面的名字,看了一眼王室纹章就放她进去了。

她上次进宫还是在四个月前。

当然,大赛开幕前她去过玫瑰厅,但那里与王宫隔离,缺乏人情味。王宫恰似一座豪宅,是王室成员的家。门廊处花团锦簇,形成一条通道,指引莱拉穿过门厅,又进了一扇高大的双开门——门板此前应该是关闭着的,现在如同翅膀一样张开。她来到一间巨大的宴会厅,满眼都是上好的木头和雕花玻璃,星星点点的灯火犹如蜂巢。

这里名为冠厅。

举办化装舞会的那天晚上,莱拉去过另一间宴会厅——金厅——

石头和金属的搭配令人叹为观止。而冠厅尽显富丽堂皇，但又不止于此。几十盏水晶吊灯悬在数层楼之高的拱顶上，烛光漫射，整个大厅灯火通明。橡木地板上有一排排立柱，还有旋转楼梯拔地而起，通向廊道和高处的凹室。

宴会厅的中央是演奏台，四名乐师在那里演奏。他们的乐器各不相同，但都是木制的，锃亮平滑，配有金色琴弦，乐师们也通身金色。他们几乎静止不动，唯有手指上下翻飞。

吉纳尔是怎么评价莱王子的？天性浮夸。

莱拉环顾巨大的宴会厅，发现王子在另一头的桌椅之间走动。而在阳台的门边，她看到阿鲁卡德正在鞠躬，对面是一位身着紫色绸衫的漂亮法罗人。又在调情。

她绕道而行，不知道需要多久才能在人群中找到凯尔。然而，她很快就看见了他，不在舞池里，也不在桌边，而是在上面。他孤零零地站在低层的阳台上，瘦高的身影倚着栏杆，一头凌乱的红褐色头发在烛光中闪闪发亮，一只玻璃酒杯在掌间转动，似乎心烦意乱。从这个角度，莱拉看不到他的眼睛，但可以想见他皱起的眉头。

看他的表情，似乎正在找人。

莱拉有种感觉，他要找的正是*她*。

她退回了立柱的阴影里，凯尔一直在扫视人群，而她在观察凯尔。不过，她这身长裙可不是白白穿来的，于是她喝完杯中的酒，把空杯放在附近的桌上，来到亮处。

与此同时，一个女孩出现在凯尔身边。是威斯克的公主。她扶着凯尔的肩膀，莱拉不禁皱起眉头。她这个年纪的女孩都可以调情了吗？老天啊，她看样子还是个孩子，柔若无骨，生着一张漂亮的娃娃脸，还有酒窝——吹弹可破——稻金色的头发扎成辫子，戴着一顶镶银的木制花冠。

凯尔看了公主一眼,但也没有拒绝的意思,于是对方视其为同意,手挽他的胳膊,头靠他的肩膀。莱拉有种拔刀的冲动,然而始料未及的是,凯尔的视线掠过公主,越过舞池,落在她身上。

凯尔的紧张写在脸上。

莱拉也一样。

他对公主说了什么,抽回胳膊。女孩似乎生气了,但他并没有多看她一眼——他的目光始终锁定在莱拉身上——他走下楼梯,来到她面前,眼神阴郁,双手握拳。

他张开嘴的时候,莱拉做好了挨骂的准备。然而凯尔没有大喊大叫,只是呼了口气,伸手说道:"跟我跳舞。"

不是邀请。简直是要求。

"我不会跳舞。"她说。

"我会。"他说,似乎跳舞不是两个人的事情。他原地不动地等待着,以眼神示意,于是莱拉牵起他的手,在他的引领下进入昏暗的舞池一角。音乐响起,凯尔紧握她的手,揽着她的腰,两人翩翩起舞——好吧,是凯尔在舞动,莱拉只是勉强配合他,信任他。

莱拉已有好几个月不曾与他接近。两人肌肤相亲的部位嗡嗡震颤。这种情况正常吗?如果说魔法在每个人和万事万物中流淌,当魔法与魔法重逢,就会带来这样的感觉吗?

他们不声不响地跳了很久,旋转着靠拢,然后又分开,犹如一场节奏缓慢的决斗。忽然,莱拉没头没脑地问了一句:"为什么?"

"什么为什么?"

"你为什么请我跳舞?"

他差点笑了。笑意转瞬即逝。光影造成的错觉。"免得你在我说

'你好'之前就跑掉。"

"你好。"莱拉说。

"你好,"凯尔说,"你去哪里了?"

莱拉得意地笑了。"啊,你想我了吗?"

凯尔张了张嘴,闭上了。他再次张嘴,终于给出了回答:"是的。"

声音很低,真诚的语气令她猝不及防。她仿佛挨了一记重拳。"怎么,"她支支吾吾地说,"王室的生活不合你的口味了?"其实,她也想念他。想念他的倔强、他的情绪和他永不舒展的眉头。想念他的眼睛,一只湛蓝,另一只黑得发亮。

"你看起来……"他欲言又止。

"很可笑?"

"好极了。"

莱拉皱起眉头。"可你不好,"她看见了凯尔眼底的阴云,眸子里的悲伤,"怎么了,凯尔?"

他稍显紧张,但没有逃避。他吸了口气,似乎在编织谎言,然而呼气的同时,吐露的却是实话。"自从那晚之后,我就觉得……我以为参加大赛能有所好转,结果更糟糕了。我简直喘不过气来。我知道你理解不了,毕竟我什么都不缺,可我看到一位国王在城堡里衰老、死亡。"他目光垂落,仿佛那些难题藏在衬衫里。"我不知道自己怎么了。"

"生命,"说话间,两人仍在舞池里旋转,"和死亡。"

"什么意思?"

"所有人都以为我找死,你懂我的意思吧?可我不想死——死很容易。不,我想活着,但唯有接近死亡,才能感受到活着。只要你试过就会明白,此前所做的一切事情都不是在*真正地*活着。而是苟且偷生。你可以说我疯了,但我认为,最精彩的生活与危险同在。"

"你疯了。"凯尔说。

她轻声笑道:"谁知道呢?也许是这个世界变了样。也许你仍然被控制着。也许你尝到了真正的生活是什么滋味。因为你知道某个人无数次死里逃生,是她教给你的。你也差点死了,凯尔。所以如今你知道活着是什么样子。为之担忧。为之战斗。一旦你体验到了,就再也回不去了。"

他的语气极不淡定:"我要怎么做?"

"你不该问我,"她说,"我当时跑掉了。"

"跑掉似乎不错。"

"那就跑吧。"她说。他强忍笑意,但她面容严肃。"自由这种东西,凯尔,绝不是轻而易举就能得到的。没有人送到你手上。我得到了自由,是因为我拼命争取。你在任何一个世界都是最强大的魔法师。如果你不想留下来,那就走啊。"

乐曲悠扬,他们合而又分。

"我答应过莱,"他们在舞池中飞旋,凯尔继续说,"他登基为王时我要在他身边。"

她耸耸肩。"据我所知,他还没有登基。听着,我留下来,是因为我回不去了。你不可能离开了就回不来。也许你需要的就是散散心。过过日子。看看世界。然后你就可以回来了,收心养性,你和莱从此过上幸福的生活。"

他嗤之以鼻。

"不过,凯尔……"她严肃地说,"不要重蹈我的覆辙。"

"你得讲清楚。"

她想到了巴伦,以及那块沉甸甸的银怀表。"如果你决定离开

A Gathering of Shadows

——等你决定离开的时候——千万不要不辞而别。"

一曲终了,在凯尔的引领下,莱拉旋转着扑进他的怀抱。两人屏着呼吸,相偎相依。上次拥抱时,他们即将被捕,浑身都是瘀伤和血迹。当时的感觉那么真实——此刻如若梦境。

越过凯尔的肩头,莱拉发现在大厅边上的一群绅士当中,威斯克王子正在盯着她,目光如电。莱拉一笑了之,在凯尔的带领下离开舞池,来到两根立柱之间。

"凯梅拉夫?"等到了僻静的地方,她开口了。

他手上忽然用力。"谁都不知道。不能让人知道。"

莱拉意味深长地看了他一眼。"我真的吓了你一跳吗?"她问。凯尔没有回答,那对异色双眸仔细地观察着她,仿佛她随时可能消失不见。"那么……"侍从端着托盘经过,她顺手取来一杯气泡酒,问道,"你杀了真正的凯梅拉夫?"

"什么?当然没有。那是虚构出来的。"他的眉头拧成一团,"你杀了真正的埃尔索吗?"

莱拉摇摇头。"他在驶向戴洛纳的船上。也可能是戴伦——"

"**戴伦纳?**"凯尔摇着头,断然喝道,"圣徒啊,你在想什么?"

"我不知道,"她诚恳地说,"我不明白我是什么,我如何存在,我能做什么。我就是想试试看。"

"如果只是为了试试身手,你没必要参加三大帝国最著名的大赛。"

"可是很有趣。"

"莱拉。"他柔声说道,居然不急不恼。有些生硬,但没有发飙。他有没有这样喊过她的名字?似乎充满渴望。

"怎么?"她一时喘不上气。

"你得退赛。"

于是，他们之间的温存粉碎了，取而代之的是她记忆中的凯尔，顽固不化，义正词严。

"不，我不退。"她说。

"你不能继续下去。"

"我已经走到了这一步。我才不放弃呢。"

"莱拉——"

"你打算怎么做，凯尔？逮捕我吗？"

"本该如此。"

"可我不是斯塔希安·埃尔索，"她指着身上的晚礼服说，"我是迪莱拉·巴德。"他的眉头皱得更紧了。"得了，别输不起。"

"我是故意输掉的，"他厉声说，"即使我不是故意的，你也不能继续下去了。"

"我能，我就要继续下去。"

"太危险了。如果你打败鲁尔，你就进了总决赛。到时候你得摘下面具。如果隔得远远的，你还能耍花招，但你真以为如果露了脸，没人会发现你是谁——你不是谁？还有，今天我看到你在竞技场上——"

"获胜了？"

"站都站不稳。"

"我已经走到这一步了。"

"我感到你的力量在变弱。我看到了你痛苦的表情。"

"这跟我们的比赛毫无关系——"

"万一你失控了怎么办？"

"不会的。"

"你记得魔法的基本规则吗？"他不依不饶，"**平衡即力量。力量**

即平衡。"他拉起莱拉的手,忧心忡忡地盯着手背上的血管。颜色不该这么黑。"我认为你没能保持平衡。你不断地索取、使用,迟早要还回去的。"

莱拉火冒三丈。"什么意思,凯尔?你是在生我的气,还是担心我,还是见到我就高兴过头了?因为我不懂你在说什么。"

他叹了口气。"你说的那些心情我都有。莱拉,我……"他似乎瞥见了什么人,立刻止住话头。莱拉发现他眼神阴郁,咬牙切齿。

"啊,你来了,巴德,"一个熟悉的声音响起,她扭头看到阿鲁卡德大步走来,"圣徒啊,你那是裙子吗?船员们绝对不敢相信。"

"你开什么玩笑。"凯尔吼道。

阿鲁卡德一看到他就停下脚步,嘴里发出奇怪的声音,介于轻笑和咳嗽之间。"抱歉,我没想打扰——"

"没事,船长。"莱拉说。与此同时,凯尔吼道:"走开,埃默里。"

莱拉和凯尔大眼瞪小眼。

"你认识他?"凯尔问。

阿鲁卡德挺起胸膛。"她当然认识我。巴德在*夜峰号*上为我干活。"

"我是他最厉害的贼。"莱拉说。

"巴德,"阿鲁卡德喝道,"当着王室成员的面不要说贼不贼的。"

此时的凯尔显然失去了理智。"不,"他捋着红铜色的头发,喃喃道,"不。不。那里多的是。"

"凯尔?"莱拉伸手去拉他的胳膊。

他一把甩开。"多的是船,莱拉!你偏要上他那艘。"

"很抱歉,"她气不打一处来,回敬道,"我还以为我有自由,想做什么就可以做什么。"

"说句公道话,"阿鲁卡德接上话头,"我觉得她打算抢了我的船,割了我的喉咙。"

"那怎么不干呢?"凯尔又冲着她吼了起来,"你最喜欢砍砍杀杀的,为什不砍他呢?"

阿鲁卡德凑了过来。"我觉得她越来越喜欢我了。"

"她自己长了嘴巴,"莱拉毫不客气地反驳,然后问凯尔,"你为什么不高兴?"

"因为阿鲁卡德·埃默里是个一文不值的贵族,拈花惹草,不讲荣誉,而你竟然选择跟他走。"话音未落,莱绕了过来。

"你们到底在吵什么……"王子看到凯尔、莱拉和阿鲁卡德在一起,立刻闭上嘴巴。

"莱拉!"他快活地说,"你居然真的不是我兄弟的幻觉。"

"你好,莱。"她面露狡黠的微笑。她回过头,发现凯尔气冲冲地离开了。

王子叹息一声:"你又干了什么,阿鲁卡德?"

"什么都没干。"船长委屈地说。

莱准备追上凯尔,莱拉抢先一步。"让我来吧。"

★★★

凯尔推开阳台的两扇门。他呆呆地站了一会儿,不顾寒气彻骨。然而,寒气也不能熄灭心头的挫败感,于是他踏进了冬夜的黑幕之中。

他刚刚走上阳台,有人拽住了他的手,不用看,他就知道那是谁的手。莱拉的指尖暖洋洋的，似有火花噼啪作响。他没有回头。

"你好。"她说。

"你好。"他说，嗓音刺耳。

他依然迈步走上阳台，若即若离地牵着她的手。两人来到栏杆前，冷风呼啸。

"那么多船，莱拉。"

"你要不要告诉我，你为什么恨他？"她问。

凯尔没有回答，低头俯视艾尔河。沉默良久，他说："埃默里家族是阿恩最古老的家族之一。他们和马雷什家族的交情很深。雷森·埃默里和马克西姆国王是密友。艾迈娜王后是雷森的表亲。阿鲁卡德是雷森的次子。三年前，他深更半夜一走了之。什么话都没有留。毫无预兆。雷森·埃默里请求马克西姆国王帮忙寻找他。马克西姆找到了我。"

"你使用了血魔法，就是你寻找莱、寻找我的方式？"

"没有，"凯尔说，"我禀报国王和王后说找不到他，事实上，我根本没有找过。"

莱拉皱起眉头。"为什么呢？"

"你还不明白吗？"凯尔说，"因为是我叫他走的。我希望他不要回来。"

"为什么？他对你做了什么？"

"不是对我。"凯尔咬着牙说。

莱拉眼睛一亮，恍然大悟。"莱。"

"我兄弟当时十七岁，他爱上了你的船长。但是埃默里伤了他的心。莱悲痛欲绝。我不需要魔法文身就知道我兄弟承受的痛苦。"他捋了捋头发，"我叫阿鲁卡德离开，他照做了。但他没能永远消失。

几个月后他出现了,被抓回都城,罪名是对王室不利。其中有一项就是海盗行为。考虑到埃默里家族的面子,国王和王后不予追究,还把**夜峰号**赐给阿鲁卡德,以国王的名义派他出海。我告诉他,如果还敢回到伦敦,我就杀了他。我以为他听进去了。"

"但他回来了。"

凯尔握紧了她的手。"他回来了。"她的脉搏强劲有力。他不想放手。"阿鲁卡德从来不懂得珍惜美好的事物。"

"我不是选择了他,"她换了个话题,把凯尔从愤怒边缘拽了回来,"我选择的是逃离。"

她松开手,但他不愿意。他拉近了莱拉,两人依偎在一起抵御寒冷。"你还会逃离吗?"

她浑身僵硬。"我不知道怎么做。"

凯尔的另一只手顺着她赤裸的胳膊移到颈后。他低下头,抵在她的额前。

"你可以……"他轻声说,"留下来。"

"你也可以离开,"她回敬道,"跟我走。"

她说话的同时,一团白雾吐到凯尔唇边,他情不自禁地靠拢。

"莱拉。"他呼唤着那个名字,胸膛隐隐作痛。

他想吻她。

但被她抢了先。

上次接吻——也是唯一一次——不过是嘴唇擦过嘴唇,转瞬即逝,犹如蜻蜓点水,一个幸运之吻。

这次不一样。

他们相互冲撞,似有引力拉扯,他不清楚谁是大地,谁又是万物,只知道两人如胶似漆。莱拉在吻中倾注了一切。她无所顾忌的骄傲、不可动摇的决心，她的鲁莽、勇气和对自由的渴望。它们汹涌而来，令凯尔无法呼吸，榨取了肺里所有的空气。她的嘴唇用力地贴着他的嘴唇，她的手指插进他的发间，他抚摸着她的脊背，一路向下，迷失在错综复杂的衣褶之中。

她压上前来，把他抵在栏杆上，他喘着气，冰冷的石头与温暖的肉体形成鲜明对比。他感到了她剧烈的心跳，能量在两人体内迸发、流淌。他们转了一圈，仿佛又跳起了舞，然后他将她压在霜冻的石壁上。她呼吸急促，指甲掐进他的头皮。她咬着他的上唇，咬得鲜血淋漓，在淘气的笑声中，他纵情地亲吻着。不是因为心怀绝望或者希望，也与幸运之吻无关，仅仅是他想要。圣徒啊，他太想了。他亲吻着她，直到寒夜退散，他整个身心都热得唱起了歌儿。他亲吻着她，直到那团火烧光了恐慌、愤怒和胸中的千钧巨石，直到他又能呼吸了，直到两人都喘不过气来。

分开时，他感觉到了她唇上的笑意。

"我很高兴你回来了。"他轻声说。

"我也是，"她盯着他的眼睛，又说，"但我绝不退赛。"

幸福的一刻瞬间崩塌。粉碎。她的笑容凝固了，变得锐利，温存不再。

"莱拉——"

"凯尔。"她模仿着他的语气，挣脱开来。

"后果不可预料。"

"我能应付。"

"你没有仔细听我说。"他恼羞成怒。

"不，"她厉声说，"是你没有听我说。"她舔着嘴唇上的血，"我不需要谁来拯救。"

"莱拉。"他喊道,然而她已在伸手不可及之处。

"对我要有信心,"她说着打开门,"我没事的。"

凯尔目送她离开,唯愿她是对的。

II

欧什卡匍匐在王宫的露台上，缩在墙角的阴影里，兜帽罩住了她深红色的头发。在这座奇怪的河边城堡里，人们似乎正在举行某种庆典。石壁上光影游移，音乐透过门板隐隐传来。寒气彻骨，但欧什卡毫不在乎。她早就习惯了寒冷——**真正的寒冷**——相比而言，这个伦敦的冬天太温柔了。

磨砂玻璃的另一面，人们吃喝玩乐，欢声笑语，在华丽的舞池里翩翩起舞。他们身上没有印记，也没有疤痕。大厅各处，魔法被使用在鸡毛蒜皮的事情上，比如燃烧火盆和制作冰雕，比如美化器乐和愉悦宾客。

欧什卡发出嘘声，对这种浪费力量的行为感到恶心。她的手腕上烙印着新鲜的语言符文，但她即使不懂当地的语言，也知道他们有多么自以为是。在他们挥霍无度的同时，她的同胞在贫瘠的世界里忍饥挨饿。

那是霍兰德出现之前的状况，她提醒自己。如今局面已经有所改变——百废俱兴，欣欣向荣，但有没有可能变成这个样子？以前做梦都不敢想。如今只是很难而已。在魔法的作用下，她的世界缓慢地觉醒。而这个世界蒙受恩泽久矣。

抛光的石头能与珠宝相提并论吗？

她忽然有种冲动，恨不得放一把火。

欧什卡，脑海里那个温柔的声音责备道，低回婉转，带着戏谑的口吻，犹如恋人的耳语。她把手探到眼前，那是她与国王维系纽带的结点。国王可以听见她的思想，感受她的欲望——无一遗漏吗？——他们好似同一个人。

我不会实施的，陛下，她心想。*除非能取悦您。我愿意做任何事情。*

她感到纽带松弛下来，国王在考虑自己的事情。欧什卡的注意力也回到了舞厅里。

欧什卡看到了他。

他既高又瘦，一身黑衣，带着一个漂亮的绿衫女孩绕着舞池而行。女孩头戴一顶镶银的木制花冠，一头金发，凯尔则是红发。不如欧什卡的那么红，而是带有光泽的红铜色。他的眼睛一只浅色，另一只乌黑，和她的一样，和霍兰德的一样。

但他和国王毫无相似之处。欧什卡的国王完美无瑕、无所不能。这个名叫凯尔的家伙只是一个瘦弱的男孩。不过，她仍然一眼就认出了他，不是因为霍兰德认识他，而是因为他好似黑暗中的一团火焰。他浑身散发着魔法，乌黑的眸子慵懒地望向窗台，目光掠过阴影、积雪和欧什卡，她感觉到了。凯尔的目光横扫而过，她做好了暴露的准备，他理应看见她，察觉到她的存在，可他毫无反应。她怀疑窗户玻璃不是完全透明的，里面的人只能看到自己的影子。一张张笑脸反射在窗玻璃上，而黑暗困守于窗外。

欧什卡在栏杆上调整姿态，以保持平衡。她在宫墙上安插了几级冰阶，爬到了现在的位置，然而宫殿无疑加持了防止外敌入侵的守护咒——她试了一次，企图溜进楼上的一扇门，结果被拒之门外，虽然没有发布警报，也不制造痛感，但是**强势得很**。守护咒是最近加持的，魔力相当强大。

看样子正门是唯一的通道，但霍兰德诫过她，不要把事情闹大了。

她拽了拽意识中的纽带，随后他就来了。

我找到他了。她不用费心解释。她看着就行。她是国王的眼睛。她所看见的，国王也能看见。*要我逼他出来吗？*

不，国王的声音在脑海里说，在她的骨子里发出美妙的嗡鸣。*不要以貌取人，凯尔很强大。如果你逼他不成，他就不会过来了。必须让他过来。耐心点。*

欧什卡叹了口气。*好吧*。但她没有放松下来，国王也知道。随着他的话语和意志，一股平静的暖流席卷了她的身心。

你不仅仅是我的眼睛，他说。*你是我的双手，我的嘴，我的意志。我相信你会按照我的吩咐行动。*

我会的，她回答。*我绝不会失败。*

Ⅲ

"你看起来糟透了。"

阿鲁卡德的话在她耳边回响,今早莱拉祝他好运时,他只说了刚才那句话。

"你的嘴可真甜啊。"她抱怨着,溜进自己的帐篷。事实上,莱拉**感觉**糟透了。她在埃尔索的客房里睡不着,于是回到徘徊之路旅馆,因为有狭窄的空间和熟悉的面孔。但她每次闭上眼睛,就仿佛回到该死的板条箱里,要不就是与凯尔站在阳台上——于是她几乎整晚盯着天花板上跳跃的烛光,听着塔维和莱诺斯的鼾声(天知道瓦瑟瑞去了哪里),凯尔的话在脑海里徘徊不去。

她闭上眼睛,感觉自己在轻轻摇晃。

"埃尔索大师,你还好吗?"

她猛地回过神来。伊斯特正在她腿上佩戴最后一块甲片。

"我没事。"她咕哝道,集中精神回忆阿鲁卡德所教的要点。

魔法是对话。

成为一扇敞开的门。

让波浪通过你。

此时此刻,她好似岩石嶙峋的海岸。

她低头看着手腕。绳索造成的擦伤正在恢复,但她翻转手掌,发现血管的颜色太深了。不是孪生戴恩的黑色,但也不如以前那么浅。她忐忑不安,烦恼随之涌上心头。

她没事。

她不会有事。

她已经走到这一步。

迪莱拉·巴德从不轻言放弃。

凯尔打败了威斯克人鲁尔,得了两分,输她四分。他已经出局,而莱拉即使输一分依然可以晋级。另外,阿鲁卡德拿下了他的第二场比赛,提前确保了在决赛中的席位,另一个席位属于托斯安米拉,著名的法罗双胞胎之一。如果莱拉获胜,她就有机会与船长对战。她不禁面露微笑。

"这是什么?"伊斯特示意那颗白石碎片。莱拉一直捏在手里摩挲。此时她把石头举起来,借着帐篷里的灯光端详。如果她眯起眼睛,依稀能看见阿斯特丽德的唇线,被石化的瞬间,她可能在大笑,或者在惨叫。

"一种提醒。"莱拉说着,把石雕的碎屑塞进沙发上的外套里。或许那是怪癖,但可以安抚莱拉的心,确信阿斯特丽德已死,而且不可能复活。如果真有什么魔法能够复活变成石头的邪恶女王,她希望需要完整的石雕才能实现。如此一来,她能够保证缺失了一块。

"提醒什么?"伊斯特问。

莱拉捡起刀柄,插进前臂的甲片底下。"我能创造奇迹。"她说着，大步走出帐篷。

我跨越不同的世界，拯救城市于水火之中。

她走进竞技场的通道。

我打败了国王和女王。

她整了整头盔，阔步上场，欢呼声将她淹没。

我经历了不可思议的艰难险阻。

鲁尔巍然屹立在竞技场中央。

我是迪莱拉·巴德……

她举起玻璃球，一时间视野模糊，然后她就放手了。

我所向披靡。

★ ★ ★

凯尔站在寝宫的阳台上，金环搁在面前的栏杆上，竞技场的喧嚣近在耳畔。

东方的竞技场与王宫相邻，冰雕巨龙在河水中起伏，它们的腹部染上了一层红色。凯尔借助望远镜可以看清场内的情形，两位参赛选手便是两颗白点，在深色石地上清晰可见。莱拉头戴黑色的恶魔面具。鲁尔的铁面具形似狼犬，头发乱蓬蓬的犹如鬃毛。他的赛旗是白色旗面上的一匹蓝色野狼，但看台上是一片黑底银刀的海洋。

哈斯特拉守在他背后的阳台门前，斯塔夫在卧房门前。

"您认识他，是吗？"哈斯特拉问，"斯塔希安·埃尔索？"

"我不确定。"凯尔喃喃道。

远处的竞技场上欢呼阵阵。比赛开始了。

鲁尔选择了土和火，两种元素不断盘旋。他带了一个把手和一个刀柄——土围绕把手旋转，形成一面岩石盾牌，火焰则化作一把弯刀。莱拉的两把匕首与昨天一样，一冰一火。两人对峙了片刻，打量着对方。

然后，他们短兵相接。

莱拉命中了第一击。她矮身闪过鲁尔的弯刀，顺势转到对方背后，火匕首刺中腿肚子上的甲片。鲁尔转身时，莱拉已经起身躲开，蓄势待发。

鲁尔至少比她高一英尺，宽两倍有余，但速度快得不正常，她试图再次突破对方的防线，奈何失败了，还损失了两块甲片。

莱拉远远地避开，凯尔知道她在打量对手，寻找一个突破口，一个弱点，一处破绽。很快，她找到了一个。然后又一个。

她的战斗方式不同于鲁尔、克什米尔和吉纳尔。不同于凯尔见过的任何人。不是说她*更厉害*——虽然她确实快如闪电，灵巧非凡——而在于那是她在灰伦敦街头搏命的打法，凯尔猜测。性命攸关，背水一战。仿佛对手是她与自由之间的唯一阻碍。

她很快获得了领先优势，六比五。

突然，鲁尔动手了。

莱拉冲过去的半路上，鲁尔翻转岩石盾牌，直接扔了出去。莱拉的胸膛正面中招，盾牌的冲击力之大，推着她撞上了附近的柱子。腹部、肩膀和背部的甲片同时碎裂，一时间光芒闪耀，莱拉趴在石头地板上。

观众们同时吸了一口凉气，金环及时播报赛况。

四块甲片。

"起来！"凯尔吼道，与此同时，她捂着肋部，吃力地爬了起来。她踉跄着迈了一步，晃晃悠悠，然而鲁尔还在进攻。巨大的盾牌飞回他手中,他旋转半圈,再次扔了出去,有了魔法的加持,盾牌的冲击力进一步增强。

莱拉必然有所察觉,知道巨石迎面飞来,但令凯尔惊恐的是,她不躲不闪。她丢开两把匕首,高举**双手**,毫无招架的意思。

太疯狂了。

没用的——根本不可能抵挡——然而,不知怎么回事,盾牌**攻势顿挫**。

看台上一阵惊呼,观众们意识到斯塔希安·埃尔索不仅能操纵两种元素。他能操纵三种。

盾牌缓缓向前挪移,似在对抗潮水,最后停止不动,距离莱拉的双手不过咫尺之遥。它悬在空中。

但凯尔知道,悬停只是表象。

莱拉正在**推动**它,试图压制鲁尔的元素,正如此前对凯尔做过的一样。不过他当时放水了,主动**停止抵抗**;而鲁尔一开始被打了个措手不及,此时加倍用力。莱拉拼尽全身的力量,靴子在石地上滑动。

整个竞技场似乎都在震颤,两位魔法师以意志对抗意志,平地生风。

在莱拉和鲁尔之间,盾牌疯狂地颤抖。透过望远镜,凯尔看见她抖如筛糠,浑身绷紧,犹如弯弓。

放开! 他恨不得高喊一声。莱拉仍在施加推力。

你这个顽固不化的傻瓜,他心想。鲁尔忽然召来一股力量,举起火刀,向前掷去。飞刀偏离了目标,但火焰分散了莱拉的注意力,稍一迟疑,悬在空中的盾牌猛冲下来,撞上她的腿部,虽是擦边而过,但力道不轻。

第十块甲片碎裂了。

A Gathering of Shadows

比赛结束。

全场哗然,鲁尔发出胜利的怒吼,但凯尔的目光始终停留在莱拉身上。她站在那儿,捂着肋部,仰着头,面色平静得有几分诡异。

然后她晃了晃,瘫软在地。

IV

凯尔匆匆回房,金环里传来裁判呼叫医师的声音。

他告诫过莱拉。他反复告诫过。

凯尔握着匕首,快步来到里间的门前,哈斯特拉紧随其后。斯塔夫企图拦住他的去路,然而凯尔更快、更强硬,不等侍卫阻止,他就进去了。

"As Staro。"他念道,封闭了身后的房门,然后在斯塔夫沉重的叩门声中勾勒记号。

"As Tascen。"

王宫退散,取而代之的是参赛选手的帐篷。

"**鲁尔获胜**。"裁判宣布,与此同时,凯尔冲出凯梅拉夫的隔间,闯进莱拉的帐篷。他进去的时候,两名侍从正在将她放到一张沙发上,还有一名侍从负责摘取头盔。看到凯尔,他们惊得面无血色。

"出去,"凯尔说,"全都出去。"

两名侍从立刻离开,而第三个——女牧师——不理会他的命令。

她解开恶魔面具的卡扣,将其搁在一边。面具底下的莱拉面色苍白,好似幽灵,太阳穴附近的血管颜色暗淡,鼻血发黑。牧师把手放在她脸上,须臾,她的眼睛扑闪着睁开了。各种狠话呼之欲出,但凯尔管住了嘴巴。当她生硬地吸了口气,吃力地坐起身,他不作声;当她晃着脑袋,活动手指,把一块布拿到鼻子前,他还是不作声。

"你可以走了,伊斯特。"她擦着血迹,说道。

凯尔强忍着不说话,等牧师一走,他就失去了耐心。

"我警告过你!"他喊道。莱拉揉着太阳穴,直皱眉头。

"我没事。"她喃喃道。

凯尔沉闷地呻吟了一声。"你在场上晕倒了。"

"比赛打得很激烈。"她挣扎着站起来,虽然极力掩饰,脚步依旧踉跄不稳。

"你怎么这么傻?"他提高嗓门,喝道,"你流的血都发黑了。你把魔法当成玩物。你不理解规则。更可怕的是,你觉得不存在规则。你走南闯北,随心所欲,为所欲为。你什么都不在乎,愚蠢,鲁莽。"

"小声点,你们两个,"莱进了帐篷,维斯和托纳斯在他身后,"凯尔,你不该来这里。"

凯尔置之不理,吩咐侍卫:"把她关起来。"

"为什么?"莱拉吼道。

"冷静,凯尔。"莱说。

"因为冒名顶替。"

莱拉嘲笑道:"噢,你还好意思——"

凯尔突然把她推到帐篷柱子上,捂着她的嘴巴。"你敢。"莱拉没有反抗。她纹丝不动,异样的眸子狠狠地盯着凯尔,眼神有几分狂野。凯尔以为她害怕了,至少受惊了。然后他感到一把刀抵在自己腰上。

她的眼神仿佛在说，要不是因为顾忌到莱，她真的会捅凯尔一刀。

王子举起手来。"斯塔希安，"他招呼莱拉，然后抓住凯尔的肩膀，"拜托。"她放下刀，莱在托纳斯的帮助下把凯尔拉开。

"你从来都不听。从来都不想。有了能力就有了责任，莱拉，你显然不配有这种能力。"

"凯尔。"莱警告他。

"你为什么护着她？"他转而质问兄弟，"该死的，为什么世上只有我一个人为自己的行为负责？"

众人全都盯着他，莱拉居然笑了。那是一种充满挑衅意味的冷酷笑容，残存的黑色血迹夹杂其间。

凯尔甩开双手，冲了出去。

他听见莱的脚步声在身后的鹅卵石地上响起，可是他需要找个地方透透气，他不由自主地拔刀出鞘，从领口内掏出钱币。

他将染血的手掌按在附近的墙上，听到莱劝阻他的呼喊，然而咒语就在唇边，世界随之退散，带走了一切。

V

　　凯尔刚才还在那里，转眼就不见踪影，唯有墙上残余的一抹血痕，标志着他离开的位置。

　　莱站在帐篷外，盯着兄弟消失之处，心如刀绞。那不是肉体的痛苦，是无法接受的顿悟：凯尔打定主意，去了莱不能去的地方。

　　托纳斯和维斯出现在他身后，犹如影子。人群围拢，但不是因为帐篷里的争吵，只是因为王子来到他们当中。莱知道自己应该调整表情，展露笑颜，但他做不到。他的视线难以从血迹上移开。

　　马克西姆来了，凯尔的侍卫紧随其后。人群让开一条道，国王不断地微笑、点头、挥手，然后拽着莱的胳膊，带他返回王宫，一路上谈论着晋级决赛的三位选手和晚上的活动，全是鸡毛蒜皮的无聊话题，直到宫门在他们身后关闭。

　　"发生什么事了？"国王把他拽到一个私密的房间里，厉声问道，"凯尔呢？"

　　莱一屁股坐到椅子上。"我不知道。他本来在王宫里，但是当他发现赛况不利,就到了帐篷里。他只是担心,父亲。"

"担心什么?"**不是什么**,莱心想。**是谁**。可他不能坦白告诉国王,有个女孩假扮成斯塔希安·埃尔索,正是那个女孩和凯尔一起带来了黑化之夜(当然,还拯救了世界,但那不重要),于是他言简意赅地说:"我们吵了一架。"

"他人在哪里?"

"我不知道。"莱抱着头,疲惫感压得他直不起腰来。

"起来,"父亲下令,"快去准备。"

莱无力地抬起头。"准备什么?"

"今晚的宴会,这还用问。"

"可是凯尔——"

"不在这里,"国王掷地有声,"或许他抛下了应有的责任,但你没有。你必须担起责任。"马克西姆说着走向门外,"等凯尔回来,我们再处理他的问题,不过在此期间,你还是阿恩的王子。所以,你要有王子的样子。"

★ ★ ★

凯尔背靠冰冷的石墙,威斯敏斯特大教堂敲响了整点的钟声。

刚刚发生的事情使他的心脏跳得厉害。

他离开了。离开了红伦敦。离开了莱。离开了莱拉。那座城市——还有那些乱七八糟的事情——被他抛在身后。

一步之遥,相隔整整一个世界。

如果你不想留下来,那就走啊。

跑掉。

他并非有意为之——他只求片刻安宁,不受打扰地思考——所以他来了,鲜血滴落在结冰的街道上,兄弟的喊声还在耳边回响。愧疚拉扯着他,被他一把推开。这次与他数百次跨越世界的旅行没有区别,任何人都找不到他。

这次是他自己的选择。

凯尔直起身子,走过街道。他不知道去往何方,只知道迈出第一步远远不够——他不能停步,不能让愧疚得逞。不能让寒冷得逞。灰伦敦的冬天潮湿逼人,他裹紧外套,低着头,匆匆前行。

五分钟后,他站在五角酒馆的门外。

无论他去往何方,终究会回到这里。本能,是唯一合理的解释。他任由脚步的引领,在世界之路上行进,那无限广阔的斜坡,那无处不在的重力,吸引着万物与魔法汇聚于定点。

进了酒馆,只见吧台后有一张熟悉的面孔。不是巴伦的粗眉毛和黑胡子,而是内德·塔特尔的大眼睛、长下巴、既惊又喜的灿烂笑容。

"凯尔大师!"

凯尔进门时,年轻的魔法迷至少没有激动到冲出吧台。他不过是失手打落了三个玻璃酒杯,还打翻了一瓶波特酒。凯尔放过了酒杯,但让波特酒瓶在半空中急停,距离地面不过毫厘之差,只有内德注意到了他的动作。

他坐上了凳子,很快,一杯深色威士忌出现在面前。不是魔法,是内德亲手送来的。他一口气喝干,酒瓶又出现在手边。

凯尔喝酒时,魔法迷假模假样地招待着其他顾客。喝到第三杯,他放慢了速度——他糟蹋的不光是自己的身体。话说回来,有多少个夜晚,凯尔承受着莱豪饮烂醉的后果;又有多少个清晨,他醒来时满口都是酒和药水的陈腐味道?

凯尔又斟了一点酒。

他能感觉到众人的目光,不知道他们为何被吸引而来,是魔法,还是流言。他们能感觉到引力吗,能感觉到重力的拉扯吗,或者,他们仅仅为流言而来?内德对他们说了什么?零碎的片断?还是来龙去脉?

眼下,凯尔毫不关心。他一心扼杀情绪,否则情绪势必将他扼杀。驱散莱拉鲜血淋漓的那张面孔,保留他们冬夜热吻的记忆。

内德当然会过来找他,不过他来的时候,既不提问,也不东扯西拉。瘦削的年轻人拿起凯尔手边的酒瓶,斟了一杯酒,抄着胳膊抵在吧台边,然后把一样东西放到凯尔面前。它映着灯光,熠熠生辉。

是一枚红伦敦的令币。

上次凯尔留在这里的。

"应该是你的。"他说。

"是的。"

"有郁金香的气味。"

凯尔歪着头,酒馆也随之倾斜。"英格兰国王每次都说是玫瑰的气味。"

内德张大嘴巴。"乔治四世说的?"

"不是,三世,"凯尔心不在焉地说,"四世是个蠢货。"

内德差点呛了一口酒,继而哈哈一笑。凯尔动了动手指,红伦敦的令币立在吧台上,慢悠悠地转着圈。内德瞪大眼睛。"我能学会吗?"

"但愿不能,"凯尔抬头看了他一眼,"你不应该有那种能力。"

他瘦长的面孔扭曲变形。"为什么?"

A Gathering of Shadows

"很久以前，这个世界——你的世界——也有魔法存在。"

内德凑近了，像个听故事的孩子，期待着怪物的出现。"发生了什么？"

凯尔摇摇头，威士忌使他的脑筋迟钝了。"很多糟糕透顶的事情。"钱币缓慢地绕圈。"与平衡有关，内德。"莱拉怎么就不懂呢？"混乱需要秩序。魔法需要节制。就像火。火不能自我调节。你投喂什么，它吞噬什么，如果你投喂得太多，它就烧啊烧啊，直到烧光一切。"

"你的世界曾经有火，"凯尔说，"不多——距离源头太远了——但也足以燃烧。我们在此之前将其阻隔，火势逐渐减弱。最终，它熄灭了。"

"可是你怎么知道我们会烧起来呢？"内德的眼里精光四射。

凯尔用指头轻轻一碰，钱币翻在吧台上。"因为太少和太多一样危险。"他坐直身子。"关键在于，魔法不应该存在于这里。魔法不应该成为可能。"

"不可能的事情就是为了被推翻而存在的，"内德快活地说，"也许几年之内不可能，也许现在不可能，但不代表绝对不可能。也不代表永远不可能。你说魔法消逝，火焰熄灭。如果它是等人拨旺的火堆呢？"

凯尔又斟上一杯酒。"也许你说得对。"

但是我希望你错了，他心想。为了所有人着想。

★ ★ ★

莱毫无兴致。

毫无参加舞会的兴致。

毫无接待宾客的兴致。

毫无赔笑打趣，假装一切正常的兴致。父亲不断地使着眼色，母亲也偷偷地瞟他，似乎担心他当场崩溃。莱恨不得冲他们大吼大叫，因为是他们逼走了他的兄弟。但他没有发作，他站在国王和王后中间，目睹三位斗士先后摘了面具。

带头的是威斯克人鲁尔，一头蓬乱的头发蔓延到下巴，他依然沉浸在战胜埃尔索的喜悦中。

然后是托斯安米拉，实力超群的法罗双胞胎之一，宝石从眉毛佩戴到下巴，形态热烈奔放。

最后当然是阿鲁卡德·埃默里。侠盗，浪子，贵族，重振雄风的阿恩帝国宠儿。

莱祝贺索尔因阿尔殿下和柯尔王子，感谢参赛选手的精彩表现，赞叹各国实力之均衡——一个阿恩人、一个法罗人和一个威斯克人会师决赛！还有更巧的事情吗？——然后他退到柱子边，安安静静地喝酒。

今晚的宴会在珠宝厅举行，大厅完全以玻璃搭建，四面开阔，莱却觉得仿佛身在墓地。

在他周围，觥筹交错，轻歌曼舞，仙乐飘飘。

大厅的另一头，柯拉公主正在和一群阿恩贵族谈笑风生，同时不断地左顾右盼，寻找着凯尔。

莱闭上眼睛，聚精会神地感受兄弟的脉搏，亦即他自己的脉搏的回音——他试着通过脉搏传递……什么呢？他的愤怒？他的歉意？失去凯尔的无力感？不怪他一走了之？或者，怪他一走了之？

回家吧，他怀着私心默念道，求你了。

A Gathering of Shadows

玻璃大厅里响起一阵含蓄的掌声,他睁开眼睛,发现三位晋级决赛的斗士盛装归来,他们的面具夹在胳膊下,真容展露无遗。

饥肠辘辘的鲁尔扑向堆满食物的餐桌,他的威斯克同伴们已经喝了不少。

托斯安米拉在人群中穿梭,紧随其后的是她的姊妹塔斯昂米拉,第一轮中输给凯尔的魔法师。莱只能根据佩戴在深色皮肤上的宝石区分他们,托斯安米拉的是热烈的橙色,塔斯昂米拉的是璀璨的蓝色。

阿鲁卡德自成一片天地。莱看见一位漂亮的奥斯特拉红唇翕动,凑在阿鲁卡德耳边低语,他情不自禁地握紧了手中的玻璃杯。

有人没精打采地靠在他身边的柱子上,细瘦的身影,一袭黑衣。莱拉的气色有所恢复:依然憔悴不堪,眼底似有瘀伤,但还有力气从侍者的托盘上拿了两杯酒。她递了一杯给莱。他顺手接过。"你回来了。"

"瞧啊,"她冲着舞厅的方向举起酒杯,"你真的很擅长举办宴会。"

"敬伦敦。"莱回归正题。

"啊,"她说,"好吧。"

"你没事吧?"莱想起她当天下午的比赛。

她吞了吞口水,扫视着人群。"我不知道。"

寂静笼罩了他们,犹如一叶宁静的扁舟徜徉于喧嚣的大海中。

"我很抱歉。"她终于开口,声如蚊蝇。

他转身面对莱拉。"为什么?"

"我也说不清。好像应该道歉。"

莱喝了一大口酒,端详着这个奇怪的女孩,她锐利的棱角,防备的姿态。"凯尔只有两张面孔。"他说。

莱拉扬起眉毛。"只有两张？大多数人不是只有一张面孔吗？"

"正好相反，巴德小姐——根据你的衣着判断，你又是巴德了吧？斯塔希安是不是躲在哪儿休养去了？大多数人远不止两张面孔。我就有一整个衣柜。"他说话时毫无笑意。他的目光掠过他的父母、阿恩贵族和阿鲁卡德·埃默里。"但凯尔只有两张面孔。一张面对全世界，另一张面对他爱的人。"他啜饮着酒，"面对我们。"

莱拉神色冷峻。"无论他对我是什么感觉，那不是爱。"

"因为不够温柔甜蜜、宠爱有加吗？"莱靠着柱子，伸了个懒腰，"你知道他有多少次出于爱，把我打得差点失去知觉？又有多少次，我对他做过同样的事？我见过他面对他痛恨的人是什么样子⋯⋯"他摇摇头，"我兄弟在乎的事情少得很，在乎的人就更是屈指可数。"

莱拉吞着口水。"你觉得他在做什么？"

莱注视着手中的酒杯。"根据这玩意对我脑袋的影响，"他举起酒杯，说道，"我敢说，他只求一醉方休，跟我一样。"

"他会回来的。"

莱闭上眼睛。"要是我，我就不回来了。"

"不，"莱拉说，"你也会的。"

★ ★ ★

"内德，"凌晨时分，凯尔说，"上次我来的时候，你想给我什么东西。到底是什么？"

内德目光低垂，摇了摇头。"噢，没什么。"

但凯尔发现对方眼里有着难以抑制的兴奋，虽然他现在什么都不能接受，但依然很想知道。"告诉我。"

内德咬着嘴唇，点点头。他从吧台底下抽出一块木雕，大约一手长，从掌根到指尖，通体刻有花纹，一头尖细。

"这是什么？"凯尔既好奇又不解。

内德把那枚红伦敦的令币拖了过去，将木雕的尖端置于其上。他放开手，木雕纹丝不动，直挺挺地竖立在钱币上。

"是魔法，"内德面带疲惫的笑容，"我以前是这样想的。现在我知道不是真正的魔法。只是利用磁铁的戏法而已。"他伸出手指推了推木雕，木雕摇摇晃晃，又恢复原样。"但我小的时候，我相信它是魔法。即使后来我知道那是戏法，我依然*想要*相信。因为即使它不是魔法，也不代表它一无是处。"他取下木雕，放在吧台上，强忍着没打哈欠。

"我该走了。"凯尔说。

"你可以留下来。"时间很晚了——也可以说很早——五角酒馆里的客人早就走光了。

"不，"凯尔断然说道，"不行。"

不等内德开口——表示酒馆完全可以不打烊，请凯尔睡在顶头的客房——那间房的门板是绿色的，墙壁依然扭曲变形，是他第一次遇到莱拉，将其束缚在木板上时导致的，那间房还残留着凯尔的寻人咒，沾有巴伦的血迹——凯尔起身离开。

他竖起衣领，跨进夜色之中，继续步行。在莱拉的伦敦，他经过无数桥梁和街道、公园和小径。他不停不歇，浑身肌肉酸疼，威士忌带来的愉悦已经耗尽，唯有残留在胸中的痛苦，以及愧疚、需求和责任带来的压力，如影随形，挥散不去。

即便如此，他依然向前迈步。

他不能停下来。停下来就会思考，如果思考太多，他就会回家。

他走了几个钟头,直到完全走不动了才停下脚步,坐在泰晤士河边的长凳上,聆听灰伦敦的声音,与他的伦敦何其相似,但又大不相同。

这里的河水不发光,犹如一条长长的黑带,在黎明的微光中逐渐变成紫色。

在他脑子里,两种想法就像硬币一样翻来转去。

跑掉。

回家。

跑掉。

回家。

跑掉。

VI

红伦敦。

欧什卡在王宫的阴影中踱步,怒不可遏。

她跟丢了凯尔。她不清楚他是如何跑掉的,只知道他不见了。她花了一天时间在人群中寻找他,等到夜幕降临,她又回到阳台上,然而舞厅里一片漆黑,宴会换了举办地。殿前台阶上人流不断,来来去去,但凯尔不在其中。

到了夜里最黑暗的时刻,她看见了两名卫兵,身披华丽的红金色盔甲,靠在殿前台阶的暗处轻声交谈。欧什卡抽出了刀子。她尚未决定是割了他们的喉咙,剥下盔甲据为己有,还是拷问他们以打探消息。不等她下定决心,一个名字传到耳朵里。

凯尔。

等她靠近了,烙印在皮肤上的语言符文开始灼烧,她听懂了他们的对话。

"……据说他消失了……"一个人说。

"什么意思,消失了?被关起来了?"

"跑了。我还蛮高兴的。他总是让我感觉毛骨悚然……"

欧什卡吸了口气,回到河边。他没有消失。他不能消失。

她跪在冰冷的地面,从口袋里掏出一块羊皮纸,在地上铺开。接着她把手插进地里,抓了一把泥土,将其捏碎。

这不是血魔法。只是她在寇西克使用过上百次的咒语,追踪那些欠了债,甚至欠了血债的人。

"Køs øchar。"她念念有词,泥土落在羊皮纸上,形成了城市的面貌,有河流和街道。

欧什卡拍掉手上的尘土。

"Køs 凯尔。"她说。然而地图毫无变动。泥土仍在原处。无论凯尔去了哪里,他都不在伦敦城内。欧什卡紧咬牙关,站起身来。她对国王可能的反应深感担忧,但还是牵动了两人之间的纽带。

他不见了,她心想,很快就收到了霍兰德的消息——除了他的声音,还有他的不快。

解释。

他不在这个世界,她说。他走了。

国王顿了顿,再度发问,他是单独离开的吗?

欧什卡迟疑了。我认为是的。王室成员还在这里。

随之而来的沉默令她心惊肉跳。她想象着霍兰德端坐于王座上,周围堆满尸体,都是辜负了他的人。她可不能成为其中之一。

终于,国王说话了。

他会回来的。

您怎么知道?欧什卡问。

A Gathering of Shadows

他无论如何都会回家。

★ ★ ★

莱几近崩溃。他睡不着觉，在黑暗中承受着回忆的煎熬。他很想服用助眠的药物，不管凯尔在哪里，不管对兄弟造成怎样的影响，但他终究克制了这股冲动。结果王子辗转反侧了大半夜，然后掀开毯子下了床，在寝宫里来回踱步，直到黎明的曙光刺破天空，唤醒了都城。

Essen Tasch 的决赛即将打响。莱一点儿也不关心大赛。他不关心法罗、威斯克和政治。他关心的唯有兄弟而已。

然而凯尔还没回来。

还没回来。

还没回来。

莱的脑子里乱成一团。

王宫逐渐恢复了活力。很快他就要戴上王冠，面带微笑，扮演王子的角色了。他双手捋过头发，一枚戒指勾在深色发卷上，疼得他龇牙咧嘴。莱咒骂着，停止了踱步。

他东张西望——枕头、毯子和沙发，都是柔软的东西——然后看到了王室胸针。舞会结束后，他将其和衣服一起丢到一边，此时此刻，胸针在晨光中闪闪发光。

他咬着嘴唇，用大拇指试了试针尖，血珠立刻涌现。莱看着血流到手掌上，心跳加速。然后，他拿着胸针靠近肘窝。

也许是因为醉意未消。也许是因为凯尔不可触及带来的恐慌感，或者是理解了兄弟的付出带来的愧疚感，或者是需要他付出更多、需要他回家的私心，无论如何，莱将胸针的针尖戳进肘窝的皮肉，一笔一画地写了起来。

* * *

凯尔吸了口气，皮肤上的烧灼感突如其来。

他早就习惯了迟钝的痛感，以及隐隐的刺疼，来自于莱惹的各种祸事，然而这一次格外刺激，不同于使用拳头和膝盖的殴打，似是有意为之。痛感源自他的左臂内侧，他拉起袖子，以为衣服沾有血迹，皮肤已是殷红一片，可是什么都没有。痛感猝然消失，接着再次来临，一波又一波地在胳膊上移动。不对，是线状的。

他低头看着自己的胳膊，不明白剧痛因何而来。

然后，他恍然大悟。

他虽然看不到，但只要闭上眼睛，就能感觉到在皮肤上游走的轨迹，那是莱用指甲在凯尔的胳膊上写字、传递悄悄话的一种方式。他们早年玩过这种游戏，在某些重大场合或者无趣的晚宴上，两人只能肩并肩傻站着的时候。

然而，现在不是在玩游戏。凯尔感到胳膊上的字母灼烧得厉害，所用的工具远比指甲尖锐。

我

我真

我真的

我真的很

我真的很抱歉。

A Gathering of Shadows

★ ★ ★

　　看到一半，凯尔已经起身，责骂自己不该不辞而别。他从衣领内拽出硬币，从一个伦敦的灰暗黎明，来到了另一个伦敦生机勃勃的曙光中。

　　回宫的路上，他想好了如何对国王交代，然而当他拾级而上，跨进门厅时，王室成员已经整装以待。还有威斯克王子和公主，以及法罗摄政王。

　　莱与凯尔四目相对，王子脸上放光，如释重负，但凯尔没有放松警惕。他察觉到山雨欲来，沉默中充满了喷薄欲发的力量。他准备迎接一顿批斗，迎接各种狠话、指控和命令，而当国王开口时，语气竟是那样温和。

　　"啊，终于来了。我们正准备出发，不等你了。"

　　凯尔掩饰不住内心的讶异。他原以为自己将被禁足，也许永远禁止出宫。不可能风平浪静地迎接他回来。他迟疑不决，迎上国王的目光。国王眼神淡定，但仍有警告的意味。

　　"抱歉，我来晚了，"他尽可能以轻快的语气说，"我有事出去，忘了时间。"

　　"你现在回来了，"国王说着，扶上凯尔的肩膀，"这是最重要的。"他手上用力，劲儿很大，凯尔甚至以为他不会放手。但等到众人出发时，马克西姆还是放手了，莱陪在凯尔身边，不知道是情谊所致，还是不得已而为之。

　　尽管时辰尚早，中央竞技场已是座无虚席，街上都挤满了观众。场上的布置颇为用心，东边竞技场的巨龙和西边的狮子都挪了位置，齐聚在中央竞技场，冰龙浮在水面，狮子盘踞石柱，鸟儿翱翔于天空。竞技场的地面横七竖八地堆满障碍物，包括岩石、柱子和石制的高架，上方的看台人头攒动，五颜六色——到处都是阿鲁卡德的银色羽毛，零星地缀有鲁尔的蓝色野狼和托斯安米拉的黑色旋涡。

三位魔法师从各自的通道登场，在竞技场中央各就各位，欢呼声震耳欲聋——凯尔和莱都有点吃不消。在漫射的晨光中，王子形容憔悴（凯尔估计自己也好不到哪里去）。莱的浅色眸子底下有黑眼圈，而且他小心翼翼地护着左臂，遮挡皮肤上的新鲜伤痕。竞技场的四面八方都在喧嚣闹腾，唯独御用包厢静得可怕，气氛凝重。

国王始终盯着竞技场的地板。王后看了凯尔一眼，目光中夹杂着一丝轻蔑。柯尔王子察觉到不对劲，一双锐利的蓝色眼睛左顾右盼，而柯拉还在因为凯尔不动声色的拒绝而生闷气。

唯有索尔因阿尔殿下神态自若，不受影响。但他的情绪本来就少有波动。

凯尔扫视着底下的人群。他不知道自己在寻找莱拉，直到在人群中发现了她。在竞技场里寻找一个人堪比大海捞针，但他能感觉到引力的变化，她的存在犹如磁场，两人的目光跨越整个竞技场相遇了。从凯尔所在的位置，看不真切她的五官，也不知道她的嘴唇是否在动，但她的口型似乎在说：你好。

这时候，莱迈步上前，竭尽所能重现往常的魅力，把金环举到嘴边。

"欢迎各位！"他喊道，"Glad'ach! Sasors! 本届大赛可谓精彩纷呈。三位伟大的斗士，代表三个伟大的帝国晋级决赛，完美至极。一位来自法罗，孪生姐妹之一，所向无敌，光华灿烂的托斯安米拉。"口哨声中，法罗人鞠躬致意，黄金面具映着晨光。"一位来自威斯克，猛兽一样的战士，野狼一样的汉子，鲁尔！"竞技场上的鲁尔发出战嚎，看台上的威斯克人齐声呼应。"最后一位，来自我们阿恩帝国，海上的船长，强有力的王子，阿鲁卡德！"

掌声雷动，包括凯尔都在鼓掌，虽然动作很慢，没有响声。

"决赛规则很简单，"莱继续说，"因为规则很少。不采取得分制。每位魔法师的盔甲共有二十八块甲片，有的大，有的小，小得难以命中。今天，最后一位身上还有完好甲片的选手就是冠军。为你们的三位魔法师欢呼吧，因为场上只有一位冠军诞生！"

号声吹响，玻璃球落地，莱回到包厢的阴影中，比赛开始了。

场上，魔法师们操纵的元素令人眼花缭乱：鲁尔的土和火，托斯安米拉的火和气，阿鲁卡德的土、气和水。他果然擅长三种元素，凯尔冷冷地想。

过了不到一分钟，阿鲁卡德击中了鲁尔的肩膀。又过了不止五分钟，鲁尔击中了阿鲁卡德的小腿。托斯安米拉坐山观虎斗，直到阿鲁卡德的冰块击中她的腘窝，她才加入了混战。

御用包厢里的气氛相当沉闷。莱默不作声，疲惫地坐在遮阳棚底下，凯尔警惕地守在国王身边，目光直直地投向赛场。

场上，托斯安米拉犹如戴着黄金面具的影子，凌空飞舞，鲁尔则以饿狼捕食的姿态奔跑跳跃。阿鲁卡德依然举止优雅，而他的元素在周围旋转呼啸，形同风暴。观众们惊天动地的欢呼淹没了赛场上的响动，每一块甲片的碎裂都伴随着耀眼的光芒，进一步推高了声浪。

万幸的是，御用包厢里的气氛逐渐缓和，仿佛经历了暴雨的洗礼，一派风和日丽。凯尔松了口气，顿觉头晕目眩。侍从送来茶水。柯尔王子讲了个笑话，马克西姆笑了。王后称赞了索尔因阿尔殿下的魔法师。

开赛将近一个钟头，鲁尔身上片甲不存，一脸茫然地坐在石地上。阿鲁卡德和托斯安米拉针锋相对,时而短兵相接,时而分开。局势的变化极为缓慢,不过,阿鲁卡德·埃默里逐渐处于下风。凯尔来了精神,而当他情不自禁地为托斯安米拉得手而欢呼时,莱撞了撞他的肩膀。阿鲁卡德重整旗鼓,迎头赶上,两人打成平手。

终于,她绕到阿鲁卡德身后,突破了防线。她递上风刀,试图破坏他的最后一块甲片,不料他在千钧一发之际避开攻击,挥动水鞭,打碎了她身上仅剩的甲片。

比赛结束。

阿鲁卡德·埃默里赢了。

在凯尔的呻吟声中,全场沸腾,欢呼声、玫瑰花和银色赛旗犹如暴风骤雨,一个名字响彻赛场上空。

"阿鲁卡德!阿鲁卡德!阿鲁卡德!"

莱上前一步,正式宣布 Essen Tasch 的冠军。虽说他注意形象,不像观众们那样声嘶力竭地喊叫,但他的喜悦和骄傲还是被凯尔看在眼里。

圣徒啊,凯尔心想。埃默里越来越令人讨厌了。

索尔因阿尔殿下问候了托斯安米拉和法罗观众,柯拉公主称赞了鲁尔和威斯克观众,最后莱王子宣布即将举办宴会和闭幕典礼,请观众们退场。

在马雷什家族回宫的路上,众人欢声笑语,国王面带微笑,甚至拍了拍凯尔的后背。

当他们登上殿前台阶,走进花团锦簇的门厅,一切都正常得很。

然后凯尔看到王后突然拽着莱,说了一个词,带着疑问的语气,等他转过头,好奇他们为何停下脚步时,大门轰然关闭,隔离了晨光和市声。昏暗的门厅里,凯尔瞥见几道寒光,国王忽然变脸,说了三个字。他不是对凯尔说的,而是对围拢的六名侍卫。

那三个字,让凯尔后悔回来。

"逮捕他。"

VII

莱拉和*夜峰号*的船员们一同举杯祝贺他们的船长。

众人围坐在徘徊之路酒馆的场面，就像在船上的时候，一晚上收获满满，所有人开怀畅饮，欢声笑语，没完没了地讲故事，直到她和船长回到甲板底下。

阿鲁卡德·埃默里浑身瘀伤，血迹斑斑，疲态尽显，但也阻止不了他庆功的热情。他站在大堂中央的一张桌子上，买酒请客，滔滔不绝地讲着龙和鸟的话题。莱拉听不明白，也没怎么听。她依然头痛欲裂，随便动一动就疼到骨子里。提伦给了她一些药物以缓解疼痛和恢复气力，还叮嘱她多吃干粮，好好睡觉。他的提议似在暗示莱拉在被通缉之前离开伦敦。她收下了奎宁水，含糊其词地应承了其余的要求。

"平衡，"他一边解释，一边把药水瓶塞进她手里，"不是魔法独有的。有些属于常识。身体是容器。如果不去谨慎对待，容器就有破裂的危险。任何人都有极限。包括你，巴德小姐。"

他转身离开,但莱拉叫住了他。

"提伦,"再次逃离生活之前,她必须知道真相,"你曾经告诉我,你在我身上有所发现。你看到了力量。"

"是的。"

"什么力量?"她问,"我是什么人?"

提伦静静地看着她,过了许久才开口:"你在问我,我是否认为你是**安塔芮**。"

莱拉点点头。

"我回答不了,"提伦说,"我不知道。"

"我以为你拥有超凡的智慧。"她抱怨道。

"谁告诉你的?"他忽然严肃起来,"你确实非同寻常,迪莱拉·巴德。至于是什么,我说不上来。但无论如何,到时候我们自然就知道了。"

听到酒杯碎裂的声音,莱拉回过神来,阿鲁卡德仍然站在酒馆的桌子上。

"喂,船长,"瓦瑟瑞大喊,"我有个问题!你打算怎么花掉那些奖金?"

"买一批更好的船员。"阿鲁卡德说,蓝宝石在他额头上闪闪发光。

塔维一把搂着莱拉的肩膀。"你去哪儿了,巴德?根本见不到你的人!"

"我在**夜峰号**上就受够你们了。"她咕哝道。

"你嘴巴厉害,"瓦瑟瑞喝了不少酒,眼睛发亮,"心肠软。"

"软得像刀子。"

"你知道,刀子唯一的坏处在于,你站错了边。"

"好在你是我们的一员。"

她心里一沉。他们还不知道——不知道她耍的把戏，不知道真正的斯塔希安·埃尔索在海上，不知道阿鲁卡德已经把她从船员中除名。

她与对面的莱诺斯对视，他的眼神似乎表明他已经知道了。至少知道她要离开，或许未必清楚具体原因。

莱拉起身离座。"我去透透气。"她咕哝了一声，推门出去，但没有停步。

半路上，她才意识到不远处就是王宫，于是她继续前行，最后爬上台阶，看见了首席牧师。

提伦站在那里，神色异样。

"怎么了？"她问。

Aven Essen 吞了吞口水。"凯尔出事了。"

★ ★ ★

皇家监狱仅在特殊情况下使用。

眼下，凯尔似乎是关押在此的唯一一个囚犯。他的牢房里空空如也，除了一张小床和嵌在墙上的一对铁环。铁环当然是用来固定锁链的，但是目前没有锁链，只有一副冰冷的手铐戴在他手腕上，隔绝了魔法。牢房里的每一块金属都刻有记号，能钝化和抑制魔法力量。他清楚得很。因为负责加持咒语的人就是他。

凯尔盘着腿坐在床上，脑袋后仰，靠着冷冰冰的石墙。监狱位于王宫底部，与他训练常去的盆厅隔着一根柱子，但这里和盆厅不一样，墙壁进行了加固，河水的红光完全透不进来。唯有冬天的寒冷乘隙而入。

凯尔微微颤抖——他们脱了他的外套，摘了脖子上的旅行信物，挂在牢房外面的墙上。他当时没有反抗。卫兵们一拥而上，将铁手铐扣在他手腕上时，他惊得动弹不得。等他意识到发生了什么，为时已晚。

没过多久，凯尔的愤怒冷却了，坚硬如铁。

两名卫兵守在牢房外，看他的表情既恐惧又好奇，似乎担心他要什么花招。他闭上双眼，打算睡一觉。

台阶上响起脚步声。是谁？

提伦已经来过了。凯尔只对老人提了一个问题。

"你知道莱拉的情况吗？"

提伦的眼神给了他答案。

脚步声越来越近，凯尔抬起头，以为是国王，或者莱。凯尔看到了王后。

艾迈娜来到铁栅之外，一袭红金色华服，可谓光彩照人，然而神色异常拘谨。不知道她是否希望凯尔被囚禁——也不知道眼前的情景是否令她悲伤——反正从她脸上看不出来。凯尔试图与她对视，她的视线却溜到了背后的墙上。

"你有什么需要的吗？"她问道，仿佛凯尔是身在豪华寝宫的贵宾，而非阶下之囚。笑意在他的喉咙里蠢蠢欲动。他将其咽了回去，一言未发。

艾迈娜单手抓着铁栅，似乎在测试它们的强度。"事情不该发展到这一步。"

她转身要走，但凯尔坐了起来。"您恨我吗，王后陛下？"

"凯尔，"她柔声说，"怎么可能呢？"他内心的坚冰融化了。她的深色眸子迎上他的目光。然后她说:"你救回了我的儿子。"

这句话太伤人了。曾几何时,她一再强调自己有两个儿子。即使凯尔没有失去她全部的爱,至少失去了那份母爱。

"您认识她吗?"凯尔问。

"谁?"王后问。

"我的生母。"

艾迈娜神色一凛,紧抿嘴唇。

上面的门轰然打开。

"他在哪里?"莱风风火火地跑下台阶。

远在一英里之外,凯尔就能听到王子的声音,感到两人的愤怒纠缠在一起,他的热烈似火,而凯尔的早已冷却。莱冲到牢房前,看了一眼铁栅里面的凯尔,霎时面无血色。

"立刻放了他。"王子下令。

卫兵低着头,原地不动,铁护手垂在两侧。

"莱。"艾迈娜伸手去拽儿子的胳膊。

"放开我,母亲,"他背对王后,厉声喝道,"如果你们不放他出来,"他对卫兵说,"那我命令你们把我关进去。"

他们依然不动。

"罪名是什么?"他吼道。

"叛国,"艾迈娜说话的同时,一名卫兵答道,"抗旨不遵。"

"抗旨不遵对我来说是家常便饭,"莱说,"你们从未逮捕过我。"他伸出双手。凯尔看着他们争执,注意力仍在寒冷上,任其随处蔓延,犹如冰霜覆盖一切。他太累了,懒得理会。

"不讲道理。"莱抓着铁栅,金色的袖子暴露在外。他刻字时流的血染红了衣衫。

艾迈娜脸色苍白。"莱，你受伤了！"她的目光立刻投向凯尔，充满指责的意味。"怎么——"

靴子声纷乱嘈杂，很快，国王驾到，魁梧的身躯堵死了通道。马克西姆看了一眼妻子和儿子，说："出去。"

"您怎么能这样？"莱问。

"他违法了。"王后说。

"他是我兄弟。"

"他不是——"

"出去。"国王大吼。王后闭上嘴巴，莱无力地放下双手，望着凯尔，后者冷冷地点头。"出去。"

莱摇着头走了，艾迈娜紧随其后，犹如一具沉默的幽魂。凯尔独自一人面对国王。

★★★

王子气呼呼地经过莱拉身边。

几秒钟后，她听到"哗啦"一声，扭头看见莱抓着餐柜，一个花瓶在他脚边摔得粉碎。水渗进地毯，在石头地板上流淌，花瓣散落在碎片之中。莱的王冠不见了，头发乱糟糟的。他气得浑身颤抖，抓在架子上的手指发白。

莱拉知道自己应该离开，趁着莱还没有发现她，然而她不由自主地迎着王子而去。她跨过一地狼藉的花瓣和碎玻璃。

"那个花瓶怎么惹到你了？"她倚着墙壁问道。

莱抬起头，琥珀色的眼睛周围泛红。

"一个无辜的旁观者而已，是吧？"他语气漠然，毫无幽默感。

他埋着头，颤颤巍巍地叹了口气。莱拉犹豫了。她知道自己应该鞠躬，亲吻王子的手，或者表现得欣喜若狂——至少，也应该解释一下她为什么冒着坐牢的危险，偷偷地溜进寝宫——然而，她打了个响指，取出一把小刀。"我需要杀了谁？"

莱半哭半笑地闷哼一声，抓着架子不放，跪坐在地上。莱拉蹲到他身边，然后慢慢地坐下来，背靠餐柜。她伸直双腿，破旧的黑色靴子埋进了松软的地毯。

过了一会儿，莱躺到地毯上，袖子还沾有干涸的血迹，但他不管不顾地搭在肚子上。他显然不愿意谈论这件事，所以她也不问。眼下还有更紧要的问题。

"你父亲真的逮捕了凯尔？"

莱吞着口水，点点头。

"老天啊，"她喃喃道，"现在怎么办？"

"国王会放了他的，等他气消了后。"

"然后呢？"

莱摇摇头。"我真的不知道。"

莱拉的脑袋向后一靠，撞在酒柜上，痛得直皱眉头。

"是我的错，"王子揉着血迹斑斑的胳膊，"是我叫他回来的。"

莱拉哼了一声。"是我叫他离开的。我觉我们都有责任。"她深吸一口气，撑地而起。"走吧？"

"去哪里？"

"我们害他被关起来了，"她说，"我们把他救出来。"

★★★

"我不希望事情变成这样。"国王说。

他拿出钥匙，打开凯尔的牢房，然后进去解开手铐。凯尔不动声色地揉着手腕，国王回到牢房外，拉过一把椅子，坐了下来。

马克西姆神色憔悴。两鬓的几缕银发在灯光下闪闪发亮。凯尔抱着双臂，等待国王直视他的眼睛。

"谢谢你。"国王说。

"为什么？"

"没有离开。"

"我离开了。"

"我是指离开这里。"

"我被关在牢房里。"凯尔淡淡地说。

"我们都知道牢房关不住你。"

凯尔闭上眼睛，听见国王无力地靠在椅子上。

"我承认我动怒了。"马克西姆说。

"您逮捕了我。"凯尔低低地咆哮着，只要牢房里有任何一点声音，国王可能都听不见他说了什么。然而，这句话在空中鸣响、回荡。

"你违抗了我的命令。"

"的确，"凯尔强行睁开眼睛，"我一直忠于国王，忠于这个家族，从未动摇。我付出了我的一切，竭尽所能，可您对我……"他的声音在颤抖，"我撑不下去了。您视我如己出的时候，我还能假装糊涂。然而现在……"他摇着头，"王后当我是叛徒，您当我是囚犯。"

国王面色阴沉。"这个囚笼是你亲手打造的，凯尔。当你和莱的生命捆绑在一起的时候。"

"您更希望他死吗？"凯尔反问，"我救了他的命。您不要急着怪我害他陷入危险，我们都知道他自己应该承担很大一部分责任。您什么时候不再让我一个人为整个家族的过失买单？"

"你们的愚蠢行为，导致整个王国陷入危险之中。但是莱至少在将功赎罪。证明他值得我信任。而你的所作所——"

"我把您的儿子救活了！"凯尔忽然起身，大喊道，"当时我就知道我们的生命会绑在一起，知道对我来说意味着什么，知道我将变成什么样子，知道复活他等于判我死刑，但我还是救活了他，因为他是我兄弟，他是您的儿子和未来的阿恩国王。"凯尔喘着气，泪流满面。"我还能做什么？"

此时两人都站了起来。马克西姆拽着他的胳膊肘，强行拉他过去。凯尔拼命挣扎，然而马克西姆体壮如牛，巨掌抓在凯尔颈后。

"我不能没完没了地赎罪，"凯尔在国王肩头低语，"我的生命都给了他，但您不能要求我放弃生活。"

"凯尔，"他的口气有所软化，"我很遗憾。可我不能放你走。"一团气憋在凯尔的胸口。国王手劲一松，他立刻挣脱开来。"此事关系重大，不是你和莱的问题。法罗和威斯克——"

"我才不在乎他们的迷信说法！"

"你应该在乎。他们信奉那一套，凯尔。我们的敌人满世界寻找另一个安塔芮。我们的盟友企图把你占为己有。威斯克人深信你是我们王国繁荣强大的法宝。索尔因阿尔认为你是一件武器，对付敌人的利刃。"

"他们都不知道我只是一个人质。"凯尔啐了一口，远离国王的掌握。

"这就是你手上的牌，"马克西姆说，"迟早有人图谋抢走你，为他们所用，如果他们得不到你的力量，我相信他们宁可将其消灭。威斯克人说得对,凯尔。如果你死了,阿恩也完了。"

"我不是这个王国的法宝!"

"但你是我儿子、我的继承人的法宝。"

凯尔直犯恶心。

"拜托,"马克西姆恳求道,"讲点道理。"然而,凯尔厌倦了道理,厌倦了借口。"我们都得做出牺牲。"

"不,"凯尔吼道,"我受够了牺牲。等一切结束了,等那些王公贵族和夫人们全都离开了,我就走。"

"我不能放你走。"

"您刚才也说了,陛下。您阻止不了我。"说完,凯尔背对国王,从墙上取下外套,走出牢房。

★ ★ ★

凯尔小时候喜欢待在王宫的庭院里,尤其是果园,闭着眼睛聆听——乐曲、风声和流水声——想象自己身在他方。

没有房屋,没有宫殿,没有人的地方。

此时他就在这里,在林间——树木何止经历着冬天,还有春天、夏天和秋天——他紧闭双眼,侧耳聆听,等待熟悉的宁静氛围笼罩周身。他等了又等。等了——

"凯尔大师。"

他闻声回头,发现哈斯特拉站在几步开外,与平时不大一样。一开始凯尔不知道哪里出了问题,随后才意识到哈斯特拉身上没有皇家侍卫的制服。凯尔清楚原因在于自己。又一桩坏事得算在他头上。

"我很抱歉,哈斯特拉。我知道你有多么看重那个岗位。"

"我早就希望经历一次冒险,先生。我如愿以偿了。结果不赖。莱找国王谈过了,他答应让我接受提伦大师训练。圣堂比牢房可好多了,"他忽然睁大眼睛,"噢,抱歉。"

凯尔摇摇头。"斯塔夫呢?"

哈斯特拉扮了个鬼脸。"恐怕您摆脱不了他。您第一次离开时,通知国王的人就是斯塔夫。"

"谢谢你,哈斯特拉,"他说,"如果你做牧师有你做皇家侍卫一半优秀,Aven Essen 怕是要当心他的位置不保。"

哈斯特拉咧嘴一笑,悄然离去。凯尔聆听着他在庭院中的脚步声,继而是远处的关门声,然后他的注意力又回到树上。起风了,树叶的窸窣声几乎盖过了宫殿里的嘈杂响动,有助于他遗忘门内的那个世界。

我要走了,他心想,您阻止不了我。

"凯尔大师。"

"又怎么了?"他回头问道,眉头拧成一团。

"你是谁?"

那里有一个女人,站在两棵树之间,双手背在身后,垂着头,似乎等待了好一阵子,然而凯尔没有听见她靠近的声响。她的红发与雪白的斗篷形成鲜明对比,犹如一团飘在空中的火焰。令凯尔好奇的是,对方带来的感觉既陌生又熟悉,仿佛他们见过面,但他确信绝不可能。

然后,女人抬头挺胸,展露真容。她有着白皙的皮肤,红艳的嘴唇,一对异色眸子,一只黄色,另一只黑得不可思议,眼底有一道伤疤。

对方眯起眼睛,唇边掠过一抹笑意。

"我一直在到处找你。"

VIII

凯尔胸口憋闷。女人的一只眼睛里有**安塔芮**的标志，更有黑色的印痕，犹如泪水涌出眼眶，滑过脸颊，墨迹般的黑线钻进她的一头红发。不正常。

"你是谁？"

"我的名字，"她说，"是欧什卡。"

"你是**什么人**？"他问。

她歪着头。"我是信使。"她说的是皇家语言，但口音浓重，而且袖口处可见语言符文。她应该来自白伦敦。

"你是**安塔芮**？"那是不可能的。凯尔是仅存的安塔芮。他糊涂了。"不可能。"

"我只是信使。"

凯尔摇摇头。不对劲。她给人的**感觉不像安塔芮**。她的魔法更诡异、更黑暗。她迈步上前，凯尔不由自主地退了一步。头顶的树木变得茂密，从春天到了夏天。

"谁派你来的?"

"我的国王。"

看来有人夺取了白伦敦的王位。迟早的事。

她缓缓抬脚,悄悄地前进一步,凯尔随之后退,从夏天来到了秋天。

"我很高兴找到了你,"她说,"我一直在找。"

凯尔的目光掠过她,投向王宫大门。"为什么?"

她见状,微微一笑。"送信。"

"如果你为国王送信,"他说,"你自己去送吧。"

"我的信不是送给国王的,"她说,"是给你的。"

他打了个寒战。"你要对我说什么?"

"我的国王需要你的帮助。我的城市需要你的帮助。"

"为什么需要我?"他问。

她脸色一变,黯然神伤。"因为都是你的错。"

凯尔闻言一惊。"什么?"

她向前逼近,他连连退后,很快他们来到了冬天的树林中,光秃秃的枝丫在风中摇摆。"都是你的错。你扳倒了李生戴恩。你杀了我们最后一个真正的安塔芮。但你可以帮助我们。我们的城市需要你。随我来吧。见见我的国王。帮他重建王国。"

"我不能说走就走。"他下意识地说。

"不能吗?"信使仿佛看透了他的想法。

我要走了。

那个女人——欧什卡——指了指不远处的一棵树,凯尔注意到树上有鲜血勾勒的旋涡状符号。一扇门。

他望向王宫。

留下来。

这个囚笼是你亲手打造的。

我不能放你走。

跑掉。

你是安塔芮。

没人能阻止你。

"怎么样?"欧什卡伸出手来,皮肤上黑色的血管清晰可见。"你来吗?"

***

"你说他被释放了是什么意思?"莱厉声问道。

他和莱拉在皇家监狱里,瞪着卫兵身后空无一人的牢房。他早就做好准备,在莱拉的帮助下强行制服卫兵、救出凯尔,然而凯尔不在这里。"什么时候的事情?"

"国王下的命令,"卫兵说,"不到十分钟前。他应该没走远。"

莱放声大笑,笑得心烦意乱、歇斯底里。然后他跑了,三步并作两步登上楼梯,前往凯尔的房间,莱拉跟在后面。

他来到凯尔的住处,猛地打开门,然而里面不见人影。

他强压心头的恐惧,退到走廊上。

"你们两位干什么呢?"阿鲁卡德走上楼梯,问道。

"你在这里干什么?"莱问。

"找你,"阿鲁卡德说话的同时,莱拉问他,"你看到凯尔了吗?"

阿鲁卡德扬起眉毛。"我们尽可能避免碰到对方。"

莱气哼哼地从船长身边跑开,结果在楼梯上撞到了一个年轻人。

他差点没认出来卸下盔甲的侍卫。"哈斯特拉,"他气喘吁吁地问道,"你见到凯尔了吗?"

哈斯特拉点点头。"见到了,先生。我和他刚刚在庭院里分开。"

王子松了口气,如释重负。他正准备下楼,哈斯特拉又说:"他正在接待客人。我觉得是的。一位女士。"

莱拉仿佛被蜇了一下。"什么样的女士?"

"你觉得?"阿鲁卡德问道。

哈斯特拉的表情有些茫然。"我……我想不起她的样子了。"

他皱起眉头。"好奇怪,我一向很擅长认脸……但她的脸好像……缺了点什么……"

"哈斯特拉,"阿鲁卡德忐忑不安地说,"摊开手掌。"

莱竟然没有注意到年轻的侍卫双手握拳。

哈斯特拉似乎也没有注意到,他低头一看,抬起手来,十指张开。一只手是空的。另一只手抓着一个小小的圆盘,上面潦草地写着咒语。

"啊,"侍卫说,"太古怪了。"

莱早已抛下阿鲁卡德,狂奔而去,莱拉落在他一步开外。

★ ★ ★

凯尔接过欧什卡的手。

"谢谢你。"她握着凯尔的手,声音里洋溢着快乐和欣慰,另一只手按着树上的血印。

"As Tascen。"她念道。很快,王宫庭院消失了,红伦敦的街道取而代之。凯尔四下张望,好一会儿才分辨出他们所在的位置……不过

A Gathering of Shadows

他们此时在哪里并不重要，重要的是他们即将去哪里。

在红伦敦，这里是一条窄路，夹在一家酒馆和一堵院墙之间。

但在白伦敦的相同位置，是城堡的大门。

欧什卡从白斗篷里取出一件信物，又将鲜血淋漓的手掌按在爬满常春藤的石墙上。她扭头看着凯尔，等他同意，凯尔则回望街道，回望远处的王宫。他的内心并不平静——愧疚，恐惧，犹豫——但他来不及反悔，欧什卡就念出咒语，世界在他们周围坍塌。红伦敦不见了，凯尔跨步向前，离开街道，进了城堡前的石林。

然而此地没有了石林。

只有一片寻常的树林，寒冬中光秃秃的枝丫映着湛蓝的天空。凯尔大吃一惊——白伦敦何时有了这种色彩？眼前不是他记忆中的世界，也不是欧什卡描述的世界，毫无满目疮痍、濒临死亡的影子。

这个世界与破败无关。

欧什卡在大门附近，靠着墙壁休息。当她抬起头，脸上浮现一抹狡黠的笑意。

翻天覆地的变化令凯尔猝不及防——脚底的草丛、头顶的阳光和鸟鸣——他随后意识到自己犯了一个严重的错误。听见脚步声，他转身一看，与国王面对面相遇了。

对方在凯尔面前昂首挺胸，两只眼睛都暴露在外：一只翠绿，一只乌黑。

"霍兰德？"

他带着疑问说出这个名字，因为眼前的人与凯尔所认识的、四个月前战斗过的——将其击败，并推下深渊——霍兰德几无相似之处。凯尔最后一次见到霍兰德，他已是气息奄奄。

霍兰德不该站在这里。

霍兰德不该死里逃生。

但眼前的**真是**霍兰德，而且不仅仅死里逃生。

他已经**改头换面**。

他的脸颊泛着健康的色泽，那是年富力强之人才有的状态，他的头发——不论他的年龄，以前都是炭灰色——如今乌黑直顺，富有光泽，搭在太阳穴和额头处，显得面部棱角分明。当凯尔与霍兰德对视，此人——魔法师——国王——**安塔芮**——居然笑了，相比崭新的衣物和健康的状态，笑容带来的变化更为显著。

"你好，凯尔。"霍兰德说。发现**安塔芮**的嗓音依然熟悉，凯尔甚至感到一丝欣慰。他的嗓门不大，他从不大声说话，但又盛气凌人，隐隐有些沙哑，似乎他喊叫过。甚至惨叫过。

"你不该在这里。"凯尔说。

霍兰德扬起一条浓黑的眉毛。"你也一样。"

凯尔感到背后有一道影子在移动，随即突然扑上来。他迅速摸刀，可惜为时已晚，指头刚刚碰到刀柄，某个冰冷且沉重的东西就扣上他的喉咙，痛苦袭来，世界随之炸裂。

★ ★ ★

莱冲进庭院大门，高呼兄弟的名字。树林里看不到他的踪影，也无人回应，只有莱喊叫的回音。莱拉和阿鲁卡德落在后面，沉重的脚步声淹没在他剧烈的心跳声中。

"凯尔？"他又喊了一声，冲进树林。经过繁花似锦的春天时，他猛掐胳膊上的伤口，牵扯痛感的纽带。

忽然，在夏天的绿色和秋天的金黄之间，莱惨叫一声，倒了下去。

A Gathering of Shadows

他刚才还站着，转眼就跪在地上，疼得大喊大叫，仿佛有某种尖锐的、锯齿状的利器在撕裂他的皮肉。

"莱？"不远处传来一个声音，然而王子已经缩成一团，轻声呜咽。

莱。

莱。

莱。

他的名字在庭院里回荡，但他已被自己的鲜血淹没——如果眼睛看得见，他相信石头被染红了。但他坠地时眼冒金星，视野已是一片模糊。他有过太多次类似的经历，当黑暗来袭，回忆和梦境就随之涌现。

这是一个噩梦。

他嘴里全是血。

一定是噩梦。

他挣扎着起身。

这——

他又惨叫一声，倒在地上，痛感在胸膛里撕扯，深埋于肋骨之间。

"莱？"有人大喊。

他有心回应，然而张不开嘴，也喘不过气。他泪流满面，痛感太过真实，太过熟悉，那是一把刀戳进皮肉、刮过骨头的感觉。他心跳加剧，继而放缓，漏跳了一拍，然后他眼前一黑，再次回到圣堂的那张床上，坠入黑暗之中，摔进了——

★ ★ ★

494

虚无。

莱拉径直跑向庭院的墙壁，冲过奇异的树林，从另一边钻了出来。然而不见他们的踪影，石头上没有血迹，没有记号。她原路返回，思考着还应该去哪里找找，忽然听到一声惨叫。

是莱。

她发现王子缩在地上，抓着胸口。他呜咽着，胳膊抵着肋部，似乎挨了一刀，但身上干干净净的。血不在这里。她恍然大悟，如遭雷击。无论莱身上发生了什么，出事的不是莱。

是凯尔出事了。

阿鲁卡德来了，看到王子的情况，霎时面无血色。他呼叫卫兵，然后跪到莱身边，听见王子又呜咽了一声。"他怎么了？"阿鲁卡德问。

莱的嘴唇上沾着血，莱拉不知道是他自己咬破的，还是因为更严重的情况。

"凯尔……"王子疼得浑身颤抖，吸着气说，"出……出事了……不能……"

"这跟凯尔有什么关系？"船长问。

两名皇家侍卫出现了，王后跟在他们身后，吓得面色惨白。

"凯尔呢？"她一看见王子就大喊。

"退后！"侍卫们高声喝止几个企图靠近的贵族。

"去找国王！"

"坚持住。"阿鲁卡德带着恳求的语气对莱说话。

王子缩得更紧了，莱拉退到一边。

她在林间寻找凯尔或者神秘女人的踪影，寻找他们离开的痕迹。

莱翻了个身，挣扎着爬起来，结果失败了，又开始咳血。

"派人去找凯尔！"王后下令，近乎歇斯底里。

他去哪里了?

"我能做什么,莱?"阿鲁卡德低声说,"我能做什么?"

★ ★ ★

凯尔疼得醒了过来。

他感到身体支离破碎,失去了某个重要的部分。痛感从他喉咙处的金属颈圈辐射开来,截断了空气、鲜血、思想和力量。他抱着一线希望召唤魔法,可是毫无回应。他大口吸气——仿佛快要溺毙,满口都是浓重的血味,尽管他嘴里什么都没有。

他不在树林,而在一间空旷的屋子里。凯尔打了个寒战——他的外套和衬衫都被剥掉了——赤裸的后背和肩膀贴着冰冷的金属,动弹不得。他保持着站立的姿态,但不是凭着自己的力气。他被固定在某种架子上,双臂朝两边伸展,双手被捆在两根竖直的杆子上。他感到肩膀后有一根横杆,脑袋和脊背后则有一根竖杆。

"一个遗物,"一个毫无感情色彩的声音说,凯尔努力聚焦视线,发现霍兰德站在面前,"我的前任们留下的。"

安塔芮气定神闲,纹丝不动,好似石雕,而非血肉之躯。但他乌黑的眸子里有旋涡,银影盘绕其间,犹如蟒蛇在油中滑行。

"你做了什么?"凯尔吃力地说。

霍兰德歪着头。"我应该做什么呢?"

凯尔紧咬牙关,对抗颈圈刺骨的寒冷,强迫自己思考。"你应该……还在黑伦敦。你应该……已经死了。"

"让我的人民也死去吗?让我的城市再次卷入争战,让我的世界越来越接近死亡,在明知我能够拯救他们于水火的情况下?"霍兰德摇摇头，"不。为了你的世界，我的世界牺牲得太多了。"

凯尔张开嘴，正要说话，疼痛犹如一把刀子插进胸口，强烈得令人窒息。他低头一看，发现胸前的记号四分五裂。不。不。

"霍兰德，"他喘着气说，"求你了。你必须取掉这个颈圈。"

"我会的，"霍兰德缓缓地说，"等你答应之后。"

恐惧席卷全身。"答应什么？"

"我在黑伦敦时——被你送到那里后——做了个交易。我用自己的身体换取他的力量。"

"他的？"

那里只有一样东西潜伏在黑暗中，等待与人做交易。同样的**东西**曾经毁灭一个世界，曾经躲在一块石头里逃之夭夭。同样的东西曾经在他的伦敦大杀四方，企图吞噬凯尔的灵魂。

"你这个**蠢货**，"他吼道，"当初是你……告诉我，接纳了黑魔法就输了……"他的牙齿在打战，"不是主人……就是仆从。瞧瞧……你干的好事。你虽然摆脱了阿索斯的咒语……可你只不过换了一个主人。"

霍兰德捏着凯尔的下巴，把他的脑袋用力撞上铁杆。痛感在头骨中震荡。颈圈收紧，胸前的记号分崩离析。

"听我说，"凯尔哀求道，在他胸中，另一个脉搏逐渐衰微，"我见过这个魔法。"

"你见过的是一道影子而已。九牛一毛的力量。"

"那个力量已经摧毁了一个世界。"

"治愈了另一个世界。"霍兰德说。

凯尔止不住地颤抖。痛感逐渐弱化，随之而来的更为可怕。一种令人毛骨悚然的寒意。"求你了。摘了颈圈。我绝不反抗。我——"

"你有了你的完美世界,"霍兰德说,"现在轮到我了。"

凯尔吞着口水,闭上眼睛,尽可能保持理智。

让我进去。

凯尔眨了眨眼。话是霍兰德说的,但声音不是他的,比他的更柔软、更洪亮。说话时,霍兰德的脸发生了变化。黑影从一只眼睛流进另一只眼睛,吞噬了翠绿,将其染成乌黑。一缕银烟在双眼之中回旋,某个人——某个东西——透过眼睛张望,但不是霍兰德。

"你好,安塔芮。"

霍兰德的脸还在改变,硬朗的面部线条逐渐软化,几近温柔。额头和脸颊上的皱纹平复了,犹如光滑的石头,嘴角上提,绽放幸福的笑容。那个东西说话时有两个声音——一个是霍兰德的声音,但是更加平缓;第二个声音在凯尔脑子里缠绕,在他的思想里搜寻。

"我可以拯救你,"它拽着凯尔的思想,说道,"我可以拯救你的兄弟。我可以拯救一切。"它伸出手来,抚摸着凯尔被汗水浸湿的一绺头发,似乎陶醉其中。"让我进去。"

"你是怪物。"凯尔吼道。

霍兰德掐着凯尔的喉咙。"我是神。"凯尔感到对方的意志压迫着他的意志,感到它强行钻进他的脑子,寒意逐步渗透,精准而又无情。

"从我的头脑里滚出去。"凯尔不顾一切地向前猛冲,撞上霍兰德的额头。强烈的痛感袭来,鼻孔流血,而寄宿在霍兰德身体里的东西只是微微一笑。

"我存在于每一个人的头脑里,"它说,"我无处不在。我与造物本身一样古老。我就是生命、死亡和力量。谁都摆脱不了我。"

凯尔的心脏在狂跳,而莱的心跳逐渐放缓。凯尔的两下,莱的一下。很快，凯尔的三下，莱的一下。然后——

它龇牙咧嘴地说："让我进去。"

可是凯尔不能答应。他心里想的是，如果让这个怪物披着自己的皮囊，他的世界将会如何。他仿佛看到王宫垮塌、河水变黑，看到街上的行人化为灰烬，所有的色彩流失殆尽，徒剩乌黑，他仿佛看到自己置身其间，正如在噩梦里经历的场景。手足无措。

他泪流满面。

不行。他不能答应。他不能变成那样。

我很抱歉，莱，他知道，他亲自为他们俩宣判了死刑。

"不！"他大声喊道，喉咙扯得生疼。

出乎意料的是，怪物笑得更欢了。"你这样说，正合我心意。"

凯尔不明白对方为何兴奋，只见它退了一步，举起双手。"我喜欢这具皮囊。既然你拒绝了我，我就留着你好了。"

怪物眼中似有光影流转，随着一道光闪过，一抹绿色奋起抗争，结果又一次被黑暗吞没。怪物摇摇头，竟有几分怜悯。"霍兰德，霍兰德……"它叹道。

"让他回来，"凯尔喝道，"我们还没谈完。"但它只是摇头，把手伸向凯尔的喉咙。他试图躲避，却无处可逃。

"你说得没错，安塔芮，"它说着，指尖划过金属颈圈，"魔法要么是仆从，要么是主人。"

凯尔在铁架上挣扎，手铐割破了手腕。"霍兰德！"他大喊着，声音在石砌的屋子里回荡，"霍兰德，你这个混蛋，反抗啊！"

恶魔默默地观察着，乌黑的眸子一眨不眨，充满愉悦。

"让我看看你不是弱者！"凯尔狂叫，"证明你不是屈服于他人意志的奴隶！你好不容易才有今天，就这样放弃了吗？霍兰德！"

A Gathering of Shadows

凯尔颓然靠上铁架，嗓音嘶哑，手腕处鲜血淋漓。怪物转身走开。

"等等，恶魔。"凯尔哽咽着说，不断迫近的黑暗和寒冷，还有莱逐渐减弱的心跳回音，令他难以承受。

它回过头来。"我的名字，"它说，"是欧沙朗。"

凯尔再次挣扎，他的视野一时模糊，一时清晰，然后越来越狭隘。"你要去哪里？"

恶魔举起一样东西给他看，凯尔心头一沉。那是一枚深红色的钱币，中间有一颗金星。红伦敦的令币。

"不。"他恳求着，拼命地挣扎，直到手铐割破皮肤，鲜血顺着手腕流淌。"欧沙朗，你不能去。"

恶魔微微一笑。"但是现在谁能阻止我呢？"

IX

莱拉在树林里踱步。

她必须做点什么。

庭院里到处都是卫兵，王宫上下乱成一团。提伦正在找哈斯特拉寻求答案，不远处，阿鲁卡德依然伏在莱身上轻声呢喃，听不清说的是什么。似是抚慰的话语。或是祈祷。她听过人们在海上祈祷，不是对神，而是对这个世界，对魔法，对可能在聆听的某种存在。一种更强大的力量，名字不一样罢了。莱拉信神的时日不长——当她确信不可能得到回应，就不再祈祷——而她承认魔法*存在*，它似乎不会聆听，或者说，它毫不关心。对莱拉来说，反而是值得高兴的事情，因为那就意味着力量属于她自己。

神不会帮助莱。

但莱拉可以。

她掉头进了树林。

"你要去哪里？"阿鲁卡德抬头问道。

"挽救局面。"她说。话音未落，她飞快地奔向庭院的大门，一路上脚步不停，无论侍从或者卫兵如何阻拦。她闪转腾挪，很快闯过关卡，顺着台阶离开了王宫。

莱拉知道她要做什么，只是不清楚能否成功。这种事情太疯狂了，但她别无选择。此话不对。从前的莱拉必然指出，她一直都有选择，而如果她选择自己，就能活得很久。

但涉及凯尔，那便是一份人情了。一种牵绊。不同于他和莱之间的纽带，但同样牢固。

坚持住，她心想。

莱拉挤过熙熙攘攘的街道，远离纵情欢乐的人群。她试着在脑子里勾勒白伦敦的地图，虽然她见识得少，也记不得许多，但城堡例外，她还记得凯尔的告诫，千万不要直接去另一个世界的目的地。

等她终于发现周围没人了，便从内兜里掏出阿斯特丽德·戴恩的石头碎片。然后她挽起袖子，拔出匕首。

真是疯了，她心想。绝对的、最疯狂不过的事情。

她清楚元素力量和安塔芮之间的区别。是的，她之前活了下来，但当时凯尔在场，她处于魔法的保护之下。如今她孤身一人。

我是什么人？她问过提伦。

我是什么人？她在海上度过的每个夜晚都扪心自问，自从来到这座城市，来到这个世界，她每一天都在扪心自问。

此刻，莱拉吞了吞口水，刀刃划过前臂。皮开肉绽，一缕鲜红随之涌现。她把自己的血抹在墙上，手握碎石。

无论我是什么人，她按着墙壁，心想，让我成功就行。